中国现代小说经典文库

徐枕亚 （上）

主编：黄勇

汕头大学出版社

图书在版编目(CIP)数据

中国现代小说经典文库. 徐枕亚：全2册 / 黄勇主编.—汕头：汕头大学出版社，2014.3(2016.4 重印)
ISBN 978-7-5658-1205-7

Ⅰ.①中… Ⅱ.①黄… Ⅲ.①小说集 – 中国 – 现代 Ⅳ.①I246

中国版本图书馆 CIP 数据核字(2014)第 031743 号

徐枕亚　　　　　　　　　　　　　　　　XUZHENYA

总策划：赵　坚
主　编：黄　勇
责任编辑：宋倩倩
责任技编：黄东生
装帧设计：袁　野
出版发行：汕头大学出版社
　　　　　广东省汕头市汕头大学内　邮编:515063
电　话：0754-82904613
印　刷：北京富达印务有限公司
开　本：695mm×940mm　1/16
印　张：20
字　数：240 千字
版　次：2014 年 3 月第 1 版
印　次：2016 年 4 月第 2 次印刷
定　价：59.60 元
ISBN 978-7-5658-1205-7

发行/广州发行中心　通讯邮购地址/广州市越秀区水荫路 56 号 3 栋 9A 室　邮编/510075
电话/020-37613848　传真/020-37637050

前　言

　　鸳鸯蝴蝶派是清末民初出现的一个带有浓重趣味主义和消闲性质的文学流派，徐枕亚（1889—1938）是其中创作最早、成就最高的作家之一。

　　提起鸳鸯蝴蝶派，很多人马上会联想到文言小说《玉梨魂》，这部鸳鸯蝴蝶派影响最大的作品正出于徐枕亚之手。徐枕亚原名徐觉，别署徐徐、眉子、泣珠生、东海三郎等。1889 年出生于江苏常熟。早年就读于常熟虞南师范学校，其间便热衷于诗文创作，与其胞兄徐天啸皆以才气横溢饮誉乡里，有"海虞二徐"之称。1921 年赴上海受聘于《民权报》作编辑，同时撰写哀情小说《玉梨魂》刊于该报副刊，一鸣惊人。旋即以单行本行世，以后再版数十次，销售几十万册，为当时书籍印数之冠。1931 年《民权报》因忤逆袁世凯被迫停刊，徐枕亚辗转中华书局、《小说丛报》、《黄花旬报》作编辑，后将《玉梨魂》改为日记体并扩大篇幅，增加诗词，取名《雪鸿泪史》，同样大受欢迎。1918 年与胞兄创办清华书局，并刊行《小说季报》，同时创作了《余之妻》、《棒打鸳鸯录》、《燕雁离魂记》等长篇小说十余部，但影响不大。后因时局动荡、经营不佳，书局破产。加之中年两次丧妻，回归故里竟至衣食无着，穷愁潦倒而卒，终年四十九岁。

　　鸳鸯蝴蝶派以"游戏笔墨、备人消闲"为其主要宗旨；以不谈政治、不谈国家，寄情风花雪月相标榜。这实际上是迎合了时代、国家剧烈动荡之下一部分市民阶层对新式工商业发展所产生的更多信息和新式婚姻家庭观念以及新的娱乐消遣形式的大量需求，其中不免夹杂了一些粗俗、低级，甚至色情的审美趣味。但它毕竟在当时广受读者欢迎，其中也不乏积极的内容，特别是艺术形式和表现手法上更显精美。这类作品或言情、或黑幕、或狭邪、或探案，精彩纷呈、各具特色。在言情这一脉中，哀情小说更是风靡一时，而哀情小说的代表作即是徐枕亚的《玉梨魂》。

　　《玉梨魂》以其唯美的笔调讲述了一对痴恋男女不幸的爱情经历，其中充满着"深情欲醉、好梦难圆"的唯情倾向和伤感情绪，作为一种浪子加才子的文学，它既具有对封建礼教的离心力，把爱情直视为主人公的"第二生命"；又具有对封建礼教的向心力，宣扬"发乎情止乎礼仪"的旧思想。其思想内容本身并无多少特异之处，但小说全篇以文言写成，辞藻华丽、句式工整、语言幽婉动人，在当时的文坛上掀起一股哀情潮。小说较好的继承了中国古典文学的优良传统，并借鉴于一些外国文学的艺术手法，于古典中蕴藏了些许新意。作者善于设计丝丝入扣的故事情节，表现细致入微的感情世界，具有很强的趣味性和可读性，这也在另一个方面弥补了它在思想意义上的缺欠。

　　徐枕亚及其《玉梨魂》对后来的同路作家如张恨水、李涵秋、刘云若等皆产生过深远的影响，随着人们对这一派文学创作的认识逐步加深，徐枕亚也必将在文学史上占有其应有的一席。

　　本书收录了作者曾经红极一时的小说《玉梨魂》，从中读者不单可以欣赏徐枕亚小说创作的精妙之处，而且也可以窥测到鸳鸯蝴蝶派小说的基本风格。

目　录

上册

玉梨魂

下册

雪鸿泪史

玉梨魂

第一章　葬　花

　　曙烟如梦，朝旭腾辉，光线直射于玻璃窗上，作胭脂色。窗外梨花一株，傍墙玉立，艳笼残月，香逐晓风，望之亭亭若缟袂仙，春睡未醒，而十八姨之催命符至矣。香雪缤纷，泪痕狼藉，玉容无主，万白狂飞，地上铺成一片雪衣。此时情景，即上群玉山头，游广寒宫里，恐亦无以过之。而窗之左假山石畔，则更有辛夷一株，轻苞初坼，红艳欲烧，晓露未干，压枝无力，芳姿袅娜，照耀于初日之下，如石家锦障，令人目眩神迷。寸剪神霞，尺裁晴绮，尚未足喻其姿媚。至墙东之梨花，遥遥相对，彼则黯然而泣，此则嫣然而笑。两处若各辟一天地，同在一境，而丰神态度，不一其情，荣悴开落，各殊其遇。此憔悴可怜之梨花，若为普天下薄命人写照者，相对夫弄姿斗艳、工妍善媚之辛夷，实逼处此，其何以堪。梨花满地不开门，花之魂死矣。唤之者谁耶？扶之者谁耶？怜惜之者又谁耶？时则有残莺三四，飞集枝头，促咽啼声，若为花吊，此外则空庭寂寂。惟有微风动枝，碎片飞舞空中，作一场白战而已。

　　乃俄焉而窗辟矣，有人探首外望矣。其人丰致潇洒，而神情惨淡，含愁思，露倦容，固知为替花担忧而一夜未睡者。时彼倚窗而立，其目光直注射于半残之梨花，讶曰："一夜东风已堕落如斯矣，吾可爱之梨花乎，胡薄命竟乃尔耶!"语时微闻叹息。窗左之辛夷与窗内之人,固甚接近,晓日浓烘,迎面欲笑,霞光丽彩,掩映于衣袂间,而彼则视若无睹,似不甚注意者。咄咄,彼何人斯?对于已残之梨花,何苦是之多情耶?对于方开之辛夷,又何若是之无情耶?人之所弃,彼独爱之;人之所爱,彼独弃之,彼非别有怀抱而为情场中之奇人耶?彼何人斯,则苏台梦霞生是。

"春眠不觉晓,处处闻啼鸟。"此诗人欺人语也;"惜花春起早,爱月夜眠迟。"此诗人写真语也。有人于此,春宵不再,竟教推月而闭窗;长夜未阑,不解照花而烧烛,此无情之俗物耳。世之多情人,无不钟情于花月。既钟情矣,无不以爱惜示表示情之作用。花好月圆,一年几度,曾谓自负多情者,而忍恋恋于黑甜乡,撇月抛花,孤负此无价之韶光哉。梦霞生栖身寓馆,宿迹穷乡,鳏绪羁愁,无可告诉。所可借以为寂寞中之良伴、凄凉中之腻友者,惟此庭前之二花耳。此二花也,梦霞不啻视为第二生命,爱惜之惟恐不至,保护之惟恐不力。日则见花于羹,夜则见花于梦。花之色与香,花之魂与影,时时氤氲缭绕于梦霞之心舍,萦回往复于梦霞之脑海。此时闻乱鸟之悲啼,便披衣而急起,试回思其未起之前,并递想其未睡之前。盖昨夜恰值月圆三五,花放万株。大好良宵,正逢客里。梦霞不忍抛掷此一刻千金之价值,蹀躞徘徊于花之下者,不知其若干次。时而就花谈话,时而替花默祝;或对影而长嗟,或攀枝而狂舞,独立独行,痴态可掬。洎乎银壶漏尽,灯花案眠,夜深寒重,砭骨难支,始别花而就枕。鳏鱼双目,彻夜常开,花魂随之以俱来,睡魔驱之而径去,直至东方既白,固未尝稍合其眼帘也。

虽然,梦霞多情矣。梦霞多情而以花为命矣,则当抱博爱主义,胡独注情于梨花而忘情于辛夷耶?梦霞非有所偏爱也,情有所独钟也。梦霞寓居此馆,仅阅二旬徐。其初来之时,已未及见梨花之盛开矣,枝枝带雨,憔悴可怜,片片随风,飘零莫定。花如有情,见梦霞来,忽敛泣容,开笑靥,以欢迎此多情之主人翁。梦霞于舟车劳顿之馀,来此举目无亲之地,凄凉身世,黯淡生涯,偏与此薄命之梨花无端会合,其相怜相惜之情,如磁引针,如汤融乳,此中感情的同化作用,有不知其所以然者。而彼辛夷一株,则正胭脂初染,蜂蝶未知,嫩畏人看,炙愁日损,桃羞杏让,妩媚动人。梦霞则殊淡漠视之,盖相形之下,此虽可爱,彼更可怜。梦霞意兴萧条，性情凄恻，常处身于憔悴寂寞中，与繁华热闹殊不相宜。其惜花之心事具有别情，故护花之精神不无偏属也。当时，梦霞推窗而望，惨见夫枝头褪雪、地上眠痕，一片白茫茫，触眼剧生悲痛。梦霞惜花而早起，花已弃梦霞而长逝耶。痴望良久，逡巡退人室中，徐从左室门出，绕回廊、上庭阶，一路琼瑶踏碎，步步生香，径趋树旁，以臂抱树而泣曰："吾可爱之梨花乎，花魂安在？梦霞来矣。薄命哉花乎，托根于寥寂无人之境，重门静掩，深锁东风，不求人知，不邀人赏，而偏与我穷愁之客，结短促之缘。花开我不见，花落我才来，寻芳有意，去已嫌迟。花之命薄矣，我之命不更薄耶！我若早来数日，则正值乍开时节，玉鳞点点，素艳亭亭，月夕风晨，吾犹得独凭栏杆，饱接花之香色；我若迟来数日，则已被风欺雨溅，玉碎珠沉，倩影不留，残香难觅，虽独对空枝，亦增伤感。然已属过后之思量，总不敌当前之惆怅。乃不自我先，不自我后，邂逅之时，便是别离之候，冥冥中若有为之颠倒作合胡乱牵引者。'共月不为迷眼伴，与春先作断肠媒。'酷哉！专制之东皇，既已风力逼花残生，复借将死之花魂沦我于悲境。我欲叫天阍、叩碧翁，胡愦愦若是！纵此香国魔王施其摧残手段，以流毒于莺花世界耶！"

呜呼，梦霞殆其痴矣，花岂真能解语者，而与之刺刺不休耶？委地之花，永无上枝之望，而风姨肆虐，且乘梦霞神伤魂断之时，故使之增其悲痛。一阵狂吹乱打，树上落不尽之馀花，扑簌簌下如急雨，乱片飞扬，襟袖几为之满。梦霞上抚空枝，下临残雪，不觉肠回九折，喉咽三声，急泪连绵，与碎琼而俱下，大声呼曰："奈何，奈何！"花真有知，闻梦霞哭声，魂为之醒矣，强起对梦霞作回风之舞，若既感其一片痴情，而尚欲乞怜于死后者。梦霞自念：我既为花之主人，当尽其保护之责，今目睹其横被摧残之惨，已等于爱莫能助，则此花死后之收场，舍我更又谁属？忍再使之沾泥堕溷、飘荡无依耶？于是徐扑去其衣上之花瓣，径返室中，荷锄携囊而出，一路殷勤收拾，盛之于囊。且行且扫，且扫且哭，破半日功夫，而砌下一堆雪，尽为梦霞之囊中物矣。梦霞荷此饱盛花片之锦囊，欲供之于案上乎？或藏之于箱中乎？则此花遗蜕，尚在人间，此时虽暂免泥污，他日恐仍无结果；欲投之于池中乎？则地非园林，何处觅一泓清水。梦霞急欲妥筹一位置之法，而踌躇再四，不得一当。忽猛省曰："林鬈卿葬花，为千秋佳话。埋香冢下畔一块土，即我今日之模型矣。前事不忘，后事之师，多情人用情固当如是。我何靳此一举手，一投足之劳，不负完全责任而为颦卿所笑乎？"语毕复自喜曰："我有以慰知己矣。"遂欣然收泪，臂挽花锄，背负花囊，抖擞精神，移步近假山石畔。

　　嗟嗟，匆匆短梦，催醒东风；渺渺相思，恨生南国。地老天荒，可怜人会当此日；蜂愁蝶怨，伤心者何以为情。梦霞既至假山石畔，寻得净土一方，锄之成窖，旋以花囊纳诸其中，后以松土掩其上，使之坟起，以为后日之认识。料理既华，复入室取案上常饮之玻璃杯，倾瓶出酒少许，再至冢前，向冢之四围遍洒之。此时，梦霞之面上突现出一种愁惨凄苦之色，盖彼忽感及夫身世之萍飘絮荡，其命之薄，正复与此花如出一辙。薄命之花，犹得遇我痴人痛怜深惜，为之收艳骨、卜佳城。草草一杯，魂栖有所，不可谓非此花之幸也。而我则潦倒半生，凄凉孤馆，依人生活。断梗行踪，子期不逢。流水长逝，那知今日又是明朝。前途无路，后顾难堪，我生不辰，命穷若此，谁从死后识方千耶？于是高吟颦卿"侬今葬花人笑痴，他年葬侬知是谁"之句，不觉触绪生悲，因时兴感，莺花易老，天地无情，叹韶光之不再，望知己兮云遥。结此茫茫，百端交集，苍凉感喟，不知涕泗之何从。埋香冢前之颦卿，犹有一痴宝玉引为同调，今梦霞独在此处继续颦卿之举，颦卿固安在耶？笑梦霞之痴者何人耶？能与梦霞表同情而赔泪者又何人耶？梦霞之知己，则仅此冢中之花耳。梦霞乃含悲带泪，招花魂而哭之曰："冢中之花乎，三生痴梦，醒乎？否乎？汝命何短，我恨方长。香泥一掬，以安汝骨；芳草一丛，以伴汝魂；惨酒一杯，以为汝奠；凄禽一声，以为汝吊。汝其知也耶？其不知也耶？嗟嗟，旧日风情，今成泡影，却悲净质，犹在尘寰。燕子楼不堪回首，空留盼盼之名；牡丹亭果否还魂，谁见亭亭之影。然而笳声咽月，文君有归流之期；指印留环，玉箫践再生之约。花如知感，则来岁春回，应先着东风，早胎异卉，以偿余之深情，慰余之痴望耳。"梦霞至此，已哭不成声矣。成碌半日，心碎神疲，加以昨夜未曾安枕，经此剧痕，体益不支，遂返身入室。庭前又寂无一人，惟有新坟一尺，四围皆梦霞泪痕，点点滴滴，沁入泥中，粘成一片而已。

第二章 夜 哭

小院春深，亚枝日午，炊烟缕缕，摇曳空中，正黄梁饭熟时矣。梦霞自晨起后，即赴树下，拾花、葬花、哭花，瘁心惮力，半日于兹。入室后体倦欲眠，而馆僮适取午膳至。须臾饭毕，饮清茗一杯以醒诗脾。环行于室中者数周，仍倚窗而立，时辛夷方大开，映日争光，流霞成彩，突然触其眼帘。梦霞对之而叹曰："彼何花乎，若斯之艳也。倚托东风之势，逞姿弄媚，百六韶光，几为渠占尽。亦知名花易老，好景不常。后封姨之恩威并用，其手段至辣，其施放至公。此花既受其吹嘘，必仍被其摧折，后日亦终与家中之花，同归于尽。猩红万枝，吾视之直点点血泪耳。"梦霞独自沉思，满目闲愁，若难摆脱，乃就案头，擘笺拈管，赋诗二首曰：

梨花

幽情一片堕荒村，花落春深昼闭门。知否有人同溅泪，问渠无语最销魂。粉痕欲化香犹恋，玉骨何依梦末温。王孙不归青女去，可怜孤负好黄昏。

辛夷（即木笔）

部尽兰胎艳太华，蕊珠宫里斗春华。浥枝晓露容方湿，隔院东风信尚赊。锦字密书千点血，霞纹深护一重纱。题红愧乏江郎笔，不称今朝咏此花。

书竟，复郎诵一遍，搁笔沉吟，百无聊赖。继念香魂虽有依归，新冢尚无表识，于心不能无歉。梦霞固擅雕龙之技者，乃取白石一方，剖而平之，伏案奏刀，二时始就。其义曰：

> 梨花香冢
>
> 己酉三月青陵恨人题

呼馆僮持去，立之冢前。而梦霞此时实倦极矣，遂倒榻而眠，沉沉睡去，不复知夕阳之西下也。

金乌没影，珠蚌剖胎，一天凉意，满地流波。比及梦霞醒时，已月移花影上栏杆矣。壁上时钟正叮当敲十下。月光从窗罅透入帐中，照衾枕上花纹尽现。时觉寒气骤加，梦霞深深拥被，方拟重续残梦，忽闻隐隐有呜咽之声，不知何自而至。梦霞大惊异，倦眼朦胧，豁然清醒。侧耳静聆，细察其声浪所传出之方向，则决其为来自窗外者。哭声幽咽，凄凄切切，若断若续，闻之令人恻然心动。梦霞惊定而怖，默揣此地白昼尚无人迹，深夜何人来此哀哭？呜呼，噫嘻！吾知之矣，是必梨花之魂也。彼殆感余埋骨之情，于月明人静后来伴余之寂寞乎？阅者诸君，此不过梦霞之理想，实亦事实上所决无者也。

梦霞胆骤壮，急欲起而窥其究竟，披衣觅覆，蹑行至窗前，露半面于玻璃上，向外窥之。瞥见一女郎在梨树下，缟裳练裙，亭亭玉立，不施脂粉，而丰致娟秀，态度幽闲，凌波微步，飘飘欲仙。时正月华如水，夜色澄然，腮花眼尾，了了可辨，是非真梨花之化身耶？观其黛蛾双蹙，抚树而哭，泪丝界面，鬟低而纤腰欲折。其声之宛转缠绵，凄清流动，如孤鸾之啼月，如雏雁之呼群，一时枝上栖禽，尽闻声而惊起。哭良久，忽见女郎以巾拭泪，垂颈注视地上，状甚惊讶。旋回眸四瞩，似已见冢上之碑识，纤腰徐转，细步行来。既至冢前，遂以纤掌摩抚碑文，点首者再。继巡视冢前一周，又低眉沉思半晌，而哭声又作矣。此次之哭，比前更觉哀痛，呜呜咽咽，凄人心脾，与鞶卿之哭埋香冢，诚可谓无独有偶。此时梦霞与女郎之距离，不过二三尺地。月明之下，上而鬟角眉尖，下而袜痕裙褶，无不了然于梦霞之眼中，乃二十馀绝世佳人也。梦霞既惊其幽艳，复感其痴情，又怜其珊珊玉骨，何以禁受如许夜寒，一时魂迷竟醉，脑海中骤呈无数不可思议之现象。忽闻铮然一声，梦霞如梦初醒，盖出神之至，不觉以额触玻璃作声也。再视女郎，则已不见，惟有寒风恻恻，凉月纷纷，已近三更天气矣。无可奈何，乃复就枕。此夜之能安睡与否，则梦霞未以告作书者，以意度之，固当为梦霞诵《关雎》三章耳。

咄咄，女郎何来？女郎何哭？哭又何以哀痛至？是哭花耶？哭冢耶？抑别有所苦耶？吾知女郎殆必与梨花同其薄命，且必与梦霞同具痴情。其哭也，借花以哭己耳。呜呼！梦霞幸矣，茫茫宇宙，固尚有与之表同情而赔泪者乎！潇湘沉恨，万劫不消；顽石回头，三生可证。盖此夜之奇逢，即梦霞入梦之始矣。

阅者诸君亦知此女郎果为何如人乎？女郎固非梨花之魂，乃梨花之影也。此薄命之女郎与情之梦霞，皆为是书中之主人翁，欲知女郎之来历，当先悉梦霞之行踪。

梦霞姓何名凭，别号青陵恨人，籍隶苏之太湖。其生也，母梦彩霞一朵，从空飞下，因以梦霞为字。家本书香，门推望族，父某为邑名诸生，生女一、子二，长字剑青，次即梦霞也。梦霞以生有梦异，父母尤钟爱之。双珠双璧，照耀门楣，亲友咸啧啧歆羡。梦霞幼时，冰神玉骨，头角峥嵘然，捧书随兄，累累两卵，小时了了，誉噪神童，长更犖犖，人呼才子。其父每顾梦霞而喜曰："得此佳儿以娱晚景，世间真乐无过于是。"父本淡于功名，且以梦霞非凡品也，不欲其习举子业、入名利场。梦霞乃得专肆力于诗古文辞，旁览及夫传奇野史，心地为之大开。而于诸书中尤心醉于《石头记》，案头枕畔顷刻不离。前生凤慧，早种情根；少小多愁，便非幸福。才美者情必深，情多者愁亦苦。《石头记》一书，弄才之笔，谈情之书，写愁之作也。梦霞固才人也、情人也，亦愁人也。每一展卷，便替古人担忧，为痴儿叫屈。莺春雁夜，月夕风晨，不知为宝、黛之情挚缘悭，抛却多少无名血泪，而于黛玉之葬花寄恨，焚稿断情，尤深惜其才多命薄，恨阔情长。时或咄咄书空，悠然遐想，冀天下有似之者。书窗课暇，尝戏以书中人物，上自史太君、下至傻大姐，各综其事迹，系以一诗，笔艳墨香，销魂一世。其昵友某见之曰："痴公子几生修到，君有忻慕心，以是因果，恐将跌入大观园里，受诸苦恼去也。"梦霞知其讽己，一笑置之。噫！孰知不数年而其友之言果验，一纸泪痕，竟为情券耶。

十年蹭蹬，蹋落霜蹄，一卷吟哦，沉埋雪案。梦霞虽薄视功名，亦曾两应童试，皆不售，抑郁无聊，空作长沙之哭。适值变法之际，青年学子咸弃旧业，求新学，负笈担簦，争先恐后。梦霞亦于此时，别其父母，肆业于两江师范学校，卒以最优等毕业，时年已及冠矣。姊适弘农杨氏，早赋于归；剑青亦已授室，行抱子矣。父母欲即为梦霞卜婚，籍了向平之愿。梦霞殊不愿，问其故，则不答。固问之．则荧然欲涕。父母疑有外遇，遍侦其同学，莫得端倪，心窃异之。不知梦霞之心事固有难以告人者，顾影自怜，知音未遇，佳人难再，魂梦为劳，一片痴心，欲得天下第一多情之女子而事之，不敢轻问津于桃源俗艳。盖此乃毕生哀乐问题，原非可以草草解决者也。

无何，灵椿失荫，家道中落。剑青远游楚闽，梦霞亦以家居无聊，拟橐笔作糊口计。适其同学有为之介绍于蓉湖某校，函招之往，梦霞雅不愿献身教育界，而其母以蓉湖有远戚崔氏，六七年不能音问，力怂恿梦霞应该校聘，得以便道就询近状。梦霞不忍拂慈母意，即择日治装往，襆被一条，破书半篑。自此而梦霞遂弃其家庭之幸福，饱尝羁人之况味矣。

春帆一角，影落蓉湖，既登岸，则该校固地处穷乡，与城市隔绝不通。梦霞亦不嫌其冷僻，转喜其得远烦嚣。惟校舍湫隘，下榻处黝暗无光，殊不适于卫生。乃便询崔氏居，则相距仅半里许耳。是晚，梦霞即呼校役导之往，中途忽念临行时忘问阿母，彼家系何戚属、作何称谓，一无所知而贸然晋谒，将如何酬应耶？但已至此，亦无奈。既属疏远之戚，则年长者呼以伯叔，年相若者呼以兄弟，即有乖误，想亦不至被人家笑话。梦霞此时正如丑媳将见翁姑，踟蹰愧赧，至不可状。

燕子窥人，鹦哥唤客。梦霞入门投刺，主人知为姑苏远戚，倒屣出迎，则一六十馀之颁白叟也。登堂让坐后，即现其极和霭之貌，出其极亲爱之语，谓梦霞曰："百年姻眷，一水迢遥，断绝音书，于兹六载。今日甚风儿吹得吾侄到此，真令老夫出于意外，怪道晨来喜鹊绕屋乱噪也。"继问："若翁及若母俱无恙否？"梦霞泫然答曰："谢老伯垂念，先父见背已一年馀矣，门庭冷落，家业凋零，寡妇孤儿，孰加存问。"语至此，备述其应聘来锡，及临行老母敦嘱便道探询意。崔父闻言，亦欷歔不止。继而曰："吾侄遭家不造，孤苦零丁，闻之令我心痛。然观吾侄头角凌云，胸襟吞海，青年饱学，腾达有期。有子克家，死者有知，亦当瞑目泉下。所难堪者老夫耳。老夫中年始得一子，去岁忽病疫死。昊天不吊，夺吾爱儿，垂暮之年，沦斯逆境，何命之穷也。西河贤者，痛抱丧明；东野达人，诗传失子。老夫何人，而能为太上之忘情，忍使青春少妇便上望夫之台，黄口孤儿难觅阿爷之面。伤矣！伤矣！残年无几，后顾茫茫，今幸吾侄掌教是乡，辱日荜末之亲，遗此一块肉，意欲重累吾侄，为老夫训迪，俾得略识之无，不堕诗书旧业，皆出吾侄所赐。老夫虽死，亦衔感靡涯矣。"梦霞起立而答曰："承吾伯厚爱，敢不从命？但恐侄才微力薄，有负重托。敢问令孙年几何矣？"崔父曰："令八龄耳，孩提之童，尚不能离其母。既吾侄不弃，敢请移榻敝庐，俾得朝夕过从。老夫亦得快瞻以乔采，饱接清谭，何幸如之。"梦霞私念校中正无设榻处，去彼就此，计亦良得，遂慨然允诺。崔父喜曰："吾侄真快人哉，东壁一书舍，地颇僻静，亡儿在日，读书其中。自渠死后，老夫不忍至其地，封闭已久。是舍面山背池，风景绝佳，庭前亦略具花木，尚可为吾侄醉吟游憩之所，吾侄不嫌唐突，今夜便将行李移来何如？"梦霞曰："甚善。"崔父随唤婢媪："问汝梨娘取钥启书室门，将室中洒扫收拾。"梦霞亦嘱校役回校取行装至，是夜即下榻其中焉。

第三章　课　儿

白云苍狗，变幻无常；秋月春风，等闲轻度。昔人谓释氏因缘两字，足补圣经贤传之阙。人生遇合，到处皆缘。缘未至，不得营求；缘既至，无从规避。梦霞家虎阜之麓，忽泛蓉湖之棹；既应聘而任锡校之教职，忽更辗转而为崔氏之寓公，是非所谓缘耶？然梦霞以为缘，而梦霞之缘尚未至也。半月光阴，孤愁滋味，十分寂寞，万种牢骚，不得已而寄其情于花，其寄情于花之魂，而拾花、而葬花、而哭花。种种奇情，介绍种种奇缘。落花半亩，五夜独来；皓月一轮，两心同照。一夜相思之梦，百年长恨之媒。呜呼，梦霞岂知从此遂沦于苦海乎？

残月窥帘，寒风撼壁，碧纱窗上映一亭亭小影，窗内时闻微叹。噫，谁家女郎，深夜不眠而独坐愁苦耶？时女郎悄对银釭，以手支颐，低眉若有所思，两腮间泪痕犹湿，真如带雨梨花，不胜其憔悴可怜之状。但见泪痕湿，不知心恨谁。女郎之心谁知之？女郎之泪谁见之耶？未几，忽闻帐中儿啼声，女郎乃拭泪而起，入帐抚儿，旋亦卸装就睡，而绛帻鸡人，已连声报晓矣。

呜呼，碧纱窗内之女郎，非即梨花冢前之女郎耶？儿啼声中之女郎，非即梦霞眼里之女郎耶？记者笔下之女郎，非即崔父口中之梨娘耶？梨娘何人？白氏之长女，而崔氏之新孀也。结褵八载，永诀一朝。鬼伯驱人，不分皂白；孀雌对影，无奈昏黄。恼煞檐前鹦鹉，声声犹唤枝头，怪他枕上鸳鸯，夜夜何曾入梦。负负年华，才周花信；茫茫恩爱，遽歇风流。伤心载，冢上白杨，已堪作柱；闺中红粉，争不成灰。梨娘之命不犹，梨娘之怨何如耶？已分妆台菱碎，黄鹄吟成；谁知空谷兰馨，白驹声至。美人薄命，名士多情，五百年前孽冤未了。梦霞不来，而梨娘之怨苦；梦霞来，百梨娘之恨更长矣。

青衫旧泪，黄口新声。梦霞自寓居崔氏后，日则自去自来，夜则独眠独坐。幸梨娘之儿，年方束发，性具慧根。笑啼之态，咿呀之声，唇齿未清，丰姿可爱，案头灯下，颇解人怀。而梦霞以其为无父之孤儿，尤加意护持，尽心抚恤。虽值悲愤莫泄之时，见儿来，则化愁为喜，破涕为欢，从未尝以疾言厉色，惊彼嫩弱之胆囊。盖其慈祥仁爱，出于天性使然，并非对于崔氏之儿而另换一副心肠也。儿名鹏郎，梦霞字以霄史，盖祝其异日抟风万里，而翱翔于天霄也。鹏郎初入学，一夕便能识字数十，梦霞以其聪颖异于常儿，爱之弥甚，抚抱提携，直以良师而兼慈母。鹏郎则动静自然，天真烂漫，以得梦霞之怜爱，故对梦霞殊多依恋之诚，略无畏惧之意。韦庄有"晓傍柳阴迎竹马，夜偎灯影弄先生"之句，不啻为梦霞、鹏郎咏矣。

梨娘青年早寡，遗此孤雏，其钟爱之深自可想见。方梦霞之来也，崔父告梨娘，欲遗鹏儿从之学。梨娘不敢违翁命，而柔肠辗转，窃焉忧之。盖恐鹏郎喜嬉畏读，憨跳性成，梦霞或少年浮燥，不谙儿性，一不如意，毒施以无情之夏楚，强迫以过严之功课，步步约束，重重压制，岂非伤吾可爱之儿？梨娘方以私意窥测梦霞，孰知梦霞竟出梨娘意外，而大有以慰梨娘耶？每夕鹏郎入室就读后，梨娘辄颦眉独坐，忐忑不宁，密遣侍儿潜至窗外侦听。继知梦霞教养兼施，怜恤倍至，其爱鹏郎直如己子，梨娘为之大慰，不觉以爱其子之故，遂有敬慕梦霞之心，以为彼君子兮，温其如玉，性情若是其醇笃，才华必极其秾郁，吾儿何幸得此良师耶！忽又转念，彼江湖落魄，客舍伤春，举目无可语之人，仰首作问天之想，其境遇之穷，实堪怜悯。灯光黯黯，羁绪鳏鳏，少年意气，消磨已尽，岂非天下之伤心人欤！盖至此，而两人暗中一线之爱情，已怦怦欲动矣。

"月姊曾看下彩蟾，倾城消息隔重帘。"梦霞虽为崔氏之远戚，竟不知崔氏家中之眷属。然鹏郎无父，梦霞固早知之，则鹏郎有母，梦霞岂不知之？况梨娘之名，已出之于崔父之口耶！然梦霞虽知有梨娘，而梨娘之年、之貌、之才，均未一一深悉。第得诸婢媪无意道及梨娘，日间每自课鹏郎，手书方字教之读，绣馀之暇，辄以一卷自遣。有时或拈笔微哦，披笺属草，案头稿积盈尺，而架上则万轴牙签，琳琅满目。其整理之精洁，陈设之幽雅，绝不类香闺绣阁。于是，梦霞始知梨娘为多才之女子，其抚孤足与画荻之欧阳媲美，其敏慧又足与咏絮之道韫抗衡。惜乎女子才多，每遭天忌，红颜一例，今古同悲。非早年蕙折兰摧，即中道鸾离凤拆。月老荒唐，错注姻缘之谱；风情销歇，辟开愁恨之天。小草有情，可怜独活；好花无恙，只是将离。如梨娘者，即可为普天下薄命女儿作一可怜之榜样矣。梦霞倾慕梨娘之心甚殷，爱怜梨娘之心更挚，因慕而生恋，因恋而成痴。未几而窗外闻声，月中偷眼，素娥斗影，倩女归魂，来若惊鸿，去如飞燕，梦霞固决其为梨娘也。三生因果，今夜奇逢；一家凄凉，他生莫卜。望风洒泪，两人同此痴情；对月盟心，一见便成知己。梦霞又不暇为已死之梨花吊，而为现在之梨娘悲矣。

诵声朗朗，人影双双。梦霞课鹏郎读，每夕以二小时为限，钟鸣九下，则呼馆僮抱之出，不欲久稽时刻以苦之也。鹏郎既出，梨娘必喃喃问今日识几字、先生爱汝否、汝曾触怒先生否、先生作何事、观书乎、作字乎，必待鹏郎一一答毕，乃徐徐为之脱衣解覆，抱置于床而下帐焉。吁嗟嫠妇，鞠育孤儿，月照空闺，迟回不能遽寝，辄就灯下刺绣，遣此长宵。鹏郎则鼾然熟睡，睡中或作呓语，叠呼阿母，著意催眠。梨娘一阵伤心，每为鹏郎唤起，未尝不泫然而涕也。

一夕，鹏郎嘻嘻然白其母曰："先生爱儿甚，加儿于膝，揽儿于怀，握儿手，吻儿颊，笑问儿曰：'鹏郎鹏郎，汝肯离却慈母而伴余眠乎？鹏郎、鹏郎，汝知余独宿无聊，寝不成寐乎？'"梨娘闻鹏郎言，脑海翻腾恨海之潮，心灰拨起情灰之热。表愁有泪，长叹无言，默念轸近世人情不古，飘若轻云，寡妇孤儿，每受人白眼，彼诚金情人哉！诚热肠人哉！抚我爱儿无微不至。从此，梨娘私心耿耿，非特敬慕梦霞已也，且至于感激涕零而有不能自己者。

锦上添花，雪中送炭，炎凉世态，到处皆然。人生不幸，抛弃家乡，飘摇客土，舟车劳顿，行李萧条。夜馆灯昏，形影相吊，一身之外，可亲可昵者更有阿谁？譬之寄生草然，危根孤植，护持灌溉之无人，其不憔悴以死者，幸矣。嗟嗟，草草劳人，频惊驹影；飘飘游子，未遂乌私。带一腔离别之情，下三月莺花之泪。异乡景物，触目尽足伤心；浮世人情，身受方知意薄。一灯一榻，踽踽凉凉，谁为之问暖嘘寒？谁为之调羹进食？此客中之苦况，羁人无不尝之。而梦霞之寄迹蓉湖，则独占旅居之幸福，独得主人之优待，不觉有丝毫之苦，宾至如归，几忘却此非吾土。日则有崔父助其闲谈，夜则有鹏郎伴其岑寂，衣垢则婢媪为之洗涤，他污则馆僮为之粪除，而其饮馔之精洁，侍奉之周至，即求之于家庭亦得未曾有。待先生如此其忠且敬者，皆出梨娘意也。梦霞知之，梦霞德之，于是教育鹏郎更瘁心力，间或向鹏郎微露感谢梨娘之意。鹏郎，童子也。童子喜饶舌，苟有所闻于先生者，入必学舌以告之母。呜呼，闺中少妇、阃外书生，虽未接一言，未谋一面，早已惺惺相惜，心心相印矣。

梦霞早出赴校，及暮归寓，日以为常，七日中仅得偷闲一日耳。其葬花之举，是日正值星期放假，故得优游终日，消遣闲情。不意即于是夜获睹梨娘一面。今夕何夕，见此粲者，不期而遇，亦天假之缘也。方梨娘潜步至庭中时，正月明人静，万籁沉沉，逆料此时梦霞必已入睡乡矣。欲觅残英，已无剩影，凭吊埋香之冢，抔土未干；摩挲坠泪之碑，情词太艳。此时梨娘欲为花吊耶，而念及己之薄命，更有甚于花者，则自吊之不暇矣。此花遇多情之梦霞，开时有保护之人，落后免飘零之恨，以梨娘较之，幸不幸正是悬殊矣。草草姻缘，往事空留影象；悠悠岁月，终身难展眉头。除却嫦娥相伴，已无知我之人；即令女娲复生，亦少补天之术。恨逐年添，愁催人老，未亡人其能久于人世也乎？梨娘想后思前，肠为之寸寸断矣。一阵心酸，泪波汩汩，遽奔集于两眶，遂放声号哭。初不料梦中之梦霞闻哭声而惊醒，侥幸得见梨花真影于销魂带雨时也。梦霞得见梨娘，梨娘未见梦霞也。而梦霞之多情，梨娘固已深知之且深感之矣。脉脉两情，暗中吸引，一哭即相思之起点耳。

自此之后，梦霞之耳竟成一蓄音器，每一倾耳而听，恍闻梨娘哭声，呜呜咽咽，嘤嘤咿咿，洋洋乎盈耳也。梦霞之目竟成一摄影箱，每一闭目而思，恍见梨娘人影，袅袅婷婷，齐齐整整，闪闪然在目也。尤可艳者，梦霞既于无意中窥见梨娘，次夕，却有意泄其事于鹏郎，且曰："'人美于玉，命薄于花，又多情，又伤情。'此四语，可赠汝母，汝其识之。"鹏郎旋归寝，则谨以先生之语告诸其母，依样葫芦，一字不易。时梨娘方悄对菱花，自窥倩影，一闻梦霞赠言而惊、而悲、而叹、而泣、而点首、而支颐，一寸芳心，芬然乱矣。而彼梦霞亦复如此，其最终之心事则惴惴焉，惟恐鹏郎传言于梨娘，梨娘或有愠意。于是自悔孟浪，毋乃失言。一夜思量，寝不安席。呜呼，此夕梨娘，夜况何如？则正与梦霞同病耳。

第四章　诗　媒

古人云："得一知己，可以无恨。"斯言盖深慨夫知己之难得也。所谓知己者，心与心相知。我以彼为知己，彼亦以我为知己，两相知，故两相感，既两相感矣，则穷达不变其志，生死不易其心，一语相要，终身不改，此知己之所以得之难。而当风尘失意、穷途结舌之时，欲求一知己，尤难之又难也。词人负肮脏不平之气，怀才不遇，飘荡频年，境遇坎轲，情怀抑郁，好头颅自怜妩媚，满肚皮都是牢骚。冠盖满京华，欺人独憔悴。流俗无知，遭逢不偶，几于无眼不白，有口皆黄。茫茫人海，知我其谁！不得已而求之于粉黛中。则有痴心女子，慧眼佳人，红粉怜才，青娥解意。一夕话飘零之恨，泪满青衫；三生留断碎之缘，魂招碧血。国士无双，向茜裙而低首；容华绝代，掩菱镜以伤神。名士沉沦，美人坠落，怜卿怜我，同命同心，此侯朝宗所以钟情于李香君，韦痴珠所以倾心于刘秋痕也。梦霞之于梨娘亦犹是焉耳。所异者，彼则遨游胜地，此则流浇穷乡"彼则曲院娇娃，此则孀闺怨妇。其情、其境，倍觉泥人。一样凄凉，双方怜惜，则梦霞之于梨娘，其钟情、其倾心，较之侯、李、韦、刘，有不更增十倍者哉！

伤别伤春，我为杜牧；多愁多病，渠是崔娘。梦霞邂逅梨娘于月下，在梦霞虽偷眼私窥，在梨娘固会心不远，梦霞不能忘情于梨娘，梨娘岂遂能忘情于梦霞乎？既不能忘情，则当有以通情。然两人此时虽情芽怒苗，情思勃生，犹有所迟徊顾忌而不能遽发者。梦霞欲通词于梨娘，则恐流水尢心，岂容唐突；梨娘欲致意于梦霞，则恐属垣有耳，难释嫌疑。心旆摇摇，一时难系；情丝缕缕，两地相牵。帘中人影，窗内书声，若即若离，殊有咫尺天涯之感。桂府可登，须借吴刚之斧；蓬瀛在望，谁助王勃之帆。如蔗倒餐，佳境岂能遽至；如瓜落蒂，熟期须待自然。则两情之由离而合，由浅而深，渐至如胶如漆，难解难分，尚须大费工夫也。无卖花媪，无昆仑奴，能为两人任作合介绍之责者，舍管城子其谁属欤？

夕阳渗淡，暮霭苍茫，野风袭裾，杂花自落。看一角春山大好，可惜黄昏。时则有闲云片片，渡涧而归，流不一湾，断桥三尺，山影倒俯于波中，屈曲流动，演成奇景。炊烟几缕，出自茅舍，盘旋缭绕于长空，作种种回环交互纹。山之麓，水之滨，牧童樵叟，行歌互答，往来点缀于其间。桥边老树数株，杈桠入画，归鸦点点，零乱纵横，哑哑之声，不绝于耳，似告人以天寒日暮，归欤、归欤。行客闻之，每为心动。此绝妙乡村晚景图也。过桥而西，槿篱之间，忽露墙角，数椽小筑，一曲幽栖，颇得林泉佳趣，此崔氏之后舍也。白板双扉，镇日虚掩，门以内有小圃春韭半畦，青翠可爱。过此有精舍一，即梦霞寄居之所也。于斯时也，桥下有一人独行踽踽，因举步过急，风枝时触其帽檐，乃瞻衡宇，载欣载奔，伊何人？伊何人？非梦霞耶？梦霞何来？盖自校中归也。步覆何匆遽耶？神情何惶急耶？乱烟啼鸟，暮色绝佳，梦霞竟不暇独立斜阳，领略此一霎可怜之景。盖彼终日为校务劳神，亟待休息，加以心事悠悠，情思叠叠，伊人不见，延伫徒劳，反不若斗室流连，左图右史，得藉以排遣闲愁。彼道旁之闲花野草，曾何足以动其心而移其情哉！

推扉而入，阒其无人，连呼馆僮，迄无应者。平日梦霞所居，每出必扃，由馆僮司钥。今日乃双扉洞辟，何哉？逡巡入室，则室中所见，有突触于梦霞之眼，而足令生其惊讶者，盖案上图书已稍稍变易其位置，怪而检点之，则他无所失，惟前所著《石头记影事诗》之稿本，已不翼而飞，遍觅而不可得矣。偶一俯首，拾得荼蘼一朵，犹有馀香。把玩之馀，见花蒂已洞一穴，定是簪痕。梦霞乃恍然曰："入此室者，殆梨娘矣。梨娘解诗，故今日携我诗稿去也。其遗此花也，有意耶抑无意耶？"梦霞此时，一半惊喜，一半猜疑，于是心血生潮，又厚一层情障矣。

窗衣渐黑，灯豆初红。梦霞方手拈残花，凝神冥想，而馆僮适至。梦霞问之曰："汝不在此，往何处去耶？舍门未掩，前后无人，设有行窃者来试肱箧术，室中物将无一存在矣。且我扃门而出，以钥交汝，谁启此锁者，汝知之乎？"馆僮答曰："今日午后，主人遣我入城购物，以钥交于秋儿。行时经过此门，铁将军固狰然当关也，后此非我所知矣。"梦霞又问曰："秋儿何人？"僮曰："梨夫人之侍儿也。"梦霞不语，挥僮使去，旋又呼之使返，嘱之曰："去便去，勿向秋儿饶舌。"僮佯诺之，既出，于廊下遇秋儿，即诘以钥所在，启锁者何人。秋儿曰："钥为夫人取去，谁入此室，我亦不知，或即夫人乎？"僮乃以梦霞嘱语告秋儿，并嘱其勿语夫人。秋儿颇慧黠，闻僮言亦佯诺之，旋即尽诉之于梨娘。时梨娘方独坐纱窗灯下，出梦霞诗稿曼声娇哦，骤聆此语，不觉失惊。盖梨娘知梦霞失稿，必将穷诘馆僮，故遗花于地，俾知取者为我，必默而息矣。初不料其仍与僮哓哓也，但未知其曾以失稿事语之否，若僮知此事，以告秋儿，尚无防也，脱泄之于阿翁者，将奈之何？我误矣，我误矣！我固以彼为解人也，今若此！梨娘因爱生恼，因恼生悔，因悔生惧，一刹那间，脑海思潮，起浇不定，寸肠辗转，如悬线然。掩卷沉吟，背檠暗忖。良久，忽转一念曰："此我之过虑也，梦霞而果多情者，则必拾花而会意，决不与僮多言也。"乃徐问秋儿曰："僮尚有他语否？"曰："无。"梨娘惊魂乍定，恼意全消，亦如梦霞之嘱僮者嘱秋儿曰："汝此后勿再与僮喋喋，如违吾言，将重宥汝，不汝宥也。"秋儿唯唯。

苦茗一瓯，残香半炉，夜馆生涯，如此而已。时则新月上窗，微风拂户，梦霞灯以待鹏郎捧书而来。课毕后，梦霞出一函授鹏郎，谓之曰："持此付若母，更寄语若母，石头遗恨，须要偿也。"鹏郎不知其意，谨记先生语，持函往告诸梨娘。梨娘手接一封书，欢生意外，耳听两面语，神会个中。于是拔簪启缄，移檠展幅，诵其书曰：

梦霞不幸，十年蹇命，三月离家。晓风残月，遽停茂苑之樽；春水绿波，独泛蓉湖之棹。乃荷长者垂怜，不以庸材见弃。石麟有种，托以六尺之孤；幕燕无依，得此一枝之借。主宾酬酢，已越两旬，凤夜图维，未得一报。而连日待客之诚，有加无已，遂令我穷途之感，到死难忘。继闻侍婢传言，殊佩夫人贤德。风吹柳絮，已知道韫才高；雨溅梨花，更惜文君命薄。只缘爱子情深，殷殷致意；为念羁人状苦，处处关心。白屋多才，偏容下士；青衫有泪，又湿今宵。凄凉闺里月，早占破镜之凶；惆怅镜中人，空作赠珠之想。蓬窗吊影，同深寥落之悲；沧海扬尘，不了飘零之债。明月有心，照来清楚；落花无语，扪遍空枝。蓬山咫尺，尚悭一面之缘；魔劫千诎，重觅三生之果。嗟嗟！哭花心事，两人一样痴情，恨石因缘，再世重圆好梦。仆本恨人，又逢恨事；卿真怨女，应动怨思。前宵寂寞空庭，曾见梨容带泪；今日凄凉孤馆，何来莲步生春。卷中残梦留痕，卿竟抟愁而去，地上遗花剩馥，我真睹物相思。个中消息，一线牵连；就里机关，十分参透。此后临风雪涕，闲愁同戴一天；当前对月怀人，照恨不分两地。心香一寸，甘心低拜婵娟；墨泪三升，还泪好偿冤孽。莫道老妪聪明，解人易索；须念美人迟暮，知己难逢。仆也不才，窃动怜才之念；卿乎无命，定多悲命之诗。流水荡荡，淘不尽词人旧恨；彩云朵朵，愿常颁幼妇新辞。倘荷泥封有信，传来玉女之言；谨当什袭而藏，缄住金人之口。自愧文成马上，固难方李白之万言；若教酒到愁边，尚足应丁娘之十索。此日先传心事，桃笺飞上妆台；他时或许面谈，絮语撰开绣阁。

梨娘读毕，且惊且喜，情语融心，略含微恼，红潮晕颊，半带娇羞。始则执书而痴想，继则掷书而长叹，终则对书而下泪。九转柔肠。四飞热血，心灰寸寸，死尽复燃，情幕重重，揭开旋障。既而重剔兰镫，独开菱镜，对影而泣曰："镜中人乎？镜中非梨娘之影乎？此中人影怎不双双？既未尝昏黑无光，胡不放团圞成彩，而惟剩有一个愁颜，独对于画眉窗下乎！呜呼，梨娘！尔有貌，天不假尔以命；尔有才，天则偿尔以恨。貌丽于花，命轻若絮；才清比水，恨重如山。此后寂寂窗纱，已少展眉之日；悠悠岁月，长为饮泣之年矣。尔自误不足，而欲误人乎？尔自累不足，而欲累人乎？已矣，已矣，尔亦知情丝缕缕，一缚而不可解乎？尔亦知情海茫茫，一沉而不能起乎？弱絮馀生，业已堕落，何必再惹游丝，凭藉其力，强起作冲霄之想。不幸罡风势恶，孽雨阵狂，极力掀腾，尽情颠播，恐不及半天，便已不能自主。一阵望空乱飐，悠悠荡荡，靡所底止。此时飘堕情形，更何堪设想乎？"言念及斯，心灰意冷：固不如早息此一星情火。速断此一点情根。力求解脱，劈开愁恨关头；独受凄凉，料理飘零生活。悬岸知勒马，原为绝大聪明；隔水问牵牛，毋乃自寻苦恼。今生休矣，造化小儿，弄人已甚，自弄又奚为哉？岂不知缘愈好而天愈忌，情愈深而劫愈重耶？梨娘辗转思量，芳心撩乱，至此，乃眉黛销愁，眼波干泪，掩镜而长叹一声，背镫而低头半晌，心如止水，风静浪平，已无复有"梦霞"二字存于脑之内府。梨娘之心如此，则两人将从此撒手乎？而作此《玉梨魂》者，亦将从此搁笔乎？然而未也，梨娘此时虽万念皆消，一尘不染，未几，而微波倏起于心田，惊浪旋翻于脑海，渐渐掀腾颠播，不能自持，恼乱情怀，有更甚于初得书时者。是何也？此心不堕沉迷，万情皆可抛撇，惟此怜才之一念，时时触动于中，终不能销灭净尽也。于是一吟怨句，百年恨事兜心；再展蛮笺，半纸泪痕透背。旋死旋生，忽收忽放，瞬息之间，变幻万千，在梨娘亦不自知也。呜呼，孽矣！

第五章 芳 讯

　　一情相引，万恨齐攒。梨娘得梦霞书，倏而悲，倏而喜，倏而悟，倏而迷，心烦虑乱，不知所从。梨娘何自苦乃尔？呜呼！梨娘非自苦也，梦霞苦之也。梦霞深苦梨娘，梦霞未尝不自苦。方鹏郎之持书而去也，梦霞目送之而魂之，心头鹿突，脑蒂蝇旋，惕惕然如待鞫之囚，尚未定谳，不知是死是生。有时痴立窗前如木鸡，有时呆坐案头如参禅，有时环行室中如转磨，其心专注于鹏郎持去之书，而悬揣夫梨娘之得此书也。其惊耶？其疑耶？阅此书也。其怒耶？其喜耶？如其怒也，则我此时之书，必已掷之于地，或投之于火矣；如其喜也，则梨娘味书中之语，想书中之人，会书中之意，必引上书者为解人、为知己。一封有情书，此时必得彼有情人之泪，层层湿透于字里行间矣。梦霞一念旋生，一念旋灭，如露、如电，顷刻皆幻；而梨娘之阅此书，其喜、其怒，梦霞固未能预决，实亦未尝不可预决也。盖梨娘既携诗稿而去，则非无情于梦霞矣。梦霞之书，迎机而入，结果必佳，固不必构想究竟，惟恐其不生效力也。然梦霞已为一缕情丝牢牢缚定，神经全失其作用，不觉惶急万分，历碌万状，徬徨不定，疑惧交加。此夜梦魂之颠倒，梦霞亦自觉从未如此，五更如度五重关耳。

　　次日，梦霞课毕即返，较平日早一二小时，家中人固莫知其心事，但觉其稍异于常而已。不知梦霞固心悬乎昨夜之书，而急盼夫好音之至。公事毕，治私事，跂而望之，坐以待之，岂容有一刻逗留于外耶？乃夫几而金乌西坠矣，未几而玉兔东升矣，心急矣，眼穿矣，鹏郎来矣，此时之梦霞又别具一种瞀乱迷离之状，如死囚之上断头台时，惟此最生五分钟之解决耳。

"重叠鱼中素，幽缄手自开。斜红馀泪迹，知着脸边来。"鹏郎徐行而前，有一物焉，其形狭而长，紧握于鹏郎之嫩腕，直刺于梦霞之馋眼。此何物耶？非梦霞终日盼望之一纸好音耶？梦霞，梦霞，喜可知已。鹏郎以书授梦霞。梦霞惊喜之馀，偏欲强示镇静，逆知其中消息必不恶，正不必急于剖视，姑置书于案头而课鹏郎读，若不甚注意者。直至夜课已毕，鹏郎就睡后，乃开缄阅之，其文曰：

> 白简飞来，红灯无色。盥诵之馀，情文中艳，衷感殊深。人海茫茫，春闺寂寂，犹有人念及薄命人，而以锦字一篇，殷殷慰问于凄凉寂寞中耶。此梨影之幸矣！然梨影之幸，正梨影之大不幸也。梨影不敏，奇胎坠地，早带愁来，略识之无，便为命妒。翠微宫里，不度春风；燕子楼中，独看秋月。此自古红颜，莫不皆然。才丰遇啬，貌美命恶。凡兹弱质，一例飘零，岂独一梨影也哉。人生遇不幸事，退一步想，则心自乎。梨影自念，生具几分颜色，略带一点慧根，正合薄命女儿之例，不致堕落风尘，为无主之落花飞絮，亦已幸矣。今也独守空帏，自悲自吊，对镜而眉不峰，抚枕而梦无来路。画眉窗下，鹣鹣无言；照影池边，鸳鸯欺我。此中滋味，大是难堪。然低首一思，则固咎由自取。不加重谴，免受堕落之苦。天公之厚我已多，而尚何怨乎？夫以多才多情如林颦卿，得一古今独一无二之情种贾宝玉，深怜痛惜，难解难分。而情意方酣，奸谋旋中。人归离恨之天，朋冷埋香之冢，泪帐未清，香魂先化。人天恨重，生死情空。凤因如彼，结果如斯。梨影何人，敢嗟薄命，便梨影而不抱达观，亦效颦卿之怨苦自戕。感目前之孤零，念来日之艰难。回文可织，夜台绝寄书之邮；流泪不干，恨海翻落花之浪。病压愁埋，日复一日，试问柔躯脆质，怎禁如许消磨？恐不久即形销骨立，魂弱喘丝。红颜老去，恩先断而命亦随之俱断；黄土长埋，为人苦而为鬼更苦矣。此梨影平日所以常以自怜者自悲，又转以自悲者自解也。乃者文旆遥临，高踪莅止，辱附葭莩，不嫌菖蒲。鹏儿有福，得荷栽成；梨影无缘，未瞻丰采。自愧深闺弱翰，漫夸咏絮之才；侧闻阆苑仙才，颇切葵倾之愿。私心窃慕，已非一朝。继而月中摹花冢碑文，灯下诵《红楼》诗句，尤觉情

痴欲醉，楼楼交紫，才思如云，绵绵不断，几疑君为怡红后身。自古诗人，每多情种；从来名士，无不风流。夫以才多如君，情深如君，可处不足以售其才？何处不足以寄其情。而愿来此断肠地，眷念未亡人，殷勤致意？读君之书，缠绵悱恻，若有不能已于情者。梨影虽愚，能不知感？然窃自念，情已灰矣，福已悭矣，长对春风而唤奈何矣。独坐纱窗，回忆却扇年华，画眉情景。廿四番风，花真如梦；一百六日，春竟成烟。破镜岂得重圆？断钗乌能复合？此日之心，已如古井，何必再生波浪，自取覆沉？薄命之身，诚不欲以重累君子也。前生福慧，既未双修；来世情缘，何防先种。彼此有心，则碧落黄泉，会当相见。与君要求月老，注鸳牒于来生，偿此痴愿可耳。梨影非无情者，而敢负君之情，不以君为知己？但恐一惹情丝，便难解脱，到后来历无穷之困难，受无量之恐怖，增无尽之懊恼，只落得青衫泪湿，红粉香消，非梨影之幸，亦非君之幸也。至欲索观芜稿，梨影略解吟哦，未知门径，绣馀笔墨，细若虫吟，殊足令骚人齿冷。君固爱才如随园，苟不以梨影为不可教，而置之女弟之列，为贽，异日拜见先生，涤砚按纸，愿任其役，当不至倒捧册卷，贻玷师门。此固梨影所深愿，当亦先生所不弃者也。区区苦衷，尽布于此。泪点墨花，浑难自辨，惟君鉴之。梨影谨白。

记者述笔至此，发生一疑问，请阅者一思。梦霞读梨娘之书，当生何种感情？梦霞之书，一幅深情。梨娘之书，若有情，若无情，怨不深而自深，辞不严而自严，言外已有谢绝之意。以常情测之，梦霞读此书，将怨梨娘之薄情而含失望之恨矣。不知梨娘固非文君，梦霞亦非司马，两人之相感出于至情，而非根于肉欲。梦霞致书于梨娘，非挑之也，怜其才而悲其命，复自怜而自悲，同是天涯，一般沦浇，自有不能已于言者。梨娘复书，内容如此，正与梦霞之意，不谋而合。梨娘深知梦霞之心，乃有此尽情倾吐之语，此正所谓两心相印。梨娘惟如此对待梦霞，乃真可为梦霞之知己也。不然，稗官野史，汗牛充栋，才子佳人，千篇一律。况梦霞以旅人而作寻芳之思，梨娘以嫠妇而动怀春之意，若果等于旷夫怨女，采兰赠芍之为，不几成为笑柄？记者虽不文，决不敢写此秽亵之情，以污我宝贵之笔墨，而开罪于阅者诸君也。此记者传述此书之本旨，阅此书者，不可不知者也。

梦霞、梨娘交感之真相，既如上述，则梦霞此时对于梨娘之书，其感情究如何乎？曰："与梨娘之阅梦霞书时正相同耳。始则执书而痴想，继则掷书而长叹，终则对书而下泪，盖梦霞固知梨娘决非薄于情者，书中之语，借旷达之观，寓怨恨之情，宛转缠绵，凄凉哀感，依恋之诚，溢于言外。至欲割爱断情，痴作他生之望；执经问字，愿列弟子之班。其语虽似薄情，然惟愈薄于情，乃愈深于情，自此而梦霞乃愈不能忘情于梨娘矣。梨娘欲力祛情魔，梦霞已渐沉苦海。梦霞不免为怀所误，梨娘独能免乎？嗟嗟！可怜身世，从今怕对鸳鸯；大好因缘，讵料竟成木石。普天下有情人，能不同声一哭哉！

青鸟佳音，深喜飞来天外；素娥真影，尚难唤到人间。次日，梦霞自校中出，彳亍而归，远远望见舍后似有人影，倚门闲伫，衣光鬓影，掩映于篱花墙草之间，神情态度，颇似梨娘。天寒翠袖薄，日暮倚修竹。梨娘殆有所盼乎？比梦霞行至门前，则芳踪已杳，纤影无痕，惟有远山蹙恨，溪水泻愁，一抹残阳，黯然无色，如助人之凄恋而已。断肠人远，痴立何为？不如入此室处，再理客窗生活。甫入户，突见案上胆瓶中插有鲜花一枝，迎面若笑，照眼欲眩。异哉！此花何来？是必梨娘所贻矣。梨娘之贻此花也，又何意耶？此花形如喇叭，色胜胭脂，妩媚之中有一种骄贵气，咄咄逼人。此花何名？梦霞似曾相识，而一时竟不能复忆矣。俟鹏郎来问之，鹏郎曰："此及第花也，吾家后院左右凡两株，今春开花甚繁。先生如爱之，可遣秋儿再折几枝来，无所惜也。"梦霞却之曰："得一枝供养已足，况我见此花，亦殊不喜。"鹏郎乃无言。梦霞既闻此花之名，知梨娘之贻，具有深意，不觉触起十年前事，淹滞之感，沦落之悲，兜上心来，旧恨新愁，并成一种。而一注目间，见硕盒下露一纸角，墨痕隐现，急取阅之，乃小词一阕也。

鹧鸪天·偶感

骂煞东风总不知，葬花心事果然痴。偶携短笛花间立，魂断斜阳欲尽时。

情切切，泪丝丝。断肠人写断肠词。落花有恨随流水，明月无情照素帏。

第六章　别　秦

　　小字簪花，清词戛玉。梦霞将梨娘词回环捧诵，不觉悲从中来，喟然而叹曰："佳人难得，造物不仁。有才无命，一至于斯。此中块垒，斯时无酒浇之，亦当以笔扫之矣。"于是濡泪和墨，疾书八绝曰：

　　病也恹恹梦也迢，啼莺何事苦相招。多情似说春将去，一枝残香半已销。

　　深情缕缕暗中传，伫立无言夕照边。对面如何人更远，思量近只在心前。

　　吟魂瘦弱不禁销，尚为寻芳过野桥。欲寄愁心与杨柳，一时乱趁晚风摇。

　　东风何处马蹄香，我见此花欲断肠。会得折枝相赠意，十年回首倍凄凉。

　　浮生换得是虚名，感汝双瞳剪水清。痛哭唐衢心迹晦，更拗血泪为卿卿。

　　几回伤别复伤春，大海萍飘一叶身。已分孤灯心赏绝，无端忽遇解情人。

　　背人花下展云笺，赋得愁心尔许坚。只恐书生多薄福，姓名未注有情天。

　　梦云愁絮两难平，无赖新寒病骨轻。一阵黄错纤雨过，愁人听得不分明。

梦霞书毕，别取一惨绿笺作，一小简，加函交鹏郎携去。简曰：

　　既惠锦笺，复颂玉屑。有词皆艳，无字不香。清才丽思，已见一斑。而一种缠绵凄楚之情，时流露于行间字里，如卿者可以怨矣。梦霞风尘潦倒，湖海飘零，浮生碌碌，知己茫茫，无江淹赋别之才，有杜牧伤春之恨，一诵此词，百感交集，率成八章，聊当一哭。

　　一缄多事，两字可怜。香闺联翰墨之缘，红袖结金兰之契。自是以后，管城即墨，时为两人效奔走。虽少见面之时，不断相思之路。有句则彼此鹤和，有书则来往蝉联。而密函之交递，皆藉鹏郎为青鸟使。金刀虽快，剖不开茧是同功；玉尺虽氏，量不完长如缀锦。叠韵双声，此中多少情趣；劈笺搦管，浃句费尽吟神。愁里光阴，变作忙中岁月；无穷恨事，化为绝妙诗情。绮思难杀，节序易更，一转瞬间，已是清和天气矣。

　　梦霞来蓉湖，至此已逾匝月，穷乡独客，举目无亲，幸得一阃中腻友，终日唱酬，藉慰寂寞。此外更缔一新交，境遇虽各悬殊，性情颇相投契。异地相知，得之非易，倾盖清尘，盍簪剪烛，梦霞固自谓三生有幸也。其人姓秦名心，字石痴，即某校之创办人也。年长于梦霞二岁，肄业于南洋公学者有年，才华卓茂，器宇轩昂，固一乡之佼佼者也。是乡处蓉湖之尾闾，远隔城市，自成村落，周围十里，分南北两岸，回环屈曲，形如一螺。两岸均有人家，地极偏僻，人至顽钝，盖风气之闭塞久矣。石痴热心教育，萦情桑梓，思有以开通风气，毕来后独资创一两等小学，以造福于乡人士。梦霞任事之日，是校已办三学期矣。石痴父名光汉，耆年硕望，一乡推为里老。家本豪富，生子仅石痴一人，爱逾掌珠，珍如拱璧，恣情任性，骄纵异常。幸石痴虽性喜挥霍，而能自检束，花柳场中，樗蒲队里，从未涉足其间，惟遇关于公益之事，则慷慨解囊，千金无吝色。其父本非顽固者流，以石痴之能加惠于乡里也，深喜其能有为，无事不遂其欲。故石痴热心兴学，岁需巨款，独力支持，无所掣肘，亦幸得此良好之家庭，能谅其心而成其志也。

　　萍踪偶聚，兰臭相投。石痴为人，风流倜傥，豪放自喜，襟怀落落，态度翩翩，有太原公子不衫不覆气象，洵近来新学界中第一流人物也。与梦霞一见如旧识，志同道合，学俦才均，文字因缘，一朝契合，非偶然也。校址即其家庄舍，与石痴居室，仅一墙之隔，石痴无日不来校中。彼亦自任英文、格致等科，课毕后辄与梦霞散步旷野，饱吸新鲜空气，增进实物知识。乡村风味，远异城市烦嚣，联袂偕行，流连晚景，行歌互答，幽韵宜人，意态飘然，如闲云野鹤，直至暮鸟归林，夕阳送客，乃分道而归。如是日以为常，亦客居之乐也。有时键户不出，两人同坐斗室中，或论文、或说诗、或叙失意事、或作快心谈。茗烟初起，清言愈希，端绪续引，冥酬肆应。时或纵谈天下事，则不觉忧从中来，痛哭流涕，热血沸腾，有把酒问天、拔剑斫地之概。盖两人固皆失意之人，亦皆忧时之士也。石痴之处境，虽稍裕于梦霞，而其遭逢之不偶，性情之难合，与梦霞如出一辙。慨念身世，孤踪落落，眷怀时局，忧心忡忡。同是有心人，宜其情投意洽，相见恨晚，而有高山流水之感也。

呜呼！"志士凄凉闲处老，名花零落雨中开。"天下最可惜、最可怜之事，孰有甚于此者乎？若梦霞与石痴之抱负之所概，所谓志士者非耶。而一则旅居异地，一则蜷伏里门，相逢乃相惜，相惜复相怜，既相惜、相怜矣，于是欲谋久聚。石痴尝从容谓梦霞曰："校舍卑陋，不足驻高贤之驾，君寄居戚家，晨夕奔波，弟心亦有不安。蜗庐尚有下榻地，请君移住舍间，日则与君同理校务，夜则与君同聚一室，刻烛联吟，烹茶清话，抵足作长夜谈，一吐平生之志，何快如之！"石痴言之者再，梦霞俱婉辞却之。石痴以梦霞尚未能脱略形迹，颇怪其相知不深，不知梦霞固别有佳遇，别有知音。孤馆寒灯，自饶乐趣，此中情事，不足为石痴道也。

新雨泥人，东风催客。梦霞离故乡来客土，以乖僻之情性，操冷淡之生涯，自知不合于时，到处受人白眼。此去投身寓馆，踽踽凉凉，当尝遍羁人况味，受尽流俗揶揄。不料于无意中得一巾帼知音，更于无意中得一风尘同志，不可谓非客中之佳遇，而亦不可谓非梦霞一生之快事也。惜乎西窗剪烛，情话方殷；南浦征帆，别离遽赋。正值蚕事方兴之日，便是骊歌齐唱之天。盖石痴忽于四月上旬有扶桑之行矣。石痴之行，梦霞实促成之。石痴家道既富，父母俱存，年力富强，志趋高尚，正大可有为之时，与梦霞之迫于境遇而颓丧其志气者，自不相同。而石痴自南洋毕业后，但知瘁力于桑梓，不知热心于家国，坐使黄金时刻掷于虚牝。梦霞殊惜之，故每与石痴谈及国事，辄流泪劝之曰："时局阽危，人才难得。命终泉石，我恨非济世之材；气壮山河，君大是救时之器。以君之年、之力、之才、之志，正当发愤自励，努力进行，乘风破浪，做一番烈烈轰轰事业，为江山生色，为闾里争光，方不负上天生材之意，而可慰同胞属望之心。奈何空抱此昂藏七尺，不发现于经世作人之大剧场，而埋首泥涂之内，踯足里闬之间，以有用之光阴，赋闲居之岁月。弄月吟风，长此终古，弟窃为君不取也。今者名士过江，纷纷若鲫，励我青年，救兹黄种，急起直追，此其时矣。君倘有意乎？"石痴闻梦霞言，颇感其劝勉之诚，游学之心，怦然欲动，谓梦霞曰：'弟非恋家忘国，自问性情落落，与俗相违。频年勾留沪渎，广接四方英俊，曾无一人能知我如君者，一肚皮不合时宜，无从发泄，不觉心灰意冷。负笈归来，不复作出山之想。今闻君言，如大梦之初醒，如死灰之重拨。君固爱我，弟敢不自爱，而以负君者自负耶？弟志已决，一得家庭允许，便当整理行装，乘轮东渡。但弟去之后，校中事弟无力兼顾，须仗君一人主持，责艰任重，耿耿此心，殊抱不安耳。"梦霞慨然曰："君不河汉弟言，而作祖生闻鸡之舞，弟不胜感幸。校中一切，弟虽不能独担责任，亦当稍效绵薄，尽弟之心，副君之托。君不负弟，弟又何敢负君？"石痴大喜，曰："生我者父母，知我者君也。感君厚爱，此去苟有寸进，皆君所赐。海可枯，石可烂，我两人之交情，永永不可磨灭。"

黯然销魂者，惟别而已矣。离别为人生最苦之事，而客中送客，尤为别情之最惨者。石痴归家，以游学之事白诸父母。父母甚喜，亦力促其行。适其同学某，自皖来书，中言近拟会合同志，共赴东瀛，亦劝石痴弃家求学，束装同行。石痴立作复书，约期同集沪壖，乘某号日轮东渡。成行之前夕，沽酒与梦霞话别。梦霞是夜不归寓舍，与石痴对饮畅谈，尽竟夕欢。酒酣，石痴不觉触动离情，愀然谓梦霞曰："弟与君上识来久，相聚无多，衷肠未罄，形骸遽隔。今日抛拚故乡，远适异国，与君一别，地角天涯，重续旧欢，不知何日。言念及此，能不黯然？"言已，欷歔不止。梦霞举杯曰："'海内存知己，天涯若比邻。''莫愁前路无知己，天下何人不识君。'窃愿诵此二诗，以壮君行，前途无量，勉之勉之。异日学成归国。'君不吝其所得，分饷俭腹，君之惠也，弟之幸也。吾辈相交，契合以心，不以形迹。交以形者，虽觌面握手，终觉情少辞多；交以心者，虽万水千山，亦可魂来梦去。人非鹿豕，岂能长聚，何必效儿女子态，多洒此一掬伤离之泪哉。所难堪者，君去而弟不能追随骥尾，看人勃发，恨我蹉跎。今日片帆飞去，我独送君于青草湖头；他年衣锦归来，君仍索我于绿衫行里耳。远志出山，君非小草，离情着骨，味等酸梅，聚首之缘，只争数刻。弟也不才，能无兴感，一时意到，八绝吟成，半以自伤，半以相赠。君如不弃，可藏诸箧中，留为后日之纪念。"梦霞言至此，遂置酒不饮，起就案头，抽毫作草。石痴亦停杯而起，独步庭中。时夜将半，月华满地，万籁无声，四顾空寥，凄然泪下。伫立良久，觉夜寒砭骨，衣薄难支，乃复入室。时梦霞稿已书就，取付石痴。石痴受而诵之：

美君意气望如鸿，学浪词锋世欲空。恨我已成下风手，荠花榆荚哭春风。

情澜不竭意飞扬，密坐噀吟未厌狂。沽酒莫忘今日醉，杨花飞尽鬓无霜。

唐衢哭后独伤情，时世梳妆学不成。人道斯人憔悴甚，于今犹作苦辛行。

不堪重听秦娘歌，我自途穷涕泪多。高唱大江东去也，攀鸿无力恨如何。

榜童夷唱健帆飞，乡国云山回首非。但使蓬莱吹到便，江南虽好莫思归。

更无别泪送君行，掷下离觞一笑轻。我有倚天孤剑在，赠君跨海斩长鲸。

河桥酒慢去难忘，海阔天长接混茫。日暮东风满城郭，思君正渡太平洋。

林泉佳趣屋三间，门外红桥阁后山。君去我来春正好，蓉湖风月总难闲。

石痴读毕，谢梦霞曰："辱君厚贶，既感且惭。弟意欲勉武数首，以答雅意，而此时别绪离思，萦绕心舍，方寸已乱，一字难成。姑俟既到东京，有暇和就，附书邮奉，何如？"梦霞曰："乱吟八章，直书弟之胸臆，愧未能壮君行色。君取其意而略其词可也，何劳辱和。古人云：小坐强于去后书。此时一刻千金，不容再以空谈孤负矣。"因复取酒相与痛饮，直至鱼更向尽，蜡泪渐干。荒鸡一村，残月半天，仆夫荷装相催，舟子解维以待，石痴乃归家别其父母，复来与梦霞作别。时则晨光熹微，行人尚稀，鸟声送客，草色牵裾，一人立岸上，一人立船头，相与拱手致词，一声珍重，行矣哥哥。烟水茫茫，去帆何处。梦霞独伫江干，良久乃嗒然而返。

第七章　独　醉

　　残樽零烛，情话如昨。石痴既去，梦霞益复无聊，虽无恋别之情，未免索居之感。而况飞鸿遇顺，看人得意扬帆；僵燕待苏，谁念孤身失路。人皆集苑，我独向隅。十年塌翼，断虞翻骨相之屯；一夕伤心，变潘岳鬓华之色。知非吾土，安能郁郁久居；走遍天涯，终觉寥寥无偶。石痴之行，梦霞送之，而以不得与之同行为恨，读其赠别之诗，其所以自伤者深矣。故别时情景，未觉凄凉，去后思量，不胜抑郁。石痴行矣，迢迢千里，梦霞之心，石痴不知也，知之者惟梨娘耳，知之而能慰之者，亦惟梨娘耳。

　　梦霞与石痴话别，一夜未归，梨娘不审何事，次日，转询馆僮而知其故。梨娘深处闺中，亦素闻石痴之名，知其人品学问，与梦霞实堪伯仲，至气概之激昂、性情之醇厚，梦霞似又过之，而命之丰啬、境之顺逆，不同若此。彼则翱翔为鸾凤侣，此则潦倒作猢狲王，相形之下，能不大为梦霞叫屈。是夕，梨娘作一书致梦霞，书中劝其弃此生涯，力图进取。以君之才，长此蹉跎埋没，殊为可惜，何不乘此时机，出洋游历，费数年之功，为将来吐气扬眉之地，且有长途资斧，旅居薪水，如虞不给，愿尽力相助等语。梦霞得书，心中大感动，自念频年颠沛，父死兄离，断无馀资可供个人求学之费，一片雄心，久为逆境消磨净尽。今送石痴之行，空作攘臂下车之想，殊有望尘莫及之嗟。相知如石痴，亦从未以一言相慰，而闺中一弱女子，乃能独具怜才之眼，慕通财之义，慧心侠骨，可感可钦。

梦霞读毕梨娘书，不觉感极而泣。肠回心转，刺激万端。良久忽拍案而起曰："天乎！薄命之梦霞负我梨娘矣，梨娘爱我，书不可不答也。"心迷意乱，不暇择词，遂疾书四绝于梨娘之牍尾，以授鹏郎。

梨娘得书，讶其为己原函也，大惊，不解梦霞何意，默念书中得无有失检之处乎？取而阅之，至终幅乃见连真带草，狂书一百十二字曰：

> 名场失手早沉沦，卖尽痴呆度几春。名士过江多若鲫，谁怜穷海有枯鳞。

> 感卿为我惜青春，劝我东行一问津。我正途穷多涕泪，茫茫前路更无人。

> 此身已似再眠蚕，无补明时合抱惭。事业少年皆不遂，堂堂白日去何堪。

> 世事悠悠心渐灰，风波险处每惊猜。斯人不出何轻重，自有忧时命世才。

兰釭黯黯，莲漏迟迟，锦字销魂，玉容沉黛。梨娘此时读梦霞之诗，不能不为梦霞惜矣，不能不为梦霞悲矣。为梦霞惜，有不能不自惜；为梦霞悲，又不能不自悲。如线悬肠，辘轳万丈；如针刺骨，痛苦十分。其命之穷耶，其才之误耶，夫是之谓同病，夫是之谓同心，辗转思量，情难自制，而梨娘于是乎泣矣。一吟一哭，一字一泪，啼珠连绵，著纸与墨痕混合为一，悲伤之至，真有难以言喻者。呜呼，因此一念，而两人之情，遂愈觉缠绵固结，不能解脱。若有缘，若无缘，颠之倒之，彼苍苍者果何心耶，彼两人者又何苦耶。此书、此诗，为两人第二次通词。梨娘之书，足系梦霞之情，梦霞之诗，更足伤梨娘之心。一声长叹，无可奈何，其感同而其痴一也。前此偶然邂逅，尚在若离若合之间；今则渐入沉迷，竟有难解难分之象。盖经石痴东渡之波折，遂引起两情之动机，有此一番交感，乃真成为生死知己，是石痴实不啻间接为两情之主动也。

草长花飞，日长人倦。残莺意尽，新叶阴多。此何时耶？非所谓奈何天气耶！极目四野，葚黑麦黄，采桑之妇，联袂于田间，荷蓑之人，接踵于岸畔。古人诗云："乡村四月闲人少，才了蚕桑又插田。"非身历其境者，固不能知其景之实而情之真也。此时距梦霞离家，盖已四十馀日矣。客里光阴，疾于飞矢，穷愁万种，丛集一身。念老母之独居，晨昏寂寂；

伤阿兄之别，涕泪遥遥。盼断白云，来鸿绝影，游子天涯，盖有难乎为怀者。而况春光易老，恨事重逢。三生旧梦，空留零落之痕；一卷新诗，更种离奇之果。回忆葬花时节，掬土心情，原属羁绪无聊，闲情偶寄，孰知即为相思之起点，招恨之媒介。人世悲欢，亦复何定？断肠消息，尚可问乎？曾几何时，春衫换去，纨扇归来，日月不居，心情大恶，我生不辰，伤心事多，长逝者年华，而长留者深恨。呜呼，梦霞梦乱如烟，日长如岁，将何以自遣哉。

梦霞答诗之次日，适星期休课，平日每遇假期，梦霞辄与石痴携手出门，随一小奚奴，登高舒啸，临流赋诗，命春酌，聆时鸟，寻幽探胜，竟日为乐。今则室迩人遥，旧游难续，独行无偶，尚不及索居有味。故是日，梦霞既不赴校，遂懒于出门，梦香扫地，取次回《疑雨集》危坐读之。情词旖旎，刻露深永，一缕情丝，又为牵动。掩卷长叹，起步庭前，则一抔荒土，草色青青，碑石兀然，突触眼际。呜呼，此断肠地也。

梦霞自葬花之后，风晨月夕，每至其处，辄尽情一哭。新旧泪痕，重重可认，花魂虽死，得梦霞之泪，朝夕滋养培溉，已有一丝生意，而回视昔时灿烂之辛夷，则已红销香褪，血尽颜枯，零片无踪，空枝有影，相逢迟暮，煞甚可怜。叹息容华，何能久持？春在东风原是梦，生非薄命不为花"既属万般红紫，会当随例飘零。梦霞之用情，本无所谓厚薄也，特其情不用于繁华热闹之场，而用于寥寂凄清之境。冢中之梨花埋梦霞之恨，眼前之辛夷亦足伤梦霞之情，固知前日之辛夷，方具得意之态度，尚未至可怜之地位，故梦霞对之漠然，不为所动，实非故以冷眼相看也。

空庭无人，泪花不春，一经回首，争不伤神！梦霞临风雪涕，徙倚徘徊，叹荣悴之不常，感韶华之难再，及时行乐，自苦何为。砌下梨花一堆雪，人生能得几清明？今则砌下之花，变为地下之花，清明时节，变为清和时节，芳时长负，艳福未修，无苏学士旷达之胸襟，而有杜司勋惆怅之心情。罩眼愁云，焚心恨火，自寻烦恼，解脱无方，人非金石，奈何久居此愁城之中而不出也。幸也，有糟邱伯在，能为梦霞解厄。时已薄暮，微雨催暝，梦霞返身入室，案上有玻璃瓶，取而注之，犹有馀醇。倚窗而坐，尽情倾倒，而独酌无保，饮兴不畅，欲举杯邀月，效青莲故事，而此时之嫦娥，且匿居广寒宫中，呼之不出。酒入愁肠，酒未醉而愁先醉，不三杯而玉山颓矣，既为扫愁帚，且作钓诗钩。醉意方酣，诗情遂动，梦霞乃击桌而歌曰：

> 梦霞梦霞尔何为，身长七尺好男儿。尔之处世如钝锤，尔之命恶如漏卮。待尔名成志得遂，苍薄须有开花期。忆尔幼时舌未稳，凌云头角削玉恣。偷笔作文学涂抹，聪明刻骨惊父师。观者谓是丹穴物，他年定到凤凰池。而今此事几迁移，尔何依旧守茅茨。十年蹭蹬霜蹄蹶，看人云路共奔驰。今日人才东渡正纷纷，尔何不随骥尾甘守雌？鸟雀常苦肥，孤凤不得竹实而常饥；鸟雀皆有栖，孤凤不得梧桐而伤离。人生及时早行乐，尔何工愁善病朝欷暮唶而长噫！饥驱寒逐四方困，日暮途穷倒行而逆施。寒饿孤灯一束诗，抛尽心力不知疲。尔何不咏清庙明堂什，惟此写愁鸣恨纸劳墨瘁为此酸声与苦词。尔生二十有三载。世间百忧万愤何一不备雁。少壮情怀已若此，如何更待朱颜衰。吁嗟乎尔之生兮不如死，胡为乎迷而不悟恨极更成痴？看花得意马蹄疾，尔之来兮独迟迟。落红狼藉难寻觅，空对春风生怨思。闲愁满眼说不得，以酒浇愁愁不辞。倾壶欲尽剩残沥，洒遍桃叶与桃枝。一日愁在黄昏后，一年愁在春暮时。两重愁并一重愁，今夜无人悲更悲。三更隔院闻子规，窗外孤朋来相窥。此时之若若何似，游魂飘荡气如丝。泪已尽兮继以血，泪血皆尽兮天地无情终不知！掷杯四顾愤然起，一篇写出断肠词。是墨是泪还是血，寄与情人细认之。

一歌而闷怀开，再歌而酒情涌，三歌而哭声纵。搁笔而起，身摇摇若无所主，遂和衣倒榻而眠，一霎便甜然入梦，已是上灯时刻矣。馆僮以夜膳来，室中不见梦霞，遍烛之亦无有，正诧异间，忽觉酒气袭人出于帐中，揭帐视之，则见梦霞酒红上颊，睡意正浓。馆僮知其醉也，不复惊之，悄然自去。未几，秋儿送鹏郎入馆，连呼先生不应，鹏郎年幼好弄，潜至床前将梦霞竭力推之，秋儿在旁吃吃笑。梦霞睡梦中受摇撼之力，若有所觉，醉眼朦胧，睡意惺忪，口中呓语，绵绵不绝。鹏郎推不已，梦霞忽清醒，转其躯向外，问曰："汝何人？太不解事，扰我清睡。"鹏郎曰："先生，鹏郎来矣。先生今夜睡何早，其有所苦乎？"梦霞曰："是汝乎？吾无若，偶困于酒耳。"梦霞言时，语尚含糊，眉目间有倦态，盖宿醒犹未尽解也。鹏郎复问曰："先生今夜尚上课乎？"梦霞曰："夜如何矣？"鹏郎回视壁上钟答曰："九句一刻矣。"梦霞曰："我惫甚，不能起。汝自去温习旧课，勿溷我。"鹏郎唯唯，为之下帐，就案头摊书自读。时秋儿已去，室无他人。此冷清清之境地，静悄悄之时间内，惟有灯下之书声、榻上之鼾声，与壁上之钟声，高下疾徐，相为问答而已。

秋儿入告梨娘。梨娘知梦霞醉卧，恐鹏郎扰之不安，亟遣秋儿唤鹏郎入。鹏郎闻唤，方收拾书本欲行。梦霞好梦方回，微哼一声。鹏郎知其已醒，面榻低声曰："先生请安睡，鹏郎去矣。"梦霞曰："汝去乎？案上镇纸下压一笺，可携将去。我此时腹中微饿，呼僮为我煮粥半瓯，我自起歠之。"鹏郎应诺，呼馆僮来，妥为料理，而自携稿与秋儿径去。

玉箭阑珊，银缸黯淡，一阵急雨，垂檐撽瓦，作战斗声。窗护薄纱，雨点乱洒其上，玲珑剔透，若暗若明，几疑为晨光之喜微也。此时窗内有何人？则梨娘也。夜深矣，梨娘胡不睡？待鹏郎也。梨娘独守空帏，与鹏郎相依为命，鹏郎未归寝，梨娘从未先自就枕。而梨娘于此时则更粉脸半沉，黛眉双蹙，以手支颐，悄然若有所思。盖秋儿方告以梦霞醉且睡，睡正酣，而即遣之招鹏郎来也。秋儿方去之顷，鹏郎未来之先，梨娘之心，一念念鹏郎，一念又欲念梦霞。念梦霞平日虽知其嗜饮，然未见其醉，今夜何以独酌而醉，且至于不能起，是必忽受剧烈之感触，无可告诉，不得已遁入醉乡，为借酒浇愁之计。是亦大可怜、大可悲矣。"身无彩凤双飞翼，心有灵犀一点通。"梨娘之魂，不啻随秋儿俱去，至梦霞榻前，为梦霞之看护妇也。梨娘凝思之际，忽闻一声呼曰："阿母！"则鹏郎已与秋儿俱来矣。

第八章 赠 兰

阑风长雨，入夜纷纷，霹雳燮燮，似与愁人对语者。梨娘坐待鹏郎，鹏郎冒雨而至，乃详诘梦霞醉后情状。鹏郎一一为具言，袖中出一纸授梨娘曰："此先生教儿持付阿母者。"梨娘受之以置衾右，而先遣鹏郎睡。时已夜半，窗外风雨声更厉，夜寒骤加，丝丝冷气自窗隙中送人，使人肌肤生慄。此时，梨娘尚不卸装就睡，斜倚床侧，拔钗重剔残釭，展梦霞稿，从头细阅。一幅米颠狂草，若龙蛇飞舞，字字带欹斜之势，知为醉后所书，故笔情放佚自如，不能整齐一致也。继诵其句，则闲愁十斛，愤火一腔，胸中郁勃之气，尽宜泄之于毫端。自怨自艾，语语愤激，殊有此茫茫百端交集之概。其才如此，其遇如彼，不亦大可哀耶。呜呼，占今来名媛淑女，为怜才一念所误者，何可胜数！梨娘自赋离鸾，心如止水，不知何以遇一素不相识之梦霞，忽动怜才之念，无端邂逅，有意缠绵，既无前因，复无后果，如蚕缚丝，如娥扑火，同沉苦海，竟不回头，已到悬崖，浑难撒手，此非所谓孽冤缠人，有不可以自由解脱者耶？夜窗风雨，凄寂无聊，梦霞已由醉乡而入睡乡，梨娘则心如悬旌，系念梦霞不置，忍寒久坐，对影不双。泪珠溅上云蓝，隐隐作殷红色。梨娘尚不忍释手，反覆展视，诵至"人才东渡正纷纷，不随骥尾甘守雌"之句，顿悟前日之书，实大伤梦霞之心。此书之语，本出于一片热诚，乃知己相待之实情，固不料梦霞见之，触其心事，而增其悲痛也。梨娘独坐念梦霞，不知书舍中之梦霞，且迷离惝恍，梦境随心，若与梨娘晤对一室，共诉无穷之心事也。

寒乡孤鬼，愁苦万状。村深绝宾客，窗晦无俦侣。忘忧焉得萱草，解闷惟有杜康。清樽湛绿，独酌谁劝？愁不能解，攻之以酒。酒不能消，扫之以诗。故梦霞近日既中酒病，更为诗瘦。西人云："客子斗身强。"言客子之所恃者，惟强健耳。而梦霞因昨夜为酒所困，次晨竟病不能兴，继念校课未容荒旷，不得不扶病而起，披衣下榻，足未着地，身若腾空，头涔涔然，如压千钧之石。烦懑填于胸，悲痛压于脑，眼底皆花，心头作恶。梦霞之身体，盖已失其健全之作用矣。晨曦上窗，人影在户，则馆僮已取脸水至。梦霞正盥洗间，沐则心覆，一阵昏眩，胸膈作奇痛，喉间有物，跃跃欲出，哇然一声，遗吐在地。馆僮惊呼曰："先生惊余哉！此傑然者何物耶？先生何为而吐此？"梦霞一吐之后，觉胸前若空洞无物，身飘飘如在云雾间，幸其倚桌而立，未致倾跌，闻僮惊诧，乃向地下注视，则见猩涎几点，色胜红冰，亦自愕然。此时欲强自镇摄，而体益不支，脱不有馆僮为之挽扶，已离桌而倒矣。

馆僮扶楚霞至榻上，时梦霞面色转白，惨无人状，气息微微，一丝仅属，徐谓僮曰："速往校中，为吾向李先生请假，恐上课时间已过，学生久待矣。"李先生者，亦蓉湖人，即该校之副教也。馆僮诺而出，室中惟一方病之梦霞，绕床转侧，伏枕呻吟，支心搅腹，痛苦万状，而地下才吐之新红，其色且由赤而殷，直刺病者之目。深院寂寂，长日迟迟，杳无一人过问。半晌，梦霞支床而起，取镜自照，叹曰："我心伤矣，我病深矣，我恨长矣，我命短矣。伤哉梦霞，黄尘客梦，已将辞枕而驰；白发亲心，犹自倚门而望。伤哉梦霞，汝竟至此耶！"梦霞一阵悲怆，心冷于冰，复掷镜而颓然僵卧。

淡日笼窗，凄风入户，梦魂飞越，病骨支离。呜呼，年少作客，人生不幸事也；客中而病，尤作客者之大不幸事也。此不幸事，此大不幸事，梦霞竟重叠遇之，一之为甚，其可再乎？为客若矣，客而病，其苦更加十倍。苦哉梦霞，病里思家，床前三尺，便是天涯。危哉梦霞，恨压愁埋，怆然抚枕，能不悲耶！

亭院九凉，蜂静脾香。此闃寂无人之舍中，惟闻梦霞呻吟之声，如病猿啼月，老马嘶风，令人闻而生怖。日已亭午，有二人入室视梦霞，则崔父与馆僮也。馆僮出后，即以梦霞病状奔告其主人。崔父亦大惊，别遣一仆赴校为梦霞请假，而自与僮来视。梦霞见崔父来，以手支枕作欲起状。崔父急止之，注视其面而问曰："三日不见，吾侄竟清减如许矣。"梦霞带喘答曰："浦柳之质，朝不保暮，偶沾寒疾，已愈不能起。乃蒙长者关怀，移玉垂视，愧不克当。"崔父曰："吾侄春秋鼎盛，丰采丽都，后此无穷之希望，全恃此有用之身躯。小有不适，本无足介意，但客中殊多苦况，起居饮食，容有不慎，老夫为东道主，不能尽调护之责，负罪良深。吾侄之病得毋沉忧所致？咯红症非寻常癣疥，尚望扫除烦恼，放开怀抱，排愁自遣，破涕为欢，心得所养，则病魔自祛。天下多不如意之事，愤愤焉何为？世间有不能平之情，郁郁焉太苦。牢骚烦忧，足以消磨壮志，隐种病根。朱颜未老，来日方长，自伐自戕，殊为可惜，此则老夫窃有规于吾侄者也。"梦霞闻言，心感之，答曰："金玉之言，当镂心版，侄敢不自爱而负长者之惓惓乎？"崔父又曰："北郭外有费医生者，卢扁之流亚也。当代相延，一为诊治。"梦霞雅不欲服药，而不能拂崔父意，则亦听之。崔父即遣僮出郭招医。未几费至，诊视毕曰："此心疾也，恐药石不能为功。无已，姑试一剂。然终须病者能自养其灵台，勿妄想纷驰，勿牢愁固结，则服之方有效力耳。"费医坐谈有顷，开方径去。时已夕阳辞树，螟色上窗。崔父恐以久谈劳病者之神，嘱梦霞善自调养，嘱馆僮好为看护，若有所需，速来告我，叮咛至再，乃扶杖出门去。

　　暮霭苍苍，关山色死，此如何景象耶！单床冷席，孤寂如鹜，此如何地位耶！药铛茶灶，相依为命，此如何生活耶！而梦霞以一身当之，不其殆哉！梦霞之病也，初不知其病之所由来，且不知其病之何以速，才抛酒盏，遽结药缘。憔悴病容，嶙峋瘦骨，梦霞又不禁自危自惧，恐一病之沉酣，竟生机之断绝。终日心烦虑乱，劳神焦思，而病且日加。大凡病者之心情，宜于散而不宜于闷，其生命全托之于侍疾之人，医药其末也。偃息在床，无事静卧，气促力绵，唇干口燥，无聊之极，往往万念丛生。病而在于家，则侍疾者为其家人骨肉，必能为之殷殷调护，饮食寒暖，时加注意，或借闲谈以解其闷，或作慰语以安其心，周详审慎，体帖人微，务使病者忘其病之若。至病在客中，则有难言者矣。一灯一榻，举目无亲，药饵而外，别无疗疾之物。即有侍者为之叠被铺床、调汤进药，而人不关情，意终隔膜。梦霞沉闷心中，时时念及其老母，且谓我平安无恙，昕夕盼望，而剑青则远客天涯，音书隔绝，不知我已缠绵床褥，命弱如丝。设不幸而奄然就毙，戴逵竟应灾星，则终身不遂乌乌之私，阿兄且抱雁行之痛。梦霞竟日昏昏，思量万种，气色日见灰败，病势日形沉重，投之以药，如石沉水，英姿飒爽之少年，竟为墟墓间之游魂矣。

夫以梦霞之病、之时，病之境、病之情，极人世之至苦。不病尚难以支持，既病决无幸生之望，而孰知事竟有不然者。三日之前，病见其增；三日之后，病见其减。未几而梦霞已离床而起，二竖退舍，占勿药之喜矣。奇哉此病，其来也无踪，其去也无影，阅者诸君，阅至梦霞病中亦曾念及梨娘乎？多情之崔父，犹闻病而时加存问，岂知心如梨娘，平日暗中为梦霞之看护者，今知其病，乃视同秦越，处之漠然，不有以分其苦而慰其心耶？梨娘闻讯之后，肠为之断，心为之裂，以格于嫌疑，不能出而看视，不知于无人处抛却多少眼泪。梦霞之病瘳，而梨娘之心血亦尽矣。

病耗飞来，愁肠百结。梨娘知梦霞之病非药石所能疗，凡病者所需之物，一汤一水，必亲自检视，然后付僮携出。且时遣鹏郎出询病状。鹏郎来，恋恋辄不去，徘徊床前作种种小儿戏，态至活泼，梦霞病中亦为破颜。病之第三日，鹏郎忽与秋儿俱来，欣然有喜色。秋儿捧蕙兰两盆，供之案上。鹏郎曰："此我家后院中物，吾母最爱此花。今以先生卧病，深苦寂寞，故向母索之来，为先生病中一好伴侣也。"梦霞谢之。鹏郎视秋儿已去，探怀出一缄，掷诸梦霞枕畔，遽返身疾驰去。梦霞随后唤之曰："鹏郎勿奔，仔细户槛绊汝倒也。"

幽芬绵邈，清气吹嘘，静沉一室，暗袭重衾。梦霞闷极无聊，闻此奇香，神志为之一清，胸襟为之一爽，不啻服一剂清凉散也。感念梨娘以此相贻，是真能知我病者，是真能治我病者。其用情之深，不知几许，我亦不虚此病矣。虽然，我病若此，梨娘必闻而惊惧，此数日中，其善蹙之眉头，正不知为我添几重心事也。乃取枕畔函，拆而阅之。斯时梦霞为兰香所熏，心地豁然，病已去其大半，非复昏闷之状，转身向外，摊书于枕上而读之曰：

> 醉歌方终，病魔旋扰，深闺闻耗，神为之伤。只以内外隔绝，瓜李之嫌，理所应避。不获亲临省视，稍效微劳，中心焦灼，莫可言宣。闻君之病，中酒也。然中酒者，病之所由起，而伤情者，则病之

所由来也。鲜红一掬，此岂可以儿戏者？情海茫茫，君竟甘以身殉，而捐弃此昂藏七尺乎？呜呼，君亦愚矣。君上有老母，下无后嗣，一肩甚重，莫便灰颓。梨影诚不敢以薄命之身，重似累君也。君果爱梨影者，则先当自爱，留此身以有待，且及时以行乐。眼眼虽多烦恼，后此或有机缘。谚云：留得青山在，不怕没柴烧。此言虽小，可以喻大。请君即其旨而深思之。愁城非长生国，奈何久居不出，以自困而自囚哉！昨闻医者亦谓君病系心疾，服药不能见效。夫心疾须以心治之，一念之若乐，生死之关头也。但使灵台不昧，何须药石为功。制恨抑愁，以熄情火；清心平气，以祛病魔。言尽于此，愿君之勿忘也。芳兰两种，割爱相赠，此花尚非俗品，一名小荷，一名一品，病中得此，足慰岑寂，且可为养心之一助焉。临颖神驰，书不成字，纸短情长，伏惟珍重。

书尾更缀以二诗，诵其词乃分咏二花也。诗曰：

> 大一品
>
> 一品名休羡，家贫无好花。素心人此夕，应共惜芳华。
>
> 小荷
>
> 故与淡烟遮，销魂是此花。藉兹情种子，伴尔病生涯。

深情若揭，好语欲仙，披览之馀，神魂俱醉。梦霞之病本系伤心所致，但梦霞自知之，而不能自药之，梨娘之言，不特深悉其病源，且切中于事理，不啻孔明之以十六字医周郎也。一封书具有妙用，二枝花聊寄相思，梦霞患真病，故梨娘以真动之，而梦霞为之霍然矣。奇疾、奇医、奇人、奇事，情人弄人，其转移之捷、感化之速，竟乃尔耶！彼崔父劝慰之词，虽属殷勤恳至，殆所谓但如其一，未知其二者也。

药炉烟里，兰幕香中，卧病之梦霞已跃然而起，精神复旧，言笑如常，时正伏案作草。所草何词，盖以答梨娘者也。既惠名花，复颁佳句，深情刺骨，我病已苏，谨答二章，聊志感谢之意。

> 馨香远赠寄深情，露眼如将肺腑呈。君子有心同臭味，美人此意最分明。瘦来只恐香成泪，淡极应惟我称卿。今日素琴须一奏，忘言相对两相倾。
>
> 春风识面太迟迟，令我萧湘系梦思。佩岂无缘终不解，芬犹未尽

恐难持。任他群卉夸颜色，只愿终身伴素姿。一掬灵均香草泪，兰闺
同此断肠时。

附咏花名小词两阕：

思佳客·大一品

报答春晖擢紫芽，盈筐合献帝王家。头衔品自无双贵，芳国香应
第一夸。

承雨露，嗜烟霞。却甘淡泊洗铅华。余情已向幽丛托，不爱春风
及第花。

忆萝月·小荷

花娇欲语，挹露如擎雨。冉冉情根还乞护，恐有鸳鸯魂驻。

相遗多感情深，合欢梦里同寻。卿心幽如兰性，侬心若比莲心。

第九章 题 影

日长如岁，人瘦于花。梦霞战退病魔，脱离鬼趣，然僵卧数日，玉骨一把矣。病愈之后，对镜自照，减尽旧日风神，手脚轻旋，坐立浑难自主。盖病之起伏，虽为情之作用，而身躯实大受其影响。此日之梦霞已非复昔日肠肥脑满时之梦霞矣。梨娘知其痊后尚需调养，劝其将息数日，暂缓赴校。恐一经劳碌，病或乘之复发，且仍为之延费医，服一二滋补之剂，以消除积疾，弥补本分之亏。至于饮食一切，凡关于卫生者，尤非常注意焉。梦霞安之，而一种感激之私，真有印脑砭骨，流涕被面，欲图报而不得者。

药裹层层，炉烟袅袅。病中之药，如石投水；病后之药，如风扫叶。效力之有无，非药为之，乃心为之也。梦霞服药闲眠，手一卷自遣，时或阶前试脚，觉筋骨之舒畅，步履之轻健，已逐渐恢复其常态，惟畏风甚，不敢时出室门。空斋无侣，则与管城子相周旋，或吟短句，以寄遥情，或挥长幅，以倾积慕。而鹏郎则为之奔走于两间，倏去倏来，如梁燕之碌碌。如是者十馀日，梨娘之待梦霞益诚，梦霞之感梨娘益切，两怀热度，至此竟骤增至沸点以上。

梦霞因病旷职，已周两旬。屈指石痴行程，计时当已达目的地。海天缥缈，尚无片羽飞来，慰故乡之旧雨。梦霞病中，石痴之父亦曾数遣人慰问，今病已大瘳，静处一室，亦觉异常幽闷，明日决意投校补课，且拟先往石痴家见其父，一则谢病中慰问之意，一则询石痴去后之情。预计已定，是夜就枕亦较早，盖蓄力养神，以备明日之早行也。

黎明即起，盥洗毕，见为时尚早，恐为晓寒所中，不遽行。蹀躞室中，慕念老母，据案作书，备述客中近况，独不及卧病事，盖恐老年人闻之，深抱不安也。函封既固，呼僮携去投诸邮筒。

乱鹊绕檐，欢腾万声，有何喜事报告主人？时壁上时计，已叮当十下。梦霞正键户欲行，忽邮使递两函至，接而视其一，封面有"石痴自长崎发"字样，大喜，急拆阅之。书中略谓："弟此次东渡，海波不惊，眠食无恙，堪以告慰。惟今晨抵长崎，中途遇雨，行装尽湿，备受旅行之苦。今拟在此盘桓数日，暂息征尘，计抵东之期，当在菰叶捕青，蒲芽悬绿时矣。"读竟暂置一旁，再视其一，则函面字迹有突触梦霞之眼帘，而足令其喜生望外者。盖书乃自闽中来，剑青所发者也。剑青于去年秋间只身游闽，迄今已十阅月。梦霞行时，剑青固未知也。梦霞来锡后，曾次第发两缄，迄未得复。今忽于意外飞来一纸，喜可知已。窥其内容，乃知剑青现于某署司文牍，近况尚佳，且言"定于五月下旬束装归里，届时正值吾弟暑假之期，可得一月晤对，俟秋凉时再定行止。"梦霞一读一喜，预计与剑青握手之期不远，久别弟兄，一旦聚首，其愉快为何如。欣慰之馀，神为之往，不啻已与剑青觌面交言，共诉别后情事。呜呼，哀乐无常，随时而变，外感之来，又往往不出以单独，而与之重叠相遇。梦霞病时，未尝不思兄忆友，而消息沉沉，杳无一字。今病方痊，好音双至，此其中若有人焉为之播弄，而故使快意事，丛集于一时者。送来欢喜十分，卸却离愁一担。唐贯休有句云："绵绵远念近来多，喜鹊随函到绿萝。"梦霞此时之情景，其殆似之。

朝阳皎皎，含笑出门。一路和风拂袖，娇鸟唤睛；两旁麦浪翻黄，秧针刺绿。晓山迎面，爽气扑人，远水连天，寒光映树，晓行风景，别具一种清新之致。烟消日出不见人，非身处江乡，亦不能领略此天然佳趣。梦霞半月以来，蛰伏斗室中，久不吸野外新鲜空气，闷苦莫可名状，今日破晓独行，野情骀荡，傍堤行去，一路鲜明。喜事尚在心头，好景尽来眼底，殊觉心胸皆爽，耳目一新。同一景也，失意时遇之，则见其可怜；快意时遇之，则觉其可乐。心理因时变易，而外物之感情，遂因之大异。梦霞此行，若非适当欣洽之馀，则草草劳人，茫茫前路，重衾辜负，行色匆匆，正不知其道左徬徨，当如何懊丧耳。

既入校，校中人咸来问讯，学生均趋前致敬欢呼，面有喜色，此可见与梦霞平日感情之厚矣。是校共有教员二人，一即李某也，石痴未行时，每日亦授课一、二小时，去后所遗钟点均归梦霞独认。梦霞病假，全班课程由李一人庖代。李为新学界人物，颇染时习，与梦霞不甚相洽。且喜自炫己长，捏人之短。梦霞亦不与之较，特心鄙其人而已。李闻梦霞至，欣然就见。梦霞谢之曰："小病数日，遂致旷职，劳君独任，我心何安？"李谦逊毕，且曰："幸君病愈，近日天气和煦，风日晴朗，大好旅行之时，闻鹅湖各校成绩甚佳，弟意拟于明日星期，率学生赴该处旅行，调查其成绩之优劣，藉收观摩之效。且时值初夏，万绿丛生，随地观察，对景留连，亦可增进实物上之知识。特恐君新病之后，不禁跋涉，如许同行，实所深愿。"梦霞诺之，散课后通告学生，约期于明日晨刻齐集。

鹅湖，锡属一重镇也。其地虽一村落，而户居之栉比、商贾之辐辏，不啻具一都会之缩影。土著多华姓，族中人才辈出，多有名于时。盖所谓山明水秀之区，人杰地灵之域也。是乡风气开通较早，已办各校，有果育学校，有鹅湖女学？有私塾改良之小学，蕞尔一乡，而各校林立，学务至为发达。且办理无不合法，成绩无不优美，求之锡金各属，固不可再得.即求之全国各地，亦乌容数觏。其地与梦霞所任之校。相距约二十徐里，舟行牛日始达，梦霞来锡后，久欲一览鹅湖之胜，而苦无闲日，可鼓游兴，今假旅行之便，得以一偿其宿愿，故平日与李某意见不甚相合，今日提议旅行，颇赞成其说也。

次晨，梦霞早起到校，学生五十徐人已各新其衣冠，麇集以待，李某方饬校役，预备旅行所需之物。时已八时许，舟子亦来相催。梦霞曰："往返四十徐里需时间甚多，到后又须延搁，若不及早就道，恐误归期也。"乃与李先率学生至操场，列队报数，将平日所授旅行之种种规则及仪制，重加申述，令各坚忆。训练毕，即整队出。舟泊半里外，计共二艘。既至，两人各挈学生二十徐人乘其一，旋解缆行。幸好风相助，帆饱舟轻，速率骤加，约十一时许，舟已双泊于鹅湖之滨，时岸上人家正炊烟四起也。乃各率学生舍舟登岸，拟先赴果育参观，问道以往。时正日高风小，路不扬尘，履声橐橐，旗影翩翩，进退有序，步伐有章，道旁观者，咸啧啧叹曰："此蓉湖某校学生也，其精神之活泼，行列之整齐，非受良教师之教育，曷克臻此！"

果育为鹅湖最初之校，开办有年，成效夙著。其中任事者，多学界名流、富于学识经验之人。梦霞此行，得与彼都人士握手，心窃为之愉快。既至该校，学生整队出迎，行礼毕，一面唱欢迎歌，一面唱参观歌，以表敬爱之诚。旋散队入室参观。日已亭午，由该堂留膳，饮馔甚精，学生群歌醉饱，膳毕略憩片时，即由该校不生列队前导，赴各校参观。一路军乐悠扬，歌声宛转，蜿蜒如常山蛇，随路几折不绝，随而观者，途为之塞。呜呼，盛矣！参观既讫，如已薄暮，果育校长请同赴旷野，作抛球之戏。梦霞辞以时晏，遽起兴辞，学生亦各兴尽思返。各校学生复联队至江干，欢送如仪，落日归舟，中流容与，一帆风送，双桨如飞，然到校时，亦已万家灯火闹黄昏矣。

学生各散归其家，梦霞亦疲甚，乃别李归寓。方入门，灯光中鹏郎迎面问曰："今日星期，先生却往何处寻乐，教人盼煞。"梦霞语以故，鹏郎不待言毕，即狂奔以去。梦霞入室亦不遑检点各物，即向榻上和衣而倒，盖终日劳顿，亟资休养矣。乃甫就枕，觉衾中有物，突触胸际，冷如泼水。大惊，急以手抚之，黑暗中不辨为何物，移烛注视，乃镜架一具，中贮影片，其触肤生冷者，乃镜面之玻璃也。再审视镜中人，不觉心花怒放，肺叶大张，盖镜中非他人，即梨娘之影也。梦霞喜生望外，私念梨娘今日必独自来馆，留小影于衾中，以慰我相思之苦，何其用情之深而寄意之远也。继又念梨娘既来，以此相遗，此外必更有遗迹可寻。此时梦霞已尽忘困倦，遽起携灯就案，详细检视。启匣则墨瀋犹存，拈管则毫尖尚湿，而遍案穷搜，杳遗只字，乃烛之地上，则见纸灰零乱，遍地皆是，拨之得未烬之纸角一。取而阅之，得七字曰："悠悠人亦去如潮。"异哉！梨娘既就案作书，胡为而又焚之耶？既焚之矣，复于乱灰中留此七字，又何意耶？此闷葫芦一时殊难以打破也。

倩影不留，馀踪可玩。梦霞对此一角炉馀之纸，摩挲者良久，思索者又良久，终不得梨娘命意之所在。一天欢喜，化成一块疑团，横梗胸臆，不能放下。晚膳虽具，粒食不能下咽，而冥搜力索又久之，铁若豁然有悟曰："今日休课，梨娘知我决不赴校，故特有心过访，或别有所商，而不虞我有旅行之举也。其所留之句，殊有人迹人遥之感，意若怨我不先告以行踪者，而我亦深悔从李生之言，随同人之兴，临行又默不一声，悠然而逝，致梨娘虚此一行。"思至此，不禁拍案狂呼曰："大误！大误！不先不后，一去一来，大好良缘，轻轻错过矣。"阅者诸君，梨娘系出大家，今为孀妇，非荡检逾闲者可比。虽与梦霞谊属姻亲，不妨相见以礼，然亲疏有别，内外有嫌，况于青天白日之中，效密约幽期之举，纵不羞自献，宁不畏人言乎？梨娘虽恋爱梦霞，亦断不致轻率至此。其来也，固先探知梦霞之不在也。然梦霞此时，方如痴如醉，决知梨娘有就见之心，而恨为旅行所误，短叹长吁，若不胜其懊恼者，因赋诗二首以寄意。诗曰：

> 鹅湖泛棹偶从行，负却殷勤访我情。湘管题诗痕宛在，纸灰剩字意难明。室中坐久馀兰气，窗隙风过想佩声。我正来时卿已去，可堪一样冷清清。

> 暂驻芳踪独自看，入门如见步珊珊。更劳寄语悲人远，为觅馀香待漏残。命薄如侬今若此，情真到尔占应难。青衫红袖同无主，恨不胜销死也拼。

梦霞吟毕，复取梨娘赠影，端详审视。画作西洋女子装，花冠长裙，手西籍一册，风致嫣然。把玩之馀，目不旁瞬。画中爱宠，呼之不出，心忽忽有若所失，旋拓开镜背，取出影片，又题二诗于其后：

> 意中人是镜中人，伴我灯前瘦病身。好与幽兰存素质，定从明月借精神。含情欲证三生约，不语平添一段春。未敢题词定裙角，毫端为恐有纤尘。

> 真真画里唤如何，镜架生寒漫费呵。一点愁心攒眼底，二分红晕透腮涡。深情邈邈抵瑶赠，密意重重覆锦窝。除是焚香朝夕共，于今见面更无多。

第十章 情 耗

　　眼前无恙，心上难抛；一着思量，曷胜怊怅。梨娘得诗后，即作书复梦霞，有曰："我来，君不在，君若在，我亦不来。留诗一句，出自无心，君勿介意。至以小影相遗，实出于情之不得已，致不避瓜李之嫌，亦不望琼瑶之报，盖梨影以君为知己，君亦不弃梨影，引为同病。然自问此生，恐不能再见君子，种玉无缘，还珠有泪，不敢负君，亦不敢误君。浮萍断梗，聚散何常，此日重墙间隔，几同万里迢遥，一面之缘，千金难买。异日君归远道，妾处深闺，更何从再接霞光，重圆诗梦？赠君此物，固以寄一时爱恋之深情，即以留后日诀别之纪念。"梦霞读此书，如受当头之棒，如闻警梦之钟。其情正在热度最高之时，不觉渐渐由热而温、而凉、而冷、冷且死，黯然魂销，掩面而泣，泪簌簌下如贯珠，良久叹曰："相见不相亲，何如不相见。说是无缘，何以无端邂逅？说是有缘，何以颠倒若斯？情之误耶，命之厄耶，孽之深耶，孽之深耶，造化弄人抑何其虐耶！茫茫人海中，似此知音，何可再得，亦何惜此沦落之馀生，不为琅琊之情死耶！"因立探二绝答梨娘，诗中有"来生愿果坚如铁，我誓孤栖过此生"之句。梨娘读之，心大不安，复答书劝慰，委曲陈词，情至义尽，字字从肺腑流出，一幅书成，芳心寸断矣。此数日中密缄往还，倍形忙碌，而碧纱窗外，埋香冢前，泪雨凄迷，愁云笼罩，触耳皆断肠之声，举止尽伤心之景。此黑暗之愁城中，几不复有一丝天日之光矣。

　　大凡爱情之作用，其发也至迅捷，其中也至剧烈，其吸引力至强，其膨胀力至大，然其发也、中也、吸引也、膨胀也，亦必经无数阶级，由浅而深，由薄而厚，非一蹴而即可至缠绵固结不可解脱之地位也。即如梦霞与梨娘，其始不过游丝牵惹之情，能力至为薄弱，其后交涉愈多，而爱恋愈切，至于今，肺腑之言，不觉尽情吐露，便梨娘愿效文君，梦霞竟为司马，则玉容无主，金徽有情，前辈风流，不妨继武，夜馆无人，何难了此一重公案。无如梨娘固非荡子妇，梦霞亦非轻薄儿，发乎情，不能不止乎礼义，深情欲醉，而好梦难圆，遂至双生红豆，愿托再世春风，十幅乌丝，痛写一腔愤血，其才虽可敬，而其遇亦可哀矣。梦霞之誓，出自真诚，梨娘多一言劝慰，即梦霞增一分痛苦。梦霞得梨娘之书，更不能已于言，乃披肝沥胆，濡泪和血，作最后之誓书。其辞曰：

　　顷接手书，谆谆苦劝，益以见卿之情，而益以伤仆之心。卿乎卿乎，何忍作此无聊之慰藉，而使仆孤肠寸寸断也！仆非到处钟情者，亦非轻诺寡信者，卿试思之，仆之所以至今不订丝萝者何为乎？仆之所以爱卿、感卿而甘为卿死者何为乎？卿诵仆《红楼影事诗》，可以知仆平日之心，卿诵仆连次寄赠之稿，可以知仆今日之心。卿谓仆在新学界中阅历，斯言误矣。仆十年踬翼，一卷行吟，名心久死，迄今时事变迁，学界新张旗帜，仆安能随波逐流，与几辈青年角逐于词林艺圃故？今岁来锡，为饥寒所驱，聊以托足，热心教育，实病未能。卿试视仆，今所谓新学界有如仆其人者乎？至女界中人，仆尤不敢企及。仆非登徒子，前书已言之矣。狂花俗艳，素不关心，一见相倾，岂非宿孽？无奈阴成绿叶，徒伤杜牧之怀；洞锁白云，已绝渔郎之路。"还君明珠双泪垂，何不相逢未嫁时。"卿之命薄矣，仆之命不更薄乎？无论今日女界中，如卿者不能再遇，即有之，仆亦不肯钟情于二。既不得卿，宁终鳏耳。生既无缘，宁速死耳。与卿造因于今生，当得收果于来世，何必于今生多作一场春梦，于来世更多添一重魔障哉。至嗣续之计，仆亦未尝不先为计及。仆虽少伯叔，幸有一兄，去岁结祸，行将抱子，但使祖宗之祀不至自我而斩，则不孝之罪，应亦可以略减也。仆亦闻之，一言既出，驷马难追。若食我言，愿与薄幸人一例受。卿休矣，无复言矣。我试问卿：卿之所以爱仆，怜仆之才乎？抑感仆之情乎？怜才与感情，二者孰重孰轻乎？发乎情，止乎礼义，仆之心安矣。而卿又何必为仆不安乎？或者长生一誓，能感双星；冤死千年，尚留孤衾。情果不移，一世鸳鸯独宿；缘如可续，再生鸾凤双成。此后苟生一日，则月夕凤晨，与卿分受凄凉之况味，幸而天公见怜，两人相见之缘，不自此而绝，则与卿对坐谈诗，共诉飘零之恨。此愿虽深，尚在不可知之数耳。呜呼，仆自劝不得，卿亦劝仆不得，至以卿之劝仆者转以劝卿，而仆之心苦矣，而仆之恨长矣。悠悠苍天，曷其有极！仆体素怯弱。既为情伤，复为病磨，前日忽患咯红，当由隐恨所致。大凡少小多情，便非幸福，仆年才弱冠，而人世间之百忧万愤，业已备尝，憔悴馀生，复何足惜！愿犹勿复念仆矣。

书后更附以四律曰：

杜牧今生尚有缘，拨灯含泪检诗篇。聪明自误原非福，迟暮相逢倍可怜。白水从今盟素志，黄金无处买芳年。回头多少伤心事，愿化闲云补恨天。

顾影应怜太瘦生，十年心迹诉卿卿。佳人日暮临风泪，游子宵分见月情。碎剪乡心随燕影，惊残春梦减莺声。客中岁月飞星疾，桑剩空条茧尽成。

万里沧溟涸片鳞，半生萧瑟叹吾身。文章憎命才为累，花鸟留人意独真。浮事百年成底事，新歌一曲惜馀春。金樽檀板能销恨，莫负当前笑语亲。

才尽囊馀卖赋金，果然巾帼有知音。寒衾今夜怜同病，沧海他年见此心。静散茶烟红烛冷，冻留蕉雨绿窗深。萧寥形影空酬酢，梦醒重添苦梦吟。

镂心作字，啮血成诗，万千心事，尽在个中，一字一吟肠一断。梨娘阅此书，诵此诗，悲伤之情，真不可言喻矣。泪似珠联，心如锥刺，初不料梦霞之痴，竟至于此也。其言如此，其心可知。脱异日果践其言，则彼将终身鳏居，无复生人乐趣，虽孽由自作，而情实可哀，我虽不杀伯仁，伯仁由我而死。只缘两字"怜才"，竟演一场惨剧，我将何以对人？且何以自解耶？天首，天乎！沉沉浩劫，已陷我于孤苦凄凉之境，而冤孽牵连，复有此自投情网之梦霞，抵死相缠，丝毫不容退让，迷迷惘惘，终日颠倒于情爱之旋涡中不能解决。此事果从何说起？薄命孤花，竟是不祥之物，自误不足而误人，一误不足而再误。若念及此，转不若早归泉下，一瞑不视。黄土青山，红颜白骨，同归于尽，亦免在人世间怨苦颠连。有情难遂，有恨难平，若挨此奈何天中之岁月，时而攒眉，时而酸眼，时而刺心，时而剜肠，剑树刀山，生受地狱之若，夫又何苦来耶？痴哉梦霞，尔何不自爱乃尔，尔何不相谅乃尔！挖心呕血，掬诚相示，倦倦深情，我非不尔感也。事已无可奈保，虽痴何益？不若大家撒手，各了今生之事。喃喃设誓，又奚为者？今尔言若此，我岂能安？痴哉梦霞，何逼人太甚耶！我不知我前生孽债，究欠下几许，将于何日清偿也。嗟乎嗟乎，梨娘固无如梦霞何矣。如怨、如慕，亦感、亦哀，盖梨娘此时对于梦霞，只有勉为劝慰之责任，实无代为解决之能力，然梦霞之言既出，梦霞之志已决，必非虚言劝慰所能有效也者。梨娘明知之，而无术以挽回之，感之深，怨之亦深。梨娘怨梦霞，固不能弃梦霞也，既不能弃矣，则梨娘固终不忍使梦霞竟践其誓言也。

情之所钟，正在吾辈。劳尘滚滚，只埔青娥一笑之恩；长夜迢迢，更下白傅千行之泪。一言激烈，生死以之。记者固不敢谓梦霞过他，然而"饼师镜已荒荒破，霍女钗难两两全。"秋娘已老，杜牧休狂，人生不幸而遇此，惟有运慧剑以斩断情丝，持毅力以抑制痴念。既未乱之，何妨弃之。两相弃则两得保全，两相恋则两增烦恼，此中得失，亦自分明。而当局者迷，每欲倒行逆施，强售其情，不知情与情战，必有一伤，或且两败而俱伤。吾辈用情，只能用之于可用之地，不能用之于不可用之地。于不可用情之地而必欲用其情，贸贸焉挺身入情关，为背城借一之计。其始也，则如佛经所云：恐怖颠倒，梦想究竟。受尽万种凄凉，尝遍一切苦恼，而终不得美满之效果，徒剩此离奇惝恍之事迹，长留缺陷于天地间，博后人无穷之涕泪而已，岂不可怜？岂不可笑？记者泚笔至此，未尝不感梦霞之多情，又未尝不深怪梦霞之无情。推其心，殆必欲将可情、可爱之梨娘，置之死地而后已。此情而入于痴，痴而流于毒者也。

阅者诸君亦知梨娘得书之后，欲抛抛不得，欲恋恋无从，血共魂飞，心和泪热。恨压眉峰，不知为梦霞添上几许颦皱；愁担香肩，不知为梦霞增加几分重量。盖彼决不肯使梦霞为我失尽人生之幸福，必欲筹一两全之法，使之能取消其誓，而又不欲孤负其情。辗转思量，不得一当，魂梦为之不安，饮食为之渐减，以多愁多病之身，怎禁受如许折磨，不三日，而梨容瞧悴，病中三分矣。

第十一章　心　潮

　　夏气初和，春寒犹恋，这般天气，大是困人。窗外云愁如梦，日瘦无光，阴惨之气，笼罩于闲寂之空庭。芭蕉一丛，临风耸翠，叶大如旗，当窗卓立，又如捧心西子，怀抱难开。异哉，蕉有何愁，而其心亦卷而不舒也。受淡日之微烘，掩映于窗纱之上，若隐若现，易惨绿作水墨色。此时窗外悄无一人，惟有此映日之蕉，偎窗作窥探状，若讶窗内之人，每晨必当窗对镜理妆，今何以日已向午，窗犹深锁？其夜睡过迟，沉沉不醒耶？抑春困已极，恹恹难起耶？而此时窗内绣床之上，正卧一魂弱喘丝之梨娘，眉尖宿雨，鬓角翻云，不胜其憔悴零落之状。非失睡也，非春困也，呜呼！疾矣。梨娘病卧深闺，别无良伴，为之看护与慰问者，惟鹏郎、秋儿，斯时又皆不在，鸳帐半垂，鸭炉全熄，帘枕黯黯，悄无人声，绝好香闺，竟同幽宅。梨娘正在伏枕无聊之际，星眸惊欠，突见窗上现一黑影，疑为人，作微呻，亦不动，细认之，知为蕉影。呜呼，病骨支离，足音阒寂，呻吟之若，孤零之况，极人世之惨凄，惟有此多情之绿天翁，当窗摇曳，频作问讯。此情此景，其感伤为何如？此日幸有晴光，设易晴而雨，一阵廉纤，敲叶作响，断断续续，送入病者之耳。窗外芭蕉窗里人，分明叶上心头滴。尔时情景，恐更觉难堪也。

　　梨娘因感梦霞而成病，梦霞之誓书，实为梨娘之病证，而梨娘之病，固又别有一原因在。古人云：忧能伤人，劳以致疾。忧也，劳也，有一于此，皆足以病人。梨娘为梦霞所颠倒，其伤心也至矣。然梨娘近日忧思固深，积劳亦甚，兼之以劳，足以介绍病魔，继之以忧，足以增进病候。盖是乡蚕桑之业，颇甚发达，每当春夏之交，麦黄加酒，桑碧于油，南阡北陌间，采桑之妇，络绎不绝。崔氏庄后亦有桑田十馀亩，家中育蚕甚多，由梨娘司其职。梨娘非长腰健妇，提筐摘叶之劳，虽雇佣工作，而祀蚕神、理蚕室、日移场、夜喂叶、审寒暖、辨燥湿，鞠育之苦，看护之勤，如保赤子，心诚求心。三眠之后，上箔之前，梨娘恒彻夜不眠，尽心作蚕母。比三日开箔，成茧成团，已不知费却几许心力矣。蚕老人先老，蚕眠人亦眠。而梦霞之书，适乘其隙，积忧与积劳交战，瘦弱之躯，叠受大创，虽欲不病，乌可得耶？

祛愁无术，招病有媒，独枕难支，百端交集。病中之梨娘，其若有倍于病中之梦霞者。自来女子善怀，情人多怨。兰闺静质，足不出深闱一步。芦帘纸阁，落寞不堪。秋月春风，等闲轻度。身躯之运动，失其自由，脑筋之作用，甚形发达，然平居无恙，或刺绣以消永昼，或观书以遣良宵，犹得将一担闲愁，暂时放下。设一旦病魔忽集，与枕席为缘。泪萦眼角，空馀未绝之魂；苦溢心头，中有难忘之事。旧恨新愁，一时勾起，无穷心事，不尽思量，如惊涛，如怒浪，一刹那间，澎涌而起，此即所谓心潮也。咆呼梨娘！肠回九曲，欲断不断，此时之苦，莫可名言，则回忆夫深闺待字之年，与诸姊妹斗草输钗、簪花对镜，尔时之快乐，今日已同隔世；又回忆夫画眉时节，却扇年华，有肩皆并，无梦不双。方期白首同盟，讵料红颜薄命，今生休矣，夫复奚言！旧情未了，观念再生，如蚕抽丝，如蚁旋磨，凡家常琐事、闺阁闲情，平日所毫不记忆者，此时一一从心窝中翻腾而出，历历若前日事。最后则念及与梦霞之交涉，花前洒泪，灯下传书，两月以来，种下几许情苗恨叶，而归结于此次梦霞之一书。梨娘虽病思昏昏，犹不忘梦霞，思筹一对付之法，一寸心潮，忽起忽落，伏枕喘息者良久。时则有双燕穿帘人，绕室飞鸣，其声凄绝，与梨娘呻吟之声相应，非复昔日呢喃中之含乐意矣。燕乎，燕乎，何多情乃尔耶！而此多情之梨娘，乃与此多情之燕，结病中之良伴耶，是则大可怜矣。

情生病耶，病生情耶。梨娘之病为梦霞也，为梦霞之书也。则梦霞之情不能自解，梨娘之病终不能就痊，此可断言者。药梗香喉，床支瘦骨，心悬百丈，病到十分，梨娘非不自爱也。梦霞不自爱，梨娘乌得自爱？人以为病深，而梨娘且曰：病深不敌情深也。人以为病重，而梨娘且曰：病得不如情重也。谚云：心病还须心药医。曩者梦霞不尝病乎？梨娘以两种名花、一封锦字医其心，而病若失。此次梨娘之病亦岂药石所能疗者？梦霞苟不忘前日之惠，当代谋救治之方。盖梨娘之病，实视梦霞之心为转移，梦霞欲使梨娘病愈，其事亦非大难，只须书传一纸，以前言之戏，绝后日之情，豁开心地，勘破情天，梨娘有不为之霍然乎？然使梦霞果以此意对付梨娘，恐梨娘之病愈，而梦霞之病将复来，病且至于死。梦霞病且死，梨娘又将如何？要之，此生、此世，两人终不能断绝关系，揆情度势，两人俱有必病之理由，且俱有必死之理由。死且不惜，病何足言！情之误人，乃至于此。吁，亦惨酷矣哉！

月韬镜匣，风约帘钩。凄凉难拆，窗前鹦鹉无声，孤零谁怜，枕上鸳鸯不梦。此幽寂之病室中，半日无人过问，良久忽闻有人与病者问答之声，则鹏已入内来视其母。童子无知，知爱其亲，因母病不起，顿改其平日游嬉之态度，此时方偎倚床头，手抚梨娘之胸而呼曰："阿母，阿母病矣。阿母欲服药乎？儿当告祖父，遣人去延医生来也。"梨娘低言曰："儿勿多事，儿知母之苦乎？心中之苦已是难受，若再饮苦口之花，不将苦死耶？"鹏郎闻言，哇然而泣曰："母何苦？儿愿代母苦。"梨娘执其手而笑曰："痴儿，此何事而可相代，儿勿忧，母固无病也。"鹏郎乃止泣而喜，旋从怀中出一缄，置之枕上："今日先生未赴校中去，儿以母病告彼，彼即书此付儿。"梨娘微愠曰："谁教汝又向渠饶舌。"继复长叹一声，徐启函倚枕阅之。鹏郎在旁不语，室中又寂无声息。

梨娘读梦霞问病之书曰：

闻卿抱病，恻然心悲。卿何病耶？病何来耶？相去乌墙咫尺，如隔蓬岛万重，安得身轻如燕，飞入重帘，揭起鲛绡，一睹玉人之面，以慰我苦恼之情。阅《聊斋》孙子楚化鹦鹉入阿宝闺中事，未尝不魂为之飞，神为之往也。虽然，终少三生之果，何争一面之缘，即得相见，亦将泪眼同看，那有欢颜相对。睹卿病里之愁容，适以拨我心头之愤火，固不如不见之为愈矣。嗟乎梨姊，梦断魂离，曩时仆状，今到卿耶！卿病为谁？夫何待言。愁绪萦心，引病之媒也；誓言在耳，催病之符也。我无前书，卿亦必病，但不至如是之速耳。梦霞、梦霞，无才薄命不祥身，重以累吾姊矣。伤心哉！此至酷至虐之病魔，乃集之于卿身也，此可惊可痛之恶耗，乃入之于我耳也，此偌大之宇宙，可爱之岁月，乃著我两人也。我欲为卿医，而恨无药可赠；我欲为卿慰，而实无语可伸；我欲为卿哭，而转无泪可挥。我不能止卿之不病，我又安能保我之不病耶？近来积恨愈多，欢情日减，今又闻卿病讯，乱我愁怀，恐不久将与卿俱病耳。尚有一言幸垂爱察，但我书至此，我心实大痛而不可止，泣不成声，书不成字矣。我之誓出于万不得已。世间薄福，原是多情。我自狂痴，本无所怨。卿之终寡，命也；仆之终鳏，命也。知其在命而牵连不解，抵死相缠，以至于此者，亦命也。我不自惜，卿固不必为我惜矣，卿尤不宜为我病矣。痛念之馀，痴心未死，还望愁销眉霁，勉留此日微生，休教人去楼空，竟绝今生馀望。

是书笔情瑟缩，墨色惨淡，瘦劲之中，时露凄苦之态。初视之，几不辨为梦霞所书，想见其下笔时百感奔赴于腕下，手随心转，故字迹遂失其常态也。书后另附一笺，上书八绝句，字里行间，泪珠四浅，作梅花点点，斑烂满纸，未读其诗，已觉触目不堪矣。

麦浪翻晴柳飐风，春归草草又成空。瘐郎未老伤心早，苦庸江南曲一终。

一日偷闲六日忙，忽闻卿病暗悲伤。旧愁不断新愁续，还较蚕丝一倍长。

佳期细叩总参差，梦里相逢醒不知。诉尽东风浑不管，只将长恨写乌丝。

半幅蛮笺署小名，相思两字记分明。遥知泼尽香螺墨，一片伤心说不清。

怯试春衫引病长，鹧鸪特为送凄凉，粉墙一寸相思地，泪渍秋来发海棠。

晚晴多在柳梢边，独步徘徊思杳然。目送斜阳人不见，远山几处起苍烟。

恻恻轻寒早掩门，一丝残泪阁黄昏。不知今夜空床梦，明月梨花何处魂。

缘窗和合伴残灯，一度刘郎到岂曾，只觉单衾寒似铁，争教清泪不成冰。

梨娘阅未竟，颜色惨变，一阵剧痛，猛刺心头，不觉眼前昏黑，忽忽若迷，喘丝缕缕，若断若续，波泪盈盈，忽开忽闭，身不动而手微颤，如是者良久。叠经鹏郎呼唤，梨娘乃痛定而醒，瞪目视鹏郎，欲哭又止，恐惊之也。斯时书纸数幅，尚在手中，徐徐之函内，掷诸枕旁，微吁一声，若已无力作长叹者。既而谓鹏郎曰："我倦欲眠，汝且去，勿扰我也。"言已，合眼作入睡状。鹏郎乃出，呜呼，梨娘非真睡也，盖欲背鹏郎而偷揾其一掬伤心之泪耳。

第十二章 情 敌

藕丝不断，药性难投。梨娘病卧兼旬，迄未能愈，镇日昏昏，如被鬼祟，不语亦不食，不睡亦不醒。曾几何时，而花羞月闭之梨娘，已花蔫月暗，瘦不成人。绣床一尺地，变作愁城万叠，枕边被角，绣遍泪花，斑斑点点，梨娘一人见之耳。嗤弱于丝，肉销见骨，朽腐王嫱，狐狸钻穴相窥，其期当不远矣。谁为为之，而令若此？

呜呼，吾书至此，吾为梨娘危，吾不能为梦霞恕矣。忍战梦霞，既以一封书逼其病，更以一封书加其病，是直立意欲制梨娘之死命，岂复尚有人心者？呜呼，路旁枯骨，仁者动心；门内哭声，行人变色。梦霞与梨娘其感情果属何等，而忍以无聊之语，作催命之符耶？世不乏有情人，能不为梨娘叫屈！

虽然，梦霞非不知梨娘之病之何因，且非不知梨娘之病之当用何药也。誓言既出，万难追悔，欲对症发药，虽足愈一时之病，而尽抛往日之情，梦霞之所不肯出也。其意若曰：梨娘病，我与之俱病；梨娘死，我亦与之俱死。死生事小，惟此呕心啮血之誓言，当保存于天长地久而不可销灭。其作书慰问也，明知梨娘阅之，其病有加无减，以伤心语作了世事，亦心有所不能安，情有所不容已耳，呜呼，梨娘固在病中，梦霞虽不病，亦无日不在奈何天中，以眼泪洗面。一日十二时，心恋神伤；一夜五重更，魂飞梦杳。自闻病耗以来，不知为梨娘绞出多少泪汁，瘦减几许风神。人遥两地，实已四日全枯，便两人此时一面，当必有相对失声者。易地以观，其苦适相等耳。

榴火飞红，荷钱漾碧，斯何时耶？非已届各校之暑假期耶？梦霞离家数月，归思如云，固急盼夫假期之至，得以离此愁城，还我乐土，慰老母倚闾之望，且得与久别之剑青握手言欢，重叙天伦之乐事。今假期已届，而梨娘之病，尚无起色，归心虽急，不得不为之滞留数日。梦霞不能舍梨娘，又乌能舍病中之梨娘而掉头竟耶？然梨娘之病，非急切所能愈者，梨娘一日不愈，即梦霞一日不能归。日来忆念梨娘之心，与思母思兄之心，交战于胸，辘轳万状，一重愁化作两重愁，人非金石，何以堪此？呜呼梦霞，恐亦殆将病矣。

相持不决，两败俱伤。为梨娘危，又为梦霞危矣。孰知梨娘之病与前此梦霞之病同其病情，且同其病态，不数日间，梨娘已不病，梦霞且得归，如此惊波，如此危象，顷刻间烟消云散，了无痕迹。天有不测风云，人有旦夕祸福。古人不我欺也。盖届此各校放假之时，梨娘忽于鹏郎、秋儿外，多一侍疾之人。梨娘得此人，固思得一对付梦霞之法，心事已了，病亦旋愈。此侍疾者何人？梨娘病中之救星，而实梦霞眼中之劲敌也。

记者暂搁笔，先有一言报告于阅者诸君。诸君已知梦霞与梨娘为《玉梨魂》之主人翁矣，不知此外固更有一宾中之主，主中之宾在也。此人未出现以前，《玉梨魂》为一种情书；此人既出现以后，《玉梨魂》为千秋恨史，有离奇之情节，无良好之结果矣。其人何人？厥名均筠倩，崔氏之少女也。

阅者诸君尚忆及《玉梨魂》第一章"葬花"一节乎？梦霞所葬者为已落之梨花，庭中不更有方开之辛夷乎？梨花为梨娘之影，而此弄姿斗艳、工妍善媚之辛夷，又为何人写照？知阅者蓄此疑问也久矣。艳哉辛夷，有美一人，遥遥相对，但此人来而梦霞与梨娘之情将愈沦于悲苦之境，记者所以迟迟不忍下笔也。

记者于此更有一疑问，欲为诸君解决。梦霞寓居崔氏已近三月，知否崔氏之眷属舍梨娘、鹏郎等以外，尚有筠倩其人？诸君试检阅第二章梦霞之诗，其咏辛夷一首末有"题红愧乏江郎笔，不称风前咏此花"之句。此诗固非借花寄兴、漫无所指者也。特筠傅肄业于鹅湖女学，每月一归省其亲，梦霞仅于初至时，一识春风之而耳。今请先略述筠倩之历史。崔父生子女二人，长为鹏郎之父，次即筠倩也。筠倩十岁丧母，茕独无依，视梨娘若姊，梨娘亦视之若妹，时梨娘亦年仅十八耳。梨娘出自大家，素娴文字，筠倩质美而秀，慧根种自前生，于是又以梨娘为师。闺房之内，衣履易着，几案同亲，其融融泄泄之象，即求之同姓之姊妹，恐亦无此亲昵也。乃未几而梨娘遽丧所天，衔哀终古。筠倩仅此一兄，中途分手，悲恸与梨娘相等。凄凉身世，孤若零丁，两人同嗟命薄，从此亲爱有加，相依若命，大有一日难离之势。平日间离虽不无外家姊妹、邻舍娇娃，慕两人之慧美，时来闺中伴寂寞，忸怩作狎昵态，两人殊淡漠遇之，不甚与之款洽。而若辈犹相嬲不休，或招赴踏青之游，或约共斗草之戏，两人由是益厌之，竟谢绝焉。尝笑相谓曰："此皆俗物也，胸无点墨，貌丰而肥，涂脂抹粉，丑态毕露，见之令人作十日恶，那有闲心情与若辈周旋哉！"噫，谚有之：痴人多福。若辈俗则俗矣，而命乃独隆，一生饱享家庭之幸福。彼不俗者，才清貌秀，矫矫不群，不为恶物摧残，定遭天公妒忌，负才毕世，饮泣终年，千古红颜，竟成惯例。"世间亦有痴于我，岂独伤心是小青。"呜呼，小青之言验矣，彼梨娘与筠倩，非皆小青之流哉。

筠倩年渐长，益秀丽，柔恣媚态，倾绝人寰，而一种兀傲之气，时露于眉宇间，有不可亲近之色，所谓艳如桃李而凛若冰霜者非耶。戊申之秋，肄业于鹅湖女学，得与四方贤女士交，眼界为之大扩，学术因之骤进，一泄从前禁锢深闺中无限不平之气。每归语其家人曰："黑暗女界，今日始放光明，而环顾吾同胞，犹沉埋地狱不知觉悟。或他无所惜，所惜者梨嫂耳。以嫂之天资颖敏，心窍玲珑，使得研究新学，与几辈青年女子角逐于科学世界，必能横扫千人，独树一帜。惜平生不逢辰，才尤憎命。青春负负，问谁还干净之身？墨狱沉沉，早失尽自由之福。来者纵尚可追，往者已不可谏。梨嫂，梨嫂。胡兄之死也早，而嫂之生也亦早耶？"

自筠倩就学鹅湖后，梨娘失一良伴，益复无聊。虽遇良辰佳节，恒郁郁不欢，视他人之勃发，嗟实命之不犹，中心感愤，莫可名言。幸筠倩月必一归，归必三四日始去，积匝月之离思，倾连宵之情话，尚可籍以抵偿。筠倩尤善诙谐，能解梨娘颐。两人恒彻夜不眠，拥衾待旦，别后则彼此以书代语，浃旬之间必有数函往复，鱼笺叠叠，心煞寄书邮，梨娘孤栖半世，于世已等畸零，彼视筠倩而外，更无第二亲爱之人。孰知孽缘未了，冤债正多。筠倩去而梦霞来，恨海翻腾，情场恋幻，梨娘心脑中，遽多增一亲爱者之影。然梨娘虽移其爱于梦霞，而于筠倩一方面，别时惆怅，去后思量，邮函往还，仍未尝稍形冷落也。

方梦霞之初至也，筠倩适告假归。梦霞于窗棣间望见之，虽惊其艳，而觉其妩媚中含有一种英爽气，令人不敢平视。既见之后，如浮云之过太空，脑海中不复留其影象。至筠倩之于梦霞，则更形淡漠。在家时少，在校时多，平日间但知家中有梦霞其人，而于梦霞之年貌、品性，固属茫然，即梦霞之里居姓氏，亦未能一一详悉。彼性本落落，素不作小儿女之喋喋，此时方专肆志于学问，校课以外，不问他事，非遇事忽略，实未暇旁骛也。即归家后，险与梨娘淡话时间外，辄终日兀兀，伏案如老儒，或温习旧课，或翻阅新籍，家中事概置不理，故梨娘与梦霞交涉史，彼竟纤毫未悉，而梨娘亦深自隐密，心中事不敢轻遣小姑知也。

入门带笑，见画含愁。鹊报檐前，了无喜意。鹦迎窗下，亦少欢声。筠倩久别梨娘，怀思颇切，两星期来，又为预备试验，未暇作书问讯，考试事竣，即鼓棹还乡。自念得与久别之梨嫂，携手碧窗，谈衷深夜，红灯双影，笑语喁喁。此后迟迟夏日，家庭之乐事正多，可以追昔时联榻之欢，而偿数月分襟之苦。帆影如飞，家门在望。风花片片，烟草离离。昔日见之，以为牵愁惹恨之媒者，此时乐意在心，接触于目者，无不足以增加其愉快。彼梨嫂之相念，当与余同，今日见我归来，更不知当若何欢慰也。

炊烟四起，柔橹数声，一船傍岸歇，一女郎登岸，淡装革覆，手携书籍数册，翩翩若迎风之燕，一舟子负装随其后，望而知为由校还家之女学生也。此女学生即筠倩。筠倩登岸后，望家门而疾趋，覆声囊囊，容色匆匆，顿失其平日娴静之态度。盖其别绪如云，归心似火，仓皇急遽，有流露于不自觉者也。无何而入门矣，入其门不闻人声；无何而入庭矣，入其庭不见人影。咄，离家仅三月耳，而门庭之冷落，至于如此，我其梦耶？门以外之所见，无物不助欢情；门以内之所见，到处皆呈惨状。十分欢喜。化成一种凄凉，感触之来，转移其捷，斯时筠倩如痴如醉，木立不动，逡巡廊下，不遽入室，须臾，门内有一人出，见筠倩即呼曰："女公子归矣，我报老主人去也。"筠倩识为秋儿，乃入室，则鹏郎已迎面至，牵筠俏之衣而呼曰："阿姑归来矣，市得何物以饷余也？"筠倩笑应之曰："有，有。"语时，抱鹏郎于膝，摩抚其顶，复问之曰："汝母安在？"鹏郎忽惨然曰："阿母卧病已多日矣。姑归大好，阿得姑为伴，其病当即有起色也。"筠倩闻言大惊，遂舍鹏郎。入内往朝其父讫，急趋步人梨娘病室。

第十三章　心　药

　　病到旬馀，人归天来，未语离衷，先看病态。瘦减丰恣，非复别时面目；惊残春梦，尚馀枕上生涯。梨娘自卧病以来，日与药灶为邻，夜共兰釭结伴，愁帐一幕，被冷半床，室中惟鹏郎、秋儿二人，为之进汤药、报晨昏，而来去无常，亦非终日相伴不去者。冷清清境地，寂测测时光，一枕幽栖，大有夜台风味，深深庭院，黯黯帘拢，久不闻笑语之声矣。筠倩归来，鹏郎已奔入报告梨娘，须臾筠倩直入室中，揭帐视梨娘，见其状不觉失惊，几欲泣下，呼曰："嫂，妹归矣。"梨娘喘息言曰："我病甚，不能起，妹其恕我。"筠倩泫然曰："梨嫂，梨嫂，一月不见，病至于此耶？睹嫂容颜，令妹肝肠寸断矣。"梨娘叹曰："薄命之身，朝不保暮；葳蕤弱质，至易摧残。自怜孤影，未尝倾国倾城，剩此残躯，真个多愁多病，抚床心死，对镜容灰，天公安在？我命如何？筠姑，筠姑，汝所爱之梨嫂，将不久于人世也矣。命薄如侬，生何足恋？与其闷闷沉沉，生埋愁坑，不若干干净净，死返恨天。转念及斯，万恨皆空。一身何有？日惟僵卧待死而已，我他无所恋，所不能忘者，姑耳。深恐不及姑归，遽然奄忽，数年来亲爱如同胞之好姊妹，临死不得一面，则虽死犹多遗恨。今幸矣，我病已深，汝归正好，六飞孤儿，敬以相托。春秋佳日，如不忘往日之情，以冷饭一盂、鲜花一朵，相饷于白杨荒草之间，嫂身受之矣。"筠倩闻言，涕不可抑，拭泪言曰："嫂勿作此不详语，上帝，上帝，我为嫂祈祷。上帝勿使嫂痛苦，勿使嫂烦恼，为嫂驱病魔，为嫂求幸福。"言次，跌坐床沿，俯其首、合其眼，喃喃作默祷状。良久。忽张目视梨娘而言曰："嫂病愈矣。"梨娘睹状，不觉为之破颜一笑，谓之曰："姑其癫耶，胡作此态？姑入校读书，乃学得师婆子术归耶？"筼倩与梨娘相居甚久，素念娘之心情，知此次之病，必系积郁所致，而不知其实为情伤也。筼倩既归，遂为梨娘之看护妇，晨夕不相离，捧汤进药，曲尽殷勤，加被易衣，倍加爱护。日长无事，则与病者谈天说地，滔滔不竭，举在外之所闻所见，或属游观之乐，或属儿女之情，或属身亲目睹，或属佚事遗闻，色色种种，凡脑海中所能记忆者，一一倾筐倒箧，尽情供献于梨娘之前，而又加以穿插，杂以谐笑，如海客之谈瀛，仙风飘忽；如名伶之扮演，花雨缤纷。筼倩熟而能详，梨娘乐而忘倦，不知其身之在病中矣。此外更以学校之情形、他乡之景物，以及游戏之快乐、学问之进益，凡足以娱梨娘之心者，无不探诸怀中，翻诸舌底。时更引吭高歌，珠喉宛转，好花之歌，春游之曲，歌辞之最丽、音调之最佳者也。梨娘听之，心旷神怡，积愁都化。筼倩日共梨娘谈话，夜则与鹏郎同睡于梨娘病榻之旁，盖筼倩善持鹏郎，鹏郎亦相依若母，乐就阿姑眠也。此黑暗之病室，自筼倩归后，顿大放其光明，愁幕揭开，生机充足，不啻为世界第一等最优之病院。虽病中十分，君医束手，得此看护者知心着意，曲体病情，亦足令病魔退避三舍，生路顿开一线。况梨娘原非真病，不过心多恶感，胸积烦忧，万种情怀，难抛孽种，一团愁块，化作凝团，遂致兀兀不安，恹恹难起，筼倩以有趣味之谈话，逗动其欢心、抑遏其愁火，曾无几时，梨娘之病，十已去其八九，饮食亦能渐进，憔悴之中，已现活泼之神情，不久当就痊复。是筼倩之归，实大有造于梨娘也，然筼倩之所以能药梨娘之病者，犹不在此。

筼倩侍梨娘疾，无时不与梨娘谈话以解其病闷，然梨娘之心事，彼究无从而知，虽极意慰藉，如隔靴搔痒，实未尝搔着痒处也。一日谓梨娘曰："嫂处深闺，亦知世界文明结婚亦尚自由乎？"梨娘曰："盖有之矣，我未之见也。"筼倩曰："旧式之结婚，待父母之命，凭媒妁之言，两方面均不能自主，又有所谓六礼、三端、问名、纳采种种之手续，往往有客散华堂，春归锦帐，我不知彼之才貌，彼不知我之性情。配合偶乖，终身贻误，糊涂月老，误却占今来才子佳人不少矣。今者欧风鼓荡，煽遍亚东，新学界中人无不以结婚自由为人生第一吃紧事。此求彼允，出于两方面之单独行为，而父母不得掣其肘，媒妁不能鼓其舌。既婚之后，虽生离死别，彼此均无所怨，则终风之赋，回文之织，遮几可以免矣。"筠倩言至此，截然而止。自觉失言。念梨娘虽非不得于其夫，实历遍生离死别之惨者，我不应再以此种语拨动其旧感也。孰知梨娘闻其言，别有所感，其所感有出于筠倩意料之外者。此时梨娘脑海中若骤得一物者，不知其何自而来，欣快莫可名状，又如骤失一物者，不知其何自而去，懊丧又不可言喻。片刻之间，哀乐纷乘，愁喜交并，而失意一方面终不敌其快意一方面，实觉肩梢之发展，胸廓之舒畅，达于极点，从此心头一块石，可以放下。筠倩一席话，竟为梨娘之续命汤、返魂丹，天下事之奇幻，实无有逾于此者。嗟嗟，梨娘何幸而遇此救星，筠倩又何不幸而与梨娘同堕情劫哉！

恶感在心，好言入耳。柔肠欲断，异想忽开。梨娘闻筠倩言，忽思得一接木移花之计、僵桃代李之谋，计惟借助筠倩，方足以对付梦霞。以筠倩之年、之貌、之学问、之志气，与梦霞洵属天然佳偶。我之爱筠倩，无异于爱梦霞，就中为两人撮合，事亦大佳。梦霞得筠倩，可以相偿，筠倩得梦霞，亦可以无怨。我处其间，得以脱然无累，荐贤自代，计无有善于此者。此时梨娘，心地大开，病容若失，一种愉快之颜色，猝然见于面。旁坐之筠倩，方恐以前言伤梨娘心，注目视梨娘，觇其喜怒，既见其梨容含笑，心中若甚豫者，正不解其作何思想，有可感触，而遽改病态为欢容也。梨娘思忖半晌，心虽快而口难宣，筠倩亦默不一声，四目互射，相对无言。梨娘视筠倩良久，忽觉其笑容渐敛，其意又若大失望者。盖念及筠倩平日颇自矜贵，性情落落难合，与梦霞又无一面之交、一言之契，彼方心醉自由，在外就学者一年，相识必多，其心中安知不已有如意郎君。我若强为作合，干涉其自由，彼必不允，岂非徒费心机、空劳唇舌？至梦霞一方面亦属难行，读其誓书，苦心孤愤，矢志终身，已有骑虎难下之势，百计讽劝，总归无效。恨重于山，心坚如石，其情专、其志决矣。今我忽欲强其求婚于筠倩，彼必曰：我言既出，万悔莫追。尔既为我知己，不当再以此言相聒。若是我复将以何辞继之？循是以思，则此事于两方面，均有阻碍，不待发表，而可知其事之决裂也。梨娘转念至此，顷刻间又眉峰压恨，眼角牵愁，一场好梦，丢入华胥国中去矣。继而又自念曰：山穷水尽，仅有此一丝生路，谋事在人，成事在天，尽心力而为之可耳。幸而成，则三人皆得其所；不幸而不成，则筠倩自有佳婿，梦霞终鳏，亦当无怨，而吾心亦可以释然矣。

深闺病质，寓馆吟身。药铛茶灶，抛来病里工夫；冷席单床，尝遍个中滋味。梦霞自校中放假，归思綦切，为梨娘之病淹留者又旬馀矣。独宿空斋，百端怅触，梦里还家，云山叠叠，愁边问讯，消息沉沉。终日徘徊，庭草有伤心之色；连宵蹀躞，灯花无报喜之时。心悬一线，肠结千层，李后主所谓此中日夕以泪眼洗面者也。盖梨娘自偃卧以来，病躯久未临窗，瘦腕不堪握管，黄花之句辍吟，青鸟之使已绝。梦霞于初病时作书慰问后，无日不就鹏郎探询梨娘病状，而童子无知，语多恍惚，病之浅深，殊游移不能确定。欲以目睹为真，而重门深锁，有翼难飞。翻阅锦笺，纸上犹馀泪迹；摩挲玉影，镜中如换病容。粒粒长枪，食难下咽；沉沉清漏，睡不来魔。潘郎鬓影，愁损千丝；沈约腰支，瘦馀一握。数日来梦霞之心，盖为梨娘寸寸碎矣。梦霞知梨娘之病决不能一时就愈，或一病而竟至香销玉碎，亦意中事，而无术以救治之，则亦空唤奈何而已。后闻筠倩归来，梨娘得一亲爱之看护人，不觉为之一喜。私心默祝，以为梨娘之病原系积忧、积劳所酿成，有人焉，为之调护，为之劝解，破其愁闷，开其怀抱，或从此脱离病趣，改变欢容。梨娘之幸，亦我之幸也。梦霞对于筠倩，虽并无情感之可言，而此时则不能不深有望于筠倩推，推其心，苟使梨娘病愈，则筠倩于梨娘，实不啻有再生之恩，于己亦间接受无穷之惠电。幸也，天公见怜，果如人意。筠倩归不数日，梨娘已离死域，梦霞亦出愁城，筠倩与梦霞暗中又结一重爱感。奇情幻事，盖亦今古情场中所绝无仅有者矣。

第十四章　孽　媒

　　草阁寒深，蕉窗病起，光阴草草，心事茫茫。梨娘一病缠绵，几沦鬼趣。幸得一妙人儿粲其生花之妙舌，施其回春之妙手，遂启发梨娘心中之巧计，而成就梦霞意外之奇缘，以恹恹难愈之疾，晨夕之间，霍然而苏，如阴霾累日，忽现晴光。梨娘之心，若何其快，梦霞之心，亦若何其快，即筠倩之心，亦一样与两人俱快。然病之来也，梨娘自知之，梦霞亦知之，而筠倩不知也。愈之速也，则惟梨娘自知之，筠倩固不知，即梦霞亦不能知也。梨娘明知此意发表后。成否尚未可知，而此时欲解决心中疑难，有不能不急于发表者。梦霞闻病羁留，欲归不得，亦知其愈，便可束装作归计，而梦霞犹若有所恋而不忍遽行者，盖欲得梨娘病后之通讯，藉慰其渴想之情也。一日晨兴，见案头有一缄，函封密密，视之固为梨娘所遗，病后腕力不坚，故其字迹殊瘦而不劲也。梦霞逆知其中必有好音，未开缄而喜已孜孜，孰知一罄内容，有足令梦霞忽而喜、忽而怒、忽而搔首、忽而颦眉，执书而踌躇莫决者。书中所言非他，即发表其心所计划，而欲梦霞求婚于筠倩也。书辞如左：

　　　　一病经旬，恍如隔世。前承寄书慰问，适在瞑眩之中，不克支床而起，伏案作答，爱我者定能谅之。梨影之病，本属自伤，今幸就痊，堪以告慰。君之前书，语语激烈，未免太痴于情，出之以难平之愤，宣之以过甚之辞。情深如许，一往直前，而于两人目前所处之地位，实未暇审顾周详也。梨影不敢自爱，而不愿以爱君者累君，尤不愿以自误者误君也。君之情，梨影深知之而深感之；君之言，梨影实不敢与闻。君自言曰："我心安矣。"亦知己之心安，而对于己者之心将何以安耶？况以梨影思之，君之心究亦有难安者在也。不孝有三，无后为大。大舜且尝自专。夫妇居室，人之大伦，先哲早有明训。君上有五旬之母，下无三尺之童，宜尔室家，乐尔妻孥，本人生应有之事，君乃欲大背人道，孤行其是，不作好逑之君子，甘为绝世之独夫，试问晨昏定省，承菽水之欢者何人？米盐琐屑，操井臼之劳者何人？弃幸福而就悲境，割天性以殉痴情，既为情场之怨鬼，复为名教之罪人。君固读明理者，胡行为之乖僻，思想之谬误，一至于此！梨影窃为君不取也。语云：天定胜人，人定亦能胜天。君痴如此，岂竟欲胜天耶？吾诚恐无情之碧翁。且以君之官为怨谶，将永沦我两人于泪泉冤海而万劫莫脱也。青春未艾，便尔灰颓。君纵不自惜，独不为父母惜身、为国家惜才乎？君风流风采，冠绝一时，将来事业，何可限量。乃为一薄命之梨影，愿捐弃人生一切，终身常抱悲观，将使奇谈笑史，传播四方，天下后世，必以君为话柄，以为才识如君，志趣如君，乃为一女子故，而衔冤毕世，遗恨千秋，恐君虽死，九原亦有未安者，而今顾曰吾心已安耶？君诚多情，惜情多而不能自制，致有太过之弊。过犹不及，君之多情，适与无情者等。梨影爱君，梨影实不敢爱君矣。总之，此生此世，梨影与君，断无关系。罗敷自有夫，使君自有妇。各有未了之事，各留未尽之缘。冤债未偿，既相期夫来世；良姻别缔，亦何慊于今生。君不设誓，梨影亦不敢忘君之情。君即设誓，梨影亦无从慰君之情，天下不乏佳人，家庭自多乐境，何苦自寻烦恼，誓死不回，效殷浩之书空，愿伯道之无后，为大千世界第一痴人哉！梨影为君计，其速扫除魔障，斩断情丝，勿以薄命人为念。梨影以君为师，君以梨影为友；我善抚孤，以尽未亡人之天职，君速娶妇，以全为子者之孝道。两人之情，可以从此作一收束。梨影固思之审而计之熟矣，然脉脉深情，梨影实终身铭感，不敢负君，为君物色一多情之美人，可以为君意中人之替代，恢复君一生之幸福，此即梨影之所以报君者也。顾求之急而得之愈难，寸肠辗转，思欲得有以报君者而不可得，此梨影之病之所由来也。为君一封书，苦煞梨影矣。霞君乎，君非爱梨影者乎？君非以梨影之痛苦为痛苦者乎？君如不愿梨影之有所痛苦，则当念梨影为君筹画之一片苦心，勿以梨影之言为不入耳之谈，而以梨影之计为不得已之举。谅其衷曲，俯而从之。此则梨影谨奉一瓣心香，虔诚祷祝，而深望君不负梨影病后之一书也。梨影之所以为君计者，今已得之。崔家少女，字曰筠倩，梨影之姑，而青年女界中之翘楚也，发初齐额，问年才豆蔻梢头，气足凌人，奋志拔裙钗队里。君得此人，可偿梨影矣。阿翁仅此一女，爱逾拱璧，尝言欲觅一佳婿如君者，以娱晚景。嗣因筠倩心醉自由，事乃搁起。君归去，速倩冰人，事当成就。筠倩与梨影情甚昵，君求婚于我翁，我为君转求于筠倩，计无有不遂者。此失陇得蜀之计，事成则梨影可以报君，君亦可以慰梨影，梨影之病今愈矣。君能从梨影言，梨影实终身受赐。若竟执迷不悟，以誓言为不可追，以劝言为不足信，必欲与薄命之梨影坚持到底，缠扰不休，则梨影不难复病，此外无可报君，惟有以一死报君矣。然梨影虽死，终不忘君。梨影之魂魄，犹欲于睡梦中冀悟君于万一也。君怜梨影，知君必能从梨影言，终不忍梨影之为君再病，且为君而死也。率书数纸，墨泪交萦，无任急切待命之至。梨影谨白。

梦霞读毕，沉吟良久，如醉如痴，一时之从违，竟难以自主。继思梨娘之言，情至义尽，以过情责我，我亦自觉过情。然我实处于万难之局，欲抛则无此毅力，欲合则已误前缘，颠倒情怀，不遑他顾，故我当下笔之时，直以为不如此不足以对知己，而于后来之种种，实未遑一一虑及也。此言既出，我已甘心牺牲一切，抱恨终身，虽明知其太过，终不愿中途翻悔，为负情之人矣。今彼宛曲陈情，反复劝谕，辞严义正，殊令人难忍难受，况更以死相要，有逼我以不得不从之势。我若固持前说，不肯回头，或更致意外之变，然我竟食言而肥，无限深情，付之流水，于我心终不能无慊焉。失陇得蜀，计诚妙矣，然赵氏连城之璧，何似中郎焦尾之琴？以曾经沧海之身，肯作再上别枝之想。彼病初愈，我若不允，则无情之病魔，固日夜环伺其旁，不待招之始返也。我不能使之不病，顾安忍使之再病？此时盖不能不用缓兵之计矣。梦霞立作复书，略谓："我归心甚急，方寸已乱，代谋之事，此时不能取决，与我以一月之商酌。俟秋凉来校后再作射屏之举，谐否虽未可知，然终不敢重违卿意矣。"书后更系以四绝：

　　劝侬勉作画眉人，得失分明辨自真。蜀道崎岖行不得，伤心怕探陇头春。

　　俯仰乾坤首戴盆，人生幸福不须论。一枝木笔难销恨。终爱梨花有泪痕。

　　天荒地老愿终赊，那有心情恋物华。不见青陵孤蝶在，何曾飞上别枝花。

　　便教好事竟能谐，误却东风意总乖。最是客窗风雨夕，痴魂频梦合欢鞋。

孤灯独宿，孽债双偿。一段奇情，百年幻梦。盖梨娘此日之书，已定筠倩终身之局。小姑居处，本自无郎，嫂氏多情，偏欲玉汝。恶信误为鹊信，良媒实是鸩媒。记者不暇为两人嗟不遇，而先为筠倩唤奈何矣。情有独钟，心无他望，除是云英，愿他下嫁，若非神女，那是生涯。梦霞之情，已自誓生死永不移易，虽苏秦、张仪复生，不能惑其耳；西子、南威无恙，不足动其心，则其决不能以爱梨娘之心，移以爱筠倩也。梦霞固堪自信，梨娘亦能深知，知之而复劝之，梨娘之不得已也；却之而复允之，梦霞之没奈何也。两人不必言，所苦者，筠倩耳。彼既深幸梨娘之病愈，不知梨娘已驱而纳之陷阱之中矣。冤孽牵连，误人误己，情场变幻，一至于斯。多情者每为情误，咎由自取，不足怨也。而彼筠倩者，则少小尚不知愁，娇痴未尝作态，顾亦为天公所忌，爱嫂所累，终身沦于悲境，果又何罪哉？善谈情者，又何说以处此哉？

　　梨娘得梦霞复书，知梦霞遄归在即，未免触动离思，顿增惆怅。继知代作蹇修，梦霞已有允意，私心窃慰。此事果谐，两人此后或尚多见面之缘，暂时相别，固无足介意也。翌晨复由鹏郎携来一函，则梦霞已破晓扬帆归去。函中乃留别诗六章也。

　　寓馆栖迟病客身，怜才红粉出风尘。伤心十载青衫泪。要算知音第一人。

　　梅花落后遇卿卿，又见枝头榴火明。无限缠绵无限感，于今添得是离情。

　　略整行装不满舟，会期暗约在初秋。劝解今日姑收泪，留待重逢相对流。

两情如此去何安，愁乱千丝欲割难。别后叮咛惟一事，夜寒莫凭小阑干。

梦醒独起五更头，月自多情上小楼。今夜明蟾凉如水，天涯照得几人愁。

分飞劳燕怅情孤，山海深盟永不渝。记取荷花生日后，重寻鸿爪未模糊。

第十五章 渴 暑

南国言旋，北堂无恙。梦霞于五月下浣，买棹归吴。其次日，剑青亦自闽中归。久别弟兄，一朝聚首，入门带笑，互看往日容颜；联榻追欢，共说异乡风味。人生之乐，无乐于别久而相逢者，更无有乐于骨肉分离，天涯地角，而一日之间，游子双归者。剑青自去秋客闽，别其钓游之地者，忽焉已裘而葛矣，对故乡之风景久已生疏，假长夏之光阴好资游瞩，爱与梦霞或命巾车、或棹孤舟，同行同止，以邀以游。徘徊于响屧廊边，犹认夕阳残石；借宿于寒山寺里，共听清夜警钟。访墓到虎阜之麓，凭艳迹以流连；观涛来胥江之滨，吊忠魂而呜咽。或扫石留题，记游踪之所至；或登楼买醉，犹馀兴之未阑。两人出则肩随，睡则足抵，既倦游而归来，复长谈兮竟夕。尽家庭之乐事，得山水之闲情，葛巾芒履，意致飘然，见之者几疑其为地行仙矣。孰知乐事不常，欢情易极，十日之游未竟，二竖之祸忽侵。善病之梦霞，客中多感，起居失调护之常，归后恣游，往返历奔波之苦，况伤心人别有怀抱，其胸中难言之隐恨，有不能与剑青共，且有不能为剑青知者。病根深种，有触即发，不数日间，梦霞复理药炉生活，不能追随剑青之杖履矣。

竹影疏帘，药烟弥室。剑青以梦霞病，游兴顿衰，终日相伴不去。梦霞此次之病来势虽剧，寒热交作，头汗涔岑，有时竟昏不知人。神魂颠倒，呓语绵绵，母甚忧之。剑青亦为之眉皱，急延良医，进猛剂。剑青固素明医理者，按方用药，参酌其间，出以慎重。调治旬馀，病乃渐减，转而成疟。斯时梦霞神志虽清，而疟势时作，病乏之极，昏昏思睡，怕与家人攀话。盖其元神已于无形中大受亏损，然脱离床席，尚须调养，非一朝一夕所能起也。

剑青天性友爱，自梦霞病后，日日杜门不出。蹀躞床头，药铛茶盏，亲自料理。慈母爱子，为梦霞病终日沉忧难解，剑青必好言以慰母，谓弟病且愈矣。其实剑青之心亦兀然不宁也，终日伴病，药裹之暇，时就案头观书自遣。偶翻梦霞竹箧，得数笺，阅之乃大惊。盖梦霞与梨娘唱和之诗词、往返之函牍，皆留底稿，汇成一束。梨娘见遗之作，尤什袭而藏，倍加珍护。半年来之踪迹，胥在一箧中，置藏几案之旁，固自谓深藏不露，无人能侦破个中之秘密也。剑青于无意中得此离奇之消息，颇深诧愕，读其词则语不离情，言皆有物，知梦霞必有奇遇。继又检得长幅短简共数纸，一腔心事，和盘托出矣。复穷搜之，则梨娘之诗若词、若手札、若小影，均连续发现，五光十色，撩乱眼花。次第读之，惊喜交集，乃知彼美以多才之道韫，为薄命之文君，与梦霞通好者两月馀矣。情皆轨于正，语不涉于邪，如此佳人实难多得，可艳亦可敬也。梦霞无长卿之缘，有樊川之恨，一肚闲愁无可告诉，此所以郁而成病欤。念至此，又不禁为梦霞危。后读两人最后之通讯，梨娘欲以筠倩自代，语殊缠绵而哀艳，不觉色飞眉舞，私忖曰："偿他万种痴情，还汝一生幸福，此大佳事，吾当为弟玉成之，决不使其径情孤往，遗恨无穷，以鳏终其身也。"时梦霞病已少差，特未能起，辗转床席间，闷苦殊甚，颇乐与剑青闲谈。剑青因询："吾弟在锡有无异遇，不然，何忧思之深也？"梦霞曰："无之。"语甚支吾，状尤忸怩，旋即乱以他语。剑青笑曰："弟毋他讳，我已尽悉。彼画中人胡为乎来哉？"梦霞闻言，知秘密已为兄窥破，大窘。既念阿兄非他人，不妨以实情相告，因将与梨娘交涉之历史，一一为剑青述之，语时含愤带悲，声情甚惨，后乃至于泣下。

床头喋喋，枕角斑斑。剑青见梦霞声泪俱下，亦为之黯然，徐慰之曰："多情自古空馀恨，好梦由来最易醒。天下多无可奈何之事，人生有万不得已之情。古今来情之一字，不知消磨几许英雄豪杰、公子王孙。此爱力界中，原非可以贸然挺身而入，吾弟以多病之身而与至强之爱力战，其不胜也必矣。况乎梨花薄命，早嫁东风，豆之多情，偏生南国。彼既已蠲除尘梦，诗心不比琴心，弟何必浪用爱情，好事翻成恨事。白日劳形，欲报恩而无自；寒宵割臂，更非分之贻讥。是可痛矣，甚无谓也。兄非故作此煞风景语，自等于无情之物，但历观世之痴于情、溺于情者，到头来恶果已成，无不后悔。三生痴梦，空留笑柄于人间，一失足成千古恨，再回头是百年身。得失分明，乌可不慎之又慎。阿兄生平自问他种学问，皆不如弟，惟于情爱关头，尚能把持得定。数年来所遇之佳丽不为不多。而接于目者，不印于心；现于前者，便忘于后。弟生本多情，心尤易感，孽缘巧命，便尔情深一往，恨结同心。须知撒手悬崖，当具非常毅力；回头苦海，是为绝大聪明。吾所爱之弟乎，名花老去，拍手徒嗟，好梦醒来，噬脐何及！此时摆脱，犹或可追，望弟之速悟也。况彼美之所以为弟计者，亦可谓情至义尽。遗恨还珠，且斫同心之树；良缘种玉，别栽如意之花，此意良佳，此计殊妙。弟勿迷而不悟，甘心身殉痴情。弟年已及冠矣，吾家门衰祚薄，血裔无多，父死亦应求嗣，母老尤望抱孙。此呈若谐，则一可以慰慈母，二可以慰知己，三亦可以自慰，一举而三善具，亦何乐而不为哉？"剑青语时，注视梦霞之面，急待其答。梦霞则频点其首，默不一语。

骄阳眩眼，溽暑灸心。梦霞之病由湿温转成疟疾，虽似较轻，而疟势时作时止，留恋不肯去。际此炎蒸之气候，解衣挥扇，终日昏昏，犹觉非常困顿，矧呻吟床席，拥被深眠，有风而不可乘，有水而不可饮，其沉闷之苦为何如耶！幸疟势间日一作，病不作时，尚可偶然起坐，伏枕无聊，辄深遐想，赋诗八律，以寄梨娘，俾知近日状况。

无端相望忽天涯，别后心期各自知，南国只生红豆子，西方空寄美人思。梦为蝴蝶身何在，魂傍鸳鸯死亦痴。横榻窗前真寂寞，绿阴清昼闭门时。

天妒奇缘梦不成，依依谁慰此深情。今番离别成真个，若问团圆是再生。五夜有魂离病榻，一生无计出愁城。飘零纵使难寻觅，肯负初心悔旧盟。

半卷疏帘拂卧床，黄蜂已静蜜脾香。吟怀早向春风减，别恨潜随夏日长。满室药烟情火热，谁家竹院午阴凉。阶前拾得梧桐叶，恨少新词咏凤凰。

海山云气阻昆仑，因果茫茫更莫论。桃叶成阴先结子，杨花逐浪不生根。烟霞吴岭催归思，风月梁谿恋病魂。最是相思不相见，何时重访武陵源。

一年春事太荒唐，晴日帘栊燕语长。青鸟今无书一字，蓝衫旧有泪千行。鱼缘贪饵投情网，蝶更留人入梦乡。欲识相思无尽处，碧山红树满斜阳。

碧海青天唤奈何，樽前试听愦侬歌。病馀司马雄心死，才尽江郎别恨多。白日联吟三四月，黑风吹浪万重波。情场艳福修非易，销尽吟魂不尽魔。

夜雨秋灯问后期，近来瘦骨更支离。忙中得句闲方续，梦裏行云醒不知。好事已成千古恨，深愁多在五更时。春风见面浑如昨，怕检青箱旧寄词。

小斋灯火断肠时，春到将残惜恐迟。一别竟教魂梦杳，重逢先怯泪痕知。无穷芳草天涯恨，已负荷花生日期。莫讶文园因病懒，玉人不见更无诗。

诗既就，书以蛮笺，护以锦封，珍重付剑青，浼其代交邮使。

病情大恶，消磨长日如年；别绪时萦，容易秋风又起。梦霞困顿月馀，终未能驱疟鬼使之远去。未几，而梨娘之复书，与校中劝贺之函俱至。盖时值金风送爽，玉露滴秋，距秋季开校之期不远矣。梦霞得书后心念意中人，即欲如期而往，而病意缠绵，若与梦霞深表爱恋之情，而不忍舍之遽去者。家中人咸尼其行。其母谓之曰："儿病若此，岂可再历风尘之苦。调养几时，瘳后赴校，未为晚也。不然，竟作书辞去教职，或荐贤以自代，亦无伤也。"梦霞不得已，函知该校，谓病莫能兴，请缓期数日，一俟病魔渐祛，即当鼓棹而来，行开校礼也。然此时之梦霞，身虽病卧家中，盖已魂驰远道，梦绕深闺矣。一日有戚来问疾，为言有药名金鸡那粉者，治疟之妙品也。效如神，惟性甚烈，味甚苦，病者多不敢服也。梦霞喜曰："我欲求速愈耳，他何虑焉。"如言购服，果验，仅两服而病若失，寒热不复作，饮食已如常，惟病后精神未能遽复。梦霞固自谓已愈矣，家中人亦咸谓良药苦口利于病，此言洵不虚也，乃择日为梦霞治装。剑青以梦霞病愈，放下愁怀，亦拟同时负书担囊，作远行计。时己酉秋七月初旬也。天涯骨肉，能有几人，而聚散匆匆，至无凭准，伤离经岁，迹等参商，良晤一朝，情谐埙篪，又为病魔所苦，未尽其欢，梦霞之不幸耶，剑青之不幸耶。无何而一声长笛，两片秋帆，流水无情，又分道载征人而去。

第十六章 灯 市

一帆饱雨，双桨划风。方梦霞登舟时，朝旭初升，照水面楼台，映波成五色奇彩。甫出港，阳乌渐隐，风雨骤至，一望长天，忽作黯惨色，昏黑模糊，浑不辨山光树影。盖初秋天气，晴雨不常，江南苦湿，初夏则有梅子雨，初秋则有豆花雨。残暑未尽，新凉乍生，时有斜风细雨，阵阵送寒，以净炎氛，以迎爽气，谓之酿秋。梦霞此行，会逢其适，不情风雨，咄咄逼人，回首家山，不知何处，烟波渺渺，云水茫茫，极目杳冥，如堕重雾。呜呼，旅行遇雨，易断人魂，矧在舟中，矧舟行于茫无涯涘之太湖耶！此时狂风乱雨，挟舟而行，船身摇摇，颠播万状，风势逆且急，横拖倒曳而行，不知其自东自西、自南自北。舟人相顾失色。三尺布帆，旧且破矣，风乘其破处，极力扇打，一片呼呼声，若龙吟，如虎啸，而斯时之雨师，且含祢正平之怒气，以帆当鼓，乱敲狂击，作《渔阳参挝》，与风声相和，错杂入耳，恍然如八音之并奏。中流风势更颠，舟不能进，而荡益甚。俄闻砰然一声，即有一舟子呼曰："桅折矣！"又闻一舟子呼曰："速下帆！速下帆！毋缓，缓且覆！"帆既下，舟仍不定。雨花与浪花相激战，扑船首尾几遍。梦霞危坐舟中，不敢少动，盖一探首舱外，而彼无情之雨点，正待人迎面而击也。移时，舟子入舱言曰："风雨甚厉，波浪大恶，前无大路，后无来舟，行不得也哥哥。"梦霞不应，但命其鼓勇前进，当倍其酬金。舟子叹曰："公无渡河，公竟渡河。设前途有变，我等皆葬于江鱼腹中矣。"乃复冒险行。风头渐低，两脚尚健，欲乃一声，秋山无色，篷窗听雨，点点滴滴，好不闷杀人也。

带病遄征，中途又为风浪所困，倒卧舱中，心旌摇摇，不知身之在何处矣。船窗紧闭，雨珠时从窗隙中跳入，行装微被沾湿。风势既逆，水流更急，舟子二人，双橹齐举，冲波而鸣，声殊不柔，盖舟行甚迟，虽用力拨动，犹有倒挽九牛之势也。梦霞体已不支，心益焦急，既临流而惆怅，乃扣舷而成吟：

> 药缘不断苦愁中，偃蹇居然老境同。只为相思几行字，又挤病骨斗西风。

> 翩然一棹又秋波，流水浮云意若何。两面船窗开不得，乱愁攒似乱山多。

> 烟水苍茫去路无，秋槎独泛客星孤。人生离别真无限，风雨飘摇过太湖。

> 急雨飞来乱打篷，舵师失色浪山中。不须更祝江神助，舟载离人倒逆风。

由苏台赴锡，不越百里，今为风雨所阻，舟行竟日，计程尚未及半，行行重行行，时已薄黄昏矣。长天色死，古渡人稀，怅望前途，混茫一片。须臾进一港，断桥孤倚，老树交横，岸上渔舍栉比，炊烟四起，微闻人声。渔舟三四，泊于水滨，两三星火，直射水面，作磷光点点。舟子曰："此大好系舟处矣。"舟既傍岸歇，舟子爇火作炊。时雨歇孤篷，月生远水，碧波如练，夜色绝佳。舟子饱后即眠，不脱襄衣，酣然入梦矣。梦霞不能遽睡，推篷而出，危坐船头，领略秋江夜景。时则一轮明月，照彻江干，雨后新霁，色倍澄鲜，隔溪渔笛，参差断续，其声幽咽，入耳而生愁，流萤几点，掩映于荇藻之旁，若与渔火争光者。梦霞对此可怜之夜景，不觉触动离思，潸然泪下，大有赤壁舟中客所歌"渺渺兮余怀，望美人兮天一方"之慨。虽境地不同，寄情各别，所以兴怀，其致一也。俯仰之馀，口占一律以抒悲感：

> 日暮扁舟何处依，云山回首已全非。流萤粘草秋先到，宿鸟惊人夜尚飞。寒觉露垂篷背重，静看月上树梢微，茫茫前路真如梦，万里沧波愿尽违。

月光下，冷气袭人，微风起于蘋末，砭肤欲栗。夜深矣，人静矣，梦霞以病后之躯忍寒露坐，至此不可复耐，旋入舱睡时，渡头行拆，正连敲三下也。就枕后，觉衾寒似铁，瑟缩不能成寐，离乡之感，怀旧之意，均于此时奔赴脑际。无目不鳏，有身非蝶，所谓求之不得辗转反侧者，此夜之睡况，庶几近之。至村鸡乱唱，一线曙光自篷隙透入，始觉得睡魔，遽然化去。而舟子已于此时起，解缆行。时风势已转，大好扬帆，橹声咿哑，载梦而去。舟行良久，梦霞殊未觉，时未及午，已达目的地。泊既定，舟子呼梦霞醒，曰："至矣。"推枕而起，盥洗毕，摄衣登岸，命舟子荷装相随，径造崔氏庐。嘉宾贤主，相见欢然，重启旧舍，下榻其中。舟子得金，解维自去。崔父略询梦霞别后情状，有顷，出盛肴款客。午餐既竟，梦霞即独行赴校。

人来前度，秋闹今宵。梦霞一路行来，旧地重经，觉此冷落之街市忽地十分热闹，迥异从前。十里彩棚，悬灯错落，红男绿女，点缀其间，笙歌隐隐，响遏云表。咄，此何为者？询之野老。云："每岁节届初秋，丰收可望，乡之人必联结秋社，悬烟敬神，幸五谷之丰登，竭三日之诚敬，春祈秋报，惯例使然，今日乃第一日也。"梦霞闻言，虽笑乡为之迷信，然其不忘报本，犹存醇厚之风；含哺而嬉，如见太平之象，不先不后，适于我来校之初，逢兹佳节，眼福不浅哉。无何，行至校门，则见门首高悬国旗，红灯三四，荡漾檐前，乡人媚神，与学校何与？乃亦从而附和之，不其慎乎？然是乡风气未开，迷信未能破除，教育难于普及，不如是不足以取信于乡人，该校前途将大受影响。梦霞任职半载，洞悉此种情弊，亦不为怪。既入校，先见李某，继见秦翁亦在，坐谈良久，知已于前日行开校礼，今日起放灯节假三日。秦翁邀梦霞至家中晚膳，有石痴书相示，李某约梦霞晚膳后同游灯市，梦霞两诺之。

征尘甫息，乐事偶逢。梦霞与李某携手出门，同赴灯市。时则璧月初升，金风不起，行人杂沓，雅乐悠扬。顷刻间万灯齐放，灿若明星，照耀通衢如白昼。乡人虽朴陋，亦知出奇斗胜、竞巧争妍，灯之形式种种不同，足炫游人之眼。时非元夜，地非锦城，而灯火之纷繁，人声之腾沸，亦居然有万丈光明，十分喜气。抛却无数金钱付之一炬，乡人视之亦不甚惜，则迷信之过也。两人环行一周，全市胜处，探索殆遍。偶至一处，露台之上，游女如云，鸿影翩翩，莺声呖呖，意必大家眷属也。梦霞偶一注目，衣香鬓影之间，仿佛有若梨娘者，掩映于灯光之下。时以李某在旁，不便驻足注视，过眼昙花，一现便无踪影。梦霞固神驰于台上之人，而无心征逐于游人队里赏此秋灯矣。李某兴犹未阑，梦霞辞以倦，乃分道而归。

梦霞台上所见者，其果为梨娘乎？曰：是也。梨娘前得梦霞病讯，心电交驰，今闻其来，知其病已愈，而急欲一见以为慰。明知梦霞赴校后，晚间必为同人等邀往游观，故藉观灯为名，倩妆偕鹏郎出，其实意不在于灯，而专盼夫意中人之来，得售其倾城之一顾也。方梦霞瞥见之时，正梨娘盼望之际。灯影与人影齐明，灯光与目光互射。昔人诗云："看灯兼看看灯人。"若两人此时之情，则不仅兼看之谓矣。梦霞回寓后，梨娘亦即乘舆归，盖既见君子，中心已慰，良宵美景，可让与一船行乐客作长夜游耳。夜阑人倦，梦霞犹不遽睡，拨灯拈管，赋诗数章，以记观灯情事：

寻乐追欢我未曾，强扶残病且携朋。愁心受尽煎熬苦，何忍今宵再看灯。

繁华过眼早相忘，今日偏来热闹场。不为意中人怅望，客窗我惯耐凄凉。

万灯一例放光明，逐队游人喜气迎。满耳笙歌听不尽，谁知都作断肠声。

叮咛千万早登程，犹记当时别尔行。盼到相逢难一语，最无聊是此时情。

韶华到眼轻消遣，过后思量才可怜。景在秋宵，本无一刻千金之价值；人为病客，尤少及时行乐之精神。转瞬而三日之期已悠然而逝，收拾繁华之景，依然寂寞之乡。从此梦霞朝朝暮暮，理不清教育生涯；冷冷清清，尝不了相思滋味。在家卧病时，愁乱于丝，心急如火。眼盼征云，不知去路。魂随夜月，直到深闺。惘惘出门，皇皇就道，视家庭若传舍，以逆旅为安居，一若得为前度之刘郎，便可偿问津之凤愿者。洎乎旧游重历，回首一惊。苔碧叶丹，又易一番惨象；春风秋月，空教两度消魂。望美人兮何处？咫尺天涯；问相见以何时？等闲秋半。梦霞冒险服猛药，病魔虽暂退避，病根实未铲除，加以船头看月，又为风露所欺，到校后晨夕奔波，曾未稍事休养，未几而病态依然，药缘再结。幸疟势尚轻，两日中有一日可以强起，不欲旷课以贻误学童。日日扶病登坛，不堪其苦，而病且益深。梨娘不时遣鹏郎探询病状，欲为之医。梦霞却之，但嘱觅金鸡那粉。无如此药来自西土，乡中人鲜有知者，无以报命，则亦已耳。顾梨娘凤闻人言，久疟不愈，将成痨瘵，以是深为梦霞忧，遣鹏郎谓之曰："先生病若此，不医不药将坐以待毙耶？此间无良药，不能治先生病，且乏人侍奉，重苦先生。吾母欲于明日买舟送先生归去，先生之意若何？"梦霞连摇其首曰："我不归，我不愿归。我当病死此间耳。"鹏郎闻大悲，呜呜而泣。梦霞悔以重言惊孺子，乃慰之曰："鹏郎毋哭，我虽病，那便遽死？去语阿母，勿为我虑，我病行且愈矣，不必去去来来，多费一番跋涉也。"言已，更起书一纸交鹏郎。所书乃病中吟四首也。

用情深处尺难量。病中新秋瘦沈郎。悔把当时肠尽断，而今欲断更无肠。

带病登坛漫讨论，胸前还渍泪双痕。人生此苦谁禁得，口欲言时眼又昏。

鳏鱼照影梦难成，莫恨吟虫诉不清，便使虫声都寂寂，何曾合眼到天明。

病骨朝来渐不支，为伊憔悴至于斯。西风落叶萧萧夜，恐是羁魂欲化时。

第十七章　魔　劫

好梦不成，奸谋忽中。彼苍者天，颠倒之，播弄之，离以苦之，病以困之，种种摧残，犹以为未足，特再加一恶魔为之谗构其间，俾常处于千荆万棘中，不得一日宁帖。命宫磨蝎，而此悲痛之惨剧，且连续演出，靡有穷期，获罪于天，无所祷也。以是知两人之结果，盖有难言者矣。梦霞养疴寓舍，犹间一赴校。梨娘止之不可，乃代为之请假。李某时于课馀之暇，来视梦霞，状至殷勤。梦霞平日与之冰炭，顾未尝形诸词色，一堂问答，虚作周旋，虽非深交，并无恶感。今者繁重之校课，彼一人服其劳，复偷得馀闲，时来存问先生之无恙，梦霞于此，固当易其厌恶之心，为感激之私，谓此人亦多情者，前误以轻薄少年视之矣。然而奸人之交接，蓄其阴贼险狠之心，必饰以谦恭肫挚之行，虚示其诚，潜行其诈，发于人之所不觉。李某来而梦霞纳之，直不啻引狼入室、揖盗开门。一来再来，不数日而祸事起矣。

一日薄暮，李复来，梦霞方卧，移坐床前，琐琐作无谓谈。梦霞殊厌其唠叨，闭目不答，耳聒矣，而彼终无去意。鹏郎忽入，手持一物，状若缄札，大呼曰："先生！阿母……"梦霞大惊，急作咳嗽以止之。鹏郎急回首见李，乃不语。梦霞庄容谓鹏郎曰："汝年长矣，犹顽憨如许，此李先生，余之好友，长者在前，作此狂呼跳踯之态，不令人笑汝为失教之儿耶？"鹏郎受责默然，双睛炯炯，目李不少瞬。梦霞复顾谓李曰："是儿名鹏郎，舍亲之幼孙也。椿庭早萎，遣此孤雏，乃祖嘱余善督教之。今半稔矣，轻浮若此，适足以见余训导之无方耳。"李笑曰："君言过矣，吾观鹏郎，貌聪慧而态活泼，佳儿也。"言时，鹏郎已将手中函乘间掷于枕旁，欲行不行之际，李某故作不见，欠伸而起曰："日暝矣，吾其去休。霞君珍重，明晚当再来视君也。"又呼鹏郎曰："鹏郎同我至门外游耍去，勿在此扰先生清睡也。"言毕，牵其手与之俱出。

李挈鹏郎至门外，时斜阳一角，掩映林梢，倦还之归鸟，方载飞载止，扑速投其故巢，长堤十里，暮色犹未深也。可怜之鹏郎，不知此时与彼同行之人，实为神奸巨慝，将以至剧烈之惨痛，加之于其母。顾与之携手出门，作嬉游之伴侣，此真危境也。两人且行且语，李先以不急之语询鹏郎曰："汝读何书？先生待汝好否？"鹏郎一一具答。有顷，李忽止不行，陡谓鹏郎曰："余思得一事问汝，汝勿诳余。"鹏郎请其说。李曰："汝适间手中所持之书函，非汝母遣汝交与先生者乎？"鹏郎蓦闻是语，目瞪口呆，面色骤变为白，嫩弱之神经，若受非常之激刺者。良久乃答曰："非也。是书乃自先生家中寄来者，母遣余携交先生耳"李笑而不信。又问汝家几人，汝母何名，年几何矣。鹏郎不悦曰："先生琐琐问余家中事，意欲可为？余殊不愿闻也。黄昏已近，恐阿母盼望，余归矣。"言已，遽回首望家门而奔。李追呼之，去已远矣。李乃沿堤归，喃喃自语曰："是儿狡哉，乃敢所讳言欺余。若其母与梦霞而果无关系者，则彼方持书而入狂呼阿母之时，书可以为人所共见，梦霞何为作嗽示意？后鹏郎突被余之诘问，忽露惊惶之状，噤不能答，久之，乃以家书对。是中之暧昧，不问可知，而是书之为其母所发，亦可断言。今既为余于无意中撞见，余必欲侦破其秘密，俾情妇奸夫，知余之手段。然侦探之手续，不能不以交欢鹏郎，为入手办法。今日不得，则继以明日，明日不得，则继以后日。威胁之而无效，则以计诱之，不惧彼狡滑之孺子，不堕余之术中也。"

自今伊始，崔氏之庐，无日不有李之踪迹，户限几为之穿。以视疾为名，作秘密之间谍，来必或袖食物，或怀玩具，以饵鹏郎，以市爱于鹏郎。鹏郎虽狡，然髫龀之龄，知识究甚浅薄，彼不知李所以不惜金钱，购种种之食物、玩具以相饷者，实挟有别的欲望，且以李为真爱我，乐与之相处，颇切依依之态。李间以甘言诱之，鹏郎忘其所以，时竟以真消息相告。此实由于李之毒计，不得为鹏郎责。然两人之密事，实破坏于此小儿之口。爱河滚滚，情海茫茫，霎时间陡起绝大之风波，李既侦得其实，欲望已满，乃去而不复来。

梦霞养若干时，困顿之精神已稍稍复其常态，而彼多情之疟鬼，与梦霞朝夕不离者，至此乃知梦霞不可久相与处，若日与梦霞疏，不久将舍之而他适矣。梦霞以校课久旷，病体已苏，拟即趋赴讲台，以补从前之缺。一日晨起，方披衣下床，忽馆僮奔人曰："有一舟子在外，言先生家中遣渠来载先生回去者，请先生速登舟，谓奉老夫人命，今日必须赶到也。"梦霞心窃骇，意家中必有意外事矣，急呼舟子入，舟子所述与僮言同。梦霞乃问之，曰："汝来时，老夫人无恙乎？"曰："无恙。""家中人均无恙乎？"曰："均无恙。""然则因何事而急待余归乎？"曰："不知。老夫人于昨晚遣人来雇余舟，嘱余连夜鼓棹来此，但言明日能早载得先生归者，当倍偿汝之舟金，未尝言及何事也。"梦霞大疑，然终莫测其所自。正筹思间，舟子已叠作无情之催促，势难免此一行矣。乃将案头乱稿草草收拾，书二纸付僮。一以留别其主人，一则校中告假书也。时尚早，崔家人犹未起，馆僮送之出门，匆匆登舟去。江神助风，舟行如矢，午鸡唱罢，便抵家门。梦霞急趋人见其母，母见之亦讶曰："儿病已愈耶？胡昨晚接得汝函谓病重欲归也。"梦霞茫然曰："奇哉，儿并无此书，必赝鼎也。是何奸人，作此狡狯，便老母饱受虚惊耶！"索书阅之，字体殊艰涩，强摹梦霞笔迹，而时露其本态，则李生所为也。梦霞默念吾中奸贼之计矣，顾彼之作此，又欲何为？噫，吾知之矣，方余病时，彼日来视余，后忽绝迹。余初甚疑之，今发现此伪函，其心诚不可测也。或余之秘密已为彼所侦悉，故设计遣余归，欲不利于梨娘耶？果尔，则彼必更施诡计以赚梨娘，吾可怜之梨娘将为奸人所躁躏矣。梦霞至此几欲失声呼奈何，然终不能以心中所悬揣者，举以告母，则为谖以语之曰："是书乃同事李君伪托，儿能识其字迹。渠与儿甚相得，囊见儿病驱未复，劝儿归，校课为儿代。儿未允，彼故为儿作书，俾以母命召儿，则不得儿不归耳。"母曰："此亦良友之好意，不得谓之恶作剧。儿既归，姑暂事休息，吾视儿之容颜，固犹带数分病态也。"梦霞唯唯。

梦霞自此复家食矣，独居深念，颇难为怀。时取伪函反覆审视之，探其用意所在，觉李之为人，实为小人之尤。与之相处半载，虽意见相左，尚未知其设心竟若是其险恶也。脱余之秘密而果为彼知者，彼能侦余，余不能侦彼；彼能陷余，余不能陷彼。养虎贻患，余断不容此恶魔常扰余左右，而破余之好事也。石痴行时，曾以全校主持责余一人，余对于此校，实负完全责任。余固有进退教员之权。李之人格，即此一书可以断定。小学中有此无道德之教师，亦非乡间之福。去之，去之！余决去之。为公乎？为私乎？固两得其所也。彼在余之掌握中，顾乃欲设计陷余，以自绝于余，恐余去之不速耶？但彼既赚余归，数日中难保无意外之变。以李谲诈多端，欲欺一苴弱女子，固甚易易，梨娘危矣。彼非有心欲加毒于梨娘，何用此狡狯之伎俩？余不免为彼所愚，梨娘之堕其诡计，亦事之所必至。念至此，而梦霞之心，遂不能片刻宁，而怒、而惧、而切齿、而惊心，意李果出此忍心害理之举者，余誓不与之两立。思潮泛滥之际，恨不胁生双翼，飞飞直到窗前，一觇玉人之安否。而一念回旋，犹望事实或不如余之所料，李或尚未知余秘密，或知之而实未尝设心破坏，或梨娘灵心慧眼，能识破其奸谋而不为所眘。然此万一之希望，实与事理不合。作如是想，聊以自慰则可，以为必中恐未也。方寸灵台，顷刻间翻云覆雨，极变幻之态，思绪愈紊，愈觉低徊欲绝，如坐针毡，如被芒刺，静处一室中，若有鬼魅现于前，虎狼蹑其后，觉一起、一坐、一举、一动，皆有非常之危险。忘餐废寝，终夜以思，长此以往者，不将成癫痫之疾耶！

次晨，梦霞方晨餐，邮使递一函至，接而视之，颜色倏变，手持书而颤。此奇异之函何自而来？盖梨娘之通辞也。虽未开缄，已知其中消息，必恶无疑。乃急拆阅之，书辞录下：

> 君此行殊出意外，临行并无一言相示，虽有慈命，何其速也？君非神龙，而行踪之飘忽，至于如此，岂恐妾将为臧仓之沮耶？顾去则去耳，吾家君非从此绝迹者，暂时归去，不久即当复来，何必以一纸空言，多作无聊之慰藉？抑君即欲通函，何不直接交于妾，而间接交之李某，倩彼作寄书邮？此何事而可假手于他人耶！君若此，直不啻以秘密宣示于人。彼李某为何人？君果信其必不窃窥君书之内容耶？妾实不解君命意所在。君纵不为己之名誉计，独不为妾之名节计乎？妾素谂君才大而心细，事必出以慎重，今竟轻率荒谬至此，岂骤患神经病耶？漆室遗娈，心如古井，与君为文字之交，并无丝毫涉于非

分。君亦束身自好，此心可质神明。然纵不自愧，其如悠悠之口何？今君不惜以密札授人，人即以密札要我，一生名节，为君一封书扫地尽矣。不知君将何以处妾？且何以自处也？事已决裂，妾何能再觍颜人世！然窃有所疑者，以此书证之君平昔与妾之交际，如出两人，此中有无别情，或为邮差误投，或为奸人所弄，妾殊不能自决。今无他言，惟盼君速来，以证明此事，而后再及其他。方寸已乱，书不成文，谨忍死以待行旌。

梦霞读既，竟不禁大讶，归来三四日，未尝一握管，何得有书交邮？是又必李所假托矣。彼竟出此毒计以陷梨娘，是乌可恕！梨娘为彼所欺，愤无可泄，憔悴孤花，又经此一番狂风暴雨，此时正不知作若何情状矣。彼书趣余行，则家中尚可片刻留耶？急袖书往见其母，谓儿病躯已大好，欲回校供职矣。母许之，遂行。

第十八章 对 泣

茫茫然归，皇皇而去。名花多难，祸根种自前生；秋雁无情，惊信飞来一纸。何物幺魔，促弄人至此！席不暇暖，浃旬两度奔波；帆又高悬，多事这回破浪。斯时梦霞又在舟中矣，两岸青山列队送征人远去。梦霞殊无恋别之情，但望仙风借便，霎时吹到蓬莱。秋水长天，碧云红树，一路烟波，正好大寻诗料，而梦霞对之，觉尽是恼人之景。心事匆匆，正似云山万垒，复杂萦绕于其间，纷乱不可名状，更不容着一点闲情，复何心作船头之凭眺耶？可恨江神作恶，偏靳此一帆风，双桨翻波，大有迟迟吾行之意。梦霞焦急欲死，不时探首窗外，觇舟行之速率，连声迫促舟子，意今日若误我行程，恐彼恶魔或更有狡计发生，梨娘能禁其几许蹂躏耶！

落日酣波，系船大好，梦霞已登岸矣。神情昏惘，如怀鬼胎，不知此来将演出何种惨剧。既至门前，反逡巡而不敢遽进。徘徊良久，暝色黝然矣。天寒日暮，乌能久作门外汉耶？乃放胆直入。鹏郎方在庭中叠石为戏，见梦霞，迎问曰："先生来矣，归去何事？临行胡再不谋，好教人盼煞也。"梦霞不答，挽之人室，卒然问曰："汝母安否？"鹏郎曰："先生去后之第三日，校中不知何人送一书至，秋儿接得以交吾母。吾母阅之，容色即大变，继而大哭。问之，不答，与之食，不食，状如惊悸失魂者。我不知此一纸条儿其中所言何事，而令吾母若此。今已两日夜未进勺水，此时恐尚在伏枕啜泣也。"梦霞曰："汝速去告汝母，说我已来，勿多言也。"

鹏郎诺而去，未几复来，授梦霞以寸简。受而展阅之，书语殊简略，仅"今夜人静后，当遣鹏儿导君一行"二语而已。

寒更三逗，明月一方，中庭有人，独步彷徨，旋绕回廊而西、而敲门、而入室。此时若有人从旁觇之，得毋曰：彼其之子，必东墙宋玉，夜行多露，赴幽会于阳台者也。梦霞何人，乃亦贸然出此暧昧之行径。月上柳梢头，人约黄昏后。人之多言，宁独不畏？盖彼心含有无穷冤愤，急待申雪；蓄有绝大疑难，急待解决；受有无量惊怖，急待镇压，觉此行关系之重大，有什佰倍于一己之名誉者，毅然决然，冒险以行，更不遑作迟徊瞻顾之态矣。半载相思，一朝对面。灯前携手，帘底谈心。在理两人愉快之情，当必有十分满足者，然两人此次之会晤，以奸人为之介绍，双方皆具有万种悲愤郁勃，真无一点欢情乐意。梦霞悄然入室，梨娘方斜背银钲，低沉翠黛，以罗巾揾其泪痕。其神情之惨淡，颜色之憔悴，较前见时，双增加几分可怜之态。梦霞对之，几欲失声而泣。

灯心吐黑，人泪飞红。两人愿见之诚，若是其迫切者，至此乃相对不发一语。鹏郎偕梦霞来，即就寝，俄作一种极细弱之鼾声。此外则有壁上时计摇摆叮当，时时震荡人之耳鼓。而梦霞重叠之心事，此时亦正一往一复，盘旋回绕于肠角，无一息停，与此时钟之摇摆声，作心理上无形之应答。三更四更天气，深邃幽寂境地，惟有两个愁颜，写照于不明不灭一粟灯光之下，有若死灰，不作黑狱观，亦当作夜台观矣。含泪互看者良久，梨娘时作微叹，终无一言，其意若深恨梦霞者。梦霞乃先以李之奸谋为梨娘告，以明己之无罪。梨娘惊曰："如君言，君未尝有书寄余，且君之归亦为彼所卖。余与君皆堕入奸人之计中，余复何怨于君？然彼果何从而知我等之阴事，而播弄两人如婴儿耶？"梦霞答曰："不知。"梨娘略作沉吟，急猛省曰："否否，君言殊未然。彼固曾以君书之一纸交余，纸上之笔迹，实出自君手，余一见而能确认者也。"

言顷，解所佩紫囊，出一纸授梦霞曰："阅之，此非君所书乎？纸上之诗非君所作乎？李虽奸猾，恐亦未必能仿君之字，学君之诗，竟尽窃君之真相也。"梦霞接而视之，乃大愕曰："奇哉，有他纸乎？"梨娘曰："仅此耳。彼以此一纸来，言此外尚有函纸数页。余遣秋儿向彼索取，故靳不与，谓此函关系重大，必亲交于受信人之手，否则宁存我处，以交还于寄信者。夫向生人而索其情人之书，此虽至卑贱之淫娃荡妇，亦知有所羞愧，余独何人，而能出此。余知彼之终不与余也，即亦不索，盖个中内容已为奸人洞悉，此秘密函件即尽丧其珍贵之价值。余不恨彼之无情，而惟怨君之不慎，致彼此名誉，决裂破坏于一朝。想后思前，惟有一死。顾怀疑而死，死不能甘，一块肉又复相累，故邮召君来，证明其事之虚实。余心碎矣，君复何言？"梨娘语时，含悲带愤，泪随声出，顷刻间怀满琼瑶，若梨花之战雨。梦霞泫然答曰；"冤哉，卿以此事为果真耶？此纸实为余所手书，但诗非余作，且非书以寄卿者耳。余闲居无俚，辄喜弄笔，襟袖间常污墨渍。此纸乃余在校中课徐时戏作，所录乃余友某君无题诗四律电。书后即已弃诸败簏，彼乃拾而藏之，即假此以欺我知己。当作此时，漫不经意，距料此无聊之遗兴，即深种夫祸根。奸人设计之险毒，真有为人意想所不到者。一笔铸成大错，此亦余疏忽之咎，致卿遭此奇辱，余实无以对卿矣。"梨娘乃如梦醒，拭泪言曰："余固疑君决不至躁率若此，孰知其中竟有如许变幻，今已水落石出，则君复何罪？余复何怨？但终有所有解者，彼必先知两人之秘密而后设计相欺，是果谁与之隙，又谁为之谍耶？"梦霞曰："然，容徐思之。"

　　俯首沉思者良久，忽憬然悟曰："余忆之。方余病卧，彼日来视余，来时必与鹏郎戏，中携果饵以饷鹏郎。鹏郎，因是乐就之，每晚必同至门外游散，余亦未之禁。后李忽一去绝迹，余固甚疑之，意者此数日中，鹏郎年幼无知，为彼以计诱，以言饸，或竟将秘密泄露其一二。彼既探得其情于小儿之口，遂思设计以相欺，故去而不来。余家中之伪书，即发现于三日之后，此中情节固已灼然。余不意此无情之病魔，竟为引进奸人之寻线，此可爱之鹏郎，竟为破坏好事之罪魁。要之皆由于余无知人之明，日虎狼相处，而夷然坦然，一再不慎，酿此大祸。彼鹏郎固何知者，望卿恕此可怜之孤儿。"梨娘长叹曰："余安忍责儿？余惟自疚！未亡人不能割情断爱，守节抚孤。虽未作琵琶之别抱，而已多瓜李之嫌疑，贻玷女界，辱没家声。亡者有知，乌能余恕？若更以不可告人之事，责及彼所爱之儿，不益以重余之罪？更何以见余夫于地下乎！"梦霞闻言，心怦然惊。念梨娘既自怨，则己乌能不自愧。一念难安，如芒刺背，恍惚间如见梨娘之夫之魂，现形于灯光之下，怒目而相视。而鹏郎之舅声与梨娘之泣声，声声刺耳，益觉魂悸神伤，举动改其常度。天下最难安之事，生平最难处之境，实无有逾于此时者。既而曰："余误卿，余误卿，愿卿恕余，并愿卿绝余，勿再恋恋于余。一重公案乘此可以了结，还卿冰清玉洁之身，安卿慰死抚生之素，而余亦从此逝矣。"梨娘止泣言曰："霞郎，霞郎，若竟殆怨余乎？余言非怨君，幸君恕余。"梨娘泣，梦霞亦泣曰："非也，余亦自怨耳。然两情至于如此，欲决撒也难矣。天乎无情，既合之矣，复多方以为之障碍，俾恶魔得遂其谋，后此之磨折，正未有穷期也。"继又作恨声曰："余与此贼誓不两立，余必去此眼中钉，以免后来之再陷。"梨娘色变曰："是奚可者！是奚可者！君欲彼一人知之耶？抑欲使尽人皆知耶？彼既百计侦知余等之秘密，固决无能代余等守此秘密之德义，则此事之宣布，在彼一启唇、一掉舌之间耳。君若不与之较，交以道，接以礼，一如平日，若不知此事也者，彼尚有人心，必受君之感化力，而生其愧悔之心，知侦人秘密之不当，因之终身箝口，以赎前愆。若必欲去之以泄愤，则彼之仇君将益深，谋君且益甚，是速祸也。君能远彼之身，岂能掩彼之口？恐教职甫解，而丑声已洋溢乎全邑矣。既少事前之防范，亦当为事后之弥缝，逞一朝之忿，其如后患何？"梦霞曰："善哉卿言！可谓能审事而虑祸者矣。然自兹以往，余市不敢再作问津之想。惊弓孤鸟，怯王孙挟弹而来；漏网僵鱼，凛渔者执竿而伺。自问此心不作，本非同汶汶之可污，无如有口难防，谁不恤悠悠之可畏。好事多磨，孽缘终挫，若再迷迹不舍，更不知将再历何种惨酷之魔劫。余纵不惜牺牲名誉、捐弃幸福，以易卿一点怜才之心，而实不忍再陷卿于苦恼之境，浼卿以不洁之名。嗟乎梨娘，夫复何言。从兹一别，后会无期，然言犹在耳，誓岂忘心。卿固饮泣终身，余亦孤栖毕世。今生缘了，来世期长，余当先驱孤狸于地下，而俟卿于黄泉碧落间耳。"言已，喉噎气促，铅泪疾泻，复忍痛口占四约。吟声杂以哭声，巫峡哀猿，亦无此凄楚也。

　　金钗已断两难全，到底天公不见怜。我更何心爱良夜，从今怕见月团圆。

　　烦恼重生总为情，何难一死报卿卿。只愁死尚衔孤愤，身死吾心终未明。

诗呈六十有馀篇，速付无情火里捐。遗迹今生收拾尽，不须更惹后人怜。

望卿珍重莫长嗟，来世姻缘定不差。死后冤魂双不得，冢前休种并头花。

梦霞吟毕，涕不可仰。梨娘亦掩面悲啼。数声呜咽，如子夜之闻歌；四目模糊，作楚囚之相对。斯时一粟之灯晕，两面为泪花所障，光明渐减，室中之景象呈极端之愁惨，几有别有天地，非复人间之概。相思味苦，不道相逢更苦。受尽万种凄凉，只博一场痛哭。冤哉，冤哉！若合若离，不生不死，一角情天，竟有若是之迷离变幻者。此情此景，旁观者为之酸鼻，当局者能不椎心？有顷，梦霞悄然起，剔已残之钅工焰，索纸笔更赋四律。心中苦痛难以言宣，聊以诗泄。这回相见，舍此更别无可述者矣。

秋风一棹独来迟，情既称奇祸更奇。十日离愁难笔诉，三更噩梦有灯知。新词轻铸九洲错，旧事旋翻一局棋。滚滚爱河波浪恶，可堪画饼不充饥。

一声哀雁入寥天，火冷香消夜似年。是我孤魂归枕畔，正卿双泪落灯前。云山渺渺书难到，风雨潇潇人不眠。知尔隔江频问讯，连朝数遍往来船。

卿是飘萍我断蓬，一般都是可怜虫。惊弓孤鸟魂难定，射影含沙计剧工。北雁无情羁尺素，东风有意虐残红。误他消息无穷恨，只悔归途去太匆。

风入深林无静柯，十分秋向恨中过。情场自古飘零易，人事于今变幻多。岂是浮云能蔽月，那知止水忽生波。乾坤割臂盟终在，未许焚香忏尔魔。

浪浪清泪，上纸不知，测测残宵，为时已促。梦霞掷笔长叹。梨娘徐取阅之，啼珠又狼藉于纸上，呜咽而言曰："君何哀思之深也。余何人斯，能闻斯语？君所以致此者，皆薄命人之相累，然君亦未免用情失当。余不愿君之沉迷不悟，更安忍君之茕独无依。筹姑姻事若何矣？此余所以报君者也，即君不愿，余亦必强为撮合，以了余之心事。鹏儿年稚，此后得君提挈，免坠箕裘，则又君所以报余者。君知余今所以衔冤饮恨、忍辱偷生者，只为此一块肉耳。"梦霞曰："容缓图之。俟石痴归，当倩之作冰，然此殊为多事，虽勉从卿命，实大违余心。余已自误而误卿矣，何为而再误他人耶？？梨娘曰："君以此为多事，则君与余之交际，不更多事耶？事已至此，君复奚辞？余深祝君之种恶因而收良果也。今日之事，可一而不可再，天将明矣，君宜速去，此间不可以久留也。"乃低唱泰西《罗米亚》名剧中"天呀，天呀，放亮光进来，放情人出去"数语，促梦霞行。梦霞不能复恋，珍重一声，惨然遽别。

第十九章　秋　心

　　黄叶声多，苍苔色死。海棠开后，鸿雁来时。雨雨风风，催遍几番秋信；凄凄切切，送来一片秋声。秋馆空空，秋燕已为秋客；秋窗寂寂，秋虫偏恼秋魂。秋色荒凉，秋容惨淡，秋情绵邈，秋兴阑珊。此日秋闺，独寻秋梦，何时秋月，双照秋人。秋愁叠叠，并为秋恨绵绵；秋景匆匆，恼煞秋期负负。尽无限风光到眼，阿侬总觉魂销；最难堪节序催人，客子能无感集？盖此时去中秋已无十日矣。梦霞自经此番风浪，心旌大受震荡，念两人历尽苦辛，适为奸人播弄之资，愤激莫可名状。继复念我与梨娘，爱情之热度，虽称达于极点，然惟于纸上传情，愁边问讯，时藉管城即墨，间接通其款曲已耳。半稔光阴，积得相思几许，蓄之既久，望之愈远。久欲叩香阁、拜妆台，将我缠绵复杂之情思，对我心爱之玉人，一一倾倒而出之，虽死亦无所恨。而格于内外之嫌疑，束于礼法之防范，彼固不肯逾闲，我亦难于启齿，徒有怜声爱影之私，终无携手并肩之分。几世几生，才能修到；一颦一笑，迄未曾亲。独自追思，只剩千行锦字；无多残泪，难销半幅罗巾。今者宵小从身旁窃发，祸星自天外飞来。恐怖颠连，一时同陷于至难堪之境，然得藉为绍介，与素心人谈衷竟夕。前之不能希望于万一者，今竟居然如愿。奸人之毒计，适足玉成好事。虽云不幸，亦差堪自慰矣。梦霞此时，对于李之恶感已尽消释于无形。梨娘曾以后患之宜防，谆谆以勿与李较为嘱，梦霞固深佩其虑事之周密，而自悔其一时之卤莽也。次日赴校与李相见，周旋晋接，曾不稍异于曩昔。李突见梦霞来，容色甚张皇失措，继见梦霞无异言，更觉面红耳赤，口噤目瞪。此盖良心之发现，新机之萌动，人虽至狡极恶，倾陷他人，无所不至，而受其害者，唾面自干，一切不与之较，未有不息其邪念生其悔心者，至诚可格豚鱼。李虽冥顽，究非豚鱼可比。以梦霞相待之诚，益露踟蹰不安之态。嗣后枭獍之心，已为梦霞所感化，尽心教职，不问他事，反觉温文尔雅，一改从前躁率多言之故态，从此不敢再溷乃公事矣。

大凡人于爱情热结之时，横遇恶魔之阻挠。此恶魔之来，仅能破坏爱情之外部，不能破坏爱情之内部。其最后之效力，适足以增加爱情之热度，以所得者偿其所失而有馀。梦霞与梨娘相见之后，证明双方之误会，益叹人情蜀道，深险难测。以最亲之同事者，而今竟太行起于面前矣，又何怪知己之难得、情感之难言也。侧身天地，独立苍茫，觉世之最爱我者，惟彼九京之死父与五旬之老母、千里之阿兄。舍此而外，则惟彼可敬爱之梨娘与我有生死难忘之关系。惊怖之馀，万叠情丝，益紊乱而不可收拾，不恨李某之无情，惟怨天公之善妒。念后来之魔劫重重，不可穷诘，则觉心灰意冷，万千之欲爱都消，固不如大家撒手，斩断葛藤，悟彻情天，拨开情障，力于苦海中猛翻一筋斗，能如是乎，岂不甚善！然一念及来生之会合难期，今生之希望未绝，一场幻梦，终未分明，便尔决裂一朝，关系断绝，心实有所难甘，情实有所难解。碧翁何心，专以弄人为能事，不使之不遇，却不使之早遇；不使之常离，复不便之遽合，俾两情同陷于梦想颠倒、迷离惝恍之域，永远不能解决。天乎，天乎！搔首问之而无语，虔心祷之而无灵。愤念至此，殊欲拔剑而起，与酷虐之天公一战。明知战必不胜，则惟有以死继之。天心虽至渺茫，人情虽至变幻，极之以死，又何事不可了耶？自此之后，梦霞更深种一层病根，厚缚一重情网，不得生为鸾凤，终当死作鸳鸯。一念之坚，奋全力以持之矣。

四时之佳景难穷，一生之行乐有限。人之境遇，各不相谋，故所感亦不能一致。上之则关于天下国家之大，下之则极于饮食男女之恋。感之浅深，至不齐也，而莫不因时以为之消长。夫四时之景各有佳处。大块文章，时或极其绚烂，时或趋于平淡，形形色色，无不并臻其妙，皆足以娱悦吾人之耳目，愉快吾人之性情，此天然行乐之资，乃造物之独厚于吾人者也。然吾人之对之者，悲欢哀乐之表示，或因人而参差，或随时而变易。大抵欢乐者少，而悲哀者多；欢乐之时少，而悲哀之时多。四时景物，其绚烂平淡，两相对照者，为春为秋。吾人于其间表示其悲欢哀乐之情，以时序上之反映，为心理上之反映。然在无愁者视之，则秋色荒凉，虽不抵春光明媚，而青山红树，淡白疏黄，触于眼帘者，又别有一种可爱之处，未必人人对西风而陨涕，望衰草而伤神也。伤心者视之，则良辰美景，亦具悲观，旅馆寒宵，更多苦趣。人以客而情孤，时值秋而肠断，以别有怀抱之梦霞，际此伤心时节，更觉闲愁满眼，不招自来。此醉如痴，无以自遣。而天公狡狯，更于此时大布其肃杀之令，候亦其阴晴之态。有时晴光淡丽，秋色宜人，有时阴霾掩日，冷气袭人。庭树因风，萧疏作响；墙花偎露，憔悴泥人。一日之间，荣悴不常，炎凉互易，若为浮世人情，作绝妙之写照者。举头一望，半天惨淡；回眸四瞩，万态萧森。梦霞何人？伤心曷极！课罢之后，时往舍后散步，则见夫烟消山瘦，日落草枯，旷野无人，寒风砭骨，一片零落萧条之景象，触于目而不堪，感于心而欲绝。而溪边残柳数株，风情销歇，剩有黄瘦之枯条，摇曳于斜阳影里，上有归鸦几个，哑哑似送行人。地不必白门，人不必张绪，因时兴感，睹物伤怀，身世之悲，古今一例。多情如梦霞. 能不抚树低徊，而兴树犹如此之叹哉！

　　天寒日暮，独步徘徊，樵叟牧童，亦俱绝迹于原野，睢有饥鹰欲下而盘旋，夋兔见人而惊窜。听溪水潺潺，似为伤心人细拆不平之恨，仰视山容，暗淡若死，愁云叠叠，笼罩其颠。历此境也，几如身入黄沙大漠间，凛冽之气，着肤欲傈，危惨之象，到眼欲眩。抟抟大地，寥阔无垠，渺渺一身，苍茫独立。徙倚无聊，天涯目断，一点秋心，更无着处，辄临风而洒泪，更悲吟以寄怀：

　　　　明日黄花蝶可怜，西园梦冷雁来天。知伊尚为寻芳至，瘦怯秋风
　　舞不前。

　　　　鸿雁谁教南北飞，杜鹃枉说不如归。只今剩有伤秋泪，依旧浪浪
　　满客衣。

　　　　两三宿鹭点寒沙，秋老空江有落霞。开到并头真妒绝，芙蓉原是

断肠花。

寒风瑟瑟动高楼，极目斜阳天正秋。独立独行人莫会，更从旧地得新愁。

萧萧落叶掩重门，断送秋光暮气昏。芳草斜阳终古在，天涯犹有未销魂。

镜里浮花梦里身，烟霞不似昔年春。锦城不少闲花柳，从此风光属别人。

吟声凄越，山鬼和泣。雁过中天，迟徊而不敢遽度，倦飞之归鸟，亦正相与扑簌作新枝之投。黄昏将迫，景象益惨，凛乎其不可留也。旋掩双扉，不遽入室，踯躅于庭阶之畔。时一钩新月已上檐梢，庭中木笔、梨花，各剩枯枝败叶，对月婆娑，若互相吊者。而注目假山石畔，则更见荒冢草黄、断碑藓紫。地下花魂何时才醒？梦霞至此，不禁悲从中来，清泪夺眶而出，径趋冢前，尽情一哭。盖梦霞自葬花之后，不啻开辟一断肠之境界，每至极伤心之时，辄赴其处，抚坟一恸以为常。彼日以万斛如泉之情泪，着力培溉此已死之花，且曰："花魂有知，则精诚所聚，将业此冢上必挺生一至奇异之花，以发泄此郁久难消之气。"呜呼，此可以喻其痴矣。

吾书今须述梨娘矣。女子之神经每较男子为薄弱，不能多受猛烈之激刺。梨娘以兰心蕙质之慧姝，为柏操霜节之嫠妇，开东阁门，坐西阁床，艳情绮思，早等诸泡影昙花，消亡殆尽。自怜赋命之穷，敢作白头之叹？而翁虽老迈，尚多矍铄之精神；子未成人，应尽抚育之责任。凡百家政，惟彼一人是赖，以纤纤之手，支撑此衰落之门庭，其困苦艰难之状况，梨娘独喻之。亲友之知者，亦共谅之。平居无恙时，固已戚戚然，无日不在奈何天中消磨岁月矣。乃天遣孽缘凑合，更教魔鬼摧残，一缕柔情，复作死灰之再热，而千百种之烦恼，无量数之惊怖，均于以连续发生，今更于竟外受此绝大之刺激。狂风暴雨，阵阵逼人，其脑筋之震动、心旌之荡漾，真有为生平所未曾经过者。既悲身世之颠连，复痛名节之丧失，悔恨交加，死生莫择。欲生，则几重孽障，厄我何堪？欲死，则六尺遗孤，累人已甚。将前尘后事往复思量，一寸芳心，能不凄然欲绝！方其以简招梦霞往也，本有与梦霞决绝之心，及梦霞辨明此呈之误会，觉彼之待我，悉出真情，怨恨之心，旋付诸九霄云外。嗣后独处深闺，神情益惘，一念欲抛撇之，一念又复萦绕之，思绪愈纷而愈歧，情丝愈撩而愈乱。当梦霞临风兴叹之时，正梨娘独坐长吁之际。对此满庭秋色，无一不足为断肠之资料。珠帘不卷，翠袖生寒，一丝残泪，时搁腮边。若到黄昏，更无聊赖，对灯花而不语，借湘管以贡愁。诗曰：

> 西风吹冷簟，团扇尚徘徊。寂寞黄花晚，秋深一蝶来。玉钩上新月，照见暗墙苔。为恐红花笑，相思寸寸灰。

第二十章　噩　梦

　　荻穗如绵，蕉心渐裂，风物江南，残秋尽矣。古人云："客子斗身强。"言客子之所恃者，惟强健耳。梦霞第三次来校后，虽断药缘，尚馀病意。蒲柳之质，望秋先零，固不能如黄物傍秋而有精神也。流光如矢，羁绪如麻，独客他乡，况味至苦。瞭望征云，来鸿绝影。梦霞于是念及夫老母，未谂秋来眠食何如？更念及夫大暑中与剑青一番联袂，而病魔扰扰，未意欢情，嗣复南辕北辙，各不相顾，地角天涯，寄书不达。忽焉而豆棚月冷，中秋届矣；忽焉而菊篱霜绽，重阳近矣。一回首间，遽有今昔之感，不必谓志士之光阴短、而劳人之岁月长也。更念石痴，浮云一别，滞两三秋，酒分诗情，一齐搁起。遥望故人，海天缥缈，于秋初由其父转达一书，略知踪迹。我亦裂素写意，屡寄所勤，迄今荷净菊残，橙黄橘绿，亦复鳞沉羽断，消息如瓶。每当半窗残月，一粟寒灯，听征雁一声，则梦魂飞越万水千山，形离神接。醉吟之暇，瘛瘲之间，言论丰采，犹可想见。诵"渭北春天树，江东日暮云"之句，每为之愀然不乐；诵"海内存知己，天涯若比邻"之句，又未尝不爽然自失也。盖梦霞自谓舍梨娘外，惟石痴可为第二知己，故岑寂之中思之綦切，然其相思之主点，固别有在，此不过连类及之耳。飘摇客上，煞甚凄凉，更为情人，几回肠断，况日来风伯雨师，大行其政，淅淅沥沥之声，时于酒后灯前，喧扰于愁人耳畔。鹏郎于此时又沾微恙，已数日不能上学，挑灯独坐，益复无聊。风高雁急，长夜漫漫，一枕清愁，十分满足，拥衾不寐，时复苦吟，将复杂之情思，缠绵之哀怨，一一写之于诗。两旬之间，积稿已不止盈寸。兹择录其感赋八章于左：

秋娘瘦尽旧腰支，恨满扬州杜牧之。不死更无愁尽日，独眠况是夜长时。霜欺篱菊犹馀艳，露冷江蘋有所思。暗淡生涯谁与共，一瓯苦茗一瓢诗。

爱到清才自不同，问渠何一入尘中。白杨暮雨悲秋旅，黄叶西风怨恼公。鸳梦分飞情自合，蛾眉谣琢恨难穷。晚芳零落无人惜，欲叫天阍路不通。

相逢迟我十馀年，破镜无从得再圆。此事竟成千古恨。平生只受一人怜。将枯井水波难起，已死炉灰火尚燃。苦海无边求解脱，愈经颠播愈缠绵。

好句飞来似碎琼，一吟一哭一伤情。伺堪沦落偏逢我，到底聪明是误卿。流水空悲今日逝，夕阳犹得暂时明。才人走卒真堪叹，此恨千秋总未平。

说着多情心便酸，前生宿孽未曾完。我非老母真无恋，卿有孤儿尚可安。天意如何推岂得，人生到此死俱难。双楼要有双修福，枉把金徽着意弹。

对镜疑我未真，蹉跎客梦逐黄尘。江湖无赖二分月，环佩空留一刻春。恨满世间无剑侠，才倾海内枉词人。知音此后更寥落，何惜百年圭璧身。

今古飘零一例看，人生何事有悲欢。自来艳福修非易，一入情关出总难。五夜杜鹃枝尽老，千年精卫海须干。愧无智慧除烦恼，闲涌南华悟达观。

死死生生亦太痴，人间天上永相期。眼前鸿雪缘堪证，梦里巫云迹可疑。已逝年华天不管，未来欢笑我何知。美人终古埋黄土，记取韩凭化蝶时。

风雨撼窗，鸡鸣不已。梦霞方披衣而起，觉有一丝冷气，自窗隙中送入，使人肌肤起粟，乃起而环行室中数周，据案兀坐，悄然若有所思。所思维何？思夫梦境之离奇也。畴昔之夜，风雨潇潇，梦霞独对孤灯，兀自愁闷，阅《长生殿》传奇一卷。时雨声阵阵，敲窗成韵，夜寒骤加，不耐久坐，乃废书就枕，蒙首衾中，以待睡魔。而窗外风雨更厉，点点滴滴，一声声沁入愁心，益觉乡思羁怀，百端怅触，鱼目常开，蝶魂难觅。正辗侧无聊之际，忽闻枕畔有人呼曰："起，起！汝欲见意中人乎？"梦霞曰："甚愿。"随所往，至一处，流水一湾，幽花乍开，粉墙围日，帘影垂地，回顾则同来人已失。阴念此不知谁家绣阃，颇涉疑惧。徘徊间见帘罅忽露半面，则一似曾相识之美人也。见梦霞含笑问曰："君来耶。君意中人尚未至，盍入室少待？"梦霞乃掀帘而进，美人款接殊殷勤，室无他人，既而絮絮不休，顿厌其烦，夺门而遁。既出，已非来路，平原旷野，方向莫辨，觉背后有人，追逐甚急，欲奔而两足瘫软不能进。窘甚。忽望见半里外有一女郎先行，步履蹇缓，状类梨娘，急大呼："梨姊救我！"即觉健步如飞，刹那间已追及，细视之，真梨娘也。时梦霞气咻咻而汗涔涔矣，因同据道旁大石上小憩，大喜贺曰："好了，好了，今可脱离虎口矣。"言顷，旋觉身摇摇若无所主，同坐之大石已不见，茫茫大海，一望无际，两人同在一叶舟中，樯倾楫摧，波浪大作。梨娘已惊惧无人色，梦霞见有断篙半截在手，立船头慢慢撑之，一失足堕入海中，大惊而号，则身在藤床，残灯荧然，映入帐里，衾冷于冰，为惊汗层层湿透，窗外风声雨声闹成一片，犹恍惚如在惊涛骇浪中也。

梦去影留，历历在目，惊魂乍定，暗泪旋流。此夜梦霞不复能寐，无情风雨，伴此愁眠，惟有伏枕耸寒，拥衾待旦而已。夫梦者，心理造成之幻境也。心理上先虚构一幻象，睡梦中乃实现此幻境。其心清净者，其梦不惊，故曰："至人无梦。"以梦霞近日之心理，正如有千百团乱丝，回环萦绕于其际，紊乱复杂，至难名状。忽而喜，忽而忧，忽而悟，忽而迷，刹那之间，心理上叠呈无穷之幻象，宜其夜睡不安，有此妖梦也。是梦也，至奇，至幻，梦霞既以心理造成之，可以假，亦可以真。试以梦境征诸实事，而预推两人后来之结局，苦海同沉，不必有是事，固已不能逃此劫矣。然则此幻境之实现于梦霞之梦中，可以为目前怨绿啼红、锁愁埋恨之证，即可以为异日乌啼花谢、月落人亡之券。心能造境，果必随因，梦霞寂寂追思，茫茫后顾，而决此梦之必非佳兆，能不魂销残雨，泪咽寒宵？正不必谓梦霞亦殉愚夫之迷信，而诮曰妖梦是践也。

终风苦雨，不解开晴，客馆愁孤，形影相吊。断梦留痕，亦如风片雨丝，零零落落，粘着心头，不能遽就消灭。以多情之公子，为说梦之痴人，乘休业之星期，寄诉愁之花片。梦霞乃以梦中所历，一一宣诸毫端，为梨娘告，更书两绝句以记其事：

分明噩梦是同沉，骇浪惊涛万丈深。竟不回头冤不醒，何年何地得相寻。

一念能坚事不难，情奢肯遣旧盟寒。可怜万劫茫茫里，沧海干时泪不干。

梨娘得书，亦窃叹梦境之奇。其梦耶？其真耶？以为梦则真亦何尝非梦，以为真则梦亦何必非真。情缘草草，孽债重重，无论天公之见怜与否、姻事之能成与否，两人总属情多缘少，神合形离。生惟填恨，冤沉碧海之禽；死不甘心，魂化青陵之蝶。嗟嗟，钗断今生，琴焚此夕，热泪犹多，痴心未绝。此梦也，幻梦也，实警梦也。可以警梦霞，亦可以警梨娘，且可以警情天恨海中恒河沙数之痴男怨女。惜乎，其沉迷不悟，生死轻抛，虽有十百之警梦，曾不足以警醒其万一。明知希望已绝，不肯回头，纵教会合綦难，还思见面是可痛矣，岂不惜哉！此时梨娘心旌摇曳，恍如身入梦境，与梦霞同飘荡于大海之中。长叹一声，泪珠万颗，支颐不语，半晌而和作成矣。

凄风苦雨夜沉沉，魂魄追随入海深。不料一沉人不醒，翻身还向梦中寻。

金石心坚会合难，残宵我累客生寒。重重魔障重重劫，泪到干时血不干。

低头吟就，和泪书成，唤秋儿密交于梦霞。盖鹏郎方病，不能殷勤作青鸟使也。秋儿去良久，比回则又携得梦霞诗至。

积得相思几寸深，风风雨雨到而今。诗惟写怨应同瘦，酒为排愁只独斟。五夜梦留珊枕恨，一生身作锦鞋心。欢场不信多奇险，便到黄泉也愿寻。

心如梅子溅奇酸，愁似抽丝有万端。苦我此怀难自解，闻卿多病又何安。情根谁教生前种，痴恨无从死后宽。但是同心合同命，枕衾莫更问温寒。

梨娘复依韵和之曰：

　　频添缄札达情深，冷隔欢踪直到今。怨句不辞千遍诵，浊醪谁劝满怀斟。青衫又湿伤春泪，碧海常悬捧日心。不道相思滋味苦，愁人只向个中寻。

　　苦吟一字一心酸，误却毫端误万端。月魄不圆人尚望，雨声欲碎梦难安。恩深真觉江河浅，情窄那知宇宙宽。我更近来成懒病，和郎诗句怕凝寒。

第二十一章　证　婚

　　意外奇缘，梦中幻剧，印两番之鸿爪，征百岁之鸳盟。梦霞与梨娘，既不能断绝关系，则梦霞与筠倩自必生连带关系，而两人之婚事，梨娘既极力主张，梦霞应守服从主义。在梦霞心中，虽抱极端之反对，亦不能不勉为承顺，藉慰知己者之心。梨娘之所以对梦霞者仅此，梦霞之所以对梨娘者亦仅此。然两人皆各自为计，皆互为其相知者计。而于筠倩一生之悲欢哀乐，实未暇稍一念及。记者观于筠倩终身之局，有足为之深悲而慨叹者。故今述至证婚一章，不能不于两人无微词也。

　　梦霞与筠倩，绝无关系者也，无端而有证婚之举。主动者，梨娘也；被动者，梦霞也；陷于坑阱之中，为他人作嫁者，筠倩也，而介于三者之间，以局外人为间接之绍介，玉汝于成者，其人非他，则秦石痴是也。当梨娘筹得此李代桃僵之计，固以解脱一身之牵累，保全梦霞之幸福。然为筠倩计，得婿如此，亦可无恨。故虽梦霞容有不愿，亦必用强制手段，以成就此大好姻缘。孰知梦霞已抱定宗旨，至死不变乎？"曾经沧海难为水，除却巫山不是云。"大凡人之富于爱情者，其情既专属于一人，断不能再分属于他人。梨娘已得梦霞矣，梦霞乌能再得筠倩？梨娘之意，以为事成，则三人皆得其所，不知此事不成，则两人为并命之冤禽，筠倩为自由之雏凤，事若成，则离恨天中，又须为筠倩添一席地矣。梦霞固深冀其事之决裂，得以保全筠倩，而恐伤梨娘，一时难以拒绝，曾赋诗以见意，其句曰："谁识良姻是恶姻，好花不放别枝春。薄情夫婿终相弃，不是梁鸿案下人。"梨娘自受奸人播弄以后，心灰情死，而谋所以对付梦霞者，益觉寸肠辗转，日夜热结于中，几有不容少待之势，以函催梦霞者，不知若干次。梦霞无如何，惟以"石痴未归，斧柯莫假"二语，为暂缓之计。无何而岭上梅开，报到一枝春信。石痴有书致梦霞，谓阴历十月已届年假之期，考试事竣，便当负笈归来，一探绮窗消息。"开轩面场圃，把酒话桑麻。"屈指不逾旬日，先凭驿使，报告故人。嘻！石痴归矣。梦霞之难关至矣。石痴早归一日，则姻事早成一日。此一纸露布，直可以筠倩之生死册籍视之。

沧海客归，东窗事发。石痴者，梦霞之第二知己也。倾盖三月，便赋河梁之句。梅花岭树，遥隔浩然。朗月清风，辄思元度。相知如两人，相违已半稔。秋水伊人之叹，屋梁落月之思，与时俱集，亦易地皆然矣。今者归期已定，良觌非遥，片纸才飞，吟鞭便起。夕阳衰草，忽归南浦之帆；夜雨巴山，再剪西窗之烛。在石痴固不胜快慰，在梦霞当苦何欢迎乎？然而理想竟有与事实绝对相反者。梦霞闻石痴归，固并不表欢迎之意，而转望其三宿出昼，姗姗来迟也。非梦霞对待知己之诚，较前遽形淡薄，至不愿与之相见，盖石痴归来，与薄命之筠倩有绝大之关系，行将以海外客作冰上人，虚悬待决之姻事，从此成为不磨之铁案矣。

我书至此，知阅者必有所惑。何惑乎？则曰：梦霞对于姻事，究持若何之态度，愿乎？不愿乎？其愿也，则两意相同，撮合至易。幸冰人之自至，便玉镜以飞来，朝咏好逑之什，夕占归妹之爻，斩断私情之纠葛，即与筠倩正式结婚。事亦大佳，何必假惺惺作态。如其不愿，则结婚自由，父母且不能禁制，梨娘何人，能以强迫手段施之梦霞。承诺与否，主权在我，拒绝之可矣，何为而模棱两可，优柔寡断，既不能抛却梨娘，复不能放过筠倩。聚九洲铁，铸一大错，昏愦哉梦霞！其存一箭双雕之想，而竟忍欺人孤儿寡妇，以谋一己之幸福乎？则其人格亦太低矣。斯言也，以之质问梦霞，当嗫口不能答一辞。然人有恒言："当局者迷，旁观者清。"矧事涉爱情之作用，尤具绝大之魔力，足以失人自主之权。梦霞恋恋于梨娘，未尝不自知其逾分，而情之所钟，不能自制。即易地以观，梨娘亦何独不然。梨娘不能绝梦霞，故必欲主张姻事。梦霞亦不能忘梨娘，故不能拒绝姻事。而一念及筠倩之无辜被陷，心中亦有难安者，明知事成之后，惟一无二之爱情，决不能移注于筠倩。故当此将未成之际，情与心讼，忧与喜并，显未依违迟疑之态度。梦霞之误，误在前此之妄用其情，既一再妄用，百折不回，有此牵连不解之现象，则与筠倩结婚，即为必经之手续，莫逃之公案。而此时石痴既归，更有一会逢其适之事，足以促姻事速成者，则同时筠倩亦于校中请假，一棹自鹅湖归也。

　　鸳鸯簿上，错注姓名；燕子楼中，久虚位置。以人生第一吃紧事将次发表之际，而主人翁与介绍者，尚处于闷葫芦中，曾无一点知觉。此时之怀忧莫释、身处万难之局者，惟梦霞一人。梨娘得石痴归耗，喜此事之得以早日成就，了却一桩心事，谆谆函嘱梦霞，待石痴来，即与之道及，踵门求婚，事无有不遂者。梨娘固未知梦霞此时忧疑交迫之状态，更作此无情之书以督促之。梦霞阅之，惟有默然无语，愁锁双眉，废寝忘餐，一筹莫展而已。而远隔千里之剑青，北雁南鸿，消息久如瓶井，忽地亦有鱼缄颁到，其内容则问候起居外，终幅皆谈姻事，情词密切，问讯殷勤。其结尾则曰："事成，速以好音见示，慰我悬悬。"咦！异哉，石痴归而筠倩亦归，梨娘之书方至，剑青之函又来，同时凑趣，各方面若均经预约者。四面歌之梦霞，受多数之压迫，几于无地自容，茫茫四顾，恨天地之窄矣。

　　石痴既归之次日，即来校与梦霞叙旧。知己久违，相见时自有一番情话。石痴先询梦霞以别后状况，梦霞一一置答。有间，抵掌谈瀛岛事，口吻翕翕，若决江河，滔滔不竭，青年气概，大是不凡。而梦霞有事在心，入耳恍如梦寐，此慷慨淋漓之一席话，乃竟等于东风之吹马耳。曩者地角天涯，暌违两地，怀思之苦，彼此同之。一日握手周旋，共倾积愫，促膝斗室，絮絮谈别后事，其情味之浓厚可知，而顾冷淡若是欤！

　　两人闭户长谈，石痴兴甚豪，将东游始末从头细述，语刺刺不可骤止，自晨以迄于午，不觉花影之频移也。梦霞意殊落落，如泥人、如木偶，闻言不置可否，亦不加诘问，惟连声诺诺而已。石痴当高谈雄辩之时，未暇留神细察，既而亦觉有异。念平日梦霞为人，豪放可喜，曩者朝夕过从，诙谐调笑，无所不至，形迹之间，脱略已尽，今者久别重逢，晤言一室之内，两人固当各表十分美满之欢情，以补半载荒疏之密谊，乃观梦霞，竟骤改其故态。此则口讲指画，逸兴遄飞，彼则疾首蹙额，神情萧索，周旋应接之间，若尽出于强致，绝无一毫活泼之态。意者，其心中必蓄一大疑难之事，神经失其效用，现此忧愁忧思之象乎？石痴此时，注视梦霞之容色，默揣梦霞之心理，反觉一块疑团不能打破，思以言探之。梦霞见石痴语忽中断，双目炯炯，注射不少瞬，若已知石痴之意，乃强作欢笑以自掩饰。石痴愈疑，不能复耐，起谓梦霞曰："察君神情蹙然若不胜其忧者，有何烦恼，憔悴若此？"梦霞闻言，益露踧踖态，惟假词以支吾而已。石痴笑曰："君何中心藏之，讳莫如深也。我虽无师旷之聪，闻弦歌而知雅意。君纵不肯语我，而君颜色之惨淡、意兴之索莫，已不啻为君心理之代表。吾辈相知，忧乐要期相共，请君明白宣示，何事怀疑不决。倘能助君一臂者，余必力任之。"梦霞叹曰："感君诚意，弟心滋愧。此事终难秘君，因事涉暧昧，碍难启齿，是以少费踌躇。孰知个里神情，已为明眼人参透，不敢再以讳言欺你知己矣。但此事不足为外人道，今愿与君约，言出我口，入于君耳。我不秘君，君不可不为我秘，不然，我宁有苦自咽，不愿以他人宝贵之名誉，易我一人独享之幸福也。"石痴愤然曰："君以余为投井下石者流耶？余决为君守此秘密之义务，如不见信，誓之可耳。"梦霞谢曰："此事牵涉颇多，不能不出以郑重，非有疑于君也，幸君恕我。"石痴曰："若是则请速语余。"梦霞至此，已有箭在弦上，不得不发之势，乃以一篇断肠史，缠绵曲折，一声声唱入石痴之耳，继乃至声泪俱下。石痴亦为之黯然，连呼恨事不绝。既而叹曰："梨夫人清才，余久耳食其名，君作客一年，乃以文字缔得如许奇缘，殊令人羡极而妒。惜乎，落花有意，流水无心。司马、文君，各非所愿。而一段痴情，竟至缠绵不解，墨花泪点，乱洒狂飞，蓉湖风月，几为才子佳人尽行占去。虽云恨事，亦艳事也。君誓终鳏，本属过情之举，欲慰知己之心，必出联姻之计。筠倩既非寻常巾帼，君亦何必固执。二美既具，万恨全消，使天下有情人都成眷属，固余之素愿也。寒修之役，余愿乐承其乏，请即为君一行可耳。"继复含笑曰："此去为君撮合，我任其劳，君得其乐，事成之后，将何以酬谢冰人耶？此切己事，不可不预与君约者。"梦霞微笑不语。石痴起而曰："此时便往谒崔父，代君求婚。请君于黄昏时伫听好音也。余之情乃急于子，是岂非可笑事耶？"言已，狂笑出门。梦霞呼之使返曰："姑缓！"石痴不应，扬长而去。

石痴径造崔氏庐，以侄礼见崔父。寒暄毕，崔父略询来意。石痴致敬曰："物来为女公子作伐。"崔父曰："吾侄所指者为何人?"石痴语之,且曰："敢问吾丈,此人尚合东床之选否?"崔父喜曰："梦霞耶,固老夫之远戚,而今下榻于吾庐者也。此人青年饱学,久为余所深契,得婿如此,光我门楣矣。既吾侄盛意作合,老夫安有异言?但小女殊骄蹇,好门户辄拗却,方命者数矣。渠自入学以来,醉心于结婚自由之说,老夫亦不欲以一人之主张,误彼终身之大局。幸机缘甚巧,彼适于前日假归,容往商之,明日当有决议也。"石痴不能多赘,遂兴辞而出。逆知此事自有七分成熟,筠倩既为女学生,具新知识,必有识人慧眼。如梦韬者,尚不合意,更从何处求如意郎君耶?

石痴之来也,馆僮导之入。秋儿于窗外窥见之,急入告梨娘曰："有客,有客。一发种种而履囊囊者求见主人,升堂矣,入室矣。伊何人?伊何人?胡为乎来哉?"秋儿此言,盖以石痴已辫改装,服饰离奇,故不哀其为何人而惊异之也。梨娘叱之曰："痴妮子,何预汝事,张皇若此,去视庭畔早梅花开也未,勿在此喋喋为也。"秋儿应声去。

门外久无车辙,今朝嘉客何来?默揣其人,梨娘固决知其为石痴矣。且决知石痴此来,必无他事,为梦霞执柯耳。其遣去秋儿者,乃欲效蔡夫人故智,潜往屏风后,窃听个中消息也。两人问答之词,其声浪乃直达于梨娘之耳,一字不漏。此客去已久,梨娘随款步入闱。崔父入内唤之出,谓之曰："有事须与儿商酌。余老矣,邓攸之命终穷,向平之愿未了,筠儿长成如许,尚为待阙之雏凤,渠屡违父意,岂将以丫角老耶?今为渠觅得佳婿,冰人才来,余已许之矣。汝为余往告筠儿,勿再拗执,以伤老父之心也。梨娘佯讶曰："翁前言必如梦霞其人,乃足称筠姑之婿,今胡为又舍之。而别觅东床耶?"崔父曰："余所言者,即梦霞也。老眼虽花,尚具识人之鉴。梦霞者,真难得之佳子弟也。相处半载,属意甚深,今彼自倩冰人来提姻事,余何为而不允,错过此大好良缘耶?"梨娘曰："筠姑得配梦霞,洵称佳偶。况有阿翁作主,儿亦深望此事之成就。得此佳婿,筠姑亦乌有不愿意者?儿当即以好消息报告,且将为筠姑贺喜也。"语毕,整衣含笑而入。

第二十二章　琴　心

　　珠帘半卷，微风动钩。筠倩午睡未起，梨娘翩然忽入，见筠倩正枕臂眠湘妃榻上，手书一卷，梦倦未抛，书叶已为风翻遍，片片作掌上舞。窥其睡容，秋波不动，笑口微开，情思昏昏，若不胜其困懒者。一种妩媚之睡态，令人可爱，又令人可怜，即西子风前，杨妃醉后，未必过是。世纵有丹青妙手，恐亦难描写入神也。若使霞郎见之，更不知魂消几许矣。梨娘恐其中寒，乃微撼之醒，曰："承姑倦乎？胡不掩窗而睡？寒风无情，砭入肌肤，足为病魔绍介，姑欲试药炉滋味耶？"语次，筠倩醒矣，睡意惺忪，支枕而起，谓梨娘曰："晴窗无事，温习旧课，偶尔困倦，不觉入梦，未知嫂来，慢客甚矣。"梨娘戏之曰："阿姑情思，正复不浅，梦中有何喜事而微笑启腮窝耶？"筠倩面微颓，徐曰："嫂勿相戏，妹正欲询嫂来意也。"梨娘笑曰："姑慧人也，试一猜之。"筠倩凝思者再，问曰："论文耶？"梨娘曰："非也。""谈诗耶？读画耶？"梨娘曰："皆非也。""然则将与妹战一局楸枰矣。"梨娘莞尔曰："无与弹棋，有心报喜。姑聪明一世，亦有懵懂时耶？请明以告子，阿翁已为姑觅得有情郎，来与姑贺喜耳。"筠倩闻言，潮红晕颊，晴翠翻眉，似羞似愠而言曰："嫂胡作此恶剧，令人不耐。妹愚甚，实不解于嫂所云也。"

　　红窗双影，绮语如丝。筠倩以梨娘无端以不入耳之言相戏，心滋不怿。梨娘笑谢曰："余不善辞，恼吾妹矣。虽然，事有佐证，非架词以戏姑也。阿翁适诏余，谓筠儿今已有婿，温郎不日将下玉镜台矣。冰人来，直允之，不由儿不愿意也。余闻言甚骇，乃婉语翁曰：'此事翁勿孟浪，一时选择不慎，毕生之哀乐系之。容儿商诸姑，然后再定去取。'余窃为姑不平，而姑尚欲怒余耶？"筠倩见事似非虚，遽易羞态为愁容，问曰："真耶？抑仍戏余耶？"梨娘亦愤曰："谁戏汝者！不信可问若翁，当知余言之不谬也。"筠倩作恨声曰："阿父盲耶，彼非不知儿之性情者，曩以此与之冲突者非一次。父固有言，此后听儿自主，不再加以干涉。父固爱儿而不忍拂儿意者，今胡又愤愤若是，必欲夺儿之自由权，置儿于黑暗中乎？嫂乎，妹非染新学界习气，失却女儿本分，喜谈自由，故违父命。实以此事关系甚大，家庭专制之黑狱中，不知埋没煞几多巾帼。妹自入学以来，即发宏愿，欲提倡婚姻自由，革除家庭专制，以救此黑狱中无数可怜之女同胞，原非仅仅为一身计也。方欲以身作则，为改良社会之先导，而身反陷之，可痛之事，孰有甚于此者！妹固无以自解，更何词以塞同学之口乎？"语时，秋波荧荧，热泪一眶，几欲由腮而下。

梨娘为梦霞作说客，闻筠倩一席话，顿触起身世之感。念曩者若得结婚自由，今日或未必有此恶果。十年旧恨，蓦上心来，颜色忽然惨变。两人相对默然。良久，梨娘叹曰："闻妹言，余心滋感。余与妹相处久，相知亦深，今日之事，幸妹曲从余言。翁所爱者惟姑，世乌有仅一掌珠而肯草草结姻，遗其女以遇人不淑之叹者？妹知翁所属意者非他人，梦霞也。此人文章道德，卓绝人群。彩凤文鸾，天然佳偶。择婿如斯，不辱没阿姑身分矣。姑仍胶执，翁心必伤。翁老矣，历年颠沛，妻丧子亡，极人世不堪之境。今玉女已得金夫，此心差堪少慰。况鹏儿髫龀，提挈无人，事成之后，孤儿寡妇，倚赖于汝夫妇者正多。姑念垂老之父，更一念已死之兄，当不惜牺牲一己之自由而顾全此将危之大局矣。"梨娘语至此，不觉一阵伤心，泪随声下。筠倩心大恸，亦掩面而泣。

筠倩与梦霞，固曾有半面之识者。梦霞之诗若文，固又尝为梨娘所称道者。虽非宋玉、潘安，要亦翩翩浊世之佳公子也。筠倩二八年华，方如迎风稚柳，才解风情，一点芳心，尚无着处。虽与梦霞了无关系，然其脑海中固早有"梦霞"二字之影象，深伏于其际。此时闻梨娘言，心乃怦然。念事已至此，正如被诬入狱，周纳已深，势难解脱。但未知此事为梦霞之主动欤，老之主动欤？抑更有他人暗中为之作合欤？彼执柯者又属何人软？此中疑窦颇多，要惟梨娘能知其详。然此何事而喋喋向人，不亦可羞之甚耶？此闷葫芦，一时势难打破，今所急须筹画者，对付梨娘之数语耳。梨娘视筠倩支颐无语，心中若有所忖度者，乃亦止泣而静待其答辞。筠倩意殊落落，长叹谓梨娘曰："嫂乎，妹零丁一身，爱我者惟父与嫂耳。妹不忍不从嫂言，复何忍故逆父意。今日此身已似沾泥之絮，不复有自主之能力。此后妹之幸福，或不因之而减缺，而妹之心愿，则已尽付东流，求学之心，亦从此死矣。"

梨娘出，语其翁曰："适与姑言，彼已首肯，事谐矣。"崔父亦喜曰："筠儿有主，余事毕矣。余深喜彼之不余忤也。今亦不必先告石痴。梦霞固非外人，俟其归，与之订定婚约，然后转语石痴，俾执吴刚之斧。如此办法，岂不真捷，可以省却一番手续也。"崔父平日本深爱梦霞，但昔为其疏远之侄，今为其亲密之婿，其爱之也，自必增加数倍。时已薄暮，竟梦霞将归，跂望之心甚切，乃老眼欲穿而足音不至。待到黄昏，门外仍无剥啄之声。可笑哉，梦霞殆学作新婿羞见太人耶？不然何事羁留，而劳家人之久盼也？

是夜梦霞竟未归遇，盖为石痴邀往其家，开樽话旧，饮兴双酣。比酒阑灯炧，更漏已深。梦霞连酹十馀巨觥，酒入欢肠，兴殊不浅，玉山已颓，金樽尚满，醉眼模糊，肯履欹仄。夜深途黑，更乌能扶得醉人归耶？石痴乃遣人往告崔家人，言梦霞醉，不能归，请闭关高卧，不必挑灯痴待矣。两人均酕然，狂态毕露，笑谐杂作。酒兵已罢，继以茗战，旋扫榻而抵足焉。

次晨皆起。石痴即欲挟梦霞同谒崔父询昨日事。梦霞以事或不谐，同去反致奚落，且世安有双方议亲，而新郎随其媒妁，求婚于丈人之前者？纵不怕羞，亦太忘形矣，乃托词以谢石痴曰："我尚须赴校上谭，不能奉陪。一夔足矣。安用我为？"梦霞此言，盖以石痴微有足疾，故戏之也。石痴不允，随梦霞到校，俟其课毕，卒挟之同行。既至，先入梦霞书舍，坐谈有顷，而崔父忽扶杖至，盖两人归来时，僮即入内报告也。梦霞迎崔父入，笑谢曰："昨为秦兄觞饮，不觉过量，醉不能归，劳吾丈盼望矣。"石痴即搀言曰："老伯勿信渠诳言。侄昨夜何尝设宴相邀，渠自无颜归见丈人，强就侄索饮，推醉不肯行。侄督促再四，渠终哀求留宿，侄见其可怜，乃留之下榻东轩。今晚课罢，渠又思规避，侄乃强之俱来，一种尚费尽挽扶之力也。"梦霞怒且笑曰："一派胡言。汝却从何处想来，亦太恶作剧矣。"石痴面有得色，曰："聊以报今晨之却我耳。"崔父亦大笑曰："我侄可谓善戏谑矣，联姻一节，老夫固甚愿意，商诸小女，亦无异言，谨如尊命。"语时目视梦霞。梦霞俯首无语。石痴起而笑曰："既承金诺，小侄亦不枉一行。崔家女配何家郎，洵属天然佳话，美满姻缘，如此者宁复有几？所惜者，小侄不才，殊有忝冰人之职耳。"因顾语梦霞曰："丈人允许矣，还不拜谢？"梦霞怒之以目，若甚羞恼者。

崔父复曰："吾侄勿怪，不揣冒昧，老夫尚有一言。鳏独半生，仅一弱息，膝下依依，聊娱晚景，不愿其远适他乡也。况鹏孙年稚，余老迈龙钟，行将就木，恐已不及见其成人。家室飘摇，门庭寥落，来日大难，何堪设想？今吾侄既不嫌范叔之寒，愿结朱陈之好，大足为蓬门生色。择婿得人，岂第筠儿之幸，抑亦崔氏之幸也。鹏孙得沾化雨，将来可望有成，幸吾侄终督教之。老夫之意，欲屈吾侄作淳于髡，事乃两全。未知吾侄能俯从否？"石痴目视梦霞而笑曰："如何？"梦霞踌躇有顷，答曰："有母兄在，此事小侄未敢擅专，容函告家中。如得同意，小侄固无不愿也。"崔父曰："此是正当办法，老夫亦乌敢相强？请吾侄即时作书，就母夫人取决，如有好音，即以示我。"梦霞唯唯。崔父旋辞出。石痴复与霞嘲谑良久。时已黄昏，梦霞欲留之同榻，石痴不可，别去。

梦霞即就灯下作两书，一以告老母，一以复剑青。书中所言，即日间崔父所言。盖梦霞深为其母所钟爱，曩者，方命拒婚，母知其意在自择佳偶，曾许以结婚之完全自由权。故此次姻事，梦霞竟得自主，所须商酌者，入赘之说，或非老母所愿，不能不俟命而行也。然以意测之，其母既许其自由，不加干预，入赘与否，亦无甚关系，十八九当在赞成之列。若剑青则又深知其中秘密，而希望好事之成就者。今得佳音，欣忭之不暇，安有加以破坏之理？自表面观之，此事尚有一重阻力，自实际言之，一时虽无成议，梦霞固不啻已为崔氏之赘婿矣。

海滨归客，湖上寓公。浮云一相别，明月几回圆？石痴自东渡后，蓉湖风月，不知闲却几许，归去来兮，复作林泉之主。水云猿鹤，一例欢迎，江山未改，松菊犹存，韵事重提，故人无恙，乃未叙离情，先成好事，既成好事，再叙离情。茫茫海宇，能寻几个知音？落落生平，那得许多快事？梦霞之愁怀已释，石痴之豪兴方酣，一觞一咏，畅叙幽情；亦步亦趋，共探佳境。放浪形骸之外，流连水石之间。时或鸡黍留宾，为长夜饮，梦霞竟作不归之客。如是者十馀日，石痴倦游，而梦霞病酒矣。

　　梦霞与石痴共晨夕，几不复问崔家事，而梨娘消息亦复沉沉。梦霞虽时时念及，亦不致深求。此数日中直无事可记矣。屈指石痴归来，已历三来复，每值星期休课，非梦霞往就，则石痴过访，互与衔觞赋诗，尽竟日之乐。至第三星期日，梦霞困于宿醒，过午方起，而心情甚懒，无意出门，乃焚香扫地，独坐空斋以待石痴之至。久之足音亦复杳然，坐困书城，颇觉昏闷，起而散步于庭阶之畔。日影在地，云思满天，院落深深，人声寂寂，而忘机之小鸟，巢叶隐栖，见人亦不惊起。有时风扫落叶，簌簌作细响，此外竟不复有一丝声息。徙倚良久，兴味索然，方欲回步入室，忽闻有声出于廊内，随风悠扬，泠泠入听。梦霞讶曰："噫，异哉！此风琴之声也，胡为乎来哉？"寻声而往，斯时廊下悄无一人。梦霞忘避嫌疑，信步行去。廊尽即为后院，院东为梨娘香阁，而琴声则出自院西一小室中，不知为何人所居。梦霞驻足窗外，侧耳细聆，但闻其声，不见其人，亦不辨其为何谱。须臾又闻窗内曼声低唱曰：

　　　　阿侬生小不知愁，秋月春风等闲度。怕绣鸳鸯爱读书，看花时向花阴坐。呜呼一歌兮歌声和，自由之乐乐则那。

呖呖歌喉，轻圆无比，与琴声相和，恍如鸾凤之和鸣。再听之，又歌曰：

　　　　有父有父发皤皤，晨昏孰个劝加餐。空堂寂寂形影单，六十老翁独长叹。呜呼再歌兮歌难吐，话到白头泪如雨。

续歌曰：

　　　　有母有母土一杯，母骨已寒儿心摧。悠悠死别七年才，魂魄何曾入梦来。呜呼三歌兮歌无序，风萧萧兮白杨语。

又歌曰：

　　　　有兄有兄胡不俟，二十年华奄然死。我欲从之何处是，泉下不通青鸟使。呜呼四歌兮歌未残，中天孤雁声声寒。

指上调从心上转，断云零雨不成声，而再、而三、而四，琴调渐高，歌声渐苦。怨徵清商，寒泉进泻，非复如第一曲之泷泷入耳矣。梦霞闻此哀音，不觉凄然欲绝，不忍卒听，又不忍不听。此时人意与琴声俱化，浑身瘫软，不能自持，适身畔有石，即据坐其上，而窗内之声又作矣。

> 有嫂有嫂春窈窕，嫁与东风离别早。鹦鹉凄凉说不了，明镜韬光心自皎。呜呼五歌兮歌思哀，棠梨花好为谁开。

五歌既阕，突转一急调，繁声促节，入耳洋洋，如飘风骤雨之并至。顾琴调虽急，而歌声甚缓，盖歌仅一字，谱则有数十声也。高下抑扬，缠绵宛转，其声之尖咽，虽风禽啼于深竹，霜猿啸于空山，不是过也。其歌曰：

> 侬欲怜人还自怜，为谁摆布入情天。好花怎肯媚人妍，明月何须对我圆。一身之事无主权，愿将幸福长弃捐。呜呼六歌兮歌当哭，天地无情日月恶。

歌至此，琴声划然而止。风曳馀音，自窗隙中送出，旋绕于梦霞之耳鼓。曲终人不见，窗外夕阳红。梦霞闻此歌声，虽未见其人，而已知其意。回忆六歌，字字深嵌脑际，细味其语，不禁愤从中来。自怨自艾，恨不即死以谢此歌者，表明我之心迹，偿还彼之幸福。要知落花空有意，流水本无情，萧郎原是路人，天下岂无佳婿？既为马牛之风，怎作凤鸾之侣？谢绝鸩媒，乞还鸳帖，岂不美哉？梦霞一人独自深思，竟忘却身在窗外，非应至之地，亦非应闻之语。徘徊间，忽闻窗内有人语声。一人入曰："阿姑作甚么？适闻琴声知此间无能此者，必姑也，特来访姑，一聆雅奏，幸勿以余非知音人而挥诸门外也。"一人答曰："此调不弹久矣。寒窗吊影，苦无排遣，新谱数曲，恨未入妙，试一弄以正节拍，不虞为嫂所闻。歌谱具在，乞嫂为妹一点纂之何如？"一人又曰："白雪阳春之调，高山流水之音，个中人知其妙。姑音乐大家也，余愧无师旷之聪，并乏巴人之识，而姑言乃如此，殆有意戏余耶？"一人又答曰："嫂勿过谦，曩闻嫂月下吹《离鸾》一曲，令人意消。箫与琴虽二器，理实相通。以嫂之敏慧，苟一习之，三日可毕其能事矣。"两人絮絮答答，梦霞伫听良久，恐为所窥见，不敢久留，乃蹑足循墙而出。

第二十三章　剪　情

　　"茜纱窗下我本无缘，黄土陇上卿胡薄命。"此联为宝玉诔晴雯之语，而他日梦霞即可移以诔筠倩者。盖婚约已成，而筠倩之死机伏矣。筠情所处之地位，等于晴雯。所异者，晴雯与宝玉彼此情深，而事卒未成，为人构陷，以至于死。筠倩与梦霞，彼此均非自主，实说不到"爱情"二字，强为人撮合，遂成怨偶。斯时筠倩尚未知梦霞之情之谁属，而梦霞则已知筠倩之情之不属己矣。未婚之前，隔膜若此，既婚之后，两情之相左，不问可知。其能为比翼之鸳鸯、和鸣之鸾凤耶？梦霞愧对筠倩，筠倩必不愿见梦霞。用情与晴雯异，结果与晴雯同。异日梦霞之诔筠倩，亦惟有以"我本无缘，卿胡薄命"二语表其哀悼之诚、惋惜之情耳。

　　从此筠倩遂辍学矣。青春大好，芳心已灰，往日所习，悉弃不理，日惟闷坐书窗，致力于吟咏，以凌愇之词，写悲凉之意。苦吟伤心，对镜自嗟，俨然小青化身矣。而彼梨娘，自婚约既成之后，竟与梦霞不相闻问。匝旬以来，并未有一纸之通情、一诗之示爱。两人不期而遽形淡漠。梦霞恝然若忘，梨娘亦弃之如遗，双力若互相会意，而寄其情于不言中者。此中理由，殊非局外人所能知其究竟。意者其有悔心欤？然大错铸成，悔之何及！又三日而两人之龃龉乃生，风不情海，陡起惊波。此后之《玉梨魂》，由热闹而入于冷淡，由希望而趋于结束。一篇断肠曲，渐将唱到尾声矣。

　　梦霞于无意中偷听一曲风琴，虽并非知音之人，正别有会心之处。念婚姻之事，在彼固无主权，在我亦由强制。彼此时方嗟实命之不犹，异日且叹遇人之不淑。僵桃代李，牵合无端；彩凤随鸦，低徊有恨。揣彼歌中之意，已逆知薄情夫婿，必为秋扇之捐矣。夫我之情既不能再属之彼，我固不愿彼之情竟能专属之我。设彼之情而竟能属我者，则我之造孽且益深，遗恨更无尽矣。我深幸其心脑中并无"梦霞"两字之存在也。所最不安者，彼或不知此事因何而发生，或竟误谓出自我意，且将以为神奸巨慝，欺彼无母之孤女，夺他人之幸福，以偿一己之色欲，则彼之怨我，恨我，更何所底止！我于此事，虽不能无罪，然若此则我万死不敢承认者。筠倩乎，亦知此中作合，自有人在？汝固为人作嫁，我亦代人受过乎？虽然，此不可不使梨娘知也。

筠倩与梨娘相惜相怜，情同姊妹者也。此次假归十日，不复再整书囊，鼓棹向鹅湖而去。是年冬假，已届毕业之期，九仞之功，亏于一篑。梨娘深惜之，促之再四。筠倩终不为动，叹曰；"嫂休矣，妹心已灰。此后杜门谢客，不愿再问人间事。青灯古佛，伴我生涯，妹其为《红楼梦》之惜春矣。"言毕欷歔。梨娘为之愕然。筠倩在校中成绩最优，深为校长所嘉许，同学亦莫不爱之、敬之。以其久假不来，共深悬诧，问讯之函，络绎而至。筠倩权托词谢绝之，而别作一退学书，呈之校长。鹅湖一片土，从此竟不复有筠倩之踪迹。有名之女学，失一好学生，亦大为之减色。校中人知其不来，无不同声惋惜，而卒莫明其退学之故也。

梨娘以筠倩突变常态，悒悒不欢，亦自惊疑，而不能作何语以为劝慰。两人并无恶感，而相见时冷若霜雪，绝无笑容，亦不作谐语。姊妹间圆满之爱情，竟逐渐减缺，几至于尽。以筠倩之性情洒落，气度雍容，似不应至此。况彼与梨娘，固爱之蓂以加者，平日每当梨娘愁闷难舒之际，筠倩亦故作娇憨之态，以趣语引逗其欢心，梨娘辄为之破颜。今筠倩易地以处，梨娘欲转有以慰藉之，而竟不生效力。问所以其致此之故，则婚姻问题未发生以前，筠倩固犹是旧时之筠倩也。在梨娘初意，固以此事双方允洽，十分美满，为梦霞汁者固得，为筠倩计者亦未尝不深。以貌言，则何郎风貌足媲潘郎；以才言，则崔女清才不输谢女。两人异日者，合欢同梦，不羡鸳鸯。饮水思源，毋忘媒妁。万千辛苦，抽尽情丝。百六韵华，还他艳福。我虽无分，心亦可以少慰矣。孰知人各有心，情难一例，才作红丝之系，便赋白头之吟，良缘竟是孽缘，如意翻成恶意，弄巧成拙，亦喜为愁，筠倩无片时之欢笑，梨娘其能有一日之宁帖耶？在筠倩不过以一身无主，自恨自怜，对于梦霞并非有所深恶，对于梨娘亦并未有所不怿；而为梨娘者，一片痴心，指望玉成好事，乃事才入港，遽有此不情之态，映入眼帘，费却几许心机，换得一声懊恼，将何以自解而自慰乎？自是厥后，两人虽多见面之时，无复谈心之乐。一则含恨不平，一则有怀难白。不言不笑，若即若脱。嗟乎梨娘，又添一种奇苦矣。而不料梦霞之书，更于此无可奈何中送到妆台之畔。

梨娘之得书也，意书中必无他语，殆彼已得家报，而以个中消息慰我无聊欤。否则必一幅琳琅，又来索和矣。霞郎霞郎，亦知余近日为汝重生烦恼，忧心悄悄，日夜不宁，有甚心情，再与汝作笔墨间之酬答耶？梨娘执书自语，固以此书为扫愁帚，为续命汤，昵爱如筠倩，今亦如此，舍彼更夫能以一纸温语相慰藉者矣。孰知拆阅内容，乃不觉大失望，盖书中之语，竟全出于梨娘意想之外，而为梨娘所不愿闻者也。书作何语？怨望之词耶，决绝之言耶，人情轻薄，覆雨翻云，厌故喜新，大抵如是。梦霞忍哉，既得蜀，便弃陇耶！然情挚如梦霞，夫岂食言而肥，而愿作薄幸人者。其作此书也，乃有激而发，惟对于梨娘，有生死不解之情。闻琴而后，悔恨交加，急欲一拆，措辞之间不觉出之以怨愤。初不知梨娘与筠倩亦已大伤情感也。如知之，此书固属多事，亦决不肯再作不情之语，重增其苦痛矣。此书全篇，记者已不能尽忆，仅记其中幅有曰：

……齐大非吾偶也。吾误从卿言，悔之无及。渠之心理，实大不满意于此事，吾已侦知之。卿与之朝夕相处，亦曾一探其衷曲否耶？此事本由卿一人之主张，吾恐伤卿意而勉从之，今乃知为卿所误矣。吾自怨，吾尤不得不怨卿。吾自惜，吾尤不能不为人惜。盖吾固不惯受人冷眼，尤不愿人为吾而失其幸福也。……卿必欲成就此事，果何意耶？岂欲脱自身之关系，而陷二人于不堪之境耶？……吾爱卿，吾决不放卿自由，吾决不受卿愚弄。卿休矣，恋我耶？绝我耶？吾均不问。欲出奈何天，除非身死日……

书语若此，唐突甚矣，而谓梨娘能堪手？方梦霞作书时，虽亦自觉过激，然语皆出于至情，意梨娘必能相谅。若在平日，此书亦等诸寻常通讯之词，必不至误会而生龃龉。今适当左右为难之际，方冀其有以慰我，乃亦从而怨我，不觉其言外自有深情，但觉其字里都含芒刺。梨娘诵毕此书，为之目瞪口呆，大有水尽山穷之感。筠倩失其自主之权，未免稍含怨望，犹无足怪。梦霞固深知其中委曲者，我之苦费心机，玉成此事，不为渠，却为谁耶？乃亦不能相谅，以一封书来相责问。试思筠倩之终身，干余底事？我因无以偿彼深情，故欲强作鸳盟之主。早知如此，我亦何苦为人作嫁，而使身为怨府乎！呜呼梦霞，汝非铁作心肝者，而忍出此。宇宙虽宽，我直无容身地矣。至此不觉一阵心酸，泪珠疾泻，愈思愈哭，愈哭愈苦，一幅云笺，霎时间尽为泪花浸透，字迹模糊不可复识。此一阵哭，较之月夜哭冢，声益凄惨，盖伤心之极，悲不自胜矣。若使梦霞闻之，其痛心又当何如耶？

二更天气，一隙灯光，鹏郎课毕入内，梦霞自起扃户，独坐观书。夜深人倦，不遽就枕，掩卷假寐。忽闻叩门声甚急，问何人不应。门启，鹏郎飘然入，置一纸裹于案上，返身便去，并无一言。梦霞颇错愕，取而去其外裹，则内有函一封、书一册，另有素帕裹物一。先视其书，即梨娘前携去之《红楼影事诗》也。此诗为两人爱情之绍介，梦霞曾嘱梨娘善藏之，以为永久纪念。今并未见索而忽归赵璧，其意何居，殊令人不解。再视其帕，系一半旧罗巾，斑斑点点，泪渍甚多，新痕犹温。按之则轻软如绵，不知内藏何物。急启视之，一黝然有光之物，突呈于眼前，乃才剪之青丝一缕也。梦霞骤睹此物，惊极而怖，继而大悟，泣曰："梨娘殆绝我矣！金剪无情，下此毒手，忍哉、忍哉！"语已而哭，泪滴帕上，与梨娘之啼痕混合为一，如水投乳，一色莹然。良久，乃拭泪取函阅之，且读且哭，未终幅而梦霞已惨无人色矣。是书为梨娘愤极所作，墨淡不深，行疏不整，大变其昔日簪花体格，想见其握管时之心烦意乱也。录其词如左：

君多情人也。梨影饫君之情，愿为君死，而自顾此身已为堕溷之花，难受东风抬举，无可奈何，出此下策，冀以了我之情，偿君之恨，双方交益，计至得也。不料因此一念，更堕入万重暗雾中，昏黑迷离，大有伥伥何之之概。所藉以自慰者，君固深知我心。我为君故，虽任劳任怨，亦所不辞也。今读君书，我意不能自解，君言如此，是君直未知我心也！是君心直并未有我也！亦知我不为君，则罗敷自有夫，使君自有妇，何预我事？而为此移花接木之举耶？呜呼，君与我皆为情所误耳。君固未尝误我，我亦何曾误君哉，今君以我为误君，我复何言？我误君，我不敢再误君；君怨我、我却不敢怨君。半载相思，一场幻梦，嗟乎霞郎，从此绝矣。《红楼影事诗》一册，谨以奉还，断情根也，青丝一缕，赠君以留纪念。不能效陶母之留宾，亦不愿学杨妃之希宠，聊以斩我情丝，绝我痴念耳。我负人多矣，负生、负死，负君、负姑，负人已甚。自负亦深，而今而后，木鱼贝叶，好忏前情，人世悲欢，不愿复问。望君善自为谋，鹏儿亦不敢重以相累，人各有命，听之可也。本来是色即空，悟拈花之微旨，倘有馀情未了，愿结草于来生。

第二十四章 挥 血

　　泪长如线，灯暗无花。梦霞得此意外之惊耗，急能攻心，为之晕绝。良久始稍清醒，危坐如痴，神色沮丧。复取书，复阅之。继取发摩抚之，心更大痛不可止。泪珠历落，襟袖尽满。旋目注诗册，若有所感，变色而起，执卷就灯焚之，须爽已成灰烬。悲愤之情不能自抑，如飞蛾之扑火者然。然而，其心苦矣。

　　既焚稿，复就坐，沉思至再，欲作一复书，而急切不知作何语。骤受剧烈之痛苦，神经尽为之瞀乱。知梨娘此时之悲哀激切，当必有较甚于己者，不再有以慰之，不知又将续演出若何惨剧矣。读者诸君，梨娘之为此，出于一时愤激，继知梦霞见之，必不能堪，亦自觉其过甚。当梦霞踌躇不决之时，正梨娘追悔莫及之际。在梦霞则以衅自我开，不怪梨娘之无情，而惟恨己之无情，无端以一书伤其心，致彼愤而出此，实无颜以对知己矣。呜呼，两人之情，深挚若此，缠绵若此，非至死时，岂尚有解决之希望者？今欲一朝决绝，亦徒自增其烦恼耳。梦霞此时急欲作一谢罪之函，以解梨娘之怒，而心乱如麻，苦不能成只字。时已钟鸣一下矣，乃仍以纸纳函，以帕裹发，置之枕旁，忍痛就睡。

　　就睡后，辗转不能成梦。约二小时，梦霞忽推枕起，时灯焰渐熄，就案剔之，光明复现。寻检一洁白之素笺，复取一未用之新笔，啮指出血，以笔醮血而书之纸上。其咬处在左手将指之下，伤处甚深，血流不止，而梦霞若不知痛苦者，随出随醮，随醮随书，顷刻间满纸淋漓，都作深红一色，书成而血犹未尽。此时稍觉微痛，函封既竣，乃徐徐以水洗去指上血痕，以巾裹其伤处，复和衣就榻卧。晨光已上窗矣。呜呼，男儿流血自有价值，今梦霞仍用之于儿女之爱情，毋乃不值欤！虽然，天地一情窟也，英雄皆情种也。血者，制情之要素也，流血者，即爱情之作用也。情之为用大矣，可放可卷，能屈能伸。下之极于男女恋爱之私，上之极于家国亡之大，作用虽不同，而根于情则一也。故能流血者，必多情人。流血所以济惰之穷，痴男怨女，海枯石烂不变初志者，此情也。传人志士，投艰蹈险不惜生命者，亦此情也。能为儿女之爱情而流血者，必能为国家之爱情而流血，为儿女之爱情而惜其血者，安望其能为国家之爱情而拚其血乎？情挚如梦霞，固有血性之男子也。彼直视爱情为第二生命，故流血以赎之耳。情自可贵，血岂空流？虽云不值，亦何害其为天下之多情人哉！

次日，梨娘得书，惊骇几绝。血诚一片，目炫神迷，斑斑点点，模模糊胡，此猩红者何物耶？霞郎、霞郎，此又何苦耶！梨娘此时又惊又痛，手且颤，色且变，眼且花，而心中且似有万锥乱刺，若不能一刻耐者。无已，乃含泪读其辞：

呜呼！卿绝我耶！卿竟绝我耶！我复何言，然我又何可不言！我不言，则我之心终于不白，卿之愤亦终于不平。卿误会我意而欲与我绝，我安得不剖明我之心迹，然后再与卿绝。心迹既明，我知卿之终不忍绝我也。前书过激，我已知之，然我当时实骤感剧烈之激刺，一腔怨愤，舍卿又谁可告诉者？不知卿固同受此激刺，而我书益以伤卿之心也。我过矣，我过矣！我行绝卿，又何怪卿之欲绝我？虽然，我固无情，我并无绝卿之心也。我非木石，岂不知卿为我已心力俱瘁耶？我感卿实达于极点，此外更无他人能夺我之爱情。卿固爱我怜我者也，卿不爱我，谁复爱我？卿不怜我，谁复怜我？卿欲绝我，是不啻死我也。卿竟忍死我耶？卿欲死我，我乌得而不死？然愿殉卿而死，不愿绝卿而死。我虽死，终望卿之能怜我也。我言止此，我恨无穷，破指出血，痛书二纸付卿，将死哀鸣，惟祈鉴宥。

巳酉十一月十一日四鼓梦霞啮血书。

梨娘阅毕，心大不忍，哭几失声。其惊痛之神情，与梦霞之得彼书时，正复相似。无端情海翻波，还说泪珠有坐，其实两人均有误会，逞一时之愤激，受莫大之痛苦，自作之孽，夫又奚尤！两人生于情，死于情，层层情网，愈缚愈紧，使其果能决绝也，亦何待于此日。梦霞曰："欲出奈何天，除非身死日。"斯言是也。不到埋香之日，安有撒手之期？不慎语言，自寻烦恼，徒自苦耳，甚无谓也。得书后之梨娘，早易其怨愤之心，复为怜惜之心矣。彼以堂堂七尺，为一女子故，出此过情之举，甘作谢过之词，并忘剜肤之痛，余罪大矣。今无他法，惟有权作温语以慰之耳。

锦笺往返，忙煞鹏郎。梦霞再得梨娘书，心乃大慰。意谓幸有此一点血诚，得回梨娘之心，此彼再不能多言挑衅矣。梨娘函尾，尚有一绝句，其起联曰："血书常在我咽喉，一纸焚吞一纸留，"其下二句，则记者不能复忆，但记其押刘字韵而已。梦霞亦续赋二律以答之曰：

> 春风识面到今朝，强半光阴病里消。一缕青丝拼永绝，两行红泪最无聊。银壶漏尽心同滴，玉枕梦残身欲飘。风雨层楼空胀望，锦屏秋尽玉人遥。

> 时有风涛起爱河，迟迟好事鬼来磨。百年长恨悲无极，六尺遗孤累若何。艳禄输人缘命薄，浮名误我患才多。萍根浪迹今休问，眼底残年疾电过。

次日，梨娘复以简约梦霞往，梦霞从之。此次为两人第二次会晤。前次相见时，梨娘曾有今日之事，可一不可再之言，今何以忽有此约？梨娘非得已也，欲一见以剖明其衷曲，解释其疑团也。以双方误会之故，一则乱斩情丝，一则狂拚热血，演出离奇惨痛之怪剧。情思之缠绵曲折，本非管城子所能达其万一。青鸟无知，惯传讹信。黄昏待到，便是佳期。两人相见后，自有一番情话，然亦不过如上文所云，大家以温存体帖之言，互相和解，今亦不必赘述。惟当时梦霞曾赋六绝句，录之以为此章之煞尾。

> 深深小巷冒寒行，一步回头一步惊。计此时光夜将半，半墙残月趁人明。

> 回廊曲曲傍高垣，旧地重经路转昏。行到阶前还细认，逡巡未敢便敲门。

> 拈毫日日费吟神，苦说灯前一段因。后会不如何处是，卿须怜取

眼前人。

情爱偏从恨里真，生生世世愿相亲。桃源好把春光闭，莫遣飞花出旧津。

保此微躯尚为刘，我生不免泪长流。当初何不相逢早，一局残棋怎样收。

誓须携手入黄泉，到死相从愿已坚。一样消磨愁病里，明知相聚不多年。

第二十五章　惊　鸿

　　花前偎泪，灯下盟心，去影匆匆，馀情惘惘。梦霞别后，梨娘犹悄对残釭，追思往事。遥听墙外柝声，似摧人睡；推出窗前月影，莫照心来。人去情留，愁来梦杳，鬖低弄影，手倦支颐。视案上吟笺，墨痕犹湿，低哦一过，侧然神伤。顾影低徊，萦思宛转，即援笔续其后曰：

　　　　寄书书几度误青鸾，因爱成猜解决难。见面又多难诉处，了无数语到更阑。

　　　　情丝抽尽苦缠绵，此后悲欢事在天。只是病躯秋叶似，如何支得二三年。

　　　　薄命原知命不长，并头空自妒鸳鸯。最怜费尽心机巧，只博灯前哭几场。

　　　　深院钩帘坐小窗，无言暗泣对残釭。飞蛾莫扑钗头焰，留照情人泪两双。

　　　　万千辛苦恨难平，一死顿挤死不成。如此风波如此险，可怜还为恋情生。

　　　　碧窗记得曾携手，青鸟回来重寄词。雁夜莺春愁一样，楚魂湘血怨同时。

　　噫，岂料悲吟，竟成凶谶。薄命女非长命女，生前心是死前心。二三年固不能支，孰知天劫红颜，将立演出月缺花残之惨剧，并二三月亦不能支耶！噫，此酸楚之哀音，竟为两人最终之酬答，而此夜之幽期，即为两人最后之交际，从此更夫一面缘矣。

穷阴杀节，急景凋年，越三四星期而冬假之期已至，石痴复欲离家，梦霞亦须旋里。君自南归我自东，鞭丝帽影各匆匆。两人一去，蓉湖风月大为之减色。欢会无踪，别情如昼，两人这回分手，从此亦竟消息沉沉，音容渺渺。知音之感无穷，聚首之缘莫卜。石痴未行之前，以明年校务，仍挽梦霞主持。梦霞意欲辞职，石痴维萦甚坚，不得已诺焉。既行，梦霞料理校中试验事，三日而毕，亦束装归。于斯时也，梨娘又久未通辞矣。梦霞归心爆急，亦不复一探其消息，且谓开校之期，一瞬即至，暂时相别，无足介意，临行寄语，徒乱人怀，而不知此时之梨娘，病已中乎膏肓，魂已游于墟墓，去埋玉之期已不甚远矣。一行便隔仙凡，再到难寻人面，是岂梦霞所及料者哉！

梨娘之死，死于梦霞，实死于筠倩。盖彼与梦霞再会之后，深知梦霞之心，誓死不肯移易，可笑亦复可怜。感泣之馀，而念及夫筠倩，姻事我所主张，原冀其他日偶俱无猜，享闺闼之乐，我则一身干净，断情爱之媒。以今观之，此事后来终无良好之结果。我以爱梦霞者，误梦霞，以爱筠倩者，误筠倩矣。我一妇人而误二人，因情造孽，不亦太深耶！我生而梦霞之情终不变，筠倩将沦于悲境；我死而梦霞之情亦死，或终能与筠倩和好。我深误筠倩，生亦无以对筠倩，固不如死也。我死可以保全一己之名节，成就他人之好事，则又大可死也。自是以后，梨娘遂存一决死之心，坐亦思死，卧亦思死，念念在兹，踌躇满志，竟不复有他种念虑萦其脑际。

死念已坚，生机渐促。痛哉梨娘，惟求速死，竟将瘦弱之躯，自加戕贼。茶饭不常下咽，睡眠每喜临风，一意孤行，十分糟蹋。憔悴徐花，怎禁得几许摧残蹂躏，人见其无恙，而不知其已深种病根，乐寻鬼趣矣。曾几何时，心血尽枯，形神俱化。引镜自照，两颊若削，叹曰："死期近矣。"遂卧不复起，时梦霞犹未行也。

越三日，梦霞不别归，梨娘病亦渐剧。家人咸来问讯，见容颜虽减，神识甚清，意此微疾耳，不久可愈，故多不甚注意。惟筠倩忧形于色，视之而泣曰："嫂病深矣，幸嫂自爱。"读者须知，筠倩固未尝有所怨于梨娘，不过两人各有难言之心事，以至稍形疏远。今梨娘病矣，病且剧矣，筠倩对于梨娘非无一点真爱情者，能不留心视察、加意护持耶？顾筠倩虽殷勤，而梨娘殊冷淡，似不自知其病之深者。盖筠倩固未知梨娘早已存死志也，为之延医，却不欲。筠倩阴告父，嫂病象不佳，当速治。崔父乃急遣人招医生至。医生费姓，即前视梦霞之病者，乡僻间之名医也。诊毕而出，斟酌良久，始成一方，曰："姑试之，然吾决其无效。此病系积忧久郁所致，本非药石可疗。且外感亦深，未病之前，饮食起居，已久失其营卫，夫人体质又弱，欲治之，恐难为力也。"

家人闻医言，始知梨娘之病几成绝症，一时群相惊扰，环侍不去。盖梨娘平日，事上尽礼，待下有恩，只手持家，久耗心血，一生积善，广种福田。破落门庭有此贤能之主妇，真不啻中流之一柱、大厦之一木也。故以崔氏之门衰丁少，实赖梨娘为之主持一切。翁未终养，姑未与醮，子未成人，瘦削香肩，担负綦重。茫茫身世，未了犹多，此时乌可以遽死。然而梨娘竟无意求生，有心竟死。未病之前，死机早伏，既病之后，危象渐呈，微特崔父与筠倩等衔忧莫释，求神问卜，无所不至，即婢媪辈亦均愁颜相对，有叹息者，有暗泣者，心慌神乱，此去彼来，咸愿尽其心力，以愈梨娘疾。忙乱数日，病卒不减，梨娘又不肯服药，迫以翁命，勉尽一盏，然药入腹中，竟无影响。视彼病容，日形萎损，惟有同唤何奈而已。

梦霞行叶十日矣，游子远归，慈乌含笑，况此次入门带喜，家庭之间尤多乐意。梦霞以姻事已成，此后与梨娘相聚之日正长，心中之愉快更不可言喻。初不料有情好月，未曾圆到天中；无主残花，不久香埋地下。一面已悭，百身莫赎。占时未悉病情，别后犹劳梦想，此时之梨娘已属半人半鬼，此时之梦霞固依然如醉如痴也。又三日，乃得一可惊可愕之凶耗，凶耗非他，即梨娘最后之后书也。

哀鸿一声，愁魔万丈。此函乃梨娘力疾所书，以遗梦霞，作诀别之纪念者。梦霞于希望之馀，得此绝望之函，如小鹿撞胸，如冷水浇背，一时惊绝骇绝，脑筋之震动，一分时不知其几千百次。惊痛过剧，双目瞪然，转无一点泪，惟有对书木坐，口中喃喃，默祝天佑伊人，消此灾难而已。书语录下：

> 梨影病矣，病十日矣。方君行时，梨影已在床席间讨生活，所以不使君知者，恐君闻之而不安，且误归期也。君临去竟无一言志别，

想系成行匆迫所致，我未以病讯告君，君亦不以归期语我，二者适相等，可毋责焉。梨影病中亦无大苦，不过一时感冒，并无十分危险。君闻此信，为梨影怜则可，为梨影愁则下可也。但孱躯弱质，已受磨于情魔，怎禁再受磨于病魔。偶撄微疾，便自疑惧，不死不休，即死何惜？环缚于情网而不知脱，沉没于爱河而不知拔，是无异行于死枢之中而求生也。以梨影平日之心情，固早知其必死，一病之馀，便觉泉台非远，深恐旦暮间溘朝露、离尘海，我馀未尽之情，君抱无涯之戚。况梨影生纵无所恋。死尚有难安。七旬衰老，六尺遗孤，扶持而爱护之，舍知己又将奚托？此梨影今生未了之事，梨影若死，君其为我了之。然梨影固犹冀须臾缓死，不愿即以此累君，但未卜天心何若耳？瞑眩之中，不忘深爱，伏枕草草，泪与墨并，霞郎，霞郎，恐将与君长别矣。我归天上，君驻人间，一枝木笔，销恨足矣，又何惜梨花竟死。孽缘有尽，艳福无穷，伏惟自爱。

己酉十二月十九日白，梨影伏枕泣书。

第二十六章 鹃 化

断肠遗字，痴付青禽；薄命馀生，痛埋黄土。梦霞读此书后，惊定转生疑窦。忆畴昔之夜，月冷灯昏，曾亲香泽，虽玉容惨淡，眼角眉梢，亲见渠深销几得幽怨，而丰神玉立，心迹冰清，愁恨之中，乃不减其天然妩媚，固绝无一分病态也。今儿日耳？何遽至抱病，病亦何至便死？此中消息殊费疑猜。如书言，则方我归时渠已为病魔所苦，我火急归心，方寸无主，临行竟未向妆台问讯，荒唐疏忽，负我知音，彼纵不加责，我能无愧于心乎？所异者，彼可爱之鹏郎，平日间碌碌往来，为两人传消递息，凡其母之一颦一笑、一梳一沐，无不悉以告我，独此次骤病，亦为缄口之金人，不作传言之玉女。鹏郎何知？殆亦受梨娘之密嘱，勿泄其事于先生，书中故有恐误归期之言也。呜呼梨姊，汝果病耶？汝病果何如耶？汝言病无大苦，真耶？抑忍苦以慰我耶？初病时不使我知，今胡为忽传此耗，则其病状诚有难知者矣。嗟乎梨姊，汝病竟危耶？今世之情缘，竟以两面了之耶？天道茫茫，我又何敢遽信为必然耶？梦霞此时，目注泪笺，心驰香阁，自言自语，难解难明，欲亲往一探，而无辞以藉口，行动未得自由，听之则心实难安。从此言笑改常，寝食俱废，几有见于羹见于墙之象，不得已赋诗二律，以相寄慰。

苦到心头只自知，病来莫误是相思。抛残血泪难成梦，呕尽心肝尚爱诗。锦瑟年华悲暗换，米盐琐屑那支持。知卿玉骨才盈把，犹自灯前起课儿。

　　江湖我亦鬓将丝，种种伤心强自支。应是情多难恨少，不妨神合是形离。琵琶亭下帆归远，燕子楼中月落迟。一样窗纱人暗泣，此生同少展眉时。

　　吟笺叠就，鸟使未逢，欲寄相思，惟馀怅望。盖此时梨娘方在病中，设贸然以此诗付邮，乌能直上妆台，径投病榻？不幸为旁人觑破个中秘密，且将据之以为梨娘致病之铁证，梨娘将何以堪？是欲以慰之，而反以苦之也。况乎二诗都作伤心之语，绝非问病之词，病苦中之梨娘，岂容复以此酸声凄语，再添其枕上之泪潮、药边之苦味！筹思及此，梦霞乃搁笔辍吟，不作一字之答复，惟将梨娘来书反覆展玩。有时拍案惊起，仰天呼号，有时枯坐竟日，不言不笑，非病非癫，家中人亦莫测其因何也。如是者三日，梦霞固无一刻忘梨娘，惟痴望玉人无恙，速以大佳消息，慰我凄凉。岂知木笔骄春，才借题红之笔；梨花葬月，突来飞白之书。值元旦之良辰，得情天之凶耗。爆竹扬灰，不报平安之竹；桃符作怪，竟为催命之符。呜呼！梨娘竟死矣。

　　梨娘死矣，吾书今须述梨娘死前之病情与夫死时之惨状，然记者于此，实不忍下笔。吾字未成，吾泪已湿透纸背。盖梨娘之死，极天下之至惨，事虽与吾无关，而人孰无情？天乎何罪？多情如梨娘，多才如梨娘，命薄于云，身轻若絮，埋愁压恨，泣血椎心，一旦玉碎珠沉，香销魂化。奈何天里，不能久驻芳颜；前度人来，无复相依情影。茫茫后果，鸳鸯空视长生；负负前缘，蝴蝶遽醒短梦。吁可痛已！以才尽长江郎，写伤心之情史，笺愁赋恨，痛死怜生，握管沉吟，枯肠寸断。情根不死，低头愿拜梨花；文字无灵，寄恨徒凭香苹。伊人结局，绝类颦儿；鲰生不才，欲为殷浩。叩碧翁而无语，碧海沉沉；起黄土兮何年，黄尘莽莽。可怜知己无多，况出飘零红粉；漫说干卿底事，不教狼藉青衫。吾本个中人，谁非有情物，为梨娘哭，更为普天下薄命女即之如梨娘者哭。声声带恨，字字断肠，想阅者诸君亦愿赔此一掬同情之泪也。

　　梨娘之死，其事至可奇，而其情至可哀。盖梨娘固不可以死者，且又可以不死者。不可以死而死，可以不死而竟死，则情实误之。古今来痴女子之死于情者亦多矣，顾未有如梨娘用心之苦者。未病之前自知必病，既病之后自知必死，死而情可已，事不可了，故力疾作书以与梦霞，谆谆以后事相嘱托，而又吞吐其词，若未必果死者。盖彼之意，固不欲梦霞知其病，更不欲梦霞知其死耳。此书也，在他人视之，为病中之书，在梨娘视之，即绝命之书矣。

自是以后，病势日危一日，时而清明，时而昏惘，旦夕之间，其态万变。家人见状相顾失色，医药祈祷均无效，而梨娘至此，水浆不入于口者，已两星期矣。骨瘦如柴，颜枯如鬼，又加之以嗽，益不能支，自知不起，即亦无虑，万念皆空，瞑目待死。顾病者无求愈之心，而家人希望之心乃与病而俱增，镇日忙乱，如午衙之蜂，而卒无补于万一。梨娘病中，厌与人语，戚党之来问疾者概行谢绝，即家中之婢媪，轻易亦不令其望见颜色，帷中悄悄，日侍其侧者一鹏郎、一筠倩也。筠倩见梨娘病情大恶，终日随侍不去，捧汤进药，皆躬亲其役，若欲与万恶之病魔，争此垂死之病人者。梨娘殊不欲言，扶持一切，自有鹏郎及秋儿在，万不敢以此猥琐之事累及吾妹，而益重吾罪也。筠倩闻言，益涕泣不肯去。梨娘乃长叹无语。呜呼，自梨娘病卧以来，筠倩心滋戚戚，未尝有一日离子病榻之侧，襟袖间泪痕时湿，惟不使梨娘见之耳。而梨娘对之，乃不能如从前之亲热，虽病中心绪不佳，亦不应淡漠若此。筠倩于是忆及前以婚姻问题，致两情微有不怿，其言若此，似尚未能去怀，或者此番病根，即种因于此，亦未可知。筠倩默念至此，悔恨不胜，祝望益切，其心谓若梨娘而克愈者，吾犹可以自赎，脱不幸而竟死者，则吾实杀吾姊。此恨不啻终天，欲忏悔而无从矣。筠倩作如是想，益不肯稍驰其谓护之力，以为补过之谋。噫，岂知梨娘之心，实有不可以遽告筠倩者。今见筠倩若是其恳挚，益不自安，啮被忍痛，惟求早死一日，早免一日之苦。呜呼，惨矣！

灯光撮豆，枕泪倾潮。梨娘彻夜呻吟，筠倩衣不解带，达旦不寐。强之睡，不可，则亦听之。一夕，病势突觉锐减，嗽亦间作，神志清明如曩日。筠倩心窃喜。梨娘谓之曰："妹厚我甚矣，我恨无以报。妹妹亦弱质，能有几许精神？疲劳如此，不将与我俱病耶？今我病已觉少可，倦而思睡，今夜毋需人伴，妹亦请自安睡以资养息。"筠倩犹徘徊不去，梨娘再三迫之，乃回房就寝，斯时室中尚有鹏郎在也。鹏郎自梨娘病后，辍学侍疾，终日依依床侧，曾不少离。虽幼不解事，而孺慕性成，亦知保护其病中之母。母忧亦忧，母泣亦泣，泪痕时晕其小颊。是夕见病势突减，亦不觉喜形于色，就灯下弄钗，口唱小歌以娱其母。梨娘呼而语之曰："汝倦乎？倦即睡。"鹏郎急曰："我不倦，我须俟阿母睡着乃亦睡耳。"梨娘笑曰："痴儿，我若永不睡，汝亦永远不睡耶？我竟长睡不醒，则汝又将如何？"鹏郎不解其语，但以目视梨娘。梨娘语时，微合其眼，若欲睡者，鹏郎遂默无声，恐多言以扰其安眠也。半晌，忽又呼鹏郎，命取床头一小箱。箱以玳瑁为之，小仅盈尺，制作绝巧，乃闺阁中用以藏贮妆饰品者也。鹏郎取至，置于枕旁。梨娘曰："启之。"既启，则中有锦笺一束。梨娘一一检阅之，阅毕，令移灯近前，辄举而就火焚之。鹏郎惊而扑救，已尽灰烬矣。继命携箱复置原处，将地上纸灰收拾净尽。时夜已午，视梨娘神色如常，并无变态，鹏郎亦倦极，乃和衣睡于其旁。

鹏郎既睡，鼾声旋作。约二小时，梨娘忽大嗽，鹏郎睡梦中闻声惊觉，视梨娘两眼直视，十指抚心，急气塞喉，喘声如牛，状至可怖。连呼阿母，摇首不答，幸灯焰尚未尽熄，乃急起拔关出，至筠倩寝门外，直声呼曰："阿姑……阿姑……阿姑速起！……阿母病又大变矣！"其声高以促，杂以哭泣之音，筠倩亦惊醒，踉跄披衣出，随鹏郎入视。时梨娘嗽方大作，喘丝不绝如线，若毕命即在俄顷间者。筠倩见状，手足无措。移时忽作倒噎，若喉间有物欲跃出者然，急以盂承之。梨娘遂大吐，蓦觉一阵腥，横冲鼻观，吐毕就灯视之，则满盂皆血也。筠倩大惊，几欲失声而讶，再视梨娘，气息奄奄，颜色惨白，微言曰："我觉喉间有腥味，盂中得毋有异否？"筠倩曰："无之，皆痰耳。"语时以目语鹏郎，令速藏盂，复取温茶半杯与梨娘嗽口。时天已大明，家人皆起，咸来询夜来病状。人则见筠倩与鹏郎皆已成为泪人，知必有变，相顾错愕。筠倩摇手令勿声，嘱鹏郎静守，己则往寻其父。家人亦随出。筠倩含泪述病状，言黄昏时病势似杀，余亦就睡，天将明，闻鹏郎泣呼，惊起入视，见彼痰喘甚急，旋咯血一盂，嗽止而面无人色矣。家人闻之，皆吐舌不能答。崔父立遣急足召医生。医至诊视毕，出谓家人曰："心血已竭，危象立见。草根树皮，无能为力。速理后事，恐弥留在半日间耳。"语已，返其酬金，乘舆而去。

至是家人咸知梨娘不救，各失声哭，崔父亦痛挥老泪，楚囚相对，开辟一泪世界焉。有顷，筠倩收泪起曰："徒哭无益，今病者尚省人事，医言亦胡可遽信？一线生机未绝，或者祖宗有灵，念此后老翁稚子，事育无人，冥冥中挽回其寿命，则疾尚可为也。脱果绝望者，则预备后事，在所不免。衰落门庭，无多戚族，谁来吊唁，又谁来襄理，衣衾棺椁，均须妥为购置，夫岂一哭可以了之者？"崔父曰："筠儿之言是也。为今之计，姑入视病者，察其有无变态，侥幸得有转机，便是如天之福。"言已，与筠偕人，家人从之。

天鸡唱午，梦熟黄粱。众人咸集病室中，无数模糊之泪眼，视线所集，咸注射于病者之面。时梨娘两目垂帘，喘丝断续，气息甚微，形神全失。良久，忽见其面色转红，艳若桃花，知其回光返照也。于是众人益形慌乱，束手无策。鹏郎见状，以为病有佳朕，不觉喜形于色，继见众人无不慌乱，始知某非妙，则复敛笑而泣。梨娘忽张目视翁，微言曰："儿病不起矣，儿无命，不能终代子职，中道弃翁，又使翁垂老之年，历斯惨境。儿死后，翁不可过痛，以境儿冥中之罪孽。有阿姑在，晨昏可以无缺，儿归泉下，亦瞑目矣。"继复注视筠倩，欲言不言者再，旋曰："吾负妹，吾负妹，妹不忘十年来相爱之情，此后鹏儿幸垂青眼。"筠傅闻言，悲痛不能胜，仅呼一声曰："嫂……"已泪随声出，以袖掩面，不复能言矣。梨娘言毕，复大喘。移时，呼鹏郎至前，执其手而嘱之曰："儿乎，……吾可爱之儿乎，……儿无父，今更无母矣。吾弃汝去，汝亦勿哭，此后事阿翁仍如平日，事阿姑当如事我，事先生如事汝父，此三言汝谨记勿忘。"鹏郎涕泣受命。梨娘一一嘱毕，含笑而逝。死时异香满室，空中隐隐有璈管之声，时己酉十二月大除夕四时一刻也，年二十有七。嗟嗟，腊鼓一声，残花自落，筠床三尺，馀泪犹斑。家事难言，身后几多未了；痴情不死，胸头尚有微温。一霎红颜，不留昙影；千秋碧血，应逐鹃魂。此恨绵绵，他生渺渺，悲乎痛哉！

第二十七章　隐　痛

绝代佳人，一场幻梦。血枯泪竭，还他干净身躯；兰尽膏残，了却缠绵情绪。梨娘之死惨矣，然其致死之由，梨娘苦于不能自言，家人固不得知，即朝夕相处如筠倩，生死相从如梦霞，此时亦未能遽悉。忍泪吞声，不明不白，此梨娘之死所以惨也。既死之后，家人咸哭。筠倩尤椎胸大恸，哽咽而呼曰："嫂乎，嫂竟弃我而去乎！我于世为畸零人，谁复有爱我如嫂者？天乎无情，复夺我爱嫂以去，留此薄命孤花，飘泊倩谁护惜？其不随嫂而死者，曾几何时耶！嫂而有知，白杨衰草间，毋虞寂寞，不久有人来，与嫂同领夜台滋味矣。"且哭且呼，泪落衾畔，几成小河。力竭矣，声嘶矣，而痛尤未杀。筠倩与梨娘姑嫂之情耳，并无浃髓沦肌之爱，镂心刻骨之情，今梨娘死，筠倩哭之，即对于亲姊，亦无斯哀痛，此则旁观者所不解也。夫以梨娘之貌、梨娘之才、梨娘之命，苟非铁作心肝者，谁不怜之、爱之、惜之、痛之？况平日端庄贤淑，温顺如处子，慈善有佛心，一旦仙姿遽萎，遗爱犹留。如斯人者，于临殁时欲得人几副眼泪，殊非难事。然而感情有厚薄，斯哀思有浅深，他人之哭梨娘不过一时触目伤心之惨痛，如太空之浮云，一过便无踪影，盖无深感，故亦无深痛也，筠倩之哭梨娘，与他人迥异，其痛刺心，其痛入骨。若非梨娘复生，其痛终无止境，除是此身亦死，其痛乃有已时。筠倩对于梨娘胡竟抱此深痛？盖感于生前者，固属非浅，感于死时者，尤有难方。人知梨娘病死，而筠倩则固知梨娘决非病死也。梨娘致死之由，梨娘不为家人言，梨娘决非病死，筠倩知之，而生前不能问梨娘，死后亦不能语家人，忍令此可怜之躯壳，断送于模糊影响之中，难言之痛，与忍死之痛，两重并作一重，更不容稍加遏抑。此众人哭梨娘之泪，筠倩所以独多欤。

天寒日惨，愁云蔽空，薤歌一声，路人魂断。家人各收泪料理后事。筠倩哭泣模糊，已不成人状。鹏郎则匍匐于梨娘身旁，号啁大哭。崔父亦双袖龙钟，痛挥老泪。一室之中，惟闻哭声呜呜，惟见泪波汨汨，人世殆无其惨。良久，筠倩止泣，为梨娘沐浴，亵衣甫解，胸前突露一物，状类书函，是函盖梨娘绝笔，于病中乘间书此，留以贻筠倩者。筠倩此时，亦不遑启视，乃取而纳诸怀中，薰香涤梨娘尸体，整冠易衣毕，延羽士持诵。盖南方俗例，人死必延羽士，为死者指引冥途，犹西人之延牧师也。羽士至，家人复哭。棺衾已备，旋即大殓，哭声益纵，盖棺时筠倩几欲跃入棺中，与梨娘俱逝。家人力劝始止。比安灵已毕，天已大明，忽闻爆竹声声，震动耳鼓，家人如梦方醒，乃知今日为元旦良辰也。伤哉薄命，三九年华，节届岁除，魂归离恨，竟不得续一丝馀命，度此残宵，人与岁俱除，恨又与岁俱新矣。万户千门，春声盈耳，桃符换旧，一色煊红。惟崔氏门前则一片丧旛，檐端高挂。长庭冷落，风日凄清，亦新年之怪现象也。

香魂已渺，哀思难删，是夜家人咸各睡息。筠倩犹独守空帏，凄然吊影。一星幽火，冷照灵床，痛死怜生，无穷哀感。乃取出梨娘遗笔，咽泪而诵其词。

> 余有隐事，不能为妹言，但此事于妹终身颇有关系，不为妹言，则负妹滋甚，而余罪将不可逭。今余将死，不能不将余心窝中蓄久未泄之事，为妹倾筐倒箧而出之，以赎余生前之愆。而事太秽琐，碍难出口。欲言而喋者屡矣。余病已深，自知去死不远，而此事不能终秘妹，不能与妹明言，当与妹作笔谈。余今握管书此，即为余今生拈弄笔墨之末次。余至今日，甚悔自幼识得几个字也。仅草数行，余手已僵，余眼已花，余头涔涔，而余心且作惊鱼之跳，余泪且作连珠之溅矣。天乎！

> 余于未言之先，欲有求于妹者一事，盖余之言不能入妹之耳，妹将阅之而色变眦裂，尽泯其爱我怜我之心，而鄙我恨我，曰：若是死

已晚矣。余不能禁妹之不恨我，妹果恨我，余且乐甚。盖恨我愈甚，即爱我益深。余无状，不能永得妹之爱，亦不敢再冀妹之爱。余死后之罪孽，或转因妹之恨我，冥冥中为之消减。故余深望妹之能恨我也。

此事为余一生之污点，实亦前世之孽根。余虽至死，并无悔心。不过以事涉于妹，以余一人之私意，夺妹之自由，强妹以所难，此实为余之负妹处。至今思之，犹不胜懊恼也。然余当初亦为爱妹起见，而竟以爱妹者负妹，此余始料所不及也。余今以一死报妹，赎余之罪，余死而妹之幸福得以保全矣。妹乎！此一点良心，或终能见谅于妹乎？

余书至此，余心大痛，不能成字，掷笔而伏枕者良久，乃复续书。余死殆在旦暮间矣，不于此时，将余之心事摅以示妹，后将无及，故力疾书此。妹阅之，妹当知余之苦也。余自求死，本非病也，而家人必欲以药苦我，若以余所受之苦为未足者，余不能言，而余心乃益苦。妹以余病，爱护倍至，日夜不肯离。余深感妹，而愧无福以消受妹之深情，欲与妹言，而未能遽言。余心之苦，乃臻至极点。余因欲报妹，而反以累妹，余之罪且将因之而增加。眼前若是其扰扰，余死愈一日不可缓，而此书乃愈不能不于未死之前忍痛疾书，然后瞑以待死。

余年花信，即丧所天。寂处孤帏，一空尘障。缕缕情丝，已随风寸断。薄命红颜，例受摧折。余亦无所怨也。孰知彼苍者天，其所以折磨我者，犹不止此，复从他方面施以种种播弄，步步逼迫，必欲置之死地而后已。余情如已死之灰，而彼竭力为之挑拨，使得复燃；余心如已枯之井，而彼竭力为之鼓荡，便得再波。所以如此者，殆使余生作孀雌，尤欲余死为冤鬼，不如此不足以死余也。自计一生，此百结千层至厚极密之情纲，出而复入者再。前之出为幸出，后之入乃为深入。既入之后，渐缚渐紧，永无解脱之希望，至此余身已不能自主，一任情魔颠倒而已。余之自误耶？人之误余耶？余亦茫然。然无论自误被误，同一误耳，同一促余之命耳。今已有生无几，去死匪遥，彼至忍之天公与万恶之情魔，目的已达，可以拍掌相贺。然余也，前生何孽？今世何怨？而冥冥中之所以处余者，乃若是其惨酷也。

此事首尾情节，颇极变幻，此时余亦不遑细述，妹后询梦霞可得其详。今欲为妹言者，余一片苦心，固未尝有负于妹耳。妹之姻事，余所以必欲玉成之者，余盖自求解脱，而实亦为妹安排也。事成之后，妹以失却自由，郁郁不乐，余心为之一惧，而彼梦霞，复抵死相缠，终不肯移情别注，余心更为之大惧。盖余已自误，万不可使妹亦因余而失其幸福。而欲保全妹之幸福，必先绝梦霞恋余之心。于是余之死志决矣。移花接木，计若两得，今乃知用心之左也。

上所言者，即余致死之由。然余幸无不可告妹之事，偶惹痴情，遽罹惨劫。此一死非殉情，聊以报妹，且以谢死者耳。余求死者非一日矣，而今乃得如愿。余死而余之宿孽可以清偿，余之馀情可以抛弃。以余之遭遇，直可为普天下古今第一个薄命红颜之标本，复何所恋而宝贵其生命哉？妹阅此，当知余之所以死，莫以余为惨死之人，而以余为乐死之人，则不当痛余之死，惜余之苦，且应以余得及早脱离苦海而为余贺也。余固爱妹者，妹亦爱余者，姑嫂之情，热于姊妹。十年来耳鬓厮磨，兰闺长伴。妹无母，余无夫，一样可怜虫，几为同命鸟。妹固不忍离余而去，余亦何忍弃妹而逝哉？然而筵席无不散之时，楸枰无不了之局，余已作失群之孤雁，妹方为出谷之雏莺。春兰秋菊，早晚不同；老干新枝，荣枯互异。余之乐境已逐华年而永逝，妹之乐境方随福命以俱长。则余与妹之不能久相与处者，命也，亦势也。然余初谓与妹不能长聚，而孰知与妹竟不能两全也。今与妹长别矣，与使余忍耻偷生，而使妹之幸福因以减缺，则余虽生何乐？且恐其苦有更甚于死者。盖此时妹之幸福完全与不完全，实以余之生死为断。余生而妹苦，余亦并无乐趣，无宁余死而妹安，余亦可了痴情也。余言至此毕矣，尚有一语相要。余不幸为命所磨，为情所误。心虽糊涂，身犹干净。今以一死保全妹一生之幸福，妹能谅余苦心，幸为余保全死后之名誉也。至家庭间未了之事，情关骨肉，妹自能为余了之，毋烦余之喋喋矣。

第二十八章 断 肠

墨痕惨淡，语意酸辛。此一幅断肠遗稿。字字皆血泪铸成。筠倩阅之，乃恍然于梨娘之所以死，初不料贞洁如梨嫂，亦有此放佚之行也，既而叹曰："韶华未老，欢爱已乖，莲性虽驯，藕丝难杀，深闺寂处，伤如之何？名士坎坷，佳人偃蹇，相逢迟暮。未免情牵，此不足为梨嫂病也。况乎两下飘零，相怜同命，一身干净，未染点污。虽涉非分之讥，要异怀春之女，发乎情，止乎礼义，感以心不以形迹。还珠有泪，赠珮无心。其痴情可悯，其毅力足嘉，彼司马、文君应含羞千古矣。惜乎设想痴时，忽生幻想，痴情深处，未脱俗情。太空无物，着来几点浮云；底事干卿，吹皱一池春水。地老天荒，已痴矢来生之愿；桃僵李代，欲强全今世之缘。而余也，以了无关系之身，为他人爱情之代价，以姻缘簿作如意珠，此实用情之过，亦不思之甚矣。虽然，嫂固爱我者也，因爱我而发生此事，因爱我而成就此缘，其心可谅，而其情尤可感也。卒也逆知事无结局，先自杀以明志，我未为人作嫁，人已由我而死。在彼则得一知己，可以无恨；在我则失其所爱，能不伤心。痛哉梨嫂，真教人感恨俱难矣。嫂乎，汝为我而弃其生命，我安忍卖嫂以求幸福？休矣，我何惜此薄命微躯，而不为爱我者殉耶？"感念至此. 寸寸柔肠，如着利剪，不觉抚棺大恸，一声"爱嫂"，泪若绠縻。嗟乎，筠倩之心伤，筠倩之命短矣。

风雪天寒，棠梨花死。这番青鸟使，化作白衣人。梦霞、梦霞，得此可惊、可痛之惨耗，其将何以为情耶？方其得梨娘书也，知其病、知其病且危，而苦不能行，尤苦不能答。耐来几日工夫，郁住一腔心事，犹冀东皇，偶发慈悲，护持此瘦弱之花魂，不令其遽被东风吹断。而孰意红颜老去，竟不及待到春残。惊心触目之死耗，及与病者之手书，继续而呈于痴望者之眼帘。

节届元辰，人多喜气。梦霞方与家人骨肉，食欢喜团圆，而一幅素笺突然飞至，无边哀痛乃即以元旦日为开始之期。梦霞订婚后，尝陈梨娘之贤于家人，今闻其死，无不扼腕叹惜，老母心慈，亦赔下几点眼泪。梦霞此时，惊与痛均达至极点，几疑身入梦境，非复人间。人受剧烈之痛苦，而可以言、可以哭，则其痛苦因能泄，即能渐减。若所受者为无名之痛苦，既不能言，又不能哭，激刺于外，郁结于中，有恨自饮，有泪自咽，痛心疾首，莫可名言，则其痛苦终不能泄，遂终不能减。其最后之痛苦，则或病或痛，其次者，或成癫痫之疾，或作逃禅之想，终身不能回复其有生之乐趣。如梦霞者，即其人矣。

一声去了，咽住喉咙，欲放声一恸，则恐家人生疑。而目瞪口呆，鼻酸心刺，并人世间无尽之欢娱，亦不能偿此时梦霞一刻之痛苦。泪潮有信，若相候于两眶间，欲强自遏制，而一霎时推波助澜，不知不觉间已泛滥于目眶之外。良久，叹息语家人曰："余非痛死者，痛生者耳。六旬衰老，痛抱茕明，仅此遗孽，尚不能承欢终老。孙未成人女未嫁，哀哀茕独，极人世之惨境矣。"继请于母，欲亲往吊奠。母曰："崔家旧属葭莩，今又新联秦晋，遭斯惨变，苦煞老翁矣。儿欲往唁，礼也，余何阻焉？"乃草草具赙仪，觅舟子，诘朝遂行。

片帆无恙，前路已非。一叶扁舟，又载征人远去；两行别泪，竟随江水长流。痛哉此行，如登鬼域。此七八十里之水程，在梦霞不啻以冥冥之泉路视之矣。使前日闻病即往，则药烟泪雨之中，犹及见伊人一面，今何及矣！然而罡风虐雨，苦摧短命之花；三岛十洲，难觅返魂之药。相见更难乎为别。目睹尤惨于耳闻，我且以不及见梨娘之死，为梦霞幸也。所痛者，相知未及一年，此恨遂成千古。梨娘为梦霞有生以来第一知心之人，则梨娘之死，实为梦霞有生以来第一痛心之事。而意中好事，方期秋月重圆；劫后馀花，不道春风再肃。病不知其由，死不在其侧，殓不凭其棺，天公作恶，刻扣良缘，平时会少离多，并此最后之死别，亦故靳之而不与，此尤为痛之不可解者。而今日者，烟波一棹，不为问津之渔郎，翻作登门之吊客。俯听江流，几声呜咽；举头天际，一色杳茫。水复山重，化作愁城恨海。而江花汀草，点缀闲情，鸥港渔矶，别饶野趣。一路江春早景，大足以娱行客，在梦霞视之。则形形色色，皆组织愁丝之资料，招徕愁魔之媒介也。

人来前度，魄断当年。梦霞之泛棹蓉湖，今日为第四次矣。今番意兴，大异从前，恨与时积，情随境迁。昔日之行，无殊身到桃源，步步趋入佳境；今日之行，恰是身临蒿里，行行渐近愁关。故昔日之行，惟恐其迟；今日之行，则惟恐其速。可恨江神不解事，今朝偏助一帆风，仅半日许而数十里之长途，瞥然过去，人世间有一无二，至惨至痛之境，已黯然呈于梦霞之眼前矣。

野渡无人，衡门在望，有一物焉，随风飘扬于屋角檐梢，翩跹作态。远望之，疑为白蝴蝶之飞舞，又如酒家招客之青帘。此何物耶？此非丧家之标识耶？而谓梦霞之眼帘能容此物耶？睹此一尺布旛，而梦霞之心旌亦随之而摇曳，飘飘荡荡，靡所底止。噫，此种境地，是人间而非人间，到此地者，殆皆寻死趣而来，其去人世间固已远矣。

舟无恙，客无恙，岸上之人家无恙。天台耶，蓬岛耶，作客于此，遇仙于此，辟诗界于此，营情窟于此。曾日月之几何，而欢喜事去，烦恼事生，愁云惨雾，笼罩一村矣。离恨天耶，相思地耶，茫茫一块土，生离于此，死别于此。几番悲惨之活剧，于是开场，亦于是收场焉。彼鼓棹而来者，虽非此地之主人翁，而不得谓为与此地无缘，然亦不得谓为与此地有缘。谓为无缘，胡为以并无关系之人，忽焉而萍飘絮荡，偶到是乡，羁留于此者一年，醉吟于此者一年？谓为有缘，则何以此一年之中，所遇者皆失意之人，所历者皆伤心之境。过去之情怀，未来之幸福，一至此皆消归乌有，而维恋恋于现在之悲欢离合？戴奈何天，唱懊侬曲，迷迷惘惘，了而不了，以一年最短促之时期，乃有此一段至复杂之情史。南国青年，竟做了浔阳白傅；月底西厢，忽变了梦里南柯。然则斯地也，乃情天之幻境耳。入幻境者，无不为幻境所迷，身心俱为幻境所束缚。迨至参透个中幻象，欲跳出幻境范围，而躯壳虽存，灵魂已死，一生事业，强半蹉跎，犹不如飘流荒岛者，处万死一生之境，终有一线不绝之希望也。梦霞来此，在今日为末次，此后将与此地长别。问迷津而来，航恨海而去，梦霞无恙，而平昔之气概之抱负，已悉为情魔攘夺而无馀。惜哉此人，其将长此终古乎？虽然梦霞多情人，实至情人也。天下惟至情人，必不轻殉私情，则梦霞之结果，或尚有惊人之举在。

梦霞之来也，距梨娘之死，仅二日耳。此二日之距离，以时计之，不过四十八小时。年华之递嬗不常，人事之变迁太速，此四十八小时中时已隔岁，人且隔世矣。似此门庭冷落，家室飘摇，路人见之亦增怛恻，矧当斯境者，为个中人乎？为多情之梦霞乎？叩门则双扉虚掩，墙边之睡犬不闻；莅庭则四顾无人，枝上之栖鸦并起。凄凉状况，触目何堪？足为之软，而步为之蹇矣。登堂则老翁相见，挥泪而诉病情；入室则稚子含悲，伏地而迎病客。梦霞此时，难以慰己，而转以慰人，无以吊生，更何以吊死？斟几滴无情之酒，泪味含酸；爇一炷断头之香，心灰寸死。馀药犹存，案上之铜炉未熄；倩魂不返，棺中之五玉已寒。死者长已矣，生者将何以为情？恨事太无端，后事更不堪设想。泪世界非长生国，归来归来兮，此间不可以久留，然梦霞犹未忍掉头竟去也。

空庭如洗，冷风乍凄，撼树簌簌响。庭之畔荒土一坏，累累坟起，断碑倚之，苔藓延绕几遍，四围小草，环冢成一大圈，幽寂不类人境。时夜将半，有人焉，惘然趋赴其处，藉草为茵，坐而哭，哭甚哀。噫，此何地？断肠地也；伊何人？即手辟此断肠境界、手殖此断肠标识者也。其示识为何？曰："梨花香冢。"然则哭者为梦霞无疑。梦霞自葬花之后，以眼泪沃此冢土者，不知其几千万斛。然尚有一人，与梦霞同情，为梦霞赔泪，此人即花之影也。花之魂，梦霞葬之，而为花之影者，感此葬花者而哭之。哭花之魂，哭己为花之影也。为花之影，即同花之命。花魂无再醒之时，花影安有常留之望？一刹那间，而花影花魂，无从辨认，人耶花耶，同归此冢。彼葬花者以伤心人而寄情于花，惜此花而葬之，不料此已死之花，竟从此与之不绝关系，香泥一掬，遂种孽因。始则独哭此花，继则与人同哭此花，今则复哭此同哭此花之人。花魂逝矣，花影灭矣，哭花以哭人，复哭人以哭花。两重哀痛，并作一重。至此而梦霞之泪，所馀能有几耶？呜呼，花可活而人不苏，泪有尽而恨无穷，而此一部悲惨之《玉梨魂》，以一哭开局，亦遂以一哭收场矣。

第二十九章　日　记

余书将止于是，而结果未明，未免留阅者以有馀不尽之恨。爰濡馀墨，续记如下。恨余笔力脆弱，不能为神龙之掉也。

余与梦霞无半面之识，此事盖得之于一友人之传述。此人与梦霞有交谊固无待言，且可决其为与是书大有关系之人。盖梦霞之历史，知之者曾无几人，而此人能悉举其隐以告余，其必为局中人无疑也。阁者试掩卷一思，当即悟为石痴矣。

石痴者，某六年前之同学也。余家琴水，石家蓉湖，散学后天各一方，不复知其踪迹。庚戌之冬，余自吴门归，案头得一函，乃自东京早稻田大学发者。函外附纸裹一，类印刷品，启视之，殊非是，乃绝妙一部哀情小说资料也。函即石痴所贻。外附之件，即为《玉梨魂》之来历。兹将石痴函中与吾书有关系者，节录如左：

……何君梦霞，古之伤心人也。去年掌教吾乡，因与相识。为人放诞不羁，风流自赏，丰于才而啬于命，富于情而悭于缘。造物不仁，置斯人于愁城恨海之中，偃蹇侘傺，蹭蹬笼东，负负狂呼，书空咄咄。贾生流涕，抱孤愤以鸡鸣；荀倩伤神，负痴情而莫诉。茫茫若此，伥伥何之，殊可叹也。所幸者，元龙豪气犹存，司马雄心未死，身陷情关，卒能自拔。虽欷歔郁抑，落落寡欢，而珍重此身，犹足系苍生之望。今其人亦在东京，每与余道及前事，辄痛哭不置，既忽慨然谓余曰："若人因爱余而至死，在义，余亦应以一死相报。然男儿七尺躯，当为国效死，乌可轻殉儿女子之痴情？且若人未死之前，固尝劝余东游，为将来奋飞计。今言犹在耳，梦已成烟。余之忍痛抱恨而来此者，即从其昔日之言，暂缓须臾毋死，冀得一当以报国，即以报知己于地下耳。"余闻其言，深服之。梦霞盖至情人，能以身役情，而不为情所役，比之负心薄幸之徒固判若霄壤，即彼琅琊之情死，宝玉之逃禅，等性命于鸿毛，弃功名如敝屣，虽一往情深，毕竟胸怀太窄，未能将爱情之作用，鉴别其大小，权衡其轻重也。余爱梦霞，余佩梦霞，余于是欲将其历史，著之于篇，可作青年之镜。而愧无妙笔，负此良材，率尔操觚，转以抹煞一段风流佳语。素知君有东方仲马之名，善写难言之情愫，故将其人其事录以寄君，请君以缠绵之笔，写成一篇可歌可泣之文章，可以博普天下才子佳人同声一哭。君亦多情人，当乐于伸纸抽毫，为情人写照也。是编一出，洛阳纸贵矣。余准备手盥蔷薇之露，眼洗云水之光，以待新编之出世。……

余读石痴书，复阅其所述梦霞之历史，辞气抑扬之际，所以倾倒斯人者备至。余当时窃有所疑，以梨娘待彼之情，若是其深挚，梦霞始则挑之，终则死之，既以越分玷梨娘，复以虚名误筠倩，至于香消玉碎，伯仁由我而亡。为梦霞者，追韩凭化蝶之踪，以一死报知己，尚不失为爱力界中一敢死之健将，今乃偷息人间，遁迹海外，明明已作王魁，复托词以自遁，此实无赖之尤，何得谓为情种？余以是心鄙其人，遂无意徇石痴之情，且石痴之书，仅述至梨娘之死，而于筠倩结果，则付阙如。虽飘泊孤花，其运命不难推测，而全书既为实录，若稍有臆造，即足掩其真相。若置之夏五郭公之列，则关节属于紧要，佚之即不成完璧。职是之故，余乃不愿浪费闲笔墨。写此断碎破裂之情史，适以滋阅者之惑，而为通人所讥也。

搁置既久，遂不复省忆。而余也，历碌风尘，东奔西逐，亦不获闭户闲居，从事涂抹，几案生尘矣。越一年，义师起武汉间，海内外爱国青年云集影从，以文弱书生荷枪挟弹、从容赴义者，不知凡几。后有友人黄某自鄂归，为余道战时情状。言是役也，革命军虽勇气百倍，而从军者多自笔阵中来，弃三寸毛锥，代五响毛瑟，腕弱力微，枪法又不熟谙，徒凭一往直前之概，冲锋陷阵，视死如归，往往枪机未拨，而敌人之弹，已贯其脑而洞其胸矣。血肉狼藉，肢体纵横，厥状至惨。曾亲见一人，类留学生，面如冠玉，其力殆足缚鸡，时已身中数弹，血濡盈裤，犹举枪指敌，连发殪三人，然后掷枪倒地，身簌簌动。余远在百码以外，望之殊了了，中心震悼。俟敌已去远，趋询所苦，其人瞠目直视，良久言曰："君操吴音，非江苏人乎？余亦苏产，与君谊属同乡。今创甚，已无生望，怀中有一物，死后乞代取之。"余方欲就问姓名，而气已绝矣。检其衣囊，得小册一，余即怀之而归。至其遗骸，后有一老教士，收而埋诸教堂之侧。不知谁家少年郎，弃其父若母、妻若孥，葬身枪林弹雨之中。其存其没，家莫闻知。"可怜无定河边骨，犹是春闺梦里人。"言之殊凄人心脾也。

余友述至此，即出其所得小册示余。翻阅未半，余忽有所省，盖上半册皆诗词，系死者与一多情女子唱和之作，题曰《雪鸿泪草》，惟两人皆不署名。情词哀艳，使人意消，而余阅之，恍如陈作。余脑海中已早有诸诗之馀韵，缠绵缭绕于其间，不知于何处见过。力索之，恍忆石痴书中，仿佛曾有是作，因于故纸堆中检得石痴函，与是册参阅之，若合符节。噫，异哉，死者其果为何梦霞耶？

石痴前函，既详述其事，此一小册又取诸其怀，则死者非梦霞而淮欤？梦霞死矣，梦霞殉国而死矣。余曩之所以不满于梦霞者，以其欠梨娘一死耳。孰知一死非梦霞所难，徒死非梦霞所愿，彼所谓得一当以报国，即以报知己者，其立志至高明，其用心至坚忍。余因不识梦霞，故以常情测梦霞，而疑其为惜死之人、负心之辈，固安知一年前余意中所不满之人，即为一年后革命军中之无名英雄耶？吾过矣，吾过矣！今乃知梦霞固磊落丈夫，梨娘尤非寻常女子。无儿女情，必非真英雄；有英雄气，斯为好儿女。梨娘初遇梦霞之后，即力劝东行，以图事业。彼固深爱梦霞，不忍其为终穷天下之志士，心事何等光明，识见何其高卓，柔肠侠骨，兼而有之。梦霞不能于生前从其言，而于死后从其言，暂忍一死，卒成其志。此一年中之卧薪尝胆，苦心孤诣，盖有较一死为难者。夫殉情而死与殉国而死，其轻重之相去为何如！曩令梦霞竟死殉梨娘，作韩凭第二，不过为茫茫情海添一个鬼魂，莽莽乾坤留一桩恨事而已。此固非梦霞之所以报梨娘，而亦非梨娘之所望于梦霞者也。天下惟至情人，乃能一时忽然若忘情。梦霞不死于埋香之日，非惜死也。不死，正所以慰梨娘也。卒死于革命之役，死于战，仍死于情也。梦霞有此一死，可以润吾枯笔矣。虽然，飞鸟投林，各有归宿，而彼薄命之筠倩，尚未知飘泊至于何所，吾书又乌能恝然遗之？

余方欲求筠倩之结果，而一时实无从问讯。梦霞之死耗，余于意外得之。彼筠倩者，从二人于地下乎？抑尚在人间乎？非特阅者在闷葫芦中，即记者此时亦在闷葫芦中也。余乃欲上碧落，问月下老人，取姻缘薄视之；又欲下黄泉，谒阎罗天子，乞生死籍检之。正游思间，而此小册若诏我曰："伊人消息可于此中得之，无事远求也。"追阅至册尾，乃得一奇异之记载。此奇异之记载，上冠日期，下叙事实，不知所始，亦不知所终。阅之，乃转令人茫然。凝目注之，突有数字直射于余之眼帘，曰"梦霞"，曰"梨嫂"。余乃憬然悟，喟然叹曰："噫，筠倩真死矣，此非其病中之日记耶？"此日记语意酸楚，不堪卒读。余亦不遑详阅，但视其标揭之时日，自庚戌六月初五日起，至十四日止。意者此日记之开局，即为筠倩始病之期，此日记终篇，即为筠倩临终之语，而此日记为梦霞所得，则梦霞于筠倩死后，必再至是乡，收拾零香剩粉，然后脱离情海，飞渡扶桑。此虽属余之臆测，揆诸事实，盖亦不谬。然筠倩病中之情形如何？死后之况如何？记者未知其详，何从下笔？无已，其即以此日记介绍于阅者诸君可乎？

六月初五日。自梨嫂死后，余即忽忽若有所失。余痛梨嫂，余痛梨嫂之为余而死。余非一死。无以谢梨嫂。今果病矣，此病即余亦不知其由，然人鲜有不病而死者。余既求死，乌得不病？余既病，则去死不远矣。然余死后，人或不知余之所以死，而疑及其他，则余不能不先有以自明也。自今以往，苟生一日，可以扶枕握管者，当作一日之日记。春蚕到死丝方尽，蜡炬成灰泪尚流。此方方之硕，尖尖之笔，殆终成为余之附骨疽矣。

初六日。自由自由，余所崇拜之自由，西人恒言：不自由，无宁死。余即此言之实行家也。忆余去年此日，方为鹅湖女校之学生，与同学诸姊妹，课馀无事，联袂入操场，作种种新游戏，心旷神怡，活泼泼地是何等快乐。有时促膝谈心，愤家庭之专制，慨社会之不良，侈然以提倡自由为己任，是何等希望！乃曾几何时，而人世间极不自由之事，竟于余身亲历之。好好一朵自由花，遽堕飞絮轻尘之劫，强被东风羁管，快乐安在？希望安在？从此余身已为傀儡，余心已等死灰。鹅湖校中遂绝余踪迹矣。迄今思之，脱姻事而不成者，余此时已毕所业，或留学他邦，或掌教异地，天空海阔，何处不足以任余翱翔？余亦何至抑郁以死？抑又思之，脱余前此而不出求学者，则余终处于黑暗之中，不知自由为何物，横逆之来，或转安之若素，余又何至抑郁而死？而今已矣，大错铸成，素心莫慰。哀哀身世，寂寂年华。一心愿谢夫世缘，孤处早沦于鬼趣。最可痛者，误余而制余者，乃出于余所爱之梨嫂，而嫂之所以出此者，偏又有许多离奇因果，委曲心情，卒之为余而伤其生，此更为余所不及知而不忍受者。天乎，天乎！嫂之死也至惨，余敢怨之哉？余非惟不敢怨嫂，且亦不敢怨梦霞也。彼梦霞者，亦不过为情颠倒而不能自主耳。梨嫂死，彼不知悲痛至于胡地矣！烦恼不寻人，人自寻烦恼。唉！可怜虫，可怜虫，何苦！何苦！

初七日。余病五日矣。余何病？病无名，而瘦骨棱棱，状如枯鬼，久病之人，转无此状。余自知已无生理矣。今晨强起临窗，吸受些儿新空气，胸隔间稍觉舒畅，而病躯不耐久立，摇摇欲坠，如临风之柳，久乃不支，复就枕焉。举目四瞩，镜台之上，积尘盈寸，盖余未病之前，已久不对镜理妆矣，此日容颜，更不知若何憔悴！恐更不能与帘外黄花商量肥瘦矣。美人爱镜，爱其影也。余非美人，且已垂死之人，此镜乃不复为余所爱。余亦不欲再自见其影，转动余自怜之念，而益增余心之痛也。

初八日。昨夜又受微寒，病进步益速，寒热大作，昏不知人。向晚热势稍杀，人始清醒。老父以医来，留一方，家人市药煎以进。余乘间倾之，未之饮也。夜安睡，尚无苦。

第九日。晨寒热复作，头涔涔然，额汗出如瀋。余甚思梨嫂也。梨嫂善病，固深领略此中况味者，卒乃脱离病域，一瞑不视。余欲就死，不能不先历病中之苦，一死乃亦有必经之阶级耶？死非余所惧，而此病中之痛苦，日甚一日，余实无能力可以承受也。嫂乎！阴灵不远，其鉴余心，其助余之灵魂与躯壳战。

初十日。伤哉，无母之孤儿也。人谁无父母？父母谁不爱其儿女？而母之爱其所生之儿往往甚于其父。余也不幸，爱我之母，撇余已七年矣，茕茕孤影，与兄嫂相依，乃天祸吾宗。阿兄复中道夭折，天兄之爱余，无异天母也。母死而爱余者，有父、有兄、有嫂，兄死而爱余者，益寥寥无几矣。岂料天心刻酷，必欲尽夺余之所爱者，使余于人世间无复生趣而后已。未几，而数年来相处如姊妹之爱嫂，又随母兄于地下叙天伦之乐矣。今日余病处一室，眼前乃无慰余者。此幽邃之曲房，几至终日无人过问。脱母与兄嫂三人中有一人在者，必不至冷漠若此也。余处此万不能堪之境，欲不死殆不可得。然余因思余之死母，复思余之生父。父老矣。十年以来，死亡相继，门户凋零，老怀可云至恶。设余又死者，则欢承色笑，更有何人？风烛残年，其何能保？余念及斯，余乃复希望余病之不至于死，得终事余之老父。而病躯萎损，朝不及夕，此愿殆不能遂。伤哉余父，垂老双抱失珠之痛，其恕儿之无力与命争也。

十一日。医复来。余感老父意，乃稍饮药，然卒无效。老父知余病亟，频入视余，时以手按余之额，觇冷热之度，状至忧急。余将死，复见余亲爱之父，余心滋痛矣。

十二日。今日乃不能强起，昏闷中合眼即见余嫂，岂忆念所致？抑精诚所结耶？泉路冥冥，知嫂待余久矣，余之归期，当已不远。余甚盼梦霞来，以余之衷曲示之，而后目可瞑也。余与彼虽非精神上之夫妻，已为名义上之夫妻。余不情，不能爱彼，即彼亦未必能爱余。然余知彼之心，未尝不怜之、惜之也。余今望彼来，彼固未知余病，更乌能来？即知余病，亦将漠然置之，又乌能来？余不久死，死后彼将生若何之感情，余已不及问。以余料之。彼殆无馀泪哭其未婚之妻矣。余不得已。竟长弃彼而逝，彼知之，彼当凉余，谅余之为嫂而死也。

十三日。余病卧大暑中，乃不觉气候之炎蒸。余素畏热，今则厚拥重衾，犹嫌其冷。手抚胸头，仅有一丝微热，已成伏茧之僵蚕矣。医复来，诊视毕，面有难色，踌躇良久，始成一方，窃嘱婢媪，不知作何语，然可决其非吉利语也。是日老父乃守余不去，含泪谓余曰：

"儿失形矣！何病至是？"余无语。余泪自枕畔曲曲流出，湿老父之衣襟。痛战！余心实不能掬以示父也。

十四日。余病甚。滴水不能入口，手足麻木，渐失知觉。喉头干燥，不能作声。痰涌气塞，作吴牛之喘，若有人扼余吭者，其苦乃无其伦。老父已为余致书梦霞，余深盼梦霞来，而梦霞迟迟不来。余今不及待矣。余至死乃不能见余夫一面，余死何能瞑目！余死之后，余夫必来，余之日记，必能入余夫之目，幸自珍重，勿痛余也。余书至此，已不能成字，此后将永无握管之期。

第三十章　凭　吊

此篇日记，笔迹与上半册相符。系梦霞手钞，非筠倩亲笔，而日记之末，尚有梦霞附记数语，因并录之，寥寥百馀字，亦以见梦霞固未尝忘情于筠倩也。

　　此余妻之病中日记也。余妻年十八，没有庚戌年之六月十七日。此日记绝笔于十四，盖其后三日，正病剧之时，不复能作书也。余闻病耗稍迟，比至，已不及与余妻为最后之诀别。闻余妻病中，日望余至，死时尚呼余名。此日记则留以贻余者。余负余妻，余妻乃能曲谅余心，至死不作怨语。余生无以对之，死亦何以慰之耶？无才薄命不祥身，直遭凶灾到玉人。一之为甚，其可再乎？余妻之死，余死之也。生前担个虚名，死后沦为孤鬼。一场惨剧，遽尔告终。余不能即死以谢余妻，余又安能不死以谢余妻？行矣，行矣！会有此日，死而有知。离恨天中，为余虚一席焉可也！

宛转弹绵，凄凉悱恻。余读筠倩之日记，余为筠倩伤矣。一枝木笔，未受东风吹拂，遽遭苦雨摧残。筠倩之薄命，与梨娘同；筠倩之遭际，殆较梨娘而尤酷。梦霞，情种也，亦情魔也，因钟情于一人，复牵连及于一人。颠倒情缘，离奇因果，以误用其情之故，卒使玉人双殒，好梦成空。铁血孤埋，征魂不返。茫茫万古，销不尽者相思；草草一抔，填不平者长恨。余亦伤心人，写此断肠史，事不相干，情胡能已！掷笔歔欷，诚不知梯泗之何从也。

余书今可与诸君告别矣，然佳人才子，结果固已如斯。彼穷老孤儿，近状又复奚若？是不可不穷其究竟，以收拾此一局残棋也。梁谿琴水，犹邾鲁耳。余何惜费几日之工夫，作一番之侦探。意既决，乃独驾扁舟，作蓉湖之游。余之此行，拟先访石痴，因介绍见崔翁，可得余意中所欲知者。设石痴而不遇，则余将失望，余于崔氏素无瓜葛，未便造庐而谒也。比至，则石痴负笈归来，尚未及旬日，见余颇错愕。余与石痴别七年矣，岁月渐增，形容都改，乍见几不相识焉。既而开樽话旧，倍极留连。石痴因询余来意。余曰："余此来，为君去岁一封书耳。"石痴初若不省忆者，寻思半晌，乃曰："有之，托君之事，今若何矣？能以全豹示我否？"余乃告以前此搁置之故。石痴默然。余卒然问曰："今其人安在耶？"石痴曰："武汉事起，留学生纷纷归国，梦霞先余行半月。临别为余言：此行或不返里，当效力于民军，偿余素志。今别近匝月，尚未知其消息。君不来，余方拟买棹往伊家一探也。"余曰："梦霞踪迹，余颇知之，余尚欲请君观一物也。"探怀出小册授石痴。石痴阅未数行，即讶曰："此梦霞之袖中秘也，在东京时，彼曾出以示余。君于何处得之？"余黯然曰："梦霞死矣！"

石痴大惊，转诘余："君言云何？"余乃以武昌归友之言，详为石痴道，且曰："此一小册，经沧海、历战场，余友得之于枪林弹雨之中，卒辗转而入于余手。孰牵引之，孰介绍之，此中或非无意，不然，武汉之役，少年仗义之徒，不著姓氏，轻掷头颅者众矣。而梦霞独藉一小册子留遗于世，其名遂不至淹没而无闻。或者，彼已死之梨娘，一缕芳魂常绕倩人左右，冥冥中阴为布置，俾其所爱者之奇情伟绩，得藉文士之笔墨，传播于人间，事非偶然也。"石痴闻言，慨焉叹息，曰："彼别余时，侃侃数言。余早知其必能实行其志。今果烈烈轰轰，流血而去。渠死可以无恨。而此小册既入君手，则为死者表扬。君不得辞其责。前函具在，事迹可稽。今有此一死，更足令全书生色，可以濡染大笔，践余昔日之请矣。"余应曰："唯唯。"既而请于石痴曰："余尚有所询。彼黄发垂髫无恙耶？"石痴愀然曰："崔翁乎？骨已朽矣。言之殊恻人怀。自梨、筠二人相继殒谢后，彼矍铄之老翁，乃若硕果之仅存，老境太觉不堪，未几即感疾死。渠家戚族无多，翁死遂无人主持，仅有外戚某氏，远隔城乡，闻讣奔至。后经众提议，将鹏郎寄养于某老，遗产亦委某氏代为经理，俟成人授室后，再整旧日门庭。议既决，某氏遂携鹏郎去。其遗宅则由某氏雇仆媪二人以守之，幸未至鞠为茂草。数年之间，一家尽毁。吾乡中死亡之惨、衰败之速，殆未有若彼家之甚者。想君闻之，亦当生一种沧桑之感也。"余喟然曰；"兴废不常，盛衰有准，环境往复，理所必然。积善之家，馀庆未绝，有佳儿在，迟以十年，夏少康中兴之业成矣。"石痴颔余言，复曰；"君既来此，有意至梦霞葬花处一吊埋香遗迹乎？余当导君往。"余曰："甚愿。此去或拾得零香剩粉归，可为余书煞尾，着一点江上青峰也。"

几株败柳，一曲清溪，老屋数椽，重门深锁。时值孟冬，百草皆死，门以外一片荒芜，不堪入目，境地至为幽寂。石痴语余曰："此即崔氏之旧居也。梦霞寓此时，余常来此，今绝迹者已年馀矣。此其后舍，守者即居于此。前门则久为铁将军所据，无人问津，门上恐已生莠草也。"且行且语，已至门次。石痴举掌叩门，作败鼓声。良久，有老妪拔关出见余等，注视不语，若甚讶来客之突兀者，旋问曰："客来何事？殆访崔家旧主人乎？惜来迟一年，今渠家已无人矣。"石痴曰："姥姥不识我耶？"妪熟视石痴，乃笑曰："君非秦公子耶？余老眼花矣。"石痴告以来意。妪即导余等入内。过一小圃，晚菘盈畦，青滑可撷，曲折达一书舍，室门上加以锁，积尘封焉。前有庭，庭广不足一亩，庭中景象，绝类古刹。墙阶之上，遍铺苔衣，不露一罅缝痕，盖绝人迹者久矣。石痴引余至一处，有土坟起，累然成小阜，云即梦霞葬花处。欲寻碑石，则已不见，殆历时既久，为地心吸力所吸入欤？抑为人携去，珍之为秦砖汉瓦欤？不可得而知。冢上短草芃芃，生意歇绝。草根之下，槁泥凝结成小块无数，仿佛犹有伤心人血泪痕也。凭吊久之，彷徨回顾，余突谓石痴曰："君诳我，空庭如洗，安有所谓梨花与辛夷耶？"石痴曰："异哉，是诚有之，今何并枯枝败叶亦俱杳然？意者美人已返瑶台，而此美人之灵根，亦为司花吏拔去，移植天上耶？"因呼妪问之。妪言前闻庭中实有二树，梨夫人死后，春来梨树即不发花，辛夷虽吐蕊，亦不能如往年之盛。是年六月，筠姑娘又死，二树昒日就枯萎，柔条曼叶，失尽旧观。比老主人死，余等来时，仅见枯干两株，兀然直立，枝叶皆化为乌有。问："枯干何在？"则曰："已斫作柴烧矣。"余曰："惜哉，是亦焦桐之类也。草木无知，乃为人殉，斯真所谓情种矣。"孑然一枯干，大足以供后人之凭吊，何物老妪，大煞风景。此已死之情根，尚不能久留于世，彼痴男怨女，情死情生，宜其一霎时便成为历史上之人物也，与石痴叹息者久之。

余旋指书舍问石痴曰："此即梦霞寓居之所耶？"石痴曰："然。余昔年时与梦霞促坐闲谈于此。犹忆某年秋，余访梦霞，梦霞沽酒留饮。半酣，梦霞指庭畔香冢语余曰'此余之埋愁地、销魂窟也。余死苟得埋骨于此，则此身长伴花魂，死可无恨。'又指庭前二树谓余曰：'此余之腻友，亦余之爱妻也。其和靖妻萼绿华，为千秋佳话。余今妻此二花，和靖且输余艳福矣。'言已大笑。复曰：'明年此花开时，君能归来，当再与君对花痛饮一醉，以馀沥浇花，为二花寿。'噫！孰知酒杯才冷，人事已非，人既云亡，花亦不寿，徒剩伤心之境地，尚入余之眼际。情长缘短，室迩人遥，既含宿草之悲，再下哭死之泪。余独何人，乃能堪此？自今以后，亦不能再至是间矣。"石痴言时，泪盈襟袖。余至此亦觉触目凄凉，百感交集，恨无以塞石痴之悲也。

石痴复令驱启书室门，与予俱人。则见尘埃满地，桌椅俱无。窗上玻璃碎者碎，不碎者亦为尘所蒙，非复光明本质。石痴一一指示余：此梦霞下榻处，此梦霞设案处，此余与梦霞对饮处。四顾壁立，空无一物，惟门侧倚一败簏，字纸充实其中。石痴就而翻检焉。室中空气恶浊，余不能耐，呼石痴曰："去休，是间不可以少驻矣。"石痴忽检得一纸，欣然向余曰："君试阅之，此情天劫后之馀灰也。"余受而审视，上有秋词一阕，词曰：

> 秋光惊眼。将前尘后事，思量都遍。极目处、一片苔痕。记手折梨花，那时曾见。病叶西风，这次第、光阴轻变。算相思只有，三寸瑶笺，与人方便。蓬莱水清且浅。只魂飞梦渡，来去无间。最难是、立尽黄昏，知对月长吁，一般难免。薄命牵连。真怜惜、空深依恋。

还只恐、未偿宿债，今生又欠。（右调解连环）

　　旧恨犹长，新愁相接，眉头心上顿攒。独客空斋，孤枕伴清寒。醉时解下青衫看，数泪点，曾无一处干。道飘零非计，秋风菰米，强勤加餐。　　　　老去秋娘还在，总是一般沦落，薄命同看。怜我怜卿，相见太无端。痴情此日浑难忓。恐一枕梨云梦易残。算眼前无恙，夕阳楼阁，明月阑干。（右调送入我门来）

中国现代小说经典文库

徐枕亚 （下）

主编：黄勇

汕头大学出版社

雪鸿泪史

第一章　己酉正月

今日为己酉元旦。余自出世以来，所历之元旦，并此已二十有三。韶华如箭，余乃如弦，箭去而弦仍寂然。岁自更新，人还依旧，余所以负此元旦者深矣。聪明消尽，只馀得一片痴呆，将于何处发卖耶！

爆竹一声，欢腾万户。元旦诚可贺哉，而余之元旦独可吊。三年前之元旦，已撇余而逝；三年后之元旦，复逐余而来。余回溯过去之元旦，而余乃泫然；余下测未来之元旦，而余更惘然。元旦自元旦，哀乐人为之。人谓余性乖僻，无事不抱悲观。夫余亦犹人耳，非别具肺肠者。余亦有笑口可开，余亦有眉头可展。使余果有可乐之实际，则对此佳日，将舞手蹈足之不暇，何无疾而呻为？痛哉余心！余固不求人谅也。

夫人所以乐此元旦者，家人父子团聚之乐耳。三年前之余，固亦与人一样欢迎此元旦。父母俱存，兄弟无故，饮屠苏酒，舞五采衣，余固有三乐之一也。而今则寂寂春盘，徒对饧饧而生苦感。徘徊堂上，触于目者，乃为余父之遗容；入于耳者，仅闻余母之咳叹。呼父而父不应，慰母而母无欢。使余兄而在家者，眼看玉树双双，余母或稍忘伤逝之痛。今复远隔楚天，为岁暮不归之游子。母老矣，自父死后，双袖乃无干时。余以一身兼二子职，虽强笑承欢，有时痛泪，亦复难制。一家骨肉，死别生离。伤哉余母，慈怀之恶何如耶！余母无乐，而余尚有何乐耶？

余家先世经商，至余父而改业儒，丰才啬遇，潦倒终身。晚年督子綦严，意失之东隅，或可收之桑榆也。顾属望方殷，而名场已毕。余兄犹博得一第以慰亲心，余乃一无成就。父爱余特甚，常摩余顶而笑曰："此吾家千里驹。他日得路云霄，为若翁吐气者也。"比终南径绝，希望成空，慨世之馀，病根遂伏。然犹勉力教余吟咏以遣老怀。余兄则系情书画金石，古心自鞭，沉潜一家，颇得陋巷自安之乐，青灯有味，不减儿时。惜此中岁月，已为余父养病之年矣。尝有句云："学堂扰扰此何时，家学翻嫌误两儿。伴我寂寥饶别趣，一勤铁笔一吟诗。"此即余父病中之作。嗟乎！余父之死，余杀之耳。余父殁二年矣，此境此情，固历历悬余心目。每诵遗诗，未尝不号泣呼天也。余父弥留之际，自撰一挽联，命余兄书之。俟其书毕，乃含笑逝。联曰："凡事如是难逆料，诵武侯语，妄想都除。此身元自不应来，读放翁诗，老去何恋。"今其联尚在，每岁元旦，必出而悬诸余父遗容之侧。过此则卷而藏之箧笥，奉母命也。此惨痛之纪念品，今日乃复入余眼际，余泪宁可收欤！

余得良好之家庭教育，而劣性不除，书籍什物，随手抛掷，纵横满案，不事整理。日坐于丛尘积垢之中，已成习惯，今更懒似水牯牛，襟袖上之墨痕，作碗子大矣。今晨入书室，拟作一函，促余姊归宁。入则见案头书册，如叠乱山，弥望皆是，更无横肱属草之馀地，不得已略事修整。而其中签题倒乱，十亡六七，存者或为猫爪所裂，或为鼠牙所馀，盖彼等据以为搏击之场者久矣。犹忆余父在时，所好惟洁，所宝惟书。洒扫拂拭，事必躬亲。虽局促一斗室，而窗明几净，尘飞不到。琳琅满架，秩然不紊。入其中者，觉有一种静雅之气，亹亹袭人。余辈若有移动其位置，或损其书之一角者，必大加呵责不少贷。儿时好弄，深苦其烦苛。受责后，辄背父喃喃詈。今虽几上尘封盈寸，书叶碎舞为蝴蝶，余父更不复责余矣。余于此数日间，乃无一刻不思余父。盖余父之爱余至深，而余之所以报余父者，仅此清洁勤俭之习惯，尚未能率由不愆，致大好书城鞠为茂草。九原有知，当痛恨夫不肖子之无可救药矣！

余父暮年养性，屏酒近花，家有隙地，可辟场圃，只以盆栽小本数十种，取次花开，迎繁送谢，君子长卿，罗列主座。吾庐可爱，俗客不来。春气绵绵，四时不断。余父虽不精于种植学，而无论何花，一经余父之栽培，即着手成春，无枝不发。此是名山经济，非同老圃生涯，其灌溉之勤、爱护之力，真可谓无微不至。朝除花虱，暮洗叶泥。性本好洁，以花故，虽粪土之污，有所不避。余母戏呼之为"花爷爷"云。余父殁后，惜花人去，寂寞阑干。余母乃为之管领，殷勤护惜，一如余父生时。然而睹物思人，难免对花溅泪。未几而诸花次第憔悴死。岂花真有知，甘殉此多情之主人，为坠楼之绿珠欤？抑余父死未忘情，知余母之见花不乐，而为之斩此愁根欤？今姹紫嫣红，飘零都尽，惟剩老梅一株，婆娑墙下。春到草庐，犹着凄花一二，然亦冷淡无生意，恐不久亦同归于尽。窗纱寂寂，冷月窥人，瘦影一团，只伴凄凉之我。魂兮不归，兄行复远，阿谁与共巡檐，向此冷蕊疏枝，索一回苦笑也？

　　更岁以来，又匆匆三日逝矣。满城箫鼓闹如雷，豪兴哉，曾未解愁人耳边，禁不得尔许噪聒也。方余幼时，每值新年，余父必命收拾书囊，尽十日之乐。余则招邻儿来，挝催花之鼓，吹卖饧之箫，杂沓欢呼，闹成一片，乐乃不支。余父虽习静，此时亦不以为忤。或值韶光骀荡，风日宜人，必挈余出游，饱览春城丽景。入市见售纸灯者，作种种虫鱼鸟兽之形，裁红剪翠，穷极工巧。余顾而乐之，徘徊不忍去。余父已知余意，笑解钱囊，购其一二以归，悬之壁间。夜燃以烛，呼邻儿来观之。喜极，则群于灯下唱田歌，以贺余得此新灯。余亦乐而和之，哗笑追逐于灯光之下。当余母呼余晚餐时，歌裒馀音，犹绕梁未息也。今儿年不再，而父骨已寒，人比春烟，事如春梦，只此万户春声，依旧洋洋盈耳。昔日天伦乐事，节节思量，皆断肠资料矣。雨夜听《淋铃曲》，商女唱《后庭花》，乐者自乐，忧者自忧，伤心人别有怀抱，彼不入耳之欢，复胡为乎来哉！

　　余母爱余之挚，与余父同。平日每值伊郁寡欢之际，见余跳跃而前，依依作孺子态，辄为之破颜一笑。余亦不忍见余母之不乐也。乃自余父殁后，余母老困愁城，十日九病，伏枕啜泣，长夜无眠。时或扶病花前，听莺窗下。青春大好，白发无情，辄复对景伤怀，临风雪涕。余百计求悦，或述瀛海遗闻，或綮东方妙舌，虽一时霁色，偶上慈颜，而痒隔靴搔，曾未稍解其中之郁结。追事过情迁，一刹那间，惨雾愁云，又绕身三匝矣。今晨余入室视母时，见其含颦独坐，对余父遗容，悠然神往。凝睇久之，而珠泪双双，无端自落，盖未能一刻忘余父也。母泪如缏縻，儿心亦如刀割矣。是晚，乃谓余曰："儿年长矣。寒素家风，例无坐食，非可如千金之子，长赋闲居也。儿亦知若父死后，虽稍有馀资，而经营丧葬，已去其三。年来米盐琐屑，亲友周旋，复耗其六七，今已床头金尽，若无汝兄时寄资回，以相继续，则汝嫂亦非巧妇，其何能为无米之炊耶？家累万端，在理宜两人共同担负。彼既远游，汝亦须谋自立。行矣，行矣，毋令阿兄笑汝富于倚赖性也。"余闻言泣曰："母训良是，儿亦不愿长此株守，累母及兄。然户庭寥落，父死兄离，孤苦零丁，备极惨况。有儿在，母或忘忧。儿复行，母将吊影。空房寂处，何以为欢？儿实不忍再弃母于冷清清地也。"母忽怒曰："霞儿，汝何言之愦也。男儿志在四方，家食虽甘，而修名不立，耻孰甚焉。儿欲为食粟之曹交耶？抑欲为乘风之宗悫耶？余虽逆境撄心，老怀滋恶，然得及余未死，睹汝有所作为，桑榆暮景，足自遣矣，又安用是长日相伴者？"嗟乎！母言诚甘，母心太苦，彼日望兄归，岂复愿离余者？其为此言，余知其心之千回百转也。

余家无多人，余母与余外，一嫂一媪而已。嫂亦名家女，归余兄者六载矣。前年举一雄，今已牙牙学语，骨紧头圆，白胖可爱。余母尽多愁思，睹此兰芽挺秀，绕膝依依，以常情测之，亦应易茹荼之苦，为含饴之乐。顾余母每捧抱此儿，泪辄被儿嫩颊。盖此儿出世之时，已在余父盖棺之后，故余母抱孙，即思余父，痛此无知婴儿，乃未识阿翁一面也。

嫂父固名儒，幼承家学，能解吟咏。归余兄后，徐淑秦嘉，一双两好，芦帘纸阁，灯影书声，消受人间艳福。无端而薤歌一声，惊破春闺好梦。家庭多故，田园已芜，芋粟之收，难供菽水。余兄迫于饥寒，遂轻离别。从此东莺西燕，两两分飞。余嫂乃去其膏沐，卸却钗钿，尽力于事母抚儿诸事，而黄花之句，亦于以辍吟矣。姑良不恶，妇亦大贤，不厌糟糠，能操井臼。不知者见之，每谓得妇如此，不知姥姥几生修到也。然而高堂白发，少妇青春，死别生离，各含惨痛。虽并无恶感横生，亦只有愁颜相对，融泄之乐何在耶？今者春到人间，瀛洲又绿，王孙不归，罗敷独处。虽余未有室家，不识此中甘苦，然伤离怨别，人有同情。况其为思妇征夫，于伤春人中，又当别论。值此晴光乍转，柳色渐舒。客里思家，楼头望远，乌有不临风怅忆、异地同心者！余无以慰母，更无以慰嫂。余嫂此时，直是朝朝寒食，夜夜辽西，不悔教夫婿觅封侯，应亦恨子规啼不到也。

余今年之日记，开卷即作无聊语，其后每一拈管，而愁丝一缕，即紧绕于余之笔尖，致行间字里，墨泪交萦，一片赍音，几堪裂纸。牢骚烦忧，为文人结习。余更天生愁种，自识字以来，即堕此魔道，今乃更甚。曩者余父屡以是规余，谓少年人如方春之花，当时有欣欣向荣之概。虽处境极穷，心地终须活泼，稍不如意，遽抱悲观，非丈夫也。即作为诗文，亦当就雄浑豪放一派，不宜恨字频书，哀声叠奏，啾啾唧唧，若虫吟，若鬼哭，以自附于伤心人。盖颓唐之音，最足短人志气，无多心血，尽呕于区区文字之中，殊不值得。嗟乎！微亲爱之余父，又谁为此暮鼓晨钟，发人深省者？余年方盛，事业正多，余之日记，方如一出极热闹之戏剧，登场之际，当振刷精神，别开生面。由是渐趋绚烂，有声有色，蔚为大观。乃方开幕，便呜呜咽咽，唱起断肠曲子，将未来身世、绝妙文章，一笔抹煞，岂不可怜！岂不可惜！虽然言为心声，日记所以记实，余今所见者，皱眉耳，泪眼耳；所闻者，啜泣耳，长叹耳。综言之，余之家庭，愁城耳，恨海耳。余处其中，如项王困于垓下，四面皆敌。惟有悲歌一曲，以自排遣，有甚心情，作旖旎风流之文字哉！

余日草此不祥之日记，以写此可怜之家庭，闷苦甚，亦局促甚。余亦不知余之心思如何开拓，余之篇幅如何发展。长此以往者，余且病，而日记之资料且穷。今日乃大幸，于寂寞无俚中，有不速之客一人来，则余姊梦珊也。余姊归宁，挈一甥俱来。甥名兰儿，年五岁矣。登堂拜母，语杂笑啼。兰儿亦如小鸟依人，活泼可爱。老人颜色遂为之大霁。在此新年中，见余母作此态，尚是破题儿第一遭也。余母之爱余姊，较甚于余，此亦为母者之恒态。戚党中有谂余母性情者，固无不知媪之爱燕后贤于长安君也。一枝解语花，便是忘忧草。温言软语，慰藉无聊，本为女子之特长，其细腻熨帖，恳挚周详，允为余辈莽男子所不逮。故看护病人，必利用之。即如余对于余母，未尝不求其症结所在以药之，而穷搜冥索，终嫌隔膜一层。余姊谈笑之间，便回慈意。彼盖能深入余母之心坎而代为解释者，故如天女散花，如水银泻地，使一室之中，满布融和之气。余姊能使母乐，余乃益爱余姊矣。余直视余姊为喜神、为救星、为侦探余母心坎之福尔摩斯、为余日记中开辟新世界之哥伦布。

余姊归而余之愁担卸矣。所谓家庭幸福者，固属人为之。余姊有转移亲心之能力，所以慰母者良深，而所以福余者正不浅也。惜姊自有家室，可小住而不可久留。一旦青舆担来，玉人归去，余将失所凭依。余母且立复其故态，而余之日记，才放光明，又将黯然无色矣。余作此想，知眼前欢笑，大不可恃，此时一点忧心，虽暂时抛却，已怦然有复动之机。虽然，母之苦乐姊为之，余之苦乐母为之，既于苦中得乐，复于乐中寻苦，宁非大愚？且余母此时，已尽忘苦痛。余乃以来日大难，忧思未已，设不慎而形诸词色，恐适足以召老人之诘问而大煞风景，大又何苦来耶！

掷骰斗叶之戏，人每于新年无事时，藉以消遣。余家则无人喜此，赏心乐事，真不知在谁家院子矣。今日余母兴乃勃发，饭罢后，呼余姊、余嫂及余，团坐掷骰，各纳青蚨二百为公注。所掷者，为《大观园行乐图》。是图为余父遗制，手泽存焉。图之起点，先以人名分配，视事迹之大小轻重，为胜负之比较。制法与寻常之升官图略同，而趣味弥永。余母掷得史太君，余姊掷得王熙凤，余嫂掷得邢岫烟，余乃掷得宝玉。玲珑骰子，若有神灵。一局四人，会逢其适。余母虽无史太君之福。而今日情形，固不减荣禧堂前之佳话。余姊善承色笑，有凤丫头之黠而无其奸。余嫂裙布钗荆，鹿车共挽，岫烟之食贫安分，庶几近之。惟余于宝玉，殊不相类。盖宝玉情人，而余则恨人也。以余之身世，再跌人情涡，不知更何所底。止平日读《石头记》，对于潇湘妃子，颇富感情，然徒羡痴公子之艳福，未敢效癞蛤蟆作天鹅想也。今日"怡红"二字，居然冠我头衔，戏耶？真耶？偶合耶？有征耶？前因渺渺，后果茫茫，苦海无边，余心滋惧矣。

晨起，闻乌鹊绕屋鸣，作得意声，余家更有何喜可报者而为是哗噪耶？未几，忽闻剥啄，启视乃邮卒也，以一函授余。接而阅之，不禁狂喜。此书非他，余兄剑青发自潇湘云梦之间者也。书语恳切周至，先问慈躬安否，次乃及余，并询余行止，谓："吾弟学业有成，可以应世。为谋生计，为立名计，则掉臂行耳。何恋恋作僵蚕之伏茧者。同学少年，今多不贱，何不就教育界中稍有势力者，效毛遂之自荐，最下亦得一小学教师之位置，足以略展平生抱负。家食苦无甘味也。"余兄此书，讽余至切。余处家庭，本无生趣，出游之志，蓄之已久。所以迟迟吾行者，只以有老母在耳。然母意亦殊落落，前固以此言促余，今复有兄函劝驾，则余志决矣。顾投身学界，殊非余愿，不得已当暂以是为武城鸡耳。

书后附一纸，乃致余嫂者。在理余无阅此书之权利，然彩笺一幅，并未加缄，似个里春光，非不许旁人偷觑者，乃展阅之，则满纸淋漓，尽作伤心之字。魂羁孤馆，梦绕深闺，令人读之直欲质问春风，何不送王孙归去，只将锦字传来。书至人不至，徒博得双方情泪，新痕湿透旧痕耳。余兄固多情人，且能专一其情者。不然，异乡风月，大足撩人。冶柳秾花，道旁岂少。他人处此，殆未有不结托萧娘，以为遣此旅愁之计。春风一曲，欢笑当前，忘却糟糠久矣，更何心远道驰书，存问闺中人之无恙耶！

　　余今将为东西南北之人矣。宇宙虽宽，如余之性情冷落，满肚皮不合时宜，恐走遍天涯，亦少余寄身之地。近来学界人才，斗量车载，而人格秽鄙，志气嚣张，目的只在黄金。名誉轻于白羽，如是者十得八九。余虱其间，热心虽少，傲骨犹存，其何能仡仡伣伣，长与哙等伍耶！且昔年同学，多隔天南地北，大好江湖，即多佳境，余亦未能遽从此逝。盖偏亲在堂，阿兄不返，余复更事浪游者，设有缓急，又无穆正八骏马，何能千里江陵一日还耶？余可为负米之子路，不能为绝裾之温峤。在百里之范围，觅一枝之栖息，则离家不远，朝发可以夕至，倚闾之望，其稍宽乎？余于是思得一人名江子春者，锡之同学，与余凤有交谊。闻渠近在锡金学界中，颇占势力，即作一请托之函，嘱为绍介。书毕，入告余母，将待母命而置之邮。母笑颔其首，若甚喜余之能自策者。余嫂亦在旁，见余怀函欲行，问曰："叔今往邮局耶？妾有私函，可否携与俱往？"余曰："敬诺。"嫂即入内将出，郑重授余，小语曰："莫作殷洪乔也。"密密函封，中护深情一片。余虽未窥悉其内容，方嫂授余时，余固见其眼角腮边，啼痕宛中，一腔心事，未可明言，书中所有，非血泪语，即断肠草耳。

　　入春，腰脚不健，蛰伏斗室，未出衡门一步。香衫细马，花帽软舆，正不知多少风光，为谁占去。伏茧僵蚕，其亦有出谷新莺之想乎？人生及时贵行乐，胡郁郁久居此愁城之中而不出也！虽然，繁华境里，热闹场中，惟彼无心肝之叔宝，乃能周旋于其际。余不识春风，春风其乌能识余耶？犹忆十四岁时，曾有春游一绝句云："古寺斜阳隔小溪，模糊墨迹粉墙低。阿侬别有伤心句，背着游人带泪题。"父执方某见之曰："沉郁悲愤，大有杜工部《伤春》末首意境。少年人胡作此语？盖杜《伤春》末首句云：'幽人泣薜萝。'诗意相同也。"余身虽难拔俗，性不近嚣，山林中人，自与仆仆城市者异其志趣。春秋佳日，乘兴出游，亦惟与二三吟侣，蹀躞于深山穷谷，留连于野店荒村，向枯寂中讨生活。彼七里山塘，马龙车水，软红十丈中，殊未敢一试其风味也。今则恨逐年添，情随境易，囚首丧气之馀，并此青鞋布袜选胜探幽之结癖，亦复消除净尽。冷落山灵，隔院东风，满城丽景，从此将永与余断绝关系矣。

今夕何夕，以遨以游，忽矣过春，俄焉临望。所谓重城之扉四辟，车马轰阗，五剧灯之九华，绮罗纷错者，正上元之佳景也。千门开锁，万户腾烟，而余家双扉，仍严守闭关主义，不放一线光明入此室内。夜市声喧，灯光大好，小窗影悄，月色偏多。一度团圞之候，正万人鼓舞之时。蛮蜡飞烟，炫人望眼。凉瞻泼水，清我诗心。一样良宵，毕竟是谁孤负？是谁糟蹋耶？唐崔液《元夜诗》云："玉漏银壶且莫催，金关铁锁彻明开。谁家见月能闲坐，何处闻灯不看来。"青莲《春夜宴桃李园序》亦曰："古人秉烛夜游，良有以也。夫秉烛夜游，岂真善赏良夜者，直杀风景之举耳。"以彼号称诗人，犹作是语，一般俗物，夫又何责！宁不令嫦娥笑尽古今人耶？不能耐冷，偏解趋炎。此实骚坛奇辱。余所以看月而不看灯者，非敢引嫦娥为知己，聊为古人解嘲，为今人败兴。城开不夜，看到天明，人自乐此，此真所谓"一池春水"也。

良辰佳节，无岁无之。自古及今，不知历若干年月。此若干年月中，又不知有几许同性质之良辰佳节。而人所以赏此良辰佳节者，微特古今人志趣不同，行乐未能一致，即同是今人，亦岂能一一而强同之？匪特此也，一人之身，情随境迁，嬉春伤春，前后之观念迥异。余今夜独赏此凄凉之月，而回忆十年前儿嬉时之状况，俯仰之间，又生别感矣。余年十岁，尝于元夜随父游灯市，归而父命赋诗记之，有"忆昔狄青关夜夺，嬉游愧煞太平人"之句。余父喜曰："此非髫龄口吻也。能有此思想，将来必非弱虫。"噫！元宵犹是也，灯犹是也，昔之观灯人，犹今之观灯人也。览兹破碎河山。果否具有太平景象，而需此灿烂之灯光以点缀之？王者之民，熙熙嗥嗥。醉生梦死，年复一年。如此烽烟如此酒，老夫怀抱几时开。漫漫长夜中，或不乏愤时嫉俗之士，与余表同情，而挥泪送此元宵也。

事有会逢其适而至者。余于前日函托江子春谋一席地，今日忽有不速之客至，即子春也。子春由锡来苏，余初谓其乘此新年无事，驾言出游，来与余寻平原十日之约者，及询之，及知其不然，且似与余事有密切之关系也。锡北之螺村，有秦石痴者，与子春为总角交，卓然新学界中第一流人物也。前年毕业于某公学，愤其乡人之顽钝，以开通风气为己任，请于其父，出资办一小学。全校教科，一人独任。三学期后，成绩斐然。惟石痴青年有志，不欲牺牲其身于教育之中，热心任事之馀，忽萌游学之念。

今春决意东渡，校务势难兼顾，乃托子春代聘一人以承其乏。子春诺之。因吴门有十数同学，为子春夹袋中之人才，特地来苏劝驾，以报命于石痴。讵彼所心许之人，已多有他就，一二赋闲家居者，又多以彼乡陋僻，不愿为此寂寞生涯，不得已乃来访余，其意欲余转为推荐，彼固知余无志于此者，不知余已为亲老家贫稍磨壮志，一变昔日之宗旨也。子春既为余言，余在势必为毛遂。子春大喜曰："得君愿往，此行之结果良佳，余可无负石痴矣。"

议既定，询子春以开校之期。子春曰："石痴东行有日，需代孔殷。余允于三日后觅得一人来，恐彼此时，正目穷帆影，耳听足音，日盼高贤之驾。既蒙俯就。即于明日首途何如？"余笑曰："虽有君命，何其速也。明日太局促，迟以后日，可担箪就道矣。"子春曰："诺。余当待君一日，然后偕行。今且去，勿溷君，可絮絮与家人话别也。"余曰："君远来，余尚未尽地主谊，蜗居虽隘，尚有容榻地，今夜当与于抵足，一罄阔衷，何言去为！"子春乃止。

余与子春，在同学中最相投契。毕业后水分云隔，倏已二年。彼能奋发有为，蜚声学界，不似余之潦倒。今夕相对，联怀酒之馀欢，话沧桑之别恨，人影西窗，不觉烛之三跋也。然余于是时，已别有所感，几不能复与子春周旋，计余在此，为此室之主人者，为时止二十四钟矣。二十四钟后，余即将背离乡井，抛撇慈亲，为异地劳人，作穷乡孤鬼。世间离别，莫惨于斯，莫怪余之魂摇而心怵也。

嗟呼！余将行矣，此行不出百里，而余视之，几有千山万水之遥，地北天南之感，非别苦也，不可以别而竟别，则别斯苦矣。割慈忍爱，为国忘家，温太真绝裾而去，原无累乎盛名。而余之出也，仅为糊口之谋，不作立名之计。室家虽好，风雨飘摇。骨肉无多，死生契阔。留此一身，以伴老母。凄凉之况，已不堪言，乃不为反哺之鸟，复作离巢之燕。双袖龙钟，又挥别泪；一声骊唱，竟不回头。此后欢承菽水，更有何人，望切门闾，不知几日，谁非人子，处此万难之局，未有不徘徊瞻顾，欲行复恋者，近别甚于远别，小别难于永别，固不必道路几千，时序变易，始觉此别之黯然销魂也。

余母为余治装，褡被一条，布衣数袭，一一缝缀而折叠之。一针一血，其痛由母心而转彻余心。余知此行已无可挽，然悄然竟去，心岂能安！余于是不得不陈情于余姊之前矣。余所求于姊者无他，欲姊留家伴母，代余之职耳。而余母此时，虽不沮余之行，未尝不痛余之行。成行尚在明朝，而叮咛千万语，已于先一夕倾筐倒箧而出之。若恐临别仓皇，一时说不了者。余以是知余母之爱余深也。视老人之颜色，计别后之情形，此心乃震震欲裂，顾竭力制泪，不欲复为母见以伤其心。然母若已窥余隐，忽正言以勖余，旋复婉言以慰余。余第唯唯，而母言滔滔，似江河之不竭。世无有慈母而愿离其子者，余母亦犹人耳。因其学问识见，俱高人一等，故爱子之念，寄诸精神，不形诸词色。余聆母叮咛之语。足动余儿女之情。复聆母训诫之言，又足振我英雄之气。生我者母，成我者亦母。此别太无端，此恩真罔极也。余姊平日，谈吐生风，豪放自喜，是夕亦至无欢。余欲彼留家伴母，彼在理必允余之情。彼之爱母，固无异乎余之爱母。余不能不行，彼可以不去也。

　　喃喃一夕话，余母舌敝，余魂碎矣。听到晓钟，惘然就道，别时情况，至为凄恋。余母转无一言，惟以一双枯瞳，炯炯视余，欲泪不泪。余此时欲忍痛觅一慰母之言，而方寸已乱，竟不可得。良久始得数语曰："母亲，儿去矣。待到清明，当遄归视母也。"母闻言微颔其首。余姊则诏余曰："弟到校后，速以书来，免家人盼望。此后亦须时时通问，毋吝平安二字也。"余敬应曰："诺。"正徘徊间，而舟子不情，解维自去。好风相送，帆饱舟轻，一回首间，而杳杳家门，已没人晓光迷漫中矣。

第二章 二 月

此行也，与子春偕，舟中并不苦寂，而余则涕泣登舟，慈容遽隔，听欸乃之橹声，拨余心而欲荡。沧波路杳，游子魂孤。推篷一望，远山蹙恨，如愁乱攒，寸寸离肠，为渠割断。湖水作不平之声，呜呜咽咽，亦若和人饮泣者。江春早景，大足娱人，离人视之，伤心惨目。子春见余不乐，则曲相慰藉，谓："苏常犹邾鲁耳，一水相通，往还至易。小别数月，何事戚戚为也？"余叹曰："余非恋家，恋老母耳。"余与子春别二年，此二年中，余家小劫沧桑，子春固未知一二。今日余愿膺斯职，在子春亦未尝不以为讶，谓与余之初志相违也。一舟容与，絮絮谈心，乃以不得已之苦衷，告余良友。子春闻之，亦深为扼腕曰："枳棘丛中，非栖鸾凤之所。子姑安之，腾达会有期也。"

夕阳在山，暮烟笼树。余舟已傍岸歇。子春先登，旋偕石痴来迎余。行装甫卸，肴核纷陈，同席者为副教员李杞生、石痴及其父光汉，此外尚有一叟，崔其姓，石痴之戚也。子春一一介绍于余。石痴为人，风流倜傥，矫矫不群，一见如旧相识，若与余三生石上，订有夙缘者。其父年约六旬，精神矍铄，谈吐甚豪，绝非乡曲顽固者流。副教员李杞生，去冬毕业于锡金师范学校，石痴聘之来，任音乐、体操、图画等科。与余寒暄数语，即知为毫无学养者，其一种浮嚣之气，几令人不可向迩。近来新学界人物，类李者正多。余性介介，厌与若辈交接。前所以不愿投身此中者，正以薰莸之不能同器耳。今初次任事，即遇此人，姑无论其人品如何，学问如何，而聆其言论，察其行为，已与余心中所厌恶而痛绝者，一一符合。此后将与彼同卧起，同饮食，晤言一室之内，周旋一年之久，寂寞穷乡，生涯已云至恶，复得此不良之伴侣，相与其处，其何以堪！余之来此，其第一事未能满余意者，即此是矣。

是校系私立性质，校费所自出，秦氏之私款也；校舍所在地，秦氏之庄舍也。屋宇宏敞，空气光线，俱十分充足，似此适宜之校舍，求之乡间，殊非易得。余下榻处在室之东隅，四面有窗，地亦不恶，惟与李联床，殊令余梦魂为之不安。于春已于今晨去，石痴亦将行，交才晤面，别已惊心。余于未见石痴之前，意石痴亦常人耳，迨既接其人，丰姿比玉，咳唾成珠，才华之茂，器局之宏，胥足动人钦慕，与余性情之投契，真有所谓倾盖如故者。嘉宾贤上，晨夕流连，弹铗曳裾，此缘不浅。惜乎会合无常，别离甚促。剪西窗之烛，夜雨多情；挽南浦之船，东风无力。但看片帆开处，即是天涯。余心之怏怏为何如耶！

余来校二日矣，尚未开课，枯坐无欢。时过石痴家，与其清谈。而可厌之杞生，追随不舍。余行亦行，余止亦止，时来噪聒，其所语乃无一堪入耳者。石痴之意，亦似不乐与之周旋。闻此人来历，出于当道某公之保荐，石痴不得已而纳之者。余初晤石痴时，彼即以全校主持，责余一人，盖亦知此人之不可恃矣。今石痴将离余而去，惟剩此伧日扰余之左右。未来之岁月，余正不知其何以消受也。

石痴之行，余惜之亦复妒之。当此黄祸燃眉之际，正青年励志之秋，余亦欲东耳，安能郁郁久居此乎？顾附尾有心，着鞭无力，相人相我，显判云泥，蹉跎蹉跎，余其为终穷天下之士矣。此行无意，得遇石痴，石痴亦引余为同志，结来短促之缘，莫补平生之恨。从此月明茅店，不敢闻鸡。血洒中原，看人逐鹿。天下兴亡，匹夫有责。诵顾氏之言，能不令余汗珠儿湿透重衫耶！

今夕石痴置酒招余，与余作别，明晨出发矣。离筵一席，反令行人作东道主，是亦一笑谈也。是会也，杞生以小病不赴。席间少此一人，殊快余意，因与石痴纵饮谈心，豪情勃发，借他人酒杯，浇自己块垒。余之心事，石痴尚不能知。余对于石痴之行踪，实不胜前路茫茫之感。石痴固无以慰余，余之不能告石痴也。酒酣耳热之馀，身世之悲，胡能自遏！即席赋诗，以赠石痴，余亦不自知其为送别之诗，抑为怨穷之作也。

羡君意气望如鸿，学浪词锋世欲空。恨我已成下风手，荠花榆荚哭春风。

　　情澜不竭意飞扬，密坐喋吟未厌狂。沽酒无忘今日醉，梅花未落柳初黄。

　　唐衢哭后独伤情，时世梳妆学不成。人道斯人憔悴甚，于今犹作苦辛行。

　　不堪重听泰娘歌。我自途穷涕泪多。高唱大江东去也，攀鸿无力恨如何。

　　榜童夷唱健帆飞，乡国云山回首非。但使蓬莱吹到便，江南虽好莫思归。

　　更无别泪送君行，掷下离觞一笑轻。我有倚天孤剑在，赠君跨海斩长鲸。

　　河桥酒慢去难忘，海阔天长接混茫。日暮东风满城郭，思君正渡太平洋。

　　林泉佳趣屋三间，门外红桥阁后山。君去我来春正好，蓉湖风月总难闲。

春宵苦短，小住为佳。竟夕深谈，不觉东方已白矣。酒杯才冷，烛泪未干。惜别有心，留行无计。仆夫负装相催，舟子整篙以待，于是石痴行矣。出门一望，晓色犹濛，听啼鸟数声，权当骊歌之唱。而小溪一带，稚柳成行，冶叶柔条，尚未为东风剪出，不足供攀折之资料也。风光草草，云影匆匆，聚散无常，此别亦嫌太促矣。石痴既登舟，余亦惘然返校，五日馀欢，从兹收拾，惟于脑海中，增一良友之影象。花明驿路，不胜去国之思；草长阶除，讵免索居之感。迢迢千里，可与相共者，惟有江上清风，窗前明月耳。

今日为开课之第一日。第一时上修身课，余方上讲坛，而怪象忽见，几令余不能毕讲。盖乡校情形，本不能与城校例视，而是乡地点较僻，风气之闭塞，民情之顽固，尤为锡金各乡冠。余初谓石痴办学，凤有经验，一年中之成绩，必有可观。及身入其中，而不可思议之怪象，叠呈于余之眼帘。其程度与未开化之野人等耳。办学者过于严厉，固足偾事，专事因循，亦少成效。石痴办是校，盖坐宽猛不能相济之弊。乡人子弟，平日皆所狃习，一旦庄以相莅，事诚大难。此无庸为石痴讳，且亦不足为石痴咎也。

　　然则是校若永远为石痴自任教务，将终不能有所成就矣。此其故石痴亦明知之，临岐之际，以全校责任，郑重付余，云"弟去之后，一切总望君以大度容之"。余方讶其语不伦，而不知其固有为而发也。乡中鲜读书之士，愚民无知，视学校如蛇蝎，避之惟恐不遑，嫉之惟恐不甚，是校之成立，石痴盖已历尽困难，始得规模粗具，而察其内容，实一完全私塾之不若，学生二十馀人，额本未足，而年龄之相差，至堪奇异，有长至二十馀岁者，有幼至五六岁者。是乡俗尚早婚，学生中已授室者有二人，问其年龄，已届中学毕业之期；问其程度，则当初等二三年级而不足。有某生者，其子亦七岁矣，与乃父同时入学。子固蠢然，父亦木然，可笑亦可骇也。因年龄之相差太远，管理教授上，不免多所窒碍。余登坛后一见此状，诧为得未曾有，眼为之花，口为之噤，而当时足以窘余者，更别有人在，不仅此陆离光怪之生徒也。

　　学校者，乡人所反对者也。既反对矣，对于校中之教师，往往不知敬礼，而加以侮蔑，甚或仇视之。求疵索瘢，尤其长技。即品端学优者，偶一不慎，亦足贻人口实。为乡校教师，其难盖如此，况余非锡人而为锡校之主教，尤足动彼都人士之注意。方余初至，乡人闻之，麇集来观，如窥新妇，其情景与渔父初入桃源时，殆相仿佛。幸余非女子，不然视线所集，踞蹐至于无地矣。今日开课，若辈闻讯，相率偕来，围观如堵，来者大率非上流人，短衣窄袖，有赤足者，有盘辫于顶者，更有村妇数辈，随众参观，口中大呼："看洋先生，看洋先生！"指点喧哗，无所不至。堂中学生皆其子弟，于是有呼爷者，有呼妈者，有呼哥与叔者，甚有径入课堂，相与喁喁私语者。余不得已为之辍讲，禁之不可，却之不能，婉言以喻之，无效，严词以拒之，亦无效。若辈不知学校为何地，更不知规则为何物。既不可以理喻，复不可以威胁。若辈非黔驴，余竟为鼯鼠矣。

　　去者去，来者来，喧扰竟日，至罢课后始鸟兽散，非特余不能堪，即杞生亦为之减兴。幸至次日，来者渐稀，余又诏木工于课堂外树一棚以拦之（是校附设秦氏义庄内，故不得禁人之出入）。彼等乃为之裹足。间有一二顽梗之尤，不得其门而入，则大怒，申申詈教师之恶作剧。余只听之，旋亦引去。顾外界之干涉未终，内部之困难方始。学生程度不齐，顽劣而不率教者，占其大半，如木石如鹿豕，教之诲之，不啻与木石居，与鹿豕游也。余非深山之野人，此间又乌可以一朝居耶！

今日课罢，晚晴甚佳，杞生邀余出游。余亦因终日昏昏，欲出外一舒烦闷，乃允偕行。杞生身操衣，足皮鞋，橐橐然来，路人多属目焉。或窃窃私议，或指而詈之曰："此洋贼也，私通外国者也。"余一笑置之。杞生怒目相向，然亦无如之何也。行尽街，得一桥，过桥达于北岸。北岸无人家，弥望皆荒田，田中杂树丛生，乱草蓬勃，生意固未歇绝，中有块然而纵横者，则暴棺也。即而视之，棺多破碎，或亡其盖。间有小树出于棺之小穴中，人立而颤，白骨累累，狼藉地上，积而聚之，可成小阜。生理学家见之，当居为奇货，较之寻常蜡制之品，固尤为确而有征也。余不知研究及此，对此枯骸，徒呼负负。而是间空气恶浊，更不可以久留，乃挈李去休。归时拾得胫骨一小枚，以为兹游之纪念。前所记之暴棺，大率皆村中贫农，死不能葬，弃之野田。俾与草木同腐，遂使阴惨之气，笼罩一村。雨夕烟朝，啾啾盈耳，是乡固不乏坐拥厚资者，而为富不仁，熟视无睹。人鬼同居，恬不知怪，埋胔掩骼，一视同仁。此至可仰至可崇之慈善事业，固不能望之于铜臭翁守钱虏也。然长此不加收拾，新鬼故鬼，络绎趋赴其间，血肉代滋田之水，骸骨为铺地之金，岂惟人道之贼，抑亦卫生之障，闻每年夏秋之交，乡人中疫而死者，必以数十计。是岂无因而然欤？石痴非无力者，知兴学以加惠乡人子弟，独不见及此，同一公益事，胡厚于生薄于死？此则余所大惑不解者，异日函询石痴，石痴当有以答我。

余又闻之乡人云，是乡在数百年前，本为丛葬所，杳无人烟。不知何时何人，披荆棘，辟草莱，将土馒头斫而平之，建筑房舍，以居民人，遂成村落。惟所成之屋，悉偏于南，北岸则任其荒弃。即今乡人弃棺之所，其地原为古墓，实非荒田。置棺其中，固其宜也。即今南岸人家，其下皆数百年前之枯骨，鬼不能安，故时有啸于梁而阚于室者。是说也，余固笑之，而乡人信之殊笃。有患病者，不为延医，先事禳鬼，往往因施治不及而致毙，迷信之祸烈矣。

只身穷士，举目无亲。伧父顽童，长日相对。俯仰不适，言笑谁欢？课馀无事，欲出游散闷，而信步所至，途人指摘于前，村儿嬉逐于后，若以余为游戏消遣之资者。自抚藐躬，实不堪为众矢之的，以是不敢出校门一步，埋颈项于斗室之中，听风雨于孤窗之下，几闷煞没头鹅矣。今日幸于寂寞无俚中，得一良伴，其人何人，则秦氏义庄司会计者，亦秦姓，字鹿苹。其人虽盲于文学，而豪于谈吐，朴实诚悫，浑然太古之民，而野性不驯，疏狂落拓，与余亦不甚相左。十步之内，必有芳草。苹踪偶合，兰臭相投。吾不图别石痴而后，复于斯地遇斯人也。

鹿苹家邻村，余初至时，渠适归。今日来，乃与余款接。彼盖以会计员之资格，兼任校中庶务一席者也。鹿苹嗜酒，余亦为麹生至及。鹿苹好弈，余虽不善此，然努力亦可借一。四五钟时，铃声一振，诸生鸟兽散，鹿苹即来就余。一樽相对，娓娓清谈，其味弥永。鹿苹读书虽不多，而见闻殊博。酒酣耳热，唇吻翕张，上至国家大事，下至里巷琐谈，一一为余倾倒出之，若海客之谈瀛，若生公之说法，虽有稽无稽，未能鉴别，语言凌杂，多半荒唐，然能令余听而忘倦，其魔力亦复不小。残酒既尽，楸枰遂开，相与驰骤纵横，迫奔逐北，局终兴尽，分榻酣眠，不知东方之既白。如是者，亦足偿一日之苦矣。故自鹿苹来，余乃大乐，戏呼之为"黑暗世界之明星。"每晚课罢，非酒风习习，则棋声丁丁，非口诵如流，则手谈不倦。一一周旋，犹虞不及。而出游之念，自归淘汰。为吾谢村中人，从兹十字街头，三叉路口，或不复有"洋先生"之踪迹矣。

乡人信鬼，余已志之日记中。多见其闭塞之深，迷信之剧而已，然信鬼之说，固非无因。是乡荒僻过甚，人事无闻，而鬼迹独著。余来此渐久，乃得闻所未闻，大谙鬼趣。校舍为秦氏义庄，亦为秦氏家祠，讲堂之后，木主累累，不知几百，由下而高，重重叠叠，兀峙其间。若此数百木主，魂各以为依据，此地不啻为鬼之大巢穴。以余等数人，与之为邻，阳少阴多，其必无幸。且闻庄客言，当年平垄筑舍时，此间枯骨独多，与人同处，鬼亦难安。时有警告之来，不啻逐客之令。故胆小如鼷者，辄一夕数惊，不久即谢去。今所存之庄客，为数不及十，皆自谓力能胜鬼，故可高枕无忧也。又一人言，往年六月，纳凉庭畔，月光之下，曾亲见一红衣女子，掩映桐阴，冉冉而没。余固不信，然言者凿凿，心亦不能毋动。意其言若果可信者，余今常客是间，亦当有所闻睹。此后迢迢长夜，益不愁寥寂寡欢矣。

余与杞生同卧室，室之外为庶务室，亦即义庄之会计处也。室置一案，账册纵横其上，鹿苹当据坐是间，持筹握算，一日万机，非头脑清明者，固亦无能理此乱丝也。其卧处与是室毗连，萧然一榻，长夜独眠。室极狭，一榻外无馀地。余每以不得与之联床共话为恨。日中余上课之时间，亦为彼办公之晷刻。至余课完，而彼之公事亦毕。浊酒三杯，围棋一局，夜深归寝，日以为常。盖彼之办公，亦有限制，未尝见其焚膏继晷，以补日间之不足也。畴昔之夜，事乃大奇，风雨声中，夜阑人倦。余既就枕，意鹿苹亦作甜乡之游矣。急雨打窗，睡魔远遁，辗转不能成寐。忽闻有声来自隔室，知鹿苹犹未睡，方手拨盘珠，其声滴沥盈耳。俄又闻磨墨隆隆声，展纸飕飕声，与窗外风声、雨声相唱和，益恼人眠。未几诸声并息，又闻启抽屉声。俄而钑钑铮铮，纷然大作，则以银币相触而成此声也。余呼鹿苹，鹿苹不应，起视，一灯昏然，群籁未寂，喧扰达旦，那复成眠！黎明即起，入视鹿苹，方披衣下床，余讶甚，问之曰："君彻夜未息，此时不妨假寐，胡便起为？且余昨夜呼君，君胡以不余应也？"鹿苹亦讶曰："异哉君言！夜睡甚甜，君何所闻而谓余未睡？"余曰："然则昨夜有事于室中者，非君也耶？"鹿苹笑曰："君真见鬼矣。余昨夜先君就睡，君宁未知？碌碌终日，头脑为昏，夜长梦多，谁复耐作此琐碎欲死之生活！"是时杞生亦起，闻之笑余妄！谓："余与君联榻眠，胡独一无所闻？君殆误以雨声渐沥为拨珠声耳。"昔人言鬼而余不之信，今余言鬼而人亦不之信也宜也。

鹿苹知余非妄言，则俯首而思。久之，憬然曰："是矣，余之前任曰黄老者，精于计学者也。在此任事十馀年，去岁殁，乃承以余。闻黄老生前，颇能忠于其职，十馀年来，账册且盈箱，取而核之，未尝有锱铢之误。昨君所闻，必黄老之魂也。彼盖死而不忘其主，深恐后起如余，或有忝厥职，故不辞风雨而来，一调查余之成绩也。若是则一篇糊涂帐，昨夜必为渠揭破。余其危矣。"余曰："信如君言。余昨夜悔不闻声而起，觇其作何情状。人每以人为鬼，而余则以鬼为人，是仍与鬼无缘也。即便君言果确，余终坚持辟鬼主义耳。"鹿苹笑曰："强项哉君也！不幸而干鬼怒，连夕与君作恶剧，君将奈何？"余曰："昨误为君，致余心耿耿，觅睡不得。若知为鬼，早甜然入梦矣。"因相与一笑而罢。

余初至时，石痴设宴款余，席上不尚有崔翁其人乎？崔为石痴远戚，此子春告余者。当时草草终席，未与一谈，余已忘之矣。今日星期，午后乃来谒余。老人须发皓白，颜色甚和蔼可亲。倾谈之际，乃知此老固以垂暮之年，历伤心之境。有儿不禄，有女方笄，哀寡媳之无依，恐幼孙之失学。其意欲使余于授课之馀，惠斯童稚。问其年才八龄，茕茕弱息，祖若母均爱之。虽已届上学之年，不忍令其胜衣就傅，与村中顽童为伍也。翁之来意，盖欲余移榻其家，趁黄昏之多暇，沐绛帐之馀春。且谓家有精舍，亡儿往日曾读书其中，小筑一椽，地颇不俗。庭前花木，亦略具一二，足供游赏之资。已遣童仆扫除，敬候高贤之驾。察其言若甚殷勤，余正以与李同处，厌恶殊深，今得脱离，宁非大快！且崔翁之意，亦未可负，竟不踌躇，欣然承诺。

次日，余下榻于崔氏之庐矣。崔氏子名鹏郎，红氍毹上，拜见先生。冰神玉骨，非凡品也。乃祖云："儿性颇慧，若母尝于绣馀之暇，教之识字，今已熟读唐诗数十首矣。"试之，果琅琅上口，不爽一字。孺子洵可教也。何物老妪，生此宁馨，有儿如此，其母可知矣。

由余寓达余校，仅一里有半。余从此朝为出谷之莺，暮作还巢之燕，相违咫尺，往返匪艰。而昔日村人每见余，辄作眈眈之视，今余日日徘徊中道，渠等已属司空见惯，因任余自去自来，不复加以注意。而余与杞生，昔为鸦凤之同巢，今作管华之割席。投馆如归，恍释重负，宁复惜奔波之苦者？惟鹿苹与余，无半月之流连，有十分之交谊，豪兴方酣，顿被横风吹断，从兹棋局酒杯，一齐搁起，灯昏月落，大难为情。此事若余不即允崔翁而先就商于彼，彼必力为沮尼也。

余自寓居崔氏后，作客之苦，浑然若忘。思家之念，于焉少杀，盖崔氏之所以供余者良厚。感贤主之多情，占旅人之幸福，穷途得此，亦足以少自慰藉矣。崔氏之家庭，寥落之况，与余家如同一辙。崔翁之子，博学能文，而天不假年，遽赴玉楼之召。崔翁衰年丧子，老泪痛挥，何来矍铄精神？只有颓唐病体。家庭间琐屑之事，更不足以撄老人之心胸。一肩家政，担之者谁？则鹏郎之母耳。闻鹏郎之母，系出名门，夙著贤誉，清才淑质，旷世寡俦。十五嫁作崔郎妇。十六生儿字阿鹏。红袖青衫，春光大好，笙歌听尽，便唱离鸾。年才周夫花信，镜已断夫菱根。偕老百年，遂成幻梦。遗孤六尺，又复累人。阿翁促摇烛之年，稚子待画荻之教。秋月春风，如意事消磨八九；事老抚幼，末亡人生活万千。女子中不幸之尤，殆未有若斯人者。余也萍踪飘荡，身为人幕之宾；花事阑珊，魂断坠楼之侣。绛盘双蜡，尚知替客长啼；春水一池，漫说干卿底事。苍昊无情，遍布伤心之境；青年多难，孰非失意之人。不知我者，谓我轻薄，知我者，谓我狂痴。杳杳天阍，真欲诉而无从矣！

鹏郎之母，白姓而梨影其名。此余得之于其侍婢秋儿之口者。秋儿年十四，颇慧黠，且勤敏能治事，凡余室中整理洒扫之役，以及捧匜沃盥，进膳烹茶，皆彼任之。彼自云乃梨夫人遣以侍余者，稍怠且获谴。又为余言，夫人深敬先生，所进殽馔，皆夫人亲作厨，娘纤手自烹调者。且侦知余嗜饮，每饮必设醴。晚餐已具，秋儿旁侍，余则引壶徐斟，津津有味。秋儿喃喃为余述闺中韵事，谓夫人才貌俱优，劣者命耳。婢于侍夫人久，知其夙娴吟咏，幼时有学士之称。既来归，郎君亦复嗜此。妆台之畔，牙签玉轴，触目琳琅。兰闺春永，夫婿情深，红袖添香，彩窗分韵，凤凰于飞，和鸣锵锵，见之者以为神仙眷属也。迨少主人殁，夫人哀痛之馀，心灰泪涸。加以百务丛脞，乱其芳心，由是吟情销歇，笔砚荒芜者且半载。其后卒因结习难蠲，而无穷幽怨，舍此更无从发泄。月夕烟晨，复时作孤猿之悲啸。婢子每见其悄背银釭，轻拈斑管，伸纸疾书，飔飔作春蚕食叶声。一幅书成而泪滴盈盈，与墨痕同透纸背。迄今案头丛稿，积有牛腰。惜婢子不识字，不知其连篇累牍而说不了者，为何种伤心句也。余闻秋儿言，乃知夫人非惟贤妇，抑亦才女也。秋儿言时，不期而泪被面。却喜雏鬟能解事，灯前细说可怜虫。余独何人，能闻此语？梨影梨影，亦知天壤间尚有伤心人何梦霞耶？

第三章　闰二月

殢雨初歇，湿云酿阴。轻风剪剪，客心欲碎。怅望乡云，杳无的信，不识故园尚有未残梅否？杞生请假归，久而不来。校务委余兼任，终日昏昏，沉闷欲死。惟晚来一枕蘧蘧，稍觉甜适。不作日记者，已半月于兹矣。此半月中，事亦无可记。来此绝境，操此生涯，既无资料，又少心情，此后余日记簿中，将多不填之空白矣。

石痴抵东已久，海天万里，两度书来，稽懒庄荒，未有以报。其第二函中，有诗叫绝，系与东友在大森看梅之作。录以示余，并索余和。此书来亦旬日，想石痴此时正屈指计邮程，翘首盼飞鸿矣。书不可不答，诗亦不容不和也，枕上吟成，苦无佳句，聊以慰石痴之望而已。

　　东风吹恨满天涯，梦断罗浮不忆家。故国山河残破甚，争来海外发奇花。

　　吹葭已变旧时灰，才见森林绽早梅。毕竟东方春信晚，一枝先已向南开。

　　倩问何人种此梅，今朝尽为使君开。世间急待调羹手，尽许东风着力催。

　　一从迁植到山房，忘却当年处士庄。铁石心肠移不得，而今也斗入时妆。

书室前有庭一方，庭无杂树，一梨花，一木笔而已。梨树大可合抱，高亦寻丈，木笔则枝干伛偻如侏儒，其低者仅与檐齐，遥对梨花，若甘拜下风者。以二花之品言之，一极平淡，一极绚烂；一为出尘标格，一为媚世容颜；一多风流自赏之姿，一俱憔悴可怜之态。雅俗不伦，荣悴异遇，不知当时花主人，何以将此二花并植一处！然而万紫千红，无非薄命。东风恩怨，一例无边。弱如梨花，易受风摧雨打；灿如木笔，亦岂能常开不谢！吾为此论，真不通之甚矣。今年春信较迟，斯时之梨花，正烂漫盈枝，亭亭玉立。设不幸而遇无情之风雨者，不日且就残矣。昐彼辛夷，犹含苞未坼，珍重第一花，赊得春光几许，诚哉早发不如晚达也。

东风飞快，剪尽韶华。雨雨风风，又值禁烟时节。校中循例放假焉。午饮薄醉，乡思如焚，粥香饧白之天，酒尽愁来之候，重门深掩，风雨凄凄，凭吊梨花，飘零一半矣。昨日枝上鲜，今朝砌下舞。余固知其无能久恋也。嗟嗟！蝶梦成烟，尚有未归之客；莺声如雨，已催将暮之春。好景不常，虽怀曷遣，诵放翁"又见蛮方作寒食，强持卮酒对梨花"之句，能不黯然欲绝乎？

日来风雨二师，大行其政。今晨阳乌偶出，遽尔逃匿，若十三四好女儿羞见人也。向午淅淅沥沥之声，又到愁人耳边矣。院落沉沉，春光深锁，一时的真个冷清清地。酒醒奇渴，自起瀹新茗，焚好香，按洞箫信口吹之，居然一市上乞人矣。又如赤壁舟中客所吹呜呜之调，宛转哀怨，嫠妇安在？闻之或可泣否？一曲既罢，小立回廊，视梨花正纷纷自下。白战一场，无言自泣，风景弥复凄黯，因口占一绝句云：

> 冷人冷地太无情，一片闲愁眼底生。日薯东风吹更急，满庭梨雨下无声。

清吟乍歇，鹏郎忽来，手携芳兰二茎，为余插之瓶中，嘻然曰："先生寂寞哉！以此伴先生。"余问："花何来？"曰："此吾家所固有者。阿母最爱此花，长日与之相对。先生亦爱之否？"余曰："此花香清韵淡，余亦爱之。惟汝识之，花不可轻折也。植于盆中，可延一月。折而养于瓶内，不数日而瘁矣。"鹏郎曰："阿母亦尝以此言戒余。余今日折而赠先生，阿母固不余怒也。"言已自去。

异哉此不可思议之兰！果胡为乎来哉？味鹏郎言，则赠兰者非鹏郎，固自有人在也。余对此兰，益不胜美人香草之思矣。濯濯之姿，尘飞不染。依依之态，我见犹怜。渺渺兮余怀，望美人兮于一方。兰不能言，其何以解余之心感平？因作《对兰》、《问兰》二诗以寄意。

> 含烟泣露可胜情，折取瓶中懒自呈。未许岩峦终志操，不妨风雨
> 过清明。瘦来只恐香成泪，淡极应惟我称卿。从此名香无用赝，垂帘
> 静坐足心倾。

> 怨否芳春占已迟，美人空谷尽相思。同心结佩知谁许，竟体扬芬
> 怎自持。明月几时照清梦，托根何地寄幽姿。孤标果许人怜惜，为我
> 低头对面时。

环校皆山也，群峰初霁，拨黛若沐，掩映于碧油槅子间，其状万变。就中有一山，突兀撑空，纵横数十里，作势如奔马，视众阜如婴提。群山若侍从者，则所谓鸿山是也。考之邑乘，鸿山原名让皇山，又名铁山，有泰伯遗墓在焉。曩游虞山，尝谒仲雍墓，初不知泰伯墓在何处，窃意二子之逃也，行踪既非两歧，遗蜕应同一穴，而千百年后，各占一山，遥遥相望，此亦不可言者也。让皇山更名鸿山，则以梁鸿与孟光同隐于此之故。至又名铁山，则不知何所取义矣。

每岁清明，远近士女，在山下作踏青之举。是日红男绿女，踵接肩摩，有万人空巷之观。其近者则携樽挈榼而来，其远者或命车棹舟而至。一年一度，人趁风颠，远岫迎人，娇莺留客，极一时之豪兴，收十里之春光。过此以往，则寂寞空山，凄凉古墓，只有夕阳翁仲，枯木寒云，无言相对而已。盖是山绵亘十数里，四无人烟，离城鸢远，王孙公子，不来此处着鞭，逸客骚人，更是从来绝迹。一年中惟清明一日，附近村民，相与捣裳连袿，山前山后，喧逐如狂，不过循成例以为欢，趁良辰而共往，熙熙攘攘，殆无有知踏青为韵事者。就中田夫野老，樵子牧童，占过半数。欲求一啸青吟翠之徒，搜峭探奇之客，盖属绝无，仅有如天末美人，可望而不可即。此余于未游鸿山之先，询诸鹿苹而知其然者。

"清明时节雨纷纷，路上行人欲断魂。"今岁清明，适应是语。风雨无情，败尽游人之兴，踏青惯例，乃迟三日举行焉。鹿苹招余同游。余不获辞，且欲一揽鸿山之胜，乃棹扁舟而往。盖是山离校十馀里，一两芒鞋，难胜是役，余复不能健步，故代之以舟。然"踏青"二字，未免有名无实矣。

山之四围，绝无胜处。俗传鸿山十八景，其第一景则曰大脚姑娘，其

他尚何足道！最特色之点，厥为泰伯墓，次则梁鸿祠。墓在山阳，崇封屹屹，形势郁蟠。墓前有大红山茶两株，大可合抱，花如缀锦，殆灵气之不钟于人而钟于物者欤！祠在山麓，形式至为简陋。败壁颓垣，仅支一角。祠亦无主，惟所祀梁鸿、孟光之像则尚存。男则白山道袍，丰神奕奕；女则钗荆裙布，颜色怡怡。高风千古，辉映后先。瞻仰之馀，令人慨慕。夫以三让高踪两贤芳躅所止之地，宜其转移风化，垂教无穷，数千百年后，生其地者，犹多盛德君子焉。以余所闻，则不其然，岂其遗泽已尽欤？

山势甚崒巍，而枯瘦于秋。生意都歇，既无郁郁丛林，并乏萋萋芳草，名曰踏青，毕竟无青可踏。游人如带，紧束山腰，不知若辈所藉以游目骋怀者果何在也。而高原之上，败棺纵横，白骨狼藉，几于遍山皆是，以点缀此可怜春色，较之曩者大田中所见，殆如辽东之豕，少见称奇，令人到此，几疑深入不毛，萧条满目，宁复忆是踏青时节，拾翠风光哉！来斯广漠之区，那得登临之趣？只觉凄凉热闹，两不可堪。俯仰游观，一无所得，索然兴尽，鼓棹而归。途中口占两绝，聊记斯游之幻。

绿惨红愁色未匀，出门风物几曾新。故乡春半不归去，野鸟山花空笑人。

青山无语对斜晖，人世荣华旦暮非。多少枯骸萦蔓草，清明不见纸灰飞。

东风无赖，人软于绵。昨夜中酒，今晨致不能起。幸校课在第四小时，不妨蘧蘧一枕，暂偷半日闲也。案头瓶兰已僵，残泪欲滴，静中相对，悠然而动遐思。香魂一缕，欲断未断，呼而祝之，花闻之乎？花犹如此，人何以堪！余亦殆将病矣。

灯花落尽，稚子不来。独坐寡欢，羁愁叠起。忽忆故乡尚有二三知己，如汪子静庵，邵子挹青，皆余昔时吟友。回首当年，时相过从。三月莺花，一船诗酒，此乐正复不浅！嗣余惨遭家难，抱恨终天。读礼之馀，啸吟俱辍，遂与二子疏，然犹末至数月不见也。今则故人无恙，独客无聊。落月屋梁，怀思靡已。梅花岭树，瞻望徒劳。重拾坠欢，更不知在何日矣。永夜怀人，不能成寐。且凭尺素，以写我心。二子得之，当有以慰我也。与静庵书曰：

暮霭苍苍，关山色死，此如伺景象耶！单床冷席，孤寂如鹜，此如何地位耶！顽童数辈，终日聒噪，此如何生活耶！而梦霞以一身当之，不其危哉！盖自风雨孤舟，飘摇到此，忽忽已匝月于兹矣。愁中滋味，尝遍十分；病里光阴，抛来几日。回首荒店品茶，丛祠赌弈，情澜不竭，密坐谈心，曾几何时，恍惚若梦，渭北江东，云愁树惨。我所思兮，杳不可见。浮世光阴，隙驹之影耳；人生聚散，沙鸟之迹耳。黄昏不寐，摊书独坐，乡思羁愁，百无聊赖。不徐不疾之钟声，若与我问答焉；不明不灭之灯光，若为我撮影焉。叹世运之不齐，伤命途之多舛。鸡声落月，刘琨起舞偏迟；雁影西风，庾信伤心太早。才人薄命，名士工愁。同病如公，何以教我？嗟乎！笔墨无情，莺花易老。君才如海，我志将灰。浊酒一杯，此身何有耶？裂素写意，聊寄殷勤。春风多便，惠我好音，勿使消息如瓶井也。

与挹青书曰：

> 浮云一别，殢雨三春。酒分诗情，而今搁起。故乡春半，可归不归，得母莺花笑客乎？故人无恙否？乡园事事驱人出，只有朋欢系客赐。别来消息沉沉，忘筌之交，何藉中山毛生，虚问寒温也。风尘知己，落落曙星。昨日惜秋短章投我，颇知近状。徐郑二子，已否晋省？雪泥异路，恐此后踪迹如秋叶也。寒乡孤客，穷苦万状。花娇柳宠，触目尽足伤心；燕语莺歌，入耳者成苦趣。三杯闷酒，一曲风琴，近日生涯，殊落寞耳。足下襟怀洒落，才思纵横，诗不多作而有奇思。昔人句云："春物诱才归健笔。"未知今春之笔健乎？否乎？如有佳作，肯录示一二以慰羁人之渴想否？（下略）

寒食清明都过了，雨丝风片正愁人。斯时阶下梨花，零落殆尽。一片春痕，狼藉满地。有情人对之，殊未能恝然也。方花盛时，我固尝为花之主。栏杆时凭，香雪频闻，既不能护花于生前，免受风饕雨虐，复不能慰花于死后，任共堕溷沾泥。花死有知，应叹遇人不淑矣。趁着星期无事，何妨收拾一番，俾眼底残春，不留馀影。葬花韵事，埋玉多情。古之人有行之者，余亦何妨学步。乃就庭畔凿土成穴，抬花片纳诸其中。土坟然隆起，成一冢形，植枝其上，以为标识。约两小时而竣事，检视枝头，所存盖无几矣。而彼对待之辛夷，则正嫩苞初坼，浓艳欲流，骄贵之气，咄咄逼人，一若无限风光，为渠占尽。虽然，此俗艳也，我殊不喜。我不敢自谓别具看花之眼，夫以梨花之色静香恬，苟非俗物，殆未有不爱者。余友挹青尝有句云："万紫千红都看厌，还亏本色此间存。"余谓确合此花身分。惜乎琼姿濯濯，早来零落之悲；玉骨珊珊，易受摧残之惨。开时常泣，满枝都是泪痕；落后谁怜，入地犹留梦影。对此一抔香土，余其能无所悲耶？凭吊未已，哭之以诗：

> 幽情一片堕荒村，花落春深昼闭门。知否有人同溅泪，问渠无语最销魂。粉痕欲化香犹恋，玉骨何依梦未温。王孙不归青女去，可怜辜负好黄昏。

> 本是泥涂不染身，缘何零落逐烟尘。明知入地难重活，只愿升天早返真。几缕香魂明月夜，一抔荒土玉楼人。再来此地茫茫甚，莫觅残英更忆春。

独吟独会，低徊不能去。一回首间，而秾艳之辛夷，又触余之眼帘矣。彼花虽非余意所属，然亦不可无诗以咏之。心有别感，诗语未免唐突，然据意直陈，不作一矫情语。辛夷有知，或不嗔我薄情也。

> 脱尽兰胎艳太奢，蕊珠宫里斗春华。泡枝晓露容方湿，隔院东风信尚赊。锦字密书千点血，霞纹深护一重纱。题红愧乏江郎笔，不称今朝咏此花。

夜凉如水，依约三更，此时余早入梦。吟魂栩栩，正缭绕于梨花香冢之间。忽闻一片哭声，凄清入耳。而余醒矣，辨哭声所自来，似在窗外，颇滋疑惧。徐按衣起，就窗隙窥之，见一缟衣女郎，亭亭玉立于月光之下。始则倚树悲啼，继则抚坟痛哭，缠绵哀怨，若不▆▆▆▆女郎何人？非梨影而谁欤？夜阑人静，来此凄凉之地，发此悲咽之▆▆▆低徊，啼痕狼藉。彼非别有伤春怀抱者，何为而至▆▆然则此花幸矣，既得余为之收艳骨、妥香魂，复得彼女郎之情泪，滋斯冢土。但未知彼哭冢中之花，亦曾一念及葬花之人耶？亦知葬此花者，因为伤心之余耶？隔着一层红纸，几眼疏棂，尽情偷觑。夜深寒重，瘦骨怎生消受！嗟夫梨影，殆颦儿后身耶？不然，胡泪之多而情之痴耶？

"流泪眼观流泪眼，断肠人送断肠人。"此烂熟之盲词，乃为余昨宵之实境。余自目送伊人去后，其呜咽之哭声，仿佛常滞余之耳根。其寂寞之玉容，仿佛常印余之眼膜。中宵辗转，心事辘轳，百感纷来，双眸难合。

未明而兴，徘徊庭阶之下，踯躅香冢之旁，万滴红冰，依稀耀目。正遐想间，鹏郎倏至，嘻然谓余曰："先生真个爱月眠迟、惜花起早矣。彼满地落花，非先生拾而埋之土中耶？先生爱花若是，真花之知己也。"余闻此语，知非出自小儿之口，则漫应之曰："余非爱花，特爱洁耳。残花之当收拾，犹蔓草之必芟除耳。"鹏郎唯唯。

今夜余自校中归，室中乃发现一至奇异之事，检视案头，余所著《石头记影事诗》一册，已不翼而飞，并昨日之新稿，亦遍觅不得。异哉！入此室者，果为何人？窃诗而去，意又何居？个中消息，殊堪研究也。余之出也，户必加扃，而下锁焉，外人固末由而入也。即属外人，亦必无此窃诗之雅贼。余方穷其心思，以侦此事之究竟，而一注目间，荼蘼一朵，灿然陈于地上，抬而视之，已半蔫矣。反覆而玩索之，簪痕宛在，香泽微闻，知必自美人头上堕下者。噫，吾知之矣，其人为谁？盖梨影也。梨影之入余室而取余诗也，有怀春之思耶？抑有怜才之意耶？余之对于此事，将置之不问耶？抑与之通辞耶？虽然，彼已孀矣，余安所用其情哉！秋娘已老，我无杜牧清狂；文君自奔，我少相如才调。然而穷途潦倒，客舍凄凉，得此解人，以慰寂寞，纵非意外良缘，亦属客中奇遇。而况青衫红粉，一样飘零，同是可怜，能无相惜？我即欲已，情又乌可以已。无已，请管生一行可乎？乃作书曰：

> 梦霞不幸，十年蹇命，三月离家。晓风残月，遽停茂苑之樽；春水绿波，独泛蓉湖之棹。乃荷长者垂怜，不以庸材见弃。石麟有种，托以六尺▓▓▓▓▓幕燕无依，得此一枝之借。主宾酬酢，已越两旬。凤夜图维▓▓▓▓▓报。而连日待客之诚，有加无已。遂令我穷途之感，到死难忘。继闻侍婢传言，▓▓凤夫人贤德。风吹柳絮，已知道韫才高；雨溅梨花，更惜文君命薄。只缘爱子情深，殷殷致意；为念羁人状苦，处处关心。白屋多才，偏容下士。青有泪，又湿今宵。凄凉闺里月，早占破镜之凶；惆怅镜中人，空作赠珠之想。蓬窗吊影，同深寥落之悲；沧海扬尘，不了飘零之债。明月有心，照来清梦；落花无语，扣遍空枝。蓬山咫尺，尚悭一面之缘；魔劫千重，讵觅三生之果。嗟嗟！哭花心事，两人一样痴情；恨石因缘，再世重圆好梦。仆本恨人，又逢恨事；卿真怨女，应动怨思。前宵寂寞空庭，曾见梨容

带泪；今日凄清孤馆，何来莲步生春？卷中残梦留痕，卿竟携愁而去；地上遗花剩馥，我真睹物相思。个中消息，一线牵连；就里机关，十分参透。此后临风雪涕，闲愁同戴一天；当前对月怀人，照恨不分两地。心香一寸，甘心低拜婵娟；泪墨三升，还泪好偿冤孽。莫道老妪聪明，解人易索；须念美人迟暮，知己难逢。仆也不才，窃动怜才之念；卿乎无命，定多悲命之诗。流水汤汤，淘不尽词人旧恨；彩云朵朵，愿常颁幼妇新词。倘荷泥封有信，传来玉女之言；谨当什袭而藏，缄住金人之口。此日先传心事，桃笺飞上妆台；他时可许面谈，絮语扑开绣阁。

余自来之僻境，尘氛已绝，俗虑全蠲，眼前可与语者，舍鹿萍外，几不可再得。日中上课，如傀儡之登场；傍晚归来，如老僧之入定。至此境界，方寸灵台，实无用其纷扰。所有者，思亲之泪、还乡之梦而已。乃近数日来，无端而有吟兰之草，无端而有葬花之举，又无端而月下忽来情影，更无端而案头失却诗篇，种种不可思议之事，忽于清净无事中，连续发生。绕来眼底新愁，勾起心头旧恨。此意怦怦，静极而动。余亦不自知其所以然，意者此间殆有孽缘耶？

只为一封书，辗转中宵，何曾交睫。今日思之，此书殊太冒昧，以彼心同枯井，节比寒松，而余无端以绮语聒之，宁不足以召玉人之怒？一旦事发，余将置身何地？然不足虑也，衅自彼开，一纸瑶笺，夫岂无因而至？况余心坦白，初无非分之干求，多情如彼姝，读是书也，其或有同是天涯之感，而以一眶清泪饷余也。彼果不能谅余意者，则流水本无心，余亦何必自寻烦恼。所虑者，情网缠人，欲避之而无由耳。余方默自探索，而为余传书之鹏郎，已携得复书至。一幅簪花妙格，灿然陈于余之眼前矣。

> 白简飞来，红灯无色。盥诵之馀，情文虽艳，哀感殊深。人海茫茫，春闺寂寂，犹有人念及薄命人，而以锦字一篇，殷殷慰问于凄凉寂寞中耶。此梨影之幸矣。然梨影之幸，正梨影之大不幸也。梨影不敏，奇胎堕地，早带愁来。粗识之无，便为命妒。翠微宫里，不度春风。燕子楼中，独看秋月。此自古红颜，莫不皆然。才丰遇啬，貌美命恶。凡兹弱质，一例飘零，岂独一梨影也哉！人生遇不幸事，退一

步想，则心自平。梨影自念，生具几分颜色，略带一点慧根，正合薄命女儿之例，不致堕落风尘，为无主之落花飞絮，亦已幸矣。今也独守空帷，自悲自吊，对镜而眉不开峰，抚枕而梦无来路。画眉窗下，鹦鹉无言；照影池边，鸳鸯欺我。个中滋味，固是难堪。然低首一思，则固咎由自取。不加重谴，免受堕落之苦。天公之厚我已多，而尚何怨乎？夫以多才多情如林颦卿，得一古今独一无二之情种贾宝玉，深怜痛惜，难解难分。而情意方酣，奸谋旋中。人归离恨之天，月冷埋香之冢。泪账未清，香魂先化。人天恨重，生死情空。凤因如彼，结果如斯。梨影何人，敢嗟命薄？使梨影而不抱达观，亦效颦卿之怨苦自戕。感目前之孤零，念来日之大难。回文可织，夜台绝寄书之邮；流泪不干，恨海翻落花之浪。病压愁埋，日复一日，试问柔躯脆质，怎禁如许消磨？恐不久即形销骨立，魂弱喘丝。红颜老去，恩先断而命亦随之俱断；黄土长埋，为人苦而为鬼更苦矣。此梨影平日所以当以自怜者自悲，又常以自悲者自解也。乃者文旆遥临，高踪莅止。辱附葭莩，不嫌苜蓿。鹏儿有福，得荷裁成；梨影无缘，未瞻丰采。自愧深闺弱翰，漫夸咏絮之才；侧闻阆苑仙葩，颇切葵倾之愿。私心窃慕，已非一朝。继而月中摹花冢碑文，灯下诵《红楼》诗句，尤觉情痴欲醉，缕缕交萦，才思如云，绵绵不断，几疑君为怡红后身。自古诗人，每多情种；从来名士，无不风流。夫以才多如君，情深如君，何处不足以售其才？何处不足以寄其情？而愿来此断肠地，眷念未亡人，殷勤致意？读君之书，缠绵悱恻，若有不能已于情者。梨影虽愚，能不知感！然窃自念，情已灰矣，福已悭矣，长对春风而唤奈何矣。独坐纱窗，回忆却扇年华，画眉情景。念四番风，花真如梦；一百六日，春竟成烟。破镜岂得重圆？断钗乌能复合？此日之心，已如古井，何必再生波浪，自取覆沉？薄命之身，诚不欲以重累君子也。前生福慧，既未双修；来世情缘，何妨先种。彼此有心，则碧落黄泉，会当相见。与君要求月老，注鸳牒于来生，偿此痴愿可耳。梨影非无情者，而敢负君之情，不以君为知己？但恐一着情丝，便难解脱，到后来历无穷之困难，受无量之恐怖，增无尽之懊恼，只落得青衫泪湿，红粉香消，非梨影之幸，亦非君之幸也。至欲索观芜稿，梨影略解吟哦，未知门径，绣馀笔墨，细若虫吟，殊足令骚人齿冷。君固爱才如随园，苟不以梨影为不可教，而置之女弟之列，梨影当脱簪珥为贽，异日拜见先生，涤砚按纸，愿任其役，当不至倒捧册卷，贻玷师门。此固梨影所深愿，当亦先生所不弃者也。区区苦衷，尽布于此。泪点墨花。浑难自辨，惟君鉴之。梨影谨白。

噫！是人乃有是才耶。则其命之恶也，固其宜矣。一幅深情，如怨如慕。惺惺之惜，余岂无心？此书也，不啻为导余入情关之路线。此后余一幅未干之眼泪，又不愁没洒处矣。

情之所钟，正在吾辈。得一知己，可以无恨。余非到处钟情者，亦非不知自爱者。年逾弱冠，中馈犹虚。不知者疑有他故，实则余之心积愁成恨，积恨成痴，黄尘莽莽，绝少知音。一片痴心，原欲于闺阁中得一解人，乃求之数年，迄无所遇。此念消灭已久，今岁饥驱到此，初无访艳之心，而忽得一多才多情之梨影，余固自负情痴，彼更怜才心切，遽引余为知己，此不可谓非吾生之奇遇。情之所钟，其在是乎？然而名花有主，早嫁东风，岂惟罗敷有夫，且作姮娥终寡。余以了无关系之人，与之达缄札、通情款，虽云心本无他，毕竟情非所用，将来结果，必有不堪设想者。然则绝之乎？难端自我发者，自我收之，固未晚也。无如此时之心，已不由余自主。除非彼能绝余，则余尚可收拾此已散之情丝，不复粘花惹草。倘彼亦如此者，则此重公案，如何了结？当以问之氤氲使者。噫，知己难得，得一巾帼知己尤难。余已得之，宁非大幸？已矣已矣，愿拚此身以与情魔一战矣。

余伏案单此数行之日记，为时已近黄昏，方搁笔时，而新词一阕，又发现于砚匣之底，取而读之，录其句曰：

> 骂煞东风总不知，葬花心事果然痴。偶携短笛花间立，魂断斜阳欲尽时。　　情切切，泪丝丝，断肠人写断肠词。落花有恨随流水，明月无情照素帏。（调寄鹧鸪天）

怨句清词，深情若揭，若非清照后身，定是小青再世。余诵此词，不期而泪湿纸角。识字为忧患之媒，多才即聪明之误。文人多穷，古今一例，况其为薄命红颜哉！忍战碧翁，既假之以才，何为悭之以福。既悭之以福，何不并靳之以才。使其无才，则混沌不凿，感触不灵，不知所谓愁，不知所谓怨，并不知所谓情，浑然过此一身，则亦已耳。奈何天生美人，不与以完全幸福，偏与以玲珑心孔，锦绣肝肠，使之宛转缠绵，多愁善怨，度幽囚岁月，寻眼泪生涯，终其身无展眉之日。是中因果太不分明，虽欲解之，未由也已。

日前鹏郎为余插兰瓶中，历数日而憔悴，今已香销玉陨，无复含烟泣露之态矣。鹏郎嘻然来，指瓶而谓余曰："此花枯矣。请以好花为先生易之。"言毕，即取瓶中枯茎，掷之于地。余急拾之起。鹏郎笑曰："先生何爱惜残花若是耶？"余曰："花虽残，犹有骨在。吾人爱花之容，当兼爱及花之骨。千金市骨，古今传为美谈。余亦当为此花遗骨，寻一好去处耳。"鹏郎连点其首，若有所会。余回视瓶中，则彼已为余易一香醋红醉之花矣。余微愠曰："鹏郎，曩语汝花须留在枝头看，不可轻折以损花寿，汝奈何又忘之耶？"鹏郎曰："先生言，余识之。然此花亦阿母教余折取，以供先生赏玩者，毋责余也。"余再视其花，形如喇叭，色深红，问："此花何名？"鹏郎曰："此及第花也。先生乃不识耶？"异战花名，乃逆余耳。此春风得意之花，胡不去媚长安道上之探花郎，乃来伴我凄凉之孤客，不亦辱没芳名而羞煞鲰生耶？彼梨影之赠此花，有意耶？无意耶？惜余之沦落无聊，抑嘲余之蹉跎不振耶？回首前尘，余能无感欤？因成六绝句以答之曰：

> 东风何处马蹄香，我见此花欲断肠。会得折枝相赠意，十年回首倍凄凉。

> 浮生换得是虚名，感汝双瞳剪水清。痛哭唐衢心迹晦，更抛血泪为卿卿。

> 几回伤别复伤春，大海萍飘一叶身。已分孤灯心赏绝，无端忽遇解情人。

> 背人花下展云笺，赋得愁心尔许坚。只恐书生多薄福，姓名未注有情天。

> 梦云愁絮两难平，无赖新寒病骨轻。一阵黄昏纤雨过，离人听得不分明。

> 满目乌鸦噪奈何，情缘深处易生魔。东风来去须珍重，莫遣惊涛起爱河。

崔氏之家,去村里许。竹篱茅舍,淡写春光,颇足流连玩赏。较之近村之荒田败棺,一派萧飒气象,真是别有天地。舍后有一草场,广可一亩。场上芳草芊绵,迎青送绿,间有黄白或深紫之小花点缀其上,如铺五色毡罽。履其上,滑而且软,倦则可藉以为茵,枕手而看晚山,颇得宗少文卧游之趣。场之前界一小溪,溪水潺潺,能悦人耳。板桥架溪上,如玉炼之横陈。夕阳西下,时有牧童樵子,渡溪而归。人影历乱,倒入波中,如演新奇影戏。溪旁绿柳成行,迎风作蹁跹舞。过溪则阡陌纵横,一望无际。远山近水,绿树红桥。如斯风景,欲拟桃源矣。

余日周旋于尊严之课堂,夜坐卧于局促之斗室,厥状类囚,幸有此舍后一块土,为遣泄闷遗怀之地。故每至课罢归来,辄独往草场,送此匆匆之暮景。或席地坐,或缘溪行,夕阳如醉,红挂柳梢。凝眺徘徊,得少佳趣。直至暮烟四合,暝色苍然,乃行而返。比至书舍,则灯光乍明,晚餐已具,又须重理胡孙工生活矣。余虽终日沉闷,留得此晚来一霎之光影,亦足为终朝辛苦之补偿。且比来数日,更有一特异之景象,入余眼帘,有足以驻余之足,而使余低徊留之不能去者,则余于此处,乃获见伊人数画也。

舍南舍北,编堇为篱以围之。一带粉墙,斜阳恋其一角。余每于草场上遥望之,仿佛有衣光鬓影,掩映于乱烟残照间。彼梨影者,镇日价困守兰闺,亦应恼闷,故徒倚门间,风前小立,聊遣幽情耶。否则其知余至此,不惜天寒袖薄,姗姗而来。从墙隅篱隙,偷觑个郎也。分明对面,若即若离,咫尺天涯,银河遥阻。唐人宫词有曰:"玉颜不及寒鸦色,犹带昭阳日影来。"余乃不如日影,犹得从寒鸦之背,斜过墙腰,度上玉搔头也。挑灯独坐,回思日间所遇,似真似幻,赋律绝各四首以记之。

梦也迷离恨也迢,啼莺何事苦相招。多情似说春将去,一树残红半已销。

深情缕缕暗中传,伫立无言夕照边。将面如何人更远,思量近只在心前。

吟魂瘦弱不禁销,尚为寻芳过野桥。欲寄愁心与杨柳,一时乱趁晚风摇。

相思无处觅来由,好似痴鱼自上钩。薄命累卿卿怨否,茫茫情海共沉浮。

壮不如人老可知，风尘我已倦驱驰。未能消恨宁辞酒，非为怜才不说诗。压病埋贫甘落寞，良辰美景懒追随。今来此地茫茫甚，受尽凄凉却为谁？

宵深先怯被池单，烛泪何心不住弹。好梦能寻终是幻，同人相对强为欢。云沉重岭鹃魂小，月上空梁燕额寒。闻道蓬莱今有路，好风借便到非难。

风前小立瞥相逢，浅黛深鬟有病容。腰带分明春后瘦，脸波依约酒馀慵。半墙残日留纤影，一抹寒烟杳去踪。两处独眠情悄悄，难禁今夜五更钟。

浪迹天涯感断蓬，落花何语骂春风。座无佳士眼常白，灯照离颜影不红。杜宇寄愁来枕畔，柳丝牵梦度墙东。文窗六扇重重锁，幽会恐劳想象中。

第四章　三　月

余父生平酷嗜杯中物，余秉其遗传性，亦与麴生结不解缘。盖攻破闲愁，非此无能为力也。自来此乡，俗冗不断，常妨把盏。而是乡茶楼酒家，绝无仅有。湫隘器尘，不堪驻足，惟足供田夫野老，息肩解渴而已。呼童行沽，多不可饮，不得已聊以润我枯喉。放翁诗所谓“村酒甜酸市酒浑，犹胜终日对空樽”者也。自寓居崔氏后，乃得倾其家制春酿，其味醉醺，迥异市品，余乃大乐。且主人爱客，每饭必具壶觞。余之酒肠，遂无枯燥之时。加以新愁满眼，欲拨难开，若无红友劝人，只合青衫常湿，余因是益狂不饭休，冀作醉乡之游，暂脱愁城之厄。然而酒入愁肠，酡然易醉，比醉而愁乃更甚。或至哭泣，人谓酒能消愁，余谓可消者必非真愁，真愁必非洒力所能消，其反动力或适足以翻腾脑海思潮，膨胀心头热血，令人斫地呼天，不能自已。今晚偶醉，万恨齐来，成长歌一首，录示梨影。梨影阅之，或詈余狂，或怜余痴，余亦不暇问也。

梦霞梦霞尔何为，身长七尺好男儿。尔之处世如钝锤，尔之命恶如漏卮。待尔名成得遂。苍蒲须有开花期。忆尔幼时舌未稳，凌云头角削玉姿。偷笔作文学涂抹，聪明刻骨惊父师。观者谓是丹穴物，他年定到凤凰池。而今世事以迁移，尔河依旧守茅茨。十年蹭蹬霜蹄蹶，看人云路共奔驰。今日人才东渡正纷纷，尔阿不随骥尾甘守雌？乌雀常苦肥，孤凤不得竹实而常饥；乌雀皆有栖，孤凤不得梧桐而伤离。人生及时早行乐，尔何工愁善病朝欷暮唶而长噫！饥驱寒逐四方困，日暮途穷倒行而逆施。寒饿孤灯一束诗，心力抛尽不知疲。尔何不咏清庙明堂什，惟此写愁鸣恨纸劳墨瘁为此酸声与苦词。尔生二十有三载，世间百忧万愦何一不备罹，少壮情怀已若此，如何更待朱颜衰。吁嗟乎尔之生兮不如死，胡为乎迷而不悟恨极更成痴？看花得意马蹄疾，尔之来兮独迟迟。落红狼藉难寻觅，空对春风生怨思。闲愁满眼说不得，以酒浇愁愁不辞。倾壶欲尽剩残沥，洒遍桃叶与桃枝。一日愁在黄昏后，一年愁在春暮时。两重愁并一重愁，令夜无人悲更悲。三更隔院闻子规，窗外孤月来相窥。此时之苦苦何似，游魂飘荡气如丝。泪已尽兮继以血，泪血皆尽兮天地无情终不知！掷杯四顾愤然起，一篇写出断肠词。是墨是泪还是血，寄与情人细认之。

无端小病，淹缠床褥者一旬。校课久荒，日记亦于焉中断。今幸就痊，而镜里容颜，已非昔日。医者谓须调摄，不可劳精疲神，即笔墨之事，亦应暂为捐弃。故虽能强起，只于庭前试脚，未出舍门一步。然医者欲余捐弃笔墨，沉伏斗室中，舍此又何以自遣。因翻日记簿，补记病中之状况。

余之病也，半伤于酒。彼夜大醉后，晨起头目晕然，似宿醒犹未解者。继而大嗽，有物自喉间跃出，视之血也。连嗽连吐，余遂失其知觉。比醒，则余身已僵卧榻上，一人以手按余掌，崔翁亦在旁。知此老热肠古道，讯知余病，已为余延得歧黄妙手矣。医费姓，颇负时名。既诊余脉，曰："此似心疾，幸所感尚浅，能捐除万虑，不涉愁烦，当可获愈。藉非然者，则非医生之所能为力也。"余闻医言，知病源不误，心乃大惧。且知咯红一症，患者多不治，余体羸弱，今犯此，宁有幸者？不幸作他乡之鬼，尚有倚闾老母，将何以为情，余罪不更重耶！明知此症系伤情所致，不斩除万叠之情丝，将无以保全一线之生命。然而孽根深种，怨愤难消，辗转衾枕间，殉情之念，与惧死之心，交战于胸，神志为之益昏。而斯时之梨影，亦为余多担一重心思。鹏郎则如穿帘燕子，倏去倏来，以报告病情于玉人之耳。余于昏愦中，伏枕书一律以示之。

情魔招得病魔来，愁乱如丝拔不开。天上难平牛女恨，人间谁识马卿才。三生宿债今生果，九死痴魂不死灰。若是情关能打破，四禅天可免风灾。

至第四日，余稍清醒，鹏郎复以书至，随后秋儿捧方开之蕙兰两盆，置于榻前之案上。余问："何为？"则曰："夫人言，以此代先生药石也。"余不觉为之感绝，徐取其书，展而阅之。

醉歌方终，病魔旋扰。深闺闻耗，神为之伤。只以内外隔绝，瓜李之嫌，理所应避。不获亲临省视，稍效微劳，十分焦灼，莫可言宣。闻君之病，中酒也。然中酒者，病之所由起，而伤情者，则病之所由来也。鲜红一掬，此岂可以儿戏者？情海茫茫，君竟甘心身殉，而捐弃此昂藏七尺乎？呜呼！君亦愚矣。君上有老母，下无后嗣，一肩甚重，莫便灰颓。梨影诚不敢以薄命之身，重以累君也。君果爱梨影者。则先当自爱，留此身以有待，且及时而行乐。眼前虽多烦恼，后此或有机缘。谚云："留得青山在，不怕没柴烧。"此方虽小，可以喻大。请君即其旨而深思之。愁城非长生国，奈何久居不出，以自困而自囚哉？昨闻医者，亦谓君病系心疾，服药不能见效，夫心疾须以心治之。一念之苦乐，生死之关头也。但使灵台不昧，奚须药石为功？制恨抑愁，以熄情火。平心静气，以祛病魔。言尽于此，愿君之勿忘也。芳兰二种，割爱相赠。此花尚非俗品，一名小荷，一名一品。病中得此，足慰岑寂，且可为养心之一助焉。临颖神驰，书不成字，纸短情长，伏维珍重。

书尾附有五绝二首，系分咏二花之作，并录于下：

一品名休美，家贫无好花。素心人此夕，应共惜芳华。（大一品）

故与淡烟遮，销魂是此花。藉兹情种子，伴尔病生涯。（小荷）

余病中得此多情之抚慰，良胜于苦口之药石。而案上之盆兰，阵阵幽香，由鼻观沁入心脑，更觉神清气爽，心胸豁然，病竟若失。感谢玉人，所以惠余者良不浅也。今日已能握管，应亦有以报之，乃作小简，并填小词二阕。

既惠名花，复颁佳句。深情刺骨，我病已苏。重帘不卷，香气氤氲，不啻与卿晤对一室，促膝谈心也。呜呼！卿之厚我，可谓至矣。卿不忍余为情死，卿若此，余又何忍下为卿死哉！花名二咏，幽娴婉丽，如见卿之为人。两花字韵，不脱不粘，令人叹绝。呜呼！多才薄命，自古已然。名士美人，同声一哭。然后知余与卿相怜相惜，一往情深者，固非无因也。春见多厉，卿亦宜善自珍摄，千万勿以余故，有伤玉体，则余更无以对卿矣。惓惓深情，笔何能罄。略书数语，藉慰锦怀。

思佳客（大一品）

报答春晖擢紫芽，盈筐合献帝王家。头衔品自无双贵，芳国香应第一夸。承雨露，嗜烟霞，却甘淡泊洗铅华。余情已向幽丛托，不爱春风及第花。

忆萝月（小荷）

花娇欲语，抟露如攀雨。冉冉情根还乞护，恐有鸳鸯魂驻。相遗我感情深，合欢梦里同寻。卿性幽如兰性，侬心苦比莲心。

填成自视，笔涩词呆，远不如来诗寥寥四十字之切合自然。深情刻露，竟不能以多许胜彼少许矣。昔贾宝玉与大观园姊妹联吟，名字常题榜尾，非稻香社主，故加屈抑，亦非宝玉才不能胜，实故作劣诗，自甘让步，此自是情人作用。余则初无是想，且刻意求工，而卒无以胜，未知梨影之才，视诸林、薛诸人何如？余愧无宝玉之深情，亦愿尽焚芜稿，拜倒妆台，北面执弟子礼矣。

晴日一窗，不写《黄庭》而写情简，自责亦复自怜。更翻前月日记，有咏兰二律，此诗已得诵之香口。前次赠兰，慰余客中寂寞，此次赠兰，伴余病里生涯，用意相同，寓情弥永。彼因爱兰而推爱及于余，余能不因爱赠兰之人而兼爱此兰耶？感念之深，殊殷馀恋，觉前诗犹未足以尽余之意也．爱武原韵，再成两律：

馨香远赠寄深情，露眼如将肺腑呈。君子有心同臭味，美人此意最分明。更无别艳能移我，除却斯花那比卿。今日素琴须一奏，忘言相对两相倾。

春风识面太迟迟，令我潇湘系梦思。佩岂无缘终不解，芬犹未尽恐难持。任他群卉夸颜色，只愿终身伴素姿。一掬灵均香草泪，兰闺同此断肠时。

乘养病之馀闲，作传情之密简，叠叠锦笺，粉如雪片。屈彼人鹏（意指鹏郎）作青鸟使，个中秘密，殊无虑局外人知其一二也。余前欲索观梨影诗稿，渠未允余，余亦不敢强。今乃又向之哓哓，谓闭户养疴，长日寂寂，对兰思卿，神为之往。更诵佳句，弥殷想慕，想卿耽吟自昔，积稿必多。曩者见索，未蒙俞允。偶然忆及，情如饥渴。卿如念余，其毋吝此。此函去后，果生效力。是夕鹏郎以一小册子来，题曰《醉花楼吟草》。余大喜过望，开卷则有一笺夹于其中，乃先阅之。

　　侬无命，且无才，君何苦苦逼侬，必欲侬献丑而后已，未免大不相谅矣。吟咏一事，从前颇喜为之，然月夕花朝，聊以自遣，不足云诗也。自遭不幸，意兴索然。此事抛弃已久，所存者只数年前旧稿一小册。中多自伤身世之作，如秋虫唧唧，应时诉哀，阅之令人无欢。夜阑灯死，自诵一过，泪洒云蓝，辄将新痕把旧痕湿透。君仔细认之，当分得出几重泪迹也。曩所以索而不与者，以君亦伤心人，似此怨苦之音，入君之耳，徒累君悲增忉怛耳。今若此，则魏收之拙，不能再藏，而君司马之泪，亦岂能自制乎！（下略）

嗟乎！余得此诗，乃尽悉彼姝身世，一天欢喜，果化作一天烦恼矣。此一册断肠草，固成于未赋离鸾以前。当时秦嘉徐淑，双影翩翩，正花好月圆之候，宜乎芦帘纸阁，叠韵双声，互织同功之茧，不为啼血之鹃。而乃笔尖吐露，只有哀音；花底推敲，尽芟绮思。岂诗人多穷，闺阁亦难逃此例耶？盖至性所流，情难境易。外感所触，怨比欢多。嗟乎梨影，固生带愁根者。幼伤孤露，椿萱之荫无存；长更伶仃，姊妹之花又折。人生不幸，无过于斯。即令夫婿情多，锦帏春好，亦难化哀思为烟云，托秾情于风月。然而篇存怀旧，聊抒已往之悲；字触灵机，又作未来之谶。言为心声，感应至捷，无家之痛，重以无夫。从此一生，更无馀望。是固彼苍之故厄其遇，抑亦梨影之有所自取也。披阅数过，茶残香冷，弥复塌然，乃择其尤凄惋可诵，及与若人身世有关系者，录数篇于余日记，以志不忘。

　　韫玉余姊，归梁谿顾氏，清才早世，永绝诗筒。逝者悠悠，生者怅怅。花光月影，增悲于清夜良时；剩札遗诗，触动于窗前灯下。姊也早逝，先赴清虚；我尚偷生，浑难解脱，挽歌当哭，了恨无期。

　　慧业生成早悟禅，消魂恰值放青莲。一身如寄原无碍，万事全抛始是仙。料得难忘儿女爱，可能即到父娘前。帐中蝴蝶伤虚幻，愿祝迢登兜率天。

诵姊遗诗感作

姊妹戏呼元白友，何期才美早成仙。余情胜似香山老，痛对遗诗忆昔年。

韫玉楼中玉化烟，梁谿风月失吟仙。抛诗起问梅花道，我住人间得几年。

手把遗编泪似丝，此生无复共吟期。人间多少伤心恨，最苦花残春尽时。

闻　雁

雁声风送白云开，凄咽悠扬入耳哀。两岸芦花一条水，年年辛苦客中来。

读《长生殿》传奇

乱烟零草不胜春，一树梨花葬玉人。碧落黄泉无可问，雨铃凄咽独伤神。

阅《西湖佳话》

春到孤山翠似屏，玉梅花曲韵堪听。不消细辨真和假，总觉堪怜是小青。

阅史有题

争战河山得几年，美人香草夕阳边。古今多少兴亡恨，付与寒鸦啄乱烟。

有　忆

蟋蟀声中雨似烟，关心偏忆少年时。联床姊妹新秋夜，此景如吟梦里诗。

阅回文诗

读罢回文月上初，妙文真可愧相如。窦郎犹是钟情客，不负萧娘知纸书。

梅　花

冰姿玉蕊影翩翩，风送幽香雪后天。雅淡最宜来月下，清高原合占春先。六桥流出空山梦，一笛吹开古岭烟。不效巡檐争索笑，知花早已悟枯禅。

统阅全稿，伤逝之作占其半。兹录者尚未及十之二三也。其馀《长生殿》、《西湖佳话》、回文诗及梅花之末联，当时聊寄闲情，后日尽成谶语。心之所感，事即应之，有莫知其所以然者。使梨影自将诸诗玩其意味，而证以今日之境地，应亦爽然自失。知一点灵犀，已早作来日大难之警告，而当时固未之觉也。

余又赴校数日矣。病后精神，已如其旧。晨出夕返，脚踪儿忽东忽西；枕冷衾单，梦魂儿忽颠忽倒。盖一病之馀，于余身初无所损，而转有所益。所益者非他，脑蒂之潮，翻飞十丈；胸头之血，热胀一腔。愁丝之乱者益梦，心灰之死者复活。明知不宜久恋，而情魔逼人，节节进步。虽未至失足，却大有不肯回头之意。余亦不自解何以迷惘至是。昨宵梦里，竟至离魄，仿佛身轻如燕，飞入香闺，与个侬絮絮话情，难分难解。而饥鼠跳梁，惊回好梦。灯花半萎，寒照床头。鬓影衣香，杳不可迹。则又废然而叹，不复成眠。枕上成诗八绝，晨起录出，以云梨影。不知渠亦曾同梦否也？

　　落魄劳卿烙外怜，青禽几度费鸾笺。世间那有痴于我，悟到痴时痴更颠。

　　瘦尽伤春病要成，百般情绪总难明。旁人未识余心苦，劝向红尘学养生。

　　游子他乡恋旧衣，壮心痴愚两俱违。近来不作还家梦，只傍妆台夜夜飞。

　　灯寒漏涩夜何如，正是孤窗月上初。好梦乍醒衾半冷，卧听饿鼠啮残书。

　　仙凤无路到蓬莱，此恨终身撇不开。蝴蝶已挤痴到死，肯教飞上别枝来。

　　愁来愁去两心知，梦想魂劳十二时。幸有诗篇能代语，不然何以慰想思。

　　倚门独立数归禽，麦浪如云思共深。柳织愁丝长几丈，应知共系两人心。

　　多情却似总无情，见面无言背面行。何日素心人对面，诉将哀怨到天明。

余自病后，已戒除杯中物，主人知余意，亦不复以壶觞供客。每届晚餐，只登饭颗之山，不入酒泉之郡。今日夏至，校中无课，余乃饭于馆中，秋儿复为余设饭具，且侑以一盘樱桃梅子，充仞其中。盖吴中习惯，每逢佳节，必荐应时果品。夏至之食梅樱，犹中秋之供菱藕也。三杯饮尽，已觉微醺。更食青梅一颗，酸沁齿牙，不复能饭。酒阑意倦，倚枕假寐。俄而一片痴魂，居然化蝶，又飞绕于香闺绣阁之旁矣。栩栩移时，闻耳畔有人高唤，遽然惊觉，张目而视，则鹏郎立于余侧。余笑曰："鹏郎，汝乃学鼠子作剧，扰人清梦耶？"鹏郎不答，授余以纸。余曰："是又诗债来矣。"接而阅之，纸尾附数语曰："君案头有《石头记》，可假侬一阅？"余乃起，取书付鹏郎，更书四绝以示之曰：

　　墙角桑阴守野庞，午慵难遣睡魔降。梦中起把新诗读，蝴蝶当窗飞一双。

　　百结愁肠得酒宽，麦风微飔送馀寒。而今始识相思味，直与青梅一样酸。

　　前辈风流事有无，春烟蜀市客行沽。诗心应比琴心苦，欲觅当年旧酒垆。

　　一卷《红楼》梦醒馀，情怀渺渺独愁余。今朝付与闺中看，误尽才人是此书。

异哉余病！不知其所自来，亦不知其所自去。咯红一症，本非癣疥。余初病时，沉沉若死，药石不能攻。医生为余忧，即余亦未尝不自惴惴。而一言之劝，憬然而悟；一念之转，霍然而苏。神速若此，生死之权，果操于谁之手欤？余固梦梦，旁观白有清者。清者何人？梨影也。梨影谓余病系伤情所致，斯语殆确。然使余不病，梨影决不肯遽为此言以慰余，彼所谓伤情者，非与彼深有关系在耶？夫余未病之前，梨影于余，若有情，若无情。虽瑶缄往返，诗筒唱酬，一点芳心，早暗地作惺惺之惜。而言语动作间，尚不免有所顾忌，未有以表示其爱情之热度。迨余一病，然后不能自制。灯下侍儿，传言琐琐；床前爱子，顾影依依。沉挚之思，心为焦灼；馨香之赠，意更分明。娓娓爱语，款款深情。药烟病榻间，乃尽够余消受。人情于有关系之人，骤闻其遭不幸事，未有不惊惶无措、言动改常者。究竟梨影视余，果有关系与否，余未敢知。然就彼数日中表示于外者测之，则梨影之心，一余之心耳。彼果无意于余者，何为而若此？余知彼闻病后，所以为余忧者，有甚于余之自忧者也。余非彼亦不病，梨影既知余矣，余复何病哉！

　　个人一点真情，表现于余之病后者，尤多缠绵恳切之处。今日层层追忆，殊令余且感且惭，又悲又喜也。一诗稿也，曩日靳不我示者，此日索之，而一卷清词，已饱余之馋眼。尤可感者，余病已愈，初无需于药石，而秋儿传夫人命，日遣医生视余，意若谓个郎病后，身弱如花，非得药力滋补，难复健矣。余昔日啜此苦口之汤，而攒眉梗咽者，今日啜之，醲醲然有馀味焉。鹏郎自余病后，辍读至今。余意其荒于嬉也，遣秋儿招之来。则曰："夫人自课矣，先生可早眠以将息病体也。"余赴校之日，秋儿尚来尼余，谓余大病新愈，宜静心调摄，俾可恢复精神，毋遽奔波自苦。秋儿能言，一鹦鹉耳。调而教之者，自于人在也。余以旷课兼旬，久劳杞生庖代，今能强步，不欲再累他人。宁负此谆谆之密嘱，复为草草之劳人。固知爱我者之心，尚为余悬悬而莫定也。

　　余嗜饮，而屡躯羸弱，不胜酒力。此次之病，伤于情者半，伤于酒者亦半。梨影知之，则为一痛切之函，戒余辍饮。略谓酒能败德，亦能伤身。魏秀才非好相识，绝之为宜。君如念侬言者，其勿再沉湎以自贻伊戚也，余得此函，曾口占二绝以答之曰；

病渴无才转自危，堆肠积肚是相思。会看索我枯鱼肆，瘦骨知能耐几时。

花前病酒也风流，争奈寒宵形影酬。感汝殷勤频劝诫，教侬何物可消愁。

梨影之所以待余者若此，余之所以感梨影者何如。迟暮相逢，嗟此缘之已晚；缠绵不解，复馀思之难艾。余初认为片面之相思，今则确知为双方之互感矣。方余病中，亦尝自危自惧，自警自责，力欲摆脱此情丝束缚，还我一无牵挂之身。而今病后思量，弥增痴恋。此心又胡能不作死灰之复活者？情根不可割，病根又胡以除？明知薄福书生，终作含冤情鬼。顾后来之事，此时殊无暇计及，惟持余一点痴心，消受此眼前托福而已。

第五章　四　月

今日徇杞生之请，举行春季旅行，赴鹅湖各校参观焉。鹅湖为锡金重镇，山水清嘉，夙称善地，风气之开，较他乡独早。学校林立，成绩斐然可观。李率学生整队行，余独棹小舟往。归途过一村名蛮里者，云即昔日泰伯逃居之地。村有泰伯遗庙，规模宏丽，气象犹新。因率堵生入庙瞻仰，且小憩焉。庙中主持，为一老道士，能诗，年八十馀矣，童颜鹤发，意致洒然，与语绝风雅，不作长生不死谈，真有道之士也。余口占一律以赠之曰：

> 出门遇道士，双袖拂红霞。铁笛横吹晚，看山不忆家。呼童拨炉火，为我煮琼花。欲叩长生旨，无言指日斜。

余此行虽以舟代步，然亦惫甚。比归已暝，草草晚膳后，亟思往华胥国一游。甫拟扫榻就睡，衾中有物隆然，触于眼际，揭衾视之，则镜架一具，中贮美人影片，亭亭似玉，飘飘欲仙。展玩之际，狂喜不自禁。镜中人，梨影也。余与梨影，两情之恋爱，已臻极点，而一面之缘，尚虚佳会。畴昔之夜，月色朦胧，隔窗窥觑，苦未分明，今仍于画图中省识春风之面，何幸如之！此影既为余发观，然则今日梨影必来余室矣。余复遍烛室中，冀尚有馀踪可拾，偶见地上纸灰散乱，检视之得烬馀纸角一，草书七字曰："悠悠人亦去如潮。"殆为余不在而作也。乃即夕草一小简，并赋四律以报之曰：

> 仆一介书生，寄危根于客土，深蒙过爱，感极生惭。前生之因乎？今世之缘乎？吾不得而知之也。呜呼！仆之所以独坐愁苦，塌然

摧肝，忧愤填膺，不能自解者，亦以独操古调不遇知音为恨耳。今既得卿，此生为不虚矣，复奚惜此浮花断梗身哉！卿前书曰："非冤家则不聚，非同病则不怜。"斯言也，即我所欲言而未言者也。我心即卿心，卿心即我心。人睽两地，情出一源。我心已为卿剖，我身亦为卿有矣。今日鹅湖之行，强为同人挟去，幸卿顾我，徒使卿增室迩人遐之感。剩劫灰于地上，未识诗心；覆小影于衾中，深知爱意。此情此情，图报维难，惟有将卿玉影，日夕以香花供奉，祝卿吟怀常健，百病皆消耳。律诗四首，一以答过访之意，一以谢赠影之情。知我者或不嗔余轻薄也。

鹅湖结队偶从行，负却殷勤访我情。湘管题诗痕宛在，纸灰剩字意难明。室中坐久馀兰气，窗隙风过想珮声。我正来时卿已去，可堪一样冷清清。

暂驻仙踪独自看，入门如见步姗姗。更劳寄语悲人远，为觅馀香待漏残。命薄如侬今若此，情真到尔古应难。青衫红袖同无王，恨不胜销死也拚。

意中人是镜中人，伴我灯前瘦病身。好与幽兰存素质，定从明月借精神。含情欲证三生约，不语平添一段春。末敢题词写裙角，毫端为恐有纤尘。

真真画里唤如何，镜架生寒漫费呵。一点愁心攒眼底，二分红晕透腮涡。深情邈邈抵瑶赠，密意重重覆锦窝。除是焚香朝夕共。于今见面更无多。

今晚得梨影复书，情深虑远，不啻清夜钟声警人痴梦也。录其词于下：

我来君不在，君若在，我亦不来。留诗一句，出自无心，君勿介意。至以小影相遗，实出于情之不得已，致不避瓜李之嫌，亦不望琼瑶之报。盖梨影以君为知己，君亦不弃梨影，引为同病。然自问此生，恐不能再见君子。种玉无缘，还珠有泪，不敢负君，亦不敢误君。海萍风絮，聚散何常。此日重墙间隔，几同万里迢遥。一面之缘，千金难买。异日君归远道，妾处深闺，更何从再接霞光，重圆诗梦？赠君此物，固以寄一时爱恋之深情，即以留后日诀别之纪念耳。

是夕余复作书报梨影，并附以二绝，聊以表明余之心迹，盖即梨影所谓出于情之不得已也。过三鼓始就寝。

启诵芳札，情怨缠绵，真欲呕心相示，读未竟，不知何来一副急泪，将香笺湿透一半矣。卿固非怀春少妇，仆亦非轻薄儿郎，此日两心均不克自持，总缘情丝一散，难以复收耳。仆也不敏，生非富贵之家，长无乡曲之誉，以乖僻之情性，择冷淡之生涯。遭家不造，老父见背，惟一兄一母是依，孤苦伶仃，艰难万状。今日此身，正如一片春萍，随风飘泊，劳人草草，寤寐难安。今岁证鸿雪之因缘，未知明年又在何处，则两人今日相逢，亦如风际杨花，偶然聚迹耳。况今者青鸟书来，已积千行之锦；蓝桥路断，曾无一面之缘。异日者地角天涯，水分云隔，非特不得形影相依也，恐并魂梦亦不能偷接矣。伤哉！伤哉！念及此而余之悲慨，宁能自已耶？赠影之意，仆亦知之。何寄情之深且远也！呜呼！卿以冰姿玉质，沦于穷乡僻壤之中，极尽颠沛流离之惨，此才可惜，此恨谁知？幽兰之挺秀于岩谷也，长养春风，孤根自保，不遇君子，谁惜馨香？其不被湮于荒榛丛莽、见笑于秾李夭桃也亦仅矣。兰耶？人耶？卿之愤泣，不亦宜耶！鹏郎虽幼，聪颖过于群童，真卿子也。充其学力，将来可耀门楣。然则卿虽薄命，犹可少慰。视仆之沉沦，不已较胜一筹耶？仆所遭不幸，性复耽吟，声凄孤韵，一灯一篝，行将终其身于忧愁困苦中，今更自累不足而累卿矣。卿前言不愿仆为卿累，仆今则不能不使卿为仆累。但自今以往，无论悲欢离合，卿既以同病人相待，仆总拼以一死报卿耳。夫人患贪生耳，人事虽难知，极之以死，而何事不可了哉？情患不坚耳，苟能持此心于永久，人间天上，何患无相见期哉？我书至此，不禁掷笔狂呼，不复知此身何有也。

名花老去见无期，嗟我寻春到已迟。今日断肠泪欲尽，断肠空对半残枝。

我自狂痴敢怨卿，本来薄福是多情。来生愿果坚如铁，我誓孤栖过此生。

今晨又得梨影书，并颁到香笺一叠，客中正乏此物，谨受而藏之。此后千行万行，不愁写不尽相思矣。赋四绝答之：

凤纸曾经素手摩，一回持赠意云何。从今远寄同心字，写到相语语更多。

卜居若得傍兰闺，海燕年年免独栖。容我桃花源里住，此身不再出仙溪。

镇日昏昏梦绕床，小窗消受午风凉。寻常一样高槐日，偏向愁中故故长。

菜花过风麦全黄，摘叶提筐一巷忙。今夜蚕房籥影畔，有人不睡倚残妆。

命途偃蹇，人海飘零。元龙豪气，久作冰消；司马雄心，亦为灰死。石痴行后，梨影屡劝余东渡，并愿拔簪珥以助余行装。自顾驽骀，局促若此，愧无以副我玉人之期望也。深宵苦忆，万感来来。既成长书，复吟短句：

东渡之言，出之他人，无足深怪，卿能真知我者，亦以斯言劝我，得毋同于流俗人之见，与素心大相刺谬乎？继而思之，不觉悄然而悲，泫然而泣曰："卿固爱我之深，望我之切，不忍我为终穷天下之志士，不得已而为此言也。"呜呼！卿之用心，如此其苦也，能不令我感卿恋卿、结于肠而不解、入于骨而不灭耶？虽然，卿固闺阁中第一情人也，仆则天地间第一恨人也。畴曩心迹，已尽于《放歌》一章，卿已知之，无庸复赘。方今环球竞争时代，有进无退，有志之士，孰不欲争先捷足，发现于经世作人之大剧场。而我也独闭门枯坐，郁郁不乐，惟是一腔幽愤，托之劳人思妇之词以自遣，徒使青春白日，消磨于一吟一醉之中，此其中实有大不得已者在，而岂敢自附于骚人墨士之林哉！呜呼！河山一局，已剩残棋。风雨孤灯，空怀磨剑。念兹黄种，负我青年。今日者愤时嫉俗，竟欲将功名富贵一举而空之，非年不如人也，才不如人也，实自知命不如人耳。好荣而恶辱，我非异于人情也，故每当春阳暖活之时，风日晴明之候，一草一木，皆有斗生之心，一花一鸟，尽有矜时之意。对此韶光，少年用世之心，未尝不怦怦欲动。而一转念间，叹时运之不济，伤命途之多舛，则又未尝不沉醉悲歌，继之以哭而不能自已也。当终军弱冠之年，已有庾信江关之感，死灰终无复燃之时，枯木宁有回生之日耶？卿顾欲以乘风破浪之宗悫望我，此意良足感，此愿恐终虚也。肺腑之言，若蒙鉴察，为幸多矣。

名场失意早沉沦，卖尽痴呆度几春。名士过江多若鲫，谁怜穷海有枯鳞。

感卿为我惜青春，劝我东行一问津。我正途穷多苦泪，茫茫前路更无人。

此身已似再眠蚕，无补明时合抱惭。事业少年皆不遂，堂堂白日去何堪。

世事年来万念灰，风波险处便惊猜。斯人不出何轻重，自有忧时名世才。

痛余老父，为余而伤其生，功名两字，不啻与余有不共戴天之仇，心灰气短，非一日于兹矣。梨影因自惜而惜余，曩者以及第花相贻，寓有深意，使余枨触十年前事，万倍伤心。尔时之梨影，仅知余为名场失意人，初不知为此微名，已死余之老父。此惨痛之纪念，何尝有一日去余怀抱。折花相赠，原迫于怜才一念而来，余惟自痛自伤，固未敢怨梨影之逆余心坎，其后《放歌》一章，余已自陈其心迹，聪明如梨影，畴不能即诗见心，相喻于无言之表。乃自石痴东去，复感芳心，时以此逆耳之言，强聒不已，谓君亦健者，着鞭怎让他人，郁郁居此胡为乎？忍哉梨影！斯言也，持刀以刺余心，痛不至此也。汝胡不思，余而尚有一点名心未死者，何不走马长安，探春上苑，顾来此寥寂之乡，共尔销魂之侣，对泣于花残春尽时耶？欲为下车冯妇，余尚有羞恶之心；欲为投笔班生，余已无英雄之气。黄尘莽莽，举步皆非；白日攸心，浮生已促。梨影既引余为同病，是已知余心矣，又复苦苦相劝，意果何居？今日复得梨影书，一片苦心，始和盘托出，彼之用意，固有较怜才一念而探焉者。余欲怼之，无可怼也。天乎，天乎！所以虐余与梨影者至矣，又何为而使此一双可怜虫无端会合，可望不可即耶？

嗟乎霞郎！尚愿听梨影一言乎？君书作誓死之语，君诗作非分之词，亦知梨影果为君何人？梨影所处之地位，尚可与君自由恋爱与否？君如此用情，果于两人有所裨益与否？君胡不细加审度，而陡出之以孟浪也。梨影已为失群之孤鸟，惟欠一死，埋香冢下，呜咽声声。梨影固自有可悲者在，非为君也。君自葬花，侬自哭花，虽然一样凄凉，自有各人志趣。梨影与君之关系，果安在哉？初不料因此而一线牵连，又来尊债，再接再厉，遂成今日不了之局。早知其如此，梨影即有无穷痛泪，亦当暗洒于无人之深闺，不敢为君所闻，为君所见，致拨动君心之哀感，惹起君心之爱恋也。夫使吾两人而三生石上订有凤缘者，则相遇亦何待于今日？既无缘矣，又复相遇，此亦无可奈何之事。放下愁肠，斩除烦恼，斯为计之上者。其不能也，则为文字之交，结精神之爱。月见灯前，频传锦字，天涯地角，不隔诗心，亦情人之末路，苦海之生涯也。君为梨影病，梨影未尝不为君憔悴；君愿以一死报梨影，梨影亦未尝不愿以一死报君。然而君固不可死，梨影亦乌可便死？此生各有未完之事，人世已无再到之春，来生之约，姑妄言之可也。必欲于今生捐弃一切，宁非大愚！以君才华卓荦，夫岂久居人下者。男儿三十不得志，则亦已耳。君今未满三十，正可有为之时，又乌知其终不得志？君固自伤身世，无梦功名，然不遇梨影，则固无预梨影事。既遇梨影，而使君之性情，益复凄恻，君之志气，益复颓唐。又复重之以盟誓，要之以他生，一若此为毕生恨事，从此不愿复问人间事者。君爱梨影而不知自爱，梨影惜君而君不自惜，夫梨影一女子耳，即令相逢未嫁，如愿以偿，亦何足恋！况其为嫠闺之怨妇乎？君为一梨影而伤心至于此极，梨影自思殊觉不类，而恨无法以悟君之痴。东渡之言，盖欲君迷离此伤心之境地，勿迟徊留恋，而自误其无量之前程也。君恋梨影，以梨影之有微才耳。方今女学昌明，济济英雌，不乏才貌俱优之辈，如君矫矫，何患不逢佳偶？梨影不祥人也，极君愿望，亦不过听琴计遂，卖酒心甘，与司马、文君结千秋同调。梨影纵不难挢此残躯，偿君痴愿，而夕阳虽好，已近黄昏，名节既隳，终身抱憾，君亦何取于侬也！嗟乎霞郎，事已无可奈何，只合大家撒手。君其速悟，勿为无益之悲。君即无意进取，而春城莺燕，海国风光，世界花花，正大有寻欢之处。此间非乐土，速去为佳。梨影之所以劝君者止此，君能从梨影言，是即爱梨影也。否则坚持不决，好梦终虚，悲苦殒身，两无所益。男儿七尺，躯死自有所，为一不可恋之女子而死，此所谓轻于鸿毛者也。君其念焉。

噫，忍哉！东渡之言，余初谓梨影怜才心切，与余昔日之劝石痴，同一用意，孰知彼固欲藉此离余。而跳出情关之外，为余计实自为计也。余诚累彼，明知其无可恋而与之作非分之周旋，寻可怜之生活，使彼一寸柔肠，为余辗转，灯昏月冷，徒唤奈何，不得已以劝勉之言，为解脱之计，其用心绝苦，其抱恨良深，亦知余读此书，当更生若何之感想，而遽能抛搬此情耶？嗟乎梨影！汝固可怜，余宁得已？此事发端，良由于余一书之挑逗。然使汝置而不答，则余情亦无着处耳。何为而瑶笺叠叠，频传玉女之言；香草离离，狂赚灵均之泪。青衫红袖，同是天涯；缺月残花，偏生幻想。蝶迷短梦，双双待死之魂；茧织同功，一一传情之作。至于今日，两方交感，一样无聊。欲合固难，欲离岂易？余固不能舍彼，彼亦何以舍余也。埋香何事，我诚身世悲多；还泪而来，渠亦前生债重。蓦然相遇，事岂无因？未免有情，谁能遣此？今乃云君自葬花，侬自哭花，一若两人之相感，与此事绝无关系者。嗟乎梨影！若言殆欺余也。事已至斯，尚有何说！余情不二，余恨无穷，石烂海枯，长此终古。休矣休矣！其毋再为此苦语以劝余，而徒增余心之痛也。余读此书，余言又乌能已！披肝沥血，重写蛮笺，更赋数诗，以见余志。梨影梨影，此为余第二次之誓书矣，万千衷曲，尽在个中。汝其鉴之，前书已志余日记，因将此书并志之，以为异日情天之证。记取蔓草埋香之日，便是韩凭化蝶之时。此一点真诚，或尚能取信于梨影也。

顷接手书，谆谆苦劝，益以见卿之情，而益以伤仆之心。卿乎卿乎，何忍作此无卿之慰藉，而使仆孤肠寸寸断也。仆非到处钟情者，亦非轻诺寡信者。卿试思之，仆所以至今不订丝萝者何为乎？仆所以爱卿感卿而甘为卿死者何为乎？卿诵仆《红楼影事诗》，可以知仆平日之心；卿诵仆前次寄赠之稿，可以知仆今日之心。卿谓仆在新学界中阅历，斯言误矣。仆十年塌翼，一卷行吟，名心久死。迄今时事变迁，学界新张旗帜，仆又安能随波逐流，与几辈青年角逐于词林艺圃哉？今岁来锡，为饥寒所驱，聊以托足，热心教育，实病未能。卿试视仆，今所谓新学界，有如仆其人者乎？至女界中人，仆尤不敢企及。仆非登徒子，前书已言之矣。狂花俗艳，素不关心。一见相倾，岂非宿孽！无奈阴成绿叶，徒伤杜牧之怀；洞锁白云，已绝渔郎之路。还君明珠双泪垂，何不相逢未嫁时。卿之命薄矣，仆之命不更薄乎？无论今日女界中，如卿者不能再遇。即有之，仆亦不肯钟情于二。既不得卿，宁终鳏耳！生既无缘，宁速死耳！与卿造因于今生，当得收果于来世，何必于今生多作一场春梦，于来世更多添一重孽障哉！至嗣续之计，仆亦未尝不先为计及。仆虽少伯叔，幸有一兄，结禍数年，亦既抱子，但使祖宗之祀，不至自我而斩，则不孝之罪，应亦可以略减也。仆闻之，一言既出，驷马难追。若食我言，愿与薄幸人一例受罚。卿休矣，无复，言矣，我试问卿，卿所以爱仆者，怜仆之才乎？抑感仆之情乎？怜才与感情，二者孰重孰轻乎？发乎情，止乎礼义，仆之心安矣，而卿又何必为仆不安乎？或者长生一誓，能感双星；冤死千年，尚留孤冢。情果不移，一世鸳鸯独宿；缘如可续，再生鸾凤双成。此后苟生一日，则月夕风晨，与卿分受凄凉之况味。幸而天公见怜，两人相见之缘，不自此而绝，则与卿对坐谈诗，共诉飘零之恨，此愿虽深，尚在不可知之数耳。呜呼！仆自劝不得，卿亦劝仆不得，至以卿之劝仆者转以劝卿，而仆之心苦矣，而仆之恨长矣。悠悠苍天，曷其有极！仆体素怯弱，既为情伤，复为病磨。前日忽患咯红，当由隐恨所致。大凡少小多情，便非幸福。仆年才弱冠，而人世间之百忧万愤，亦已备尝。憔悴馀生，复何足惜！愿卿勿复念仆矣。

杜牧今生尚有缘，拨灯含泪检诗篇。聪明自误原非福，迟暮相逢倍可怜。白水从今盟素志，黄金无处买芳年。回头多少伤心事，愿化闲云补恨天。

顾影应怜太瘦生，十年心迹诉卿卿。佳人日暮临风泪，游子宵分见月情。碎剪乡心随雁影，惊残春梦减莺声。客中岁月飞星疾，桑剩空条茧尽成。

万里沧溟涸片鳞，半生萧瑟叹吾身。文章憎命才为累，花鸟留人意独真。浮世百年成底事，新歌一曲惜馀春。金樽檀板能消恨，莫负当前笑语亲。

才尽囊馀卖赋金，果然巾帼有知音。寒衾今夜怜同病，沧海他年见此心。静散茶烟红烛冷，冻留蕉雨绿窗深。萧寥形影空酬酢，梦醒重添苦楚吟。

草草数行，喃喃再誓，书去而余之灵魂亦随之以俱去，心头小鹿，又复作恶。盘踞方寸间，辟战场焉。未知梨影之阅此书也，其喜耶？其怒耶？其笑耶？其泣耶？彼欲劝余而反为余劝，彼之失望将若何？彼之伤心又将苦何？彼果能忘余耶？彼阅此书，果能漠然无动？止水不波，而将余度外置之耶？余知其必不能也。若是则余深苦彼矣。然梨影当谅余，余岂得已哉。劫馀身世，忒煞凄凉。觅得知音，有如此恨。至于今而余心坎中所贮之欢情，已早和万点残英埋于地下，畴复顾恋人世之春华，作风花之幻梦者。此意也，梨影固知之，知之则又何必再以虚言相慰。夫余即不与梨影遇，余亦为绝无生趣之人。今兹若此，初非梨影能感余，余自感者实深也。

嗟乎！余书入于梨影之目者，四十八小时矣。此四十余小时中，余固未有一分一秒忘梨影，且未有一分一秒不望梨影之飞温语以慰余，掬情泪以饷余也。余此时情如大旱之苗，深望梨影以一滴杨枝甘露，润余枯槁之心田，转生机于一线。就余意度之，梨影阅此书，必不忍恝然舍置。顾余久望梨影书而书终不至。噫！梨影殆绝余耶？抑以书语突兀，踌躇而未能遽答耶？尤奇者，每日晚餐后，鹏郎必捧书就余读，比两日来，亦绝迹不至。何事辍业，岂亦与余书有关系耶？个中消息，欲侦无从，徘徊斗室中，心事辘轳，坐卧不知所可，木然类待死之囚。

今晚鹏郎来，谓余曰："吾家蚕事大忙，阿母瘁矣。余日夜助阿母喂叶，辍读二日，先生得毋责其惰乎？"余闻言乃恍然于梨影所以不答余书之故，盖是乡富蚕桑之利，栋花风过，同巷分功。簪影红时，有辛勤之少妇；桑阴绿处，无嬉戏之儿童。所谓乡村四月闲人少者是也。余之校中，因此而放临时假者，已一星期矣。鹏郎之言殆确，渠家虽不必藉此为生计，而爱叶垂垂，旧有桑畦十亩，女红之事，何可废也。梨影以憔悴遗嫠为贤能主妇，俭以持家，勤以率下，不惜以愁病之躯，任劬劳之职，尽心抚育。彻夜榜徨，三起三眠；殷勤待去，一丝一缕。辛苦抽来，蚕耶人耶？是同一人世间之可怜虫也。以彼玉骨姗姗，弱如风柳，岂耐得劳苦者？蚕功琐碎，眠食失时，自非健妇，宁能堪此？渠为蚕担忧，余又为渠担忧矣。

余自陷身情海以来，晨夕碌碌。课罢以后无他事，日作此无聊之酬答。诗债共泪债俱偿，乡情与世情并淡。残春笔砚，新篇积有牛腰；明月家山，故里曾无蝶梦。吟魂颠倒之馀，情思蒙茸之际，并此寻常竹报，亦复懒于下笔，不知天寒日暮，徙倚门间者望眼穿矣。犹忆当时惘惘出门，余母挥泪相送，余姊则以别后音书，淳淳嘱咐。今则春光别去，游子不归，盼断天涯，杳无音信。苦哉老母！思儿之况何如也。一行作客，忘却老人，余姊和之，又乌能恕余者？而数日前余兄自湘来书，以暑假非遥，特地举归期相告，谓："弟返棹蓉湖之日，即我回头衡浦之时。李频诗所谓'梅烂荷圆六月天，归帆高背虎邱烟'者，可为我两人咏也。"余得此书，亦复漠然置之，一若反以不归为乐者。噫！世之真爱余者，舍余母余姊余兄外，更有何人？彼梨影爱余之情，纵极恳挚缠绵，然岂得为正当之爱？余以恋恋于梨影故，将平日家庭间之至情至性，尽付淡忘，至今思之，余诚不自知其何心矣。趁兹蚕假，补达鱼书，聊慰亲心，以志吾过。兄处报章，同时将去。楚云一片，珍重万千。计荷风梅雨时，家人团聚，细拆离衷，为乐当无艺也。

夜馆无人，可互告语，辄复与麹生昵，而酒入愁肠，酡然易醉，不及一斗，玉山颓矣。醉后忘情，继之以哭。呜咽之际，鹏郎忽至，语余曰："先生勿哭，阿母病矣。"余昏惘中骤闻是语，酒意为之尽消，急询以何病，且病何速也。曰："家人谓系积劳所致。阿母已亦云然。然以余测之，殊不类。阿母之病，为先生前日一封书耳。"余益惊骇，问曰："为余耶？为余之书耶？若乌知之？岂若母有以语若耶？"鹏郎曰："先生前日书中不知作何语，阿母初阅之长叹不语，旋复哭泣。余亦不敢问，比来愁眉苦眼，镇日无欢。今已病不能起，余犹时见其就枕上翻阅先生书，暗中流泪不止也。"鹏郎欲再有言，而秋儿自外入，谓鹏郎曰："夫人唤汝，其速去。"语次以目视鹏郎，意似不欲渠向余喋喋者。余亦嗒嗒然无语。鹏郎乃匆匆随秋儿行。

异哉梨影！汝竟为余而病耶？汝嗔余痴，今痴者固不仅余矣。漫漫长夜，黯黯残灯，魂魄不来，意绪若死，这番惊耗既入余耳，余独何心能不悲战？梨影之病，良如鹏郎言。余真无赖，逼之使然。然余即无此书，彼亦未能忘余。余已为彼而病，彼岂能独免耶？今余即诡言以慰彼，谓余已愿从汝劝，从今分手，不复相缠。余为此言，彼病之能愈与否，未可必。而余自思，岂真能洗空心地，勘破情禅，出此割恩断爱之举耶？即彼情丝一缕，紧绕余身，亦岂能自放自收，不相牵惹者？噫！余言既出，宁复可追？彼病而死，则余亦死耳。余今所以慰彼者，只此方寸间一点真情，终须表白，至后日之悲欢离合，余既以命自安，彼亦可达观自悟。爰就灯下，再草长书，附以八绝，仍交鹏郎携去。此书此诗，明知其非对症良药，然余言止此，余力亦止此，其他以问彼无情之碧翁耳。

闻卿抱病，恻然心悲。卿何病耶？病何来耶？相去仅墙咫尺，如隔蓬岛千重，安得身轻如燕，飞入重帘，揭起鲛绡。一睹玉人之面，以慰余苦忆之情。阅《聊斋》孙子楚化鹦鹉入阿宝闺中事，未尝不魂为之飞，神为之往也。虽然，终少三生之果，何争一面之缘，即得相见，亦复奚益。睹卿病里之愁容，适以拨我心头之愤火，固不如不见之为愈矣。嗟乎梨姊！梦断魂离。曩时仆状，今到卿耶！卿病为谁？夫何待言。愁绪萦心，引病之媒也；誓言在耳，催病之符也。我无前书，卿亦必病，但不至如是之速耳。梦霞、梦霞，无才薄命不祥身，重以累吾姊矣。伤心哉！此至酷至虐之病魔，乃集之于卿身也，此可惊可痛之恶耗，乃入之于我耳也。此偌大之宇宙，可爱之岁月，乃著我两人也。我欲为卿医，而恨无药可赠；我欲为卿慰，而实无语可伸；我欲为卿哭，而转无泪可挥，我不能止卿之病，我又安能保我之不病耶？近来积恨愈多，欢情日减。今又闻卿病讯，乱我愁怀，恐不久亦与卿俱病耳。尚有一言幸垂爱察，但我书至此，我心实大痛而不可止，泣不成声，书不成字矣。我之誓出于万不得已。世间薄福，原是多情。我自狂痴，本无所怨。卿之终寡，命也；仆之终鳏，命也。知其在命而牵连不解，抵死相缠，以至于此者，亦命也。我不自惜，卿固不必为我惜矣。卿尤不宜为我病矣。痛念之馀，痴心未死，还望愁销眉霁，勉留此日微躯，休教人去楼空，竟绝今生馀望。

麦浪翻晴柳飐风，春归草草又成空。庾郎未老伤心早，苦诵《江南》曲一终。

一日偷闲六日忙，忽闻卿病暗悲伤。旧愁不断新愁续，要比蚕丝十倍长。

佳期细叩总参差，梦里相逢醒未知。诉尽东风浑不管，只将长恨写乌丝。

半幅蛮笺署小名，相思两字记分明。遥知泼尽香螺墨，一片伤心说不清。

怯试春衫引病长，鹧鸪特为送凄凉。粉墙一寸相思地，泪渍秋来发海棠。

晚晴多在柳梢边，独步徘徊思杳然。目送斜晖人不见，远山几处起苍烟。

恻恻轻寒早掩门，一丝残泪阁黄昏。不知今夜空床梦，明月梨花何处魂。

　　绿窗长合伴残灯，一度刘郎到岂曾。只觉单衾寒似铁，争教清泪
　不成冰。

余自闻梨影病耗，为之寝不安席，食不甘味者数日于兹矣。何预余事而关
心若此，殊可笑也。闻秋儿言，夫人旧有肝疾，乘时再发，心烦意乱，夜
不成寐，昨日已延费医，进平肝疏肺之剂，尚未见效也。秋儿之言如此，
然病态以目见为真，传言宁复足恃？使余而得亲侍梨影之疾者，则黄花人
画，憔悴若何，团足以慰余痴想。而药铛茶灶，事事亲承，自问余之能
力，当有十倍于寻常看护妇者。今则格于礼禁，帘外天涯，只能暗里担
忧，那许公然问讯。模糊想象，疑假疑真，愤念及此，转妒彼无知之秋
儿，反得常傍玉人之侧，相亲相近，问暖嘘寒也。无已，其仍藉诗篇代
语，而相慰于无形乎。

　　被窝私泣不闻声，醉后伤情顿触情。苦溢心头难自制，继肠血泪
　一时并。

　　自闻病耗胆俱寒，粒粒长枪下咽难。竟日攒眉忧底事，旁人犹自
　劝加餐。

　　病态愁颜想未真，妒熏茗碗恨难亲。可怜槛外看花客，不及床头
　进药人。

　　苦是双眸彻夜清，一灯长伴枕边明。穷途无计堪相慰，共尔残宵
　梦不成。

　　呻吟痛楚病成魔，细碎心烦苦绪多。不奈眼前还扰扰，痴儿顽婢
　待如何。

　　药饵何功病怎瘳，平肝疏肺火还烧。愿将万斛如泉泪，向汝心头
　着力浇。

余今下笔草此日记，拈管则手频频颤，久之未成一字。坐对书城，昏
然如历梦境，恍惚间若自省曰："余在此作日记，所书者何语耶？"即掷其
手中管，就纸视之。墨渖淋漓，濡染已遍。既而审之，则烂然纸上者，泪
也，非墨也。盖余笔未下，而余泪先下。纸上写不尽之千行万行，悉以此
两眶间之情泪双行为代表。而余竟不自知，足证余方寸之乱矣。实则万种
深情，已历历镌余心坎。此无聊之日记，即长此不着一字，亦岂能遽付云
烟耶？

梨影之病，余固知其为余。余何为而使彼病？彼何为而为余病？当局者且迷离惝恍，不识何因，彼局外人又乌乎知之？余病而彼代为忧，彼病而余亦烦扰若此，究竟余之痛苦尚有较彼更深者，彼一病而余之神情益形颠倒，余之思绪，益觉梦乱。此心长日悬悬，若空中之纸鸢，飘飘荡荡，靡有定向。而余之脑筋，则已麻木，灵魂已离其躯壳，而悠然长往。往何处？殆徘徊于个人病榻之前耳。有时神志稍定，若灵魂已乘风而返，告余以个人病体若何凄瘁，病容若何消瘦，幻影重重，乱生眼底。旋转一室，如入孔明八阵图，昏迷不知所措。噫！此数日间，余虽未身为鹦鹉，殆已形同木石，使彼病而不即愈者，余亦将成痫矣。造化小儿，尔虐彼可怜之弱质，毋宁转而虐余，余能代彼病者，事较佳也。

余当此栗碌不宁之际，而校中两星期之蚕假，已瞥焉过去。功课严迫，殊不因余之心有不适，而稍事宽假。蛾眉知己，情岂能抛？鸡肋生涯，食原无味。形神俱敝，强要牺牲。心绪如焚，更多搅扰。恨也何如，余实自咎。不应以枯寂无聊之人，而任此烦苦之小学教师。既为教师，复有此许多意外之烦恼事，乱余心曲。余即欲勉尽厥职，而形为心役，心与志违。晨夕奔波，总是敷衍局面，安有所谓才具？安有所谓精神？教育界中人而尽如余者，贻误宁有底欤？日来身虽在校，而忧心悄悄，郁不能宣。同人相对，神丧色沮之态，辄流露于不自觉。有一次上国文课，既登讲坛，方悟忘携其教授本，复下坛往教室中取之。又误携修身教本，往返三四，而时间已过半矣。学生见余皆匿笑，其后口讲指画，草草了事，竟不自知作何语。噫！余其为傀儡教师矣。鹿苹察余有异，亦颇注意，谓余曰："君两目红肿，似失精光。昨夜殆未睡乎？"余漫应曰："然。"揽镜视之，泪晕莹然，犹存睫际，盖不仅失睡也。鹿苹以余客久思家，致有此状，慰藉备至。而杞生在旁，嗤然作狞笑，又从而揶揄之。余虽恶之，亦无以解嘲也。

余欲探病人之真耗，而得之秋儿之口者，多恍惚不可信。或云稍愈，或云加剧。有时余问之急，则并嗫而不言。鹏郎又作冥鸿，去不复至。眼前舍此雏鬟，直令余无所用其探索。侥天之幸，今晚乃于廊下遇鹏郎矣。呼而与之语，问："若母病状若何矣？"鹏郎不答。怪而诘之，嗫嚅曰："余不敢言也。前以病耗语先生，为阿母所知，乃大斥责，谓若再向先生哓舌者，必重挞不贷。阿母素爱余，从未加余以疾言厉色，不知此次何以狂狷至是？殆病能易性也。"余强笑慰之曰："汝勿恐，兹且语我以实，不令若母知也。"鹏郎愀然曰："先生，余语无妨，但望先生勿冉以诗若札贻余母。"余曰："何谓也？"鹏郎曰："余母体弱善病，顾未有如此次之剧者。数日前先生不又有新诗嘱余递送耶？余母得此诗后，病乃加剧，梦中时时狂呓，所语多不可解。有时推枕而起，脱指上金约指，取药杵就床沿力捶之，成饼，两日炯炯露凶光，状绝可怖。医言是有心疾，殆难药也。时或神识稍清，呻吟未息，呼余至前，取镜窥之，惊曰：'吾乃憔悴至是耶！天乎！吾事未了，不可死也。'则又伏枕哭，呜咽断续，至不能声。噫！先生，可怜余母，面庞儿枯若人腊矣。"鹏郎语时，举袖自拭其泪。余闻而如醉，身不期而自颤，脱非倚壁而立者，或至倒地而蹭。良久谓鹏郎曰："不意若母之病，竟至于此，此余之过也。望汝善侍若母。且我问汝，侍若母疾者，此外尚有何人乎？"鹏郎曰："余家无多人，阿姑又远出，涸汤进药，只余与秋儿任之。阿翁亦不常至也。"余始心安，盖恐梨影大病之中，神经瞀乱，或于呓语中自露其秘密，旁人闻之心讶也。鹏郎既去，余回忆其言，至为怅惘。余怀奠拆，渠命难长，果使天公见怜，病而获愈者，余此后再不敢以片纸只字，重乱玉人之心意矣。

星期日午后，余方隐几沉思，倏门帘启，一老人颤然入，则崔翁也。翁在平时，值余星期不赴校，辄来就余作长谈，或检查其孙之功课以为常，今示亲其謦欬者，亦两星期矣。余观其面和蔼之色，已易为愁惨之容，额上皱纹如织，似较平时尤多，益呈其龙钟之老态。坐定乃谓余曰："吾侄亦知阿鹏之母，已卧病兼旬耶？"余曰："固尝闻之，今已占勿药否？"翁摇首曰："大难大难，老夫耄矣。自痛抱丧明而后，暮境日非家事如毛，惟儿妇是赖。今渠病又沉顿若此，真令人焦忧欲死。"余曰："是何病？而若是其可危也。"翁曰："医者言病颇奇异，药石恐难见功。以老夫之意度之，彼青年丧偶，未免郁郁自伤。女子心地至窄，不能如吾辈男子，知逆来顺守之义，自为宽解。加以米盐薪水，家政独操。弱质葳蕤，殆难堪此。昔人云：'积劳致疾，久郁伤身。'病之由来，殆以此耳。"余闻而默然，暗思：此老殊梦梦，彼病明明为我，造孽者我也。既而翁又续言曰："余今日已命舟往鹅湖女学，嘱筠儿速归。渠二人甚相得，得渠归来，为之看护，以入耳之言，解其胸中之抑郁，此病或有转机之望。彼苍者天，不佑吾宗，中道夺吾儿以去。今若并儿妇而死者，则吾家且立毁，白叟黄童，后事将不堪设想矣。"言次欷歔不已。余慰之曰："吾丈勿忧，吉人自有天相。医言殆故作欺人语耳。"噫！余设言以慰彼，彼固不知余为此事，忧更甚于彼也。翁又言曰："渠未病时，饮食烹调诸事，皆自为料理。今病莫能兴，乃悉以委诸灶婢，日来必多简慢，辱在知好，幸相谅也。"余但逊谢。翁既去，余不觉自叹曰："暮景无多，逆境复相逼而至。可怜哉！此老人也。余已逼人致病，复使此头白衰翁，烦忧莫释，抚躬自问，城亦嫌其太忍，顾事且奈何！"

第六章　五　月

　　崔翁有女，字筠倩，肄业于鹅湖某校。曩者清明节假返里，曾识得春风半面，一十四五好女子也。惜其婉丽之姿，已深中新学界之毒，飞扬跋扈，骄气凌人，有不可近之色。近来女学昌明，闺阁从风，联翩入学。究其所得，知识未必开通，气质先为变化，良可慨也。梨影清才，较之若人，相占殊远。盖二人皆具过人之质，不过一趋于平淡，而一趋于绚烂，一趋于恬静，而一趋于热闹。遭遇不同，态度亦因之而异。故一则觉其可爱，一则觉其可怜。可怜者未有不可爱，可爱者未必尽可怜。吾辈用情，知其在彼不在此矣。余书至此，又忆及余当初见女郎时，正值庭前木笔盛开，梨花尽落。余既以一树香云，比此孀闺之少妇，复以万枝红玉，方彼绣阁之名姝，意中二美，巧有此二花为之写照，不可谓非奇事也。当时曾赋小涛，有"题红愧乏江郎笔，不称今朝咏此花"之句，亦可知余意之所在矣。虽然，人家女郎，何劳我加以月旦。幸此为余之日记，只余一人知之。偶然捉笔，聊寄闲情，人固不能得，且所评亦至当也。

　　余于梨影，悯其遇而洞其情矣。彼矫矫之筠倩，等诸隔墙春色，不甚相干。乌知其一寸芳心中，有几许柔情蜜意？就余意私揣，二人态度不同如此，其惰性之不能吻合，殆可断言。然昨闻崔翁言，又似两人平日相处，实情投意洽者，或者以貌取人，不无一失。彼女郎与梨影，惺惺相惜，一样可怜，固大异乎余所云耶。果尔则余为失言，而梨影寂寂空闺，尚有一凄凉之伴侣也。

　　筠倩与梨影，平时果能相得与否，兹姑勿论。即果相得矣，而此次归视梨影之疾，果能以身代药石与否，正未可恃也。梨影病源，余一人知之耳，病源不去，病岂能除？彼筠倩纵兼有慧心热血，善为劝慰之词，曲尽缠绵之意，中间终隔着一层厚膜。余知梨影必不肯遽以心事诉之筠倩，则筠倩又何从见其胸膈间物而为之治疗耶？

　　事有出于意料之外者，余以筠倩归来，于梨影之病，无所重轻，而孰知不然。两日间个侬病耗，传送于余耳者，乃足令余喜极而骇。昨晚秋儿告余曰："筠姑归后，夫人之病即十去其八九，昏者以清，呃者以息，浃旬以来，水浆未入于口者，今已能啜粥半瓯矣。筠姑诚吉人，一来即立驱病魔远去，良于医生万万。婢子愿其常守此善病之夫人而不离也。"言毕，目余而笑，若知余闻此讯，亦必喜不自禁者。是儿慧解人意，梨影遣以侍余，渠既病，入侍汤药，余每日仅于晚餐时一见之，悄立灯前，愁容一掬，俟余餐毕，匆匆收拾残肴以去。今则笑声恰恰，已复其憨痴之常态，若自表其无限之愉快者，则其所言者确也。天相伊人，灾消病退，好音自至，余宁不喜？顾实有不可解者，彼之病，其来也若飘风，其去也若骤雨，关键何在，岂属筠倩耶？使筠倩之能力，果能疗彼心疾者，则彼又何为而病？此事余滋不信，个中疑有别因，殊难悬揣也。

　　梨影病卧以来，余亦未有一宵稳睡。今彼病渐愈，余忧可解，黑甜乡中，宜有余之位置矣，然竟不得，以其愈之奇也。余必欲求其故，乃至苦思冥索，辗转终宵，东方又明，依然无寐，为余之双眸者，亦云苦矣。思之不得，转疑彼丫鬟狡狯，造作是语以欺余。梨影此时，或仍是昏沉一榻，恹恹作病潇湘也。顾余此想又于事实不合，盖辍学之鹏郎，今夕又嘻嘻而来，就余补课矣。讯之良确，且曰："余母今日已倚枕支半身起，与阿姑絮絮作闲谈。余久不见余母笑容，今复见之，余心滋乐。阿姑爱余，尤爱余母。余因阿姑能乐余母，乃益爱阿姑。先生亦知兹数日来，阿谁伴余寝者？"余曰："殆若母耳。"鹏郎曰："否。余与阿姑同宿也。"余聆到一番报告，心益茫然，童子何知，只知恋母，今其出言之际，亦倦倦于其姑，则筠倩之为人，良有与人以可爱者矣。然余不解其何以能愈梨影之病也。余意筠倩纵可爱，梨影之忽焉而愈，事决与彼无关。然则其故果安在耶？思之重思之，忽大悟曰："梨影殆绝余矣。彼为余牵率，同堕苦海，载沉载浮，几濒于死。今乃于急流万丈之中，力求振拔，一跃而独登彼岸，能如是乎，岂不甚善！然而余怀渺渺，月惨云愁，此恨绵绵，天长地久。病馀大觉，渠早为出梦之人；劫后相怜，余已作沾泥之絮。天乎无情，此局如何便了哉？"

疑云一团，犹滞心头。余度梨影之心，必已莹然彻悟，拨云雾而见青天，故幽爱之疾以解，然未得其自示，则拟议之词，又乌足据为定案。彼意果如余料者，亦当有一言示余，以为永诀。果也，鹏郎今夕乃又以瑶缄至。余意是必绝交之书也，孰知一缄内容，乃有想入非非，令人惊叹欲绝者。噫！梨影之爱我，可谓至矣。梨影之用心，可谓苦矣。乃录其书于日记：

　　一病经旬，恍如隔世。前承寄书慰问，适瞑眩之中，不克支床而起，伏案作答，爱我者定能谅之。梨影之病，本属自伤，今幸就痊，堪以告慰。君前次来书，语语激烈，未免太痴于情，出之以难平之愤，宣之以过甚之辞。情深如许，一往直前，而于两人目前所处之地位，实未暇审顾周详也。梨影不敢自爱，而不愿以爱君者累君，尤不愿以自误者误君也。君之情，梨影知之而深感之；君之言，梨影实不敢与闻。君自言曰："我心安矣。"亦知已之心安，而对于已者之心将何以安耶？况以梨影思之，君之心究亦有难安者在也。不孝有三，无后为大。大舜且尝自专。夫妇居室，人之大伦，先哲早有明训。君上有五旬之母，下无三尺之童，宜尔室家，乐尔妻拏，本人生应有之事，君乃欲大背人道，孤行其是，不作好逑之君子，甘为绝世之独夫，试问此后晨昏定省，承菽水之欢者何人？米盐琐屑，操井臼之劳者何人？弃幸福而就悲境，割天性以殉痴情，既为情场之怨鬼，复为名教之罪人。君固读书明理者，胡行为之乖僻，思想之谬误，一至于此！梨影窃为君不取也。语云：天定胜人，人定亦能胜天。君痴若此，岂竟欲胜天耶？吾诚恐无情之碧翁，且以君之言为怨谤，将永沦我两人于泪泉冤海而万劫莫脱也。青春未艾，便尔灰颓。君纵不自惜，独不为父母惜身、为国家惜才乎？君风流文采，冠绝一时，将来事业，何可限量。乃为一薄命之梨影，愿捐弃人生一切，终身常抱悲观，将使奇谈笑史，传播四方，天下后世，必以君为话柄，以为才识如君，志趣如君，乃为一女子故，而衔冤毕世，遗恨千秋，恐君虽死，九泉亦有未安者，而今顾曰君心已安耶？君诚多情，惜情多不能自制，致有太过之弊。过犹不及。君之多情，适与无情者等。梨影爱君，梨影实不敢爱君矣。总之，此生此世，梨影与君，断无关系。罗敷自有夫，使君自有妇。各有未了之事，各留未尽之缘。冤债来偿，既相期夫来世；良姻别缔，何不慊于今生！君不设誓，梨影亦不敢忘君之情。君即设誓，梨影亦无从慰君之情。天下不乏佳人，家庭自多乐境，何苦自寻烦恼，誓死不回，效殷浩之书空，愿伯道之无后，为大千世界第一痴人哉！梨影为君计，其速扫除魔障，斩断情丝，勿以薄命人为念。梨影以君为师，君以梨影为友；我善抚孤，以尽未亡人之天职，君速娶妇，以全为子者之幸道。两人之情，可以从此作一收束。梨影固思之中而计之熟矣，然脉脉深情，梨影实终身铭感，不敢负君。为君物色一多情之美人，可以为君意中人之替代，恢复君一生之幸福，此即梨影之所以报君者也。顾求急之而得之愈难，寸肠辗转，思欲得有以报君者而不可得，此梨影之病之所由来也。为君一封书，苦煞梨影矣。霞君乎，君非爱梨影者乎？君非以梨影之痛苦为痛苦者乎？君如不愿梨影之有所痛苦，则当念梨影为君筹画之一片苦心，勿以梨影之言为不入耳之谈，而以梨影之言为不得已之举，谅其衷曲，俯而从之。此则梨影谨奉一瓣心香，虔诚祷祝，而深望君不负梨影病后之一书也。梨影之所以为君计者，今已得之。崔家少女，字曰筠倩。梨影之姑，而青年女界之翘楚也，发初齐额，问年才豆蔻梢头，气足凌人，奋志拔裙钗队里。君得此人，可偿梨影矣。阿翁仅此一女，爱逾拱璧，尝言欲觅一佳婿如君者，以娱晚景。嗣因筠倩心醉自由，事乃搁起。君归去，速请冰人，事当成就。筠倩与梨影情甚昵君求婚于我翁，我为君转求于筠倩，计无有不遂者。此失陇得蜀之计，事成则梨影可以报君，君亦可以慰梨影，梨影之病今愈矣。君能从梨影言，梨影实终身受赐。若竟执迷不悟，以誓言为不可追，以劝言为不足信，必欲与薄命之梨影坚持到底，缠扰不休，则梨影不难复病，此外无可报君，惟有以一死报君矣。然梨影虽死，终不忘君。梨影之魂魄，犹欲于睡梦中冀悟君于万一也。君怜梨影，知君必能从梨影言，终不忍梨影之为君再病，且为君而死也。率书数纸，墨泪交萦，无任急切待命之至。附呈四诗祈察。

　　残宵苦忆泪如麻，只为当初举念差。垂死病中惊坐起，昏灯一点忽开花。

他生有福尽堪修，何必今生定不休。侬欲替天来补恨，愁云啼雨一齐收。

九转螺肠苦费思，好春拚付隔墙枝。他年璧月团圆夜，莫忘梨花泪尽时。

病起心情尚渺茫，重修密札报痴郎。书成不见相思字，此是儿家续命汤。

嗟乎！梨影欲绝余则绝余矣，胡为又节外生枝，多此一札一诗耶？夫筠情何人？何与余事者？亦何与彼事者？余于世无缘，强他人之缘以为己缘，又焉能必其如愿！即如愿矣，而人自人，我自我，我固无缘，人且为我而失其缘。我自福薄，应食此报，而人则何辜，离恨天缺其一角，岂他山之石，所能借补耶？以俗情衡之，余年少翩翩，多情自负，尘世风华，阿谁五分？爱河汩汩，情人苍苍，宁独少我何梦霞一人？游泳回翔之地，何为而自歧其趋，沦入于颓良灰败之一境？即彼梨影之用心，盖亦为薄命人一生已矣，尔独何心，为此无益之凄恋？脂粉丛中，不少怜才巨眼，尔欲用情，可用之情正多，独不应用之于余，夫此意何常非是！余亦常以之自问，年华未老，才思尤多，欲于情爱场中，觅一知心佳侣，尚非在必不可得之数，何不弃而之他，自谋幸福？天壤之间，固岂仅一飘零女子白梨影足系吾情者？然而一转念之顷，则复塌然而歇！吾生固无望也，回忆十年来之所遭，无一足称余意。少年人欢愉活泼之情，已为恶劣境遇，摧折殆尽。使不遇梨影者，余且终为木然无情之人；既遇梨影，同沦落之感，一寸心灰，居然复活。而名花已老，惆怅春风，复活之情，不期又如浇冰雪，冷彻胸腑。总之，余非自弃，天实弃余，今日之事，欲余力摈梨影于度外，余即自问不逮，亦当勉抑此心，强归割忍。欲余舍梨影而他图，则余情无多，死而复活，活而复死，一再打击之馀，决无此自振之能力。梨影知余已深，今逆余意而为是言，良非得已。盖谓余心太忍，以不遂其情之故，竟欲将人生万有，一概捐除，事涉于彼，胡能自安？委屈求全，迫而出此，余宁不知其旨？实则余忍心绝世，初非为彼一人，不过一遇彼，而余微生一线之希望，恭然遂斩，无可再续。人事至一败到底，万难转圜之际，亦惟有逆来顺受，奄奄忽忽，心绝气平，一任彼苍摆布而已。徒唤奈何，固无所益，强作解人，亦宁不济？梨影愚矣，彼之一身如风花飘荡，悠悠无极，自为处置，尚无把握，又焉能处置余者？余意彼能绝余，事实是佳婺妇生涯，将来或尚有苦尽甘来之日。至余此后何以自处？天意苍茫，余且无权，彼更无庸过问。若终不能绝余者，则余即勉从其言，别枝飞上。而彼与余之关系，终无法以解除。新欢不乐，旧恨弥长。究其结果，徒令余多增一重恶业。而彼亦刺目不堪，伤心无既，是又抱薪救火之类矣。余知爱情者，乃纯洁高尚之物，万不可为尘俗之见所污。余今抱此情以终古，事虽茫茫，而纯洁高尚之质自在，一着尘缘，则我且失其为我，不第此无聊酬答，可以不必，即昔日之一冢梨云，亦为多事。花魂有知，将于地下笑人矣。至此而余意已决，则疾书四绝以报梨影。

劝侬勉作画眉人，得失分明辨自真。蜀道崎岖行不得，拚教孤负陇头春。

俯仰乾坤首戴盆，人生幸福不须论。一枝木笔唯销恨，终爱梨花有泪痕。

天荒地老愿终赊，那有心情恋物华。不见青陵孤蝶在，何曾飞上别枝花。

便教好事竟能谐，误却东风意总乖。最是客窗风雨夕，痴魂频梦合欢鞋。

四诗直书余之胸臆，不作欺人语。方欲交鹏郎携去以了此事，忽念梨影读此诗将若何耶，则复取梨影来书复阅之。而余又爽然自失，彼病为余，彼病之愈亦为余，余今实操彼生杀之权。余欲彼生，则当立允此事，否则是彼得生机，而余忍绝之也。余可以自绝其生，惟决不可再以残暴之行为，加之爱我之人。诗题红叶，有心却是无心；人瘦黄花，一病何堪再病。彼为此书，知余必不忍相负。成算在胸，症结尽解，故不药而能霍然。总之，两情至此，万无可合之理，又万无可离之理，更万尤长此不合不离之理。天下无论何事，美满者无所用其踌躇，破坏者必思所以补救，至于无可补救，则亦必有归宿。今古情场，例无悬案，譬之弈也，落子已错，则收局殊难。然明知其难而局终不可不收，收之之法，能出一生于九死之中。转败为胜，斯为最幸，否则亦至于一局全输而止。今梨影之于余，一子误投，败象立见矣。欲不终局而止欤，势已有所不能。然则此一局殊棋，终必有以收拾之。梨影此言，即收局之末着。此着而再失败者，则舍一死外，实更无他法以救余且以自救。余即甘自暴弃，千灾万毒，一身当之可耳，顾何为累人至死！前次彼此相恋，固为自寻苦痛，无可诿者，律之以义，余为主动，则所受苦痛之分量，自应较彼为多。今余允此事欤，则余之苦痛，自然增加，而诿之苦痛，可以轻减，不允此事欤，则余之苦痛，未能轻减，而彼之苦痛，且将增加。余既愿一身受此苦痛矣，则凡一事而可使彼身之苦痛，过渡以加于余者，余皆当勉为之以赎己过，允之宜也。况今彼所以为余计者，既周且至，情义悉合，有使余不得不允者乎？余思至此，乃将已成之诗草，毁之弗早，而别作一书以慰伊人之塑，顾下笔之际，艰窘万状，汩汩思潮，逆流而上。一字一痛，此书结果，未知其为成为败，或竟为后日冥司对簿时一宗罪案，然我何梦霞终不敢曰余心之愿也。

梨影青览：汝书来知汝病已瘳，且忻且慰。至书中所述，所以愈若病者，乃大与余忤。余已累汝，何必再累一人？即为汝计，亦必不愿以吾二人冤孽牵连之故。而波及无辜，同沦冤海。汝为此言，余固知非出汝本意，不过为余一人之前途计耳。使余能自将前约取消者，则汝且心安体泰，箝口结舌。人家儿女，自有因缘，顾何忍将他人毕生之幸福，为己轻于一掷耶？以此质汝，汝当云然。然而余之与汝，以情事言，则可云至恋，以地位言，固乃无可恋。此一段悠谬荒唐之情史，汝即欲收束之，则收束之可耳。行云流水，一梦无痕，画蛇添足奚为者？汝当知汝既收其旧者，此后余即有意辟其新者，亦必不再牵汝入内，汝复何疑焉！

书至此，觉语太直率，仍有相怼之意，梨影读之，且谓余不谅，非所以慰彼也。则立变其语调而续书曰：

余今为汝言之，余实能强忍以绝汝，惟绝汝之后，望汝勿复问我。而汝固不能不问，则余又将奈汝何？嗟乎梨影！汝前言今生与余断无关系，斯言良是。汝白氏女，崔氏妇，而余则路人也。余非狂且，生平不知恋爱为何物，自遇汝而后，乃几几不克自支。然越礼犯分之嫌，所弗敢蹈。清夜皇皇，若怀大愆，魂梦亦为不适。每一夕数惊，疑此身之已沦恶孽。自苦若此，固不如早归决绝，尚可求身心之安适。所最奇者，初遇汝时，早悉汝之身世，尝视汝为神圣不可侵犯，冀以敬畏之心，战胜爱慕。而一点倾向于汝之真情，乃若本诸天赋，非人力所能遏抑，虽万死有所不避。明知无分，强说有缘，则余亦无能自解。今即云余能绝汝，不过全汝而已，欲自全难也。质言之，余情已如揉碎之花，片片零落，欲再集合碎瓣，复为一完美之花，上之枝头，以媚春风，此必不可能之事。则余惟有将此零星粉碎之情，收拾而吞咽之，不复为人所见。异日死后，挟以入地，或挈之升天，待汝于黄泉碧落之间，一一出以相证。今生之事，已矣已矣，夫复何言！虽然，余兹喋喋向汝诉此冤苦，知已非复汝所愿闻，汝所望于余者，只欲余允。汝书中之语，汝为余回肠百转，出死入生，余宁不知之？以汝兰蕙之姿、冰霜之质，万缘皆净，一尘不惊，只以余故，复入魔障，颠顿至于如此，余有良心，殊未足以对汝。汝今即与余绝，而太空无物之中，已着有一点浮云，吹拨不去，其终不能超然于余也固也。余已苦汝万状，今汝所求余最后之一言，余明知此言一出口，即定汝生死之局，其关系绝重，余纵自问万不肯出此。然何忍复吝兹一诺，以绝汝一线自全之道耶？嗟乎梨影！余今允汝矣。余尝谓为人不如为傀儡，自今以后，余愿化余身为木木无知之傀儡，而以处置之权属之于汝，置余于东则东，置余于西则西，而此傀儡之如何下场，亦任汝为余收拾。然此特讳言，余固不能真为傀儡也。傀儡不可为，则惟有自置余身于生命之外，而择有益于汝之事，尽吾力以为之，以慰汝心而消吾眚，至于能尽力索而止，如是而已。病体新愈，千万珍重。鹏郎课读如恒，勿以为念。梦霞顿首。

余就灯下草此断肠书，滔滔若泻，纸有尽时，而手腕且僵，两目乃昏不见物，盖沉闷极矣。长吁一声，掷笔而起。远听街头寒柝，已报三更。鹏郎此时，安睡已久。深夜安得传书之人，则藏之以待明朝。实则余意初不欲以此书呈梨影，迫于万难，勉强出此。明知此书一去，可全梨影，余实不能自全。今我之为我，止此一宵，自明日始，当另易一人，脱皮换骨，装出一副假面目，行尸走肉，享人世间庸庸之福已耳。此短促之残宵，不久即与吾惟一无二之情以俱逝。而对我之昏灯一穗，膏涸焰枯，亦遂与吾心同时并入于垂尽之境。大局已定，计无可挽，则并此残宵一晌之光阴，亦不复加以珍惜。悄然展衾而卧，一回念间，万种痴情，已成陈迹，则辘轳心事，此时亦渐臻平坦。蘧蘧一枕，梦境转酣。此晓钟动罢，睡味初回，懵腾间闻耳畔有人唤曰："醒乎？吾已待半钟矣。"启衾张口而视，则乱发蓬松而立吾床前者，乃为鹏郎。

余惺忪问："何时？晏乎？"鹏郎曰："尚早。"余曰："然则汝清晨奔越至此，又奚事者？"鹏郎曰："余方睡，阿母唤余起耳。"余瞿然曰："然则若母必先起矣，渠病新痊，胡不事休养，而早起若此？得毋又中晓寒耶？"语甫出口，忽自悔余何为复琐琐不了，此后余于彼事，当一切付之不闻不问，斯为最善。寻思间，闻鹏郎答曰："先生，吾母盖彻夜未眠也。昨余课罢归寝，吾母即询余以'先生有物交汝携来否'。余答以'无'。彼则嗒然，手承其颐，沉思无语。俄起取床前一豆蔻盒，将先生叠次寄呈之书稿，一一出而翻阅之，反覆不已。忽而眉颦，忽而泪落。旋余即入睡，不复知其何作。今晨窃觇之，鬓钗未卸，犹然昨夜残妆，其不睡也可知。"余闻是语，突觉胸中起一不可名状之剧感，兜的上心，抑之愈蓬然而转。无已，则力忍语鹏郎曰："汝知若母未睡，兹遣汝来，曾以何语诏汝？"鹏郎曰："固无所事，不过嘱我视先生已起否耳。先生，吾母皇皇促余起，乃只为此。"语已，嗤然而笑。噫！鹏郎能笑而余则心滋伤矣。即就枕畔取余昨夜所书者以授鹏郎，麾之速去。鹏郎既行，余复掩衾僵卧，汍澜久之。日上三竿，始不获已而起，揽镜自视，目肿如桃。秋儿以锻具至，则取巾力拭其泪晕。不御晨餐，惘然赴校矣。

细雨飞悔，风日尽晦，伤心抚景，益觉恻恻少欢。环顾前途，亦复沉黑若漆，乃与天时适合。而斯时也，校中暑假之期已过，循例举行季考，竟日郎当，无术自脱。自念心绪若此，复有此不耐之事，烦扰不休，真令人闷苦欲死。总恨当日出处不慎，不应投身学界，更不应来此蓉湖，平白地生出许多烦恼，则默呼"子春误我"不止。校中同人见余闷闷不乐，均莫知所以。盖余以近月以来，到校供职，恒长日无欢容，且复暴怒。学生之不率教者，乃大为余苦。同人见惯，即亦不以为异，谓余殆由性僻所致，否则亦痫发耳。惟鹿苹知余较深，时就余殷殷慰问，然亦隔靴搔痒，未得痒处所在。而余则片惟自咽，不能将难言之隐，与以示人，则相与唯唯诺诺。然知鹿苹心中一朵疑云，亦正时时团结，拨之不开也。彼见余今日尤改常度，面色如灰，疑余且病。则力劝休息，且谓校中未了事，愿为庖代半日。余感其意，未暮自归。

足甫及阈，鹏郎已迎面至，低呼曰："先生，今日归何早耶？"余不应而入。鹏郎亦迹余至室中，探袖出函，置之案上，返身欲奔。余呼止之，欲有所询，而心忽自警，目注鹏郎，久久不能作一语，则复面赪而微晞。

鹏郎不解，亦微诧言曰："先生病耶？吾视先生状貌，乃大与曩日异也。"余亟应曰："否。吾固甚适。汝且去，吾有需再唤汝。"鹏郎逡巡遂出。室中复遗余一人，案头书赫然固在，平日似此情形，余不知几经熟历，殆如印板文字，未或稍易，每得一书，辄心花怒开，恨不能一日而尽，独今日对此书，乃殊不欲观，顾又不能不观，木坐有顷，乃徐取阅之。文曰：

展诵来书，思深语苦，宛转欲绝。想君落笔时，胸头肠角，不知作几次回旋，乃有此消魂刻骨之语。即铁石人见之，亦当不支，矧肠断泪苦之梨影耶？嗟夫嗟夫！人生到此，尚复何言！君能决绝，绝之便也，抑梨影中怀杌隉，尚有所表白于君前者，则惟是耿耿私衷，尽悄倾倒，固未尝不与君同其眷恋。而返顾己身，复念君事，均不可有此，则力遏此念使弗萌，且惴惴焉惟恐君之已洞吾肺腑，而益助君情苗之怒长，持此念也。自遇君以迄于今，盖半载如一日，而终不能自绝于君，则梨影所不能自解也。窃尝思之，古今来情场中，痴男怨女一往缠绵者尽多，无不先有希望而后有爱情，美满者不必论，彼缺陷者，当时固亦皇皇然各有所注，力向前趋，至于山穷水尽，目的终无由达，不得已而呼罢手。然后之人论其事者，已群笑其痴。若梨影之于君，华年已非，希望早绝，乃明知之而故陷之。落花同梦，止水再波，一若天心尚可挽回，人事不容不尽者，是诚空前绝后得未尝有之情痴矣。夫天使梨影识君于今日，是天不欲以梨影属君也明甚。君即欲怨天，而天且嗔君诞妄，谓君自沦苦障耳。嗟乎霞君！我与君前事皆谬，而我谬尤多，及今忏之，犹或可及。然我已累君，乃益不能置君，所以为君计者，必欲使君由我而失者，复由我而得之，则前途始无挂碍，或可以稍盖吾愆于万一。今君已勉从吾请，我心甚慰。然寻绎书意，低徊往复，觉允我之语，乃出之至艰，则此事似非君所愿。君意一允此事，即不能自全，盖谓得一名义上之筠情，即将失一精神上之梨影也，抑知此事即不发生，君已失梨影矣，亦何尝可以自全？君苟悟者，此后可全之处正多。大事已尽，则形神俱适，而两心之维系，仍弥永无既。留此莹洁朗彻之情，当放光明，共日月以照耀乾坤足矣。作如是想，则并来生一约，亦属多赘，更何有于今生？以君高明，何观不达，闻此言也，其亦破涕一笑乎。五月二十日醉花楼主梨影谨言霞君吟几。

书外另附一纸，为七律二首，则并读之：

我本深闺待死身，何须迟暮怨芳春。多情终为多情累，失意偏逢失意人。流水前番欢已逝，落花后约梦常新。劝君莫负平生志，且向春风忏绮因。

今生来世两休休，剩有痴魂终古留。八九光阴消病里，万千心绪讳眉头。重重魔障除非易，滚滚情澜过尚流。终是闲愁抛未得，春光不度醉花楼。

大凡人至此情爱关头，把持不定，流荡忘返者，十人而九。即能辨明情字之真理，而以礼自束，止乎其所不得不止，此其人同属难得。而情关险恶，一入不可复出，乃至痛哭呼天，埋愁入地，一腔冤愤，无处可消，终则侘傺无聊以死，诚不若无情者之一生安贴也。虽然，世岂有无情者，吾人呱呱堕地，既带此一点情根，能将此情根，滋溉而保护之，发挥而张大之，择可用之，处而善用之，方不负上帝生人之责。而收果时之为良为恶，正无庸顾问也。余生平常持一种僻论，谓情之一字，专为才子佳人而设，非真才子真佳人不能解此情，非缘悭福薄之才子佳人不能解此真情。情之真际，于辛苦磨炼中出之；情之真味，于梦泪狼藉中得之。盖有尽者非真情，不尽者乃是真情。而情之消长，即以事之成败为断。吾视世间夫妇之情，殆未有不尽者也。彼一遇即合者，固不足以言情。始离终合者，当初历尽困难，用情虽苦，获果殊甘，踌躇志满，自诩艳福。泊乎华年既逝，情田渐芜，垂老画双蛾，亦觉淡而无味。事过情迁，终必有灰灭烟销之日。白头鸳侣，数十年如一日者，固为情场中所仅见，矧即情终不变。而飞鸟投林，其时已至。美人黄土，名士青山，又谁向冢中骷髅，说恩论爱哉？此等已成之眷属，其中亦不乏有情之才子佳人，惟因愿既获遂，转不能尽其爱情之分量，身死而情亦与之俱死，是亦岂得为幸？反而观之，彼不能成者，颠倒一生，艰难万种，生则沉沉饮泣，死亦恻恻含冤，而此一段未了深情，埋于地下，或散于人间者，乃历万劫而尚存，共千秋以不朽，所谓"川岳有灵，永护同心之石；乾坤不改，终圆割臂之盟"。是亦岂得谓之不幸哉！吾故曰："天不使有情之才子佳人成眷属者，盖以庸庸之福，惟庸庸者可享，与情字无关。天生一二情种，不知泄却几许菁英，而不使之于茫茫情海中，作一砥柱，挽狂澜于既倒，绵真源于一线，徒以尘世间美满因缘，尽其情量，是即不得为厚待情种也。"余持此论，自矜偏解。先有一不成之见存于胸中，因之而言语行为，不期尽趋于萧飒一路，而不如意事，纷至沓来，捷于影响。今则余意中所虚构之一境，竟不幸于余身亲陷之。余非情种，而情之回旋缭绕于余身者，乃至缠绵而不解。余已拚捐弃一生幸福，以保此情于永久，而当前苦痛，乃有为人生所万不能受者，如罪人之受凌迟，其难堪乃在欲死不死之间也。无可如何，作旷达语以自解，一今方作达观，一念复涉于痴恋，此特无聊可怜之想，自欺欺人之语，实则用情既深，万无觉悟者也。庄子妻死，鼓盆而歌，人以为达矣，不知彼惟未能忘情，故歌以自遣。达如庄子，犹不免此，矧吾辈质仅中人，心非顽石，遭遇如此，其能自为解脱耶？梨影此书，语则达矣，然仅以慰余，实不能自慰，究之余亦未可得而慰也。彼果能如书中之言，一切付之达观者，则当径与余绝，病又何为僵桃代李，接木移花，不更多此一举哉？彼若谓此事成就，可以弥补余生之缺憾，则诚大谬。彼意以大局为重，以私情为轻，而于余此后之何以自聊，恐亦未尝代为计及。嗟乎梨影！欲余舍意中之汝，而与一爱情不属之人强颜欢笑，余独何心而能耐此！此事结果，滋可惧也。坐对一灯，心迹为晦，辄和二律，藉代鹃诉。

白萍一叶是吾身，尚许浮花占晚春。万古乾坤几恨事，五更风雨两愁人。罗衣病后腰应减，锦字灯前意转新。情到能痴原不悔，又翻此局太无因。

今生事业算都休，如水韶华去不留。已到悬崖终撒手，愿沉苦海不回头。僵蚕丝尽身常缚，残蜡心灰泪更流。只有梦魂自来去，每随明月度南楼。

余既允梨影之请，梨影尤望此事速成，得早完其心事。而余则意非所属，志不在谐，且此婚姻问题，在理虽可自由，而有母兄在，亦应得其同意，胡可草草自为解决者？矧塞修一职，此时尚难其人，最适当者为石痴，今又远在异国。余意俟石痴归来，然后提议此事，毋须汲汲。梨影亦以为然。余为此言，意主延缓，预计石痴归国，当在八九月之间，为时尚远，人事万变，此数月之光阴，不知更历若何变幻。使梨影对于此事之热度，幸而下降，则一段姻缘，自可融消无迹。而余之初志得遂，是亦未为非计也。

梅雨沉沉，终无霁理。一年中惟此时节，最是恼人。落落一斋，黯如窀穸。一到黄昏，更难消受。喧声盈耳，起落如潮。手抚空床，欲眠不得。起视孤灯，乍明又灭。窗纸破处，时有雨花飘人，迷濛若雾，陡觉新寒骤加，袭肤难忍。则复蒙被卧，此时乡思离愁，一一为雨声催起。而一片吟魂，越窗而出，更不知飘荡至于何所。遥想彼空闺独处之梨影，一阵廉纤，十分凄寂。虾须不卷。鸭兽无温。掩袖含啼，泪点与雨珠并滴；展衾怯冷，愁心和香梦都清。其凄凉况味，或更有较我难堪者在也。枕上口占二绝句云：

> 池塘乱草长烟苗，困柳欺梅分外骄。已觉凄凉禁不得，窗前幸未种芭蕉。

> 冷雨浇春春已残，炉灰拨尽酒阑珊。醉花楼上书窗畔，今夜平分一半寒。

清吟达晓，梦少愁多，风雨潇潇之中，鸡声四起矣。拥衾瑟缩，了无暖意，则亦不恋，披衣自榻而下，推窗四望，雨势犹盛。黑云垂垂，一天皆墨，而冷风若镞，迎面刺人，着肤作奇痛，觉不可当。思掩窗而入，忽远见一人自西廊来，审之，鹏郎也。既至，谓余曰："先生起胡夙，寒甚，曷加衣乎？"时余身御单袷，冷至难耐。鹏郎入室取一絮袄，逼余易之，且言曰："今晨若非吾母命吾来视，先生必中寒而病。吾每每谓先生偌大年纪，乃如一才离保抱之小孩，起居饮食，犹在在需人调护也。"余闻言，不觉扑嗤一笑，曰："余为小孩，汝且为大人矣。"鹏郎亦笑，旋问余曰："雨风载涂，行人已断，今日赴校乎？"余曰："今日举行放假之日，不可不往。校事毕，余明日行矣。"鹏郎惊愕曰："行耶？行何往者？吾必不使先生行。先生住吾家佳也。"余笑曰："是又奇矣。余自有家，今客汝家者三四月，奈何不思归？且不久即复来视汝也。"鹏郎蹙然曰："否。吾与先生相处久，不愿一日离先生。先生爱我，奈何舍我去？脱吾力不能挟先生者，吾必请于吾母，止先生勿行。恐先生亦不能自主也。"余曰："余欲行，若母又乌能阻余？能阻余者，惟有天耳。脱雨不止者，余且作数日留，晴后乃行耳。"鹏郎始有喜色曰："然则吾愿天一雨十年也。"余怜其憨，抱置于膝而吻之，随取一笺，将两诗录出，置伊袖内，一回首间，奔入视母矣。

是日，校中举行夏季休业式。午后事毕，余即出校。风片雨丝，泥泞遍道，几有"行不得也哥哥"之叹。踉跄归寓，外衣尽湿，双履亦拖泥不能步。秋儿侍余易衣纳履毕，询余膳未。余答以已膳。乃去。余思就坐，而目光所及，案头有一诗笺在，取而阅之，即和余听雨之作也。

情苗难润润愁苗，泪洗眉峰惨不骄。自是愁心容易乱，非关昨夜听芭蕉。

雨声滴共漏声残，被冷鸳鸯枕冷珊。挤受凉凄眠一觉，娇儿独睡惯惊寒。

伤哉嫠归！鞠育孤儿，值此风雨清宵，益觉凄然吊影。火冷香销，迟徊未寝，而帐中鼾睡之儿，时时梦中呼母，此情此景，怎生消受？未亡人孤苦生涯，尽此二十八字中矣。方慨叹间，鹏郎复至。余问之曰："汝家后院有芭蕉乎？"鹏郎曰："有之，高且过于人，其矮者亦等于余。"余曰："此恼人物，何不剪而去之？"鹏郎曰："余母手植此蕉，谓蕉之为物，晴雨皆宜，昼长人倦，绿上窗纱，可以遮日而招凉，何为剪之？"余微叹曰："风雨连宵，繁响不辍，渠独不怕滴碎愁心耶？"鹏郎曰："芭蕉着雨，有碎玉声，清脆亦足娱耳。先生胡独不喜？"余曰："余所以恶之者，正为其频作闹剧，扰人无寐也。"鹏郎曰："吾殊不然。渠自作声，吾自寻好梦耳。"余曰："痴儿，汝不知愁，自不畏此絮愁之物。若汝母者……"至此遽止，续言曰："鹏郎，汝以余言告汝母，此后风朝雨夕，欲得安眠一觉者，其先剪此蕉也。"鹏郎曰："诺。"

既而鹏郎问余曰："明日不雨，先生果行耶？"余曰："必行。"鹏郎曰："吾已言于吾母，吾母谓先生离家久，必欲行者，亦不能相阻，惟嘱先生六月中必一来视吾，勿待秋期也。"余曰："此必汝饶舌所致。吾知汝母，必不使吾冒暑作无谓之奔波也。"鹏郎曰："否。此确母意，儿何敢诳。先生此去，正逢炎夏，诚市烦嚣，不如乡居清净足以避暑。与使在家闷损，何如来此小住。且先生爱花，吾家有荷花数缸，花开如斗，届时能践约者，当留与先生赏玩也。"余曰："谢汝厚我，请以荷花生日为期，吾当买棹而来，与汝共祝荷花之寿。"

傍晚雨止，天忽开朗，明日之行决矣。乃将案头乱稿，草草收拾之，纳诸行箧。忆曩与兄书，约期在五月中浣，同归故乡，今已月杪，阿兄必已先归，而余尚淹滞未行，累家人盼煞矣。整理既竟，即遣崔氏纪网，赴校嘱鹿苹为雇一艇，预备早行。崔翁知余将别，治杯酒以相饯，并邀鹿苹为陪。却之不得，相与偕饮。长者多情，席间亦谆以早定行期为嘱。酒阑人散，余亦薄醉，复于灯下拈管，草留别诗数章，拉杂成之，藉为纪念。而余之日记簿，明晨亦将挈之偕返，当于下页别开生面，重叙家庭乐事矣。

寓馆栖迟病客身，怜才红粉出风尘。伤心十载青衫泪，要算知音第一人。

梅花发后遇云英，反见枝头榴火明。无限缠绵无限感，于今添得是离情。

略整行装不满舟，会期暗约在初秋。劝君今日姑收泪，留待重逢相对流。

两情如此去何安，愁乱千丝欲割难。别后叮咛惟一事，夜寒莫凭小阑干。

梦醒独起五更头，月自多情上小楼。今夜明蟾凉似水，天涯照得几人愁。

分飞劳燕怅情孤，山海深盟水不渝。记取荷花生日节，重寻鸿爪未模糊。

第七章　六　月

　　大抵情人交际，求之形迹，部属虚假之情，寄诸精神，始臻真实之境。余与梨影，知半稔矣，觌面不过一二次，且亦未有一启齿一握手之欢，惟以诗篇代语，缄札寄情。无形之中，两相默喻，虽形格势禁，难开方便之门，而在两人心中，初不以离合为离合，形迹愈荒疏，而精神愈团结。且已知无分作鹣鹣之比冀，则亦何争此草草之言欢，所以死心塌地，涕泪互酬，愿以螺黛三升，乌丝十幅，了此离奇断碎之缘，不愿以无聊之希望，为非分之要求。人来槛外，迹近桑间，而适以自污其纯洁无上之圣情也。人之相知，贵相知心，心相知矣，又何必形之相合？昭昭者可按迹以求，惟默契于冥冥者，其情乃隐微曲折而无所不至，弥沦磅礴而靡知所极。然则我今日此行，与梨影殆未足以言别也。别之一字，对于长聚者而言，余与梨影，以形迹言之，无时非别；以精神言之，无时或别。此后无论余至何处，余心坎上终当有梨影在，如影随形不离左右。极而言之，梨影而死，而余心坎上之梨影终不死。即余亦死，而余心坎上之梨影亦终紧附余身，随余灵魂之所适。质言之，梨影与余之精神，生生死死，殆无有别时也。今日离彼而去，彼实已随余而归矣，余复何伤于此别！虽然，妾歌白纻，郎马青骢，情人分袂，为离别中之最苦者。余与梨影，可为情人与否，尚难下真确之判断。然而两心如此，固不得谓为绝无关系者。湖上帆开之候，正楼头肠断之时。余亦岂能无所恋恋？他人以为苦者，余偏不以为苦，实则不言苦者其苦愈深。不苦云者，于无可奈何中作自解语耳，于万千苦绪中，比较而言之耳。前日之聚非真聚，则今日之别亦可视为假别。别情非苦，更有苦于别情者，个中滋味，恨未能与天下有情人以共喻也。

一帆风顺，朝发而夕抵家矣。将至家门，心忽自怯，念作客半年，他无所益，只赢得一身烦恼。老母临行之嘱，言犹在耳。而数月以来，沉沦于泪泉恨海中，几置家庭于不顾，平安两字，屡误邮程。纵母不怪余，余其何以对母？此中情事，既不能掬以示母，而怀兹隐慝，周旋于伦常之地，欺人虽易，自欺殊难。忆余未行之先，庭帏色笑，甘旨亲承，率性而行，只有天真一味。曾几何时，人犹是而性已非，乃至对于亲爱之家人，声音笑貌，在在须行之以假。思至此，则背如芒刺，悔念复萌。然悔固无及，且悔不一悔矣，而卒不能自拔，则余其终负余之老母手！

挈装入室，母姊兄嫂咸在，各展笑靥以迎余。盖余兄于先二日抵家，余姊则自余行后，守余之约，留伴老母，未赋归也。余前见母。母审视余面忽诧曰："儿乎，病耶？何憔悴至是，惊若母矣。"于是兄若姊若嫂，闻母言均集视线于余。嫂曰："阿叔果清减几许矣。"姊曰："顽童扰扰，教授劳形，况复他乡，如何不愈？"兄曰："吾弟娇怯哉！出门不越百里，便尔不耐。如阿兄飘摇数千里，舟车之劳顿，风霜之侵蚀，且什百倍于吾弟，而容色转丰腴，身躯转壮硕，此又何说？大凡人不能耐得劳苦者，即不能成事业。弟知之否？"余方欲答，母谓兄曰："汝弟气禀素弱，幼时常在病中，乌可以例汝？使家无衣食忧者，余亦不使彼离余一步也。"语次欷歔。余兄唯唯不复言。余初不自知其憔悴，闻诸人言，乃复怦怦。余容而果憔悴者，其原因固自有在，与作客之苦，实无关系。余母之言，爱余之至者也；余嫂之言，顺母意以慰余也；余姊之言，原情测理之言也；余兄之言，寓爱于勖者也。要之诸人无一非怜余爱余者也。既余受此家人亲密之慰问，复自省一己隐曲之私情，觉我未足以对人，人尽足以对我，此心益惕然不宁矣。

谈话有顷，晚餐具矣。家人围桌共食，余母频频停箸目余。余知母意，欲觇余食量之佳否，余为之勉尽三器。余母似有喜色，意谓余容虽悴而食未减，可稍宽其忧虑也。饭罢复围坐共谈。余母琐琐询余别后事，余一一告之，惟隐其私。余亦知于家人骨肉之间，不应打诳语，但兹事若骤闻于老母，必疑余有不肖之行为，而大伤其心，故宁暂秘之。纵自知其不当，亦惟有默呼负负而已。既而余母顾谓余兄曰："今日之会，一家骨肉，尽在于是，余心滋乐。所不足者，若父早殁，而若弟未娶耳。余老矣，残年风烛，刻刻自危，汝弟年已逾冠，正当授室之时，深愿于未死之先，了此一重心事。兄弟无猜，室家永好，一旦撒手尘寰，亦可瞑目泉下。此事殊汲汲矣。"余兄答曰："母言当，霞弟姻事，儿亦念念在兹，然好女子非易得。如弟矫矫，合匹天人。以儿所见，一派庸脂俗粉，殊未足以偶吾弟也。此事为弟毕生哀乐所系，胡可草草？此者欧风东渐，自由之婚比比皆是，吾母能持放任主义者，儿意不如听弟自择之为愈。"母笑曰："吾岂顽固老妪，以儿女之幸福，供一己之喜怒者，何干涉焉？吾所望于汝等者，只愿兄弟姗娌，好合无间，互持家政于将来耳。"余骤聆母与兄提及姻事，不觉又惊又痛，念此事母意若欲强制执行者，余将何以对梨影？幸阿兄解事，代为关说，得聆母最后之一言，殆无异罪囚之获闻赦令。而回念余意中之事，固已早成画饼。梨影所以为余计者，其事若成，殆较专制婚姻为尤苦，则复木木若痴。而此时余姊见余不语，则转谑余曰："阿母已允弟自择佳偶，吾弟旅锡半年，亦有所谓意中人乎？"斯言也，在姊实出之以无意，而余方涉念及私，闻之不胜疑讶，意余之隐事，岂已为阿姊侦悉乎？不然，何言之关合若斯也。于是面热耳红，不能置答。兄嫂睹余状，均为粲然，姊尤吃吃不已。余益惭惧，至不能举首。余母呵之曰："霞儿觍覥类新妇，素不耐嘲谑。汝为阿姊，奈何故窘之？"余姊闻言，笑乃止。而余意亦解。事后思之，蛇影杯弓，疑心生鬼。说破个中，良可笑也。

是夜余兄伴余宿于东舍。余促之归寐，兄不可。余曰："兄意良厚，独不虞冷落嫂氏耶？"兄笑曰："弟愿单栖，兄亦不愿双宿也。"余以其言适余中隐，于是复如向者之疑姊者以疑兄。既而觉其非是，则又哑然自笑。言者无心，听者有意，余今者真成为惊弓之鸟矣。乃复谓兄曰："兄与嫂氏，一别经年，相思两地，一旦远道归来，深闺重晤，正宜乘此良宵，互倾离抱奈何咫尺鸳鸯，复作东西劳燕。兄非无情者，何淡漠若斯耶？"兄怫然曰："弟以阿兄为情虫耶？弟夙以多情自负，亦知情字若何解释？夫岂专属之男女者！大凡言情不能离性，父子兄弟之情以天合，夫妇之情以人合。以天合者，虽远亦亲；以人合者，虽真亦假。人不能不受命于天，即不能舍父子兄弟之情而独钟夫妇之情。此情之正解，不可不辨。吾视世之自负多情者，往往徒抱一往情深之概，孤行其是，或至割天性以殉痴情。若而入者，美其名曰情人，实则为名教之罪人，君子讥焉。顷弟所言，似尚未明情字真际，致以常情测余。亦知吾若恋恋于儿女之情者，则何为弃此柔乡之岁月，度彼羁旅之光阴乎？此次归来，只以倚闾之望，陟岵之思，情动于中，遂被子规劝转，以言夫妇，则一年之别，何可谓久。即云未免有情，亦当知所先后。弟言若此，则异时娶得佳人，便将迷恋温柔，置老母阿兄于不问乎？吾愿弟为性分内之完人，不愿弟为情场中之奴隶也。"噫！余兄此论，清夜钟声，良足发人深省。念余今兹之所为，蔑性甚矣。夫妇之情，犹不可过恋，矧于不可恋之情而恋之，恋之不已，沦为痴愚，惝恍迷离，而莫知所适。幸可自救者，中情之毒虽深，而一点良知，犹未尽昧。至万不得已时，终当制私情以全天性。然此时一腔情绪，半含怨愤，半带悲哀，欲忍难忍，言愁更愁，无一可告人，无一足自解，则方寸灵台，已多内愧，受责于良心，乃较听命于父师之前，待罪于法庭之下，惨酷不啻数倍。用情一不慎，自苦至于如此，则少年血气之过也。自讼良久，谨答兄曰："闻君一夕话，胜读十年书。弟此后不敢再谈情字矣。"乃相与抵足而寝。

天涯游子，一旦双归，比来年天伦团聚之乐，无美满于此日者。余母已笑逐颜开，不复愁眉苦眼。余亦暂脱愁城之厄，觅欢笑于当前。槐阴摊饭，竹院分瓜，妇子嘻嘻，笑言一室，极酣畅淋漓之致。晚来浴罢，同坐乘凉。余兄则徐挥蒲扇，以别后所遭，娓娓为吾等道。海客谈瀛，听者忘倦。余姊间或搀以谐语，博得慈颜一粲。余臻此境。恍离地狱而登天国，听仙乐之悠扬，如向我胸头，奏恨海澜平之曲。无穷哀感，倏如蝉蜕，屑层剥卸，障翳一空。信乎外情之蔽，终不敌内性之明也。伦常之乐，人皆有之。弃之而别寻苦趣，宁非大愚？世界一烦恼场也，就中真实之乐境，舍名教外，直无馀地。人生此世，苟使天伦无缺陷之事，优焉游焉，全其本性之真，享此自然之福，已足以傲神仙而轻富贵，又奚事得陇望蜀，驰心外骛哉！大凡人之性灵，莫宜于养，莫不宜于汨。一涉外感，则聪明易乱。而外感之来，复多愁少乐，则生人之趣短矣。吾今自情海复返性天，已深知此中之苦乐。上帝而许余忏悔前情者，已当立收此心入腔子里，奉老母以终天年，于愿已足。然而一场幻梦，虽醒犹痴，况复多所牵涉，何可中道弃捐！总由子春劝驾，生此枝节。事至今日，始深悔出门之孟浪也。

浃旬以来，余日向家庭寻乐，一切烦忧热恼之事，暂释于心。明知乐不可久，而悲者无穷，姑作得过且过之想，尽我之所当为，使老母不为我而多所愁闷。此即我近日对于家庭之唯一主义也。戚友辈闻余兄弟归来，各加存问。门外时闻剥啄，室中不断话潮，如汪子静庵、邵子挹青，尤为余苔岑凤好，亦复时时过从，相与读诗赌酒。旧雨重联，悦亲戚之情话，乐琴书以消忧，盖又有彭泽归来之况味焉。长日如年，佳趣正复不少。盖自父死兄离以后，此为最乐之时期矣。乃不意彼万恶之病魔，日夜环伺余旁，复乘此欢情畅适之馀，而忽焉惠顾。

当此炎炎大暑，郁气如蒸. 披襟当风，庶乎称快。而我乃伏处苦茧，拥絮被作牛喘，寒热交作，头汗涔涔，其苦殆无伦比。虽只余一人受之，然家人为余病故，已尽易其快乐之心肠，而为忧愁之滋味矣。一家之中，余母焦忧尤甚。余既以胸膈间之秘密，负母于冥冥，复以形体上之损害，陷母于扰扰，伏枕以思，为子者殊不应若此。余亦不自解余身之何以惯与病为缘也。此次之病，来势虽剧，幸系外感，尚非难治。服药数剂，即已退减。既而成疟，间日一作，医者谓病势已转，可保无虞。荏苒兼旬，老母之精神，业为余消耗尽矣。余病作时，余母刻不离余。余兄为余皇皇求医药，几无停趾。余姊余嫂，亦均改其起居之常度，攒眉蹙额而问讯焉。直至余痛少瘥，而后众忧始解。忆余之病于崔氏也，侍余疾者，鹏郎、秋儿二人而已。虽问暖嘘寒，涧汤进药，事事经心，总是不关痛痒，未免粗疏，使多情之梨影，能亲至余之榻前者，或能如家人侍余之无微不至。然而礼防森严，内外隔绝，病耗惊传，徒令彼芳心闷损。而余亦一榻孤眠，凄凉无尽。今余病于家，而周旋于余侧者，母也，兄也，姊也，嫂也，无一非亲余爱余之人。至于忘餐废寝，劳神焦思，而祝余之速愈，至性至情，每至疾病时而愈见。而外感之缠绵，总不及天伦之密切者。此番骤病，殆天欲以家庭间之至情至性，一一实演于余前，而启余以觉悟之门也。余至此益觉余之所为，殊无一分足以对母。不第母也，即推诚相爱之兄，而余亦报之以欺罔自顾此身，已为天地间不孝不弟之人，无处足以容我。余之外疾可除，余之内疚又宁有已时耶？

余于病中睹家人亲爱之状，思潮之起落愈频。余之知觉，藉以完全回复，觉人各有诚，惟余独伪。余亦有本来面目，今果何在？身着茵席，如卧针毡，不宁特甚。既而思之，余恶未极，非不可补救者，今宜先求一安心之法。欲安此心，惟有将余之隐事，和盘托出于余母之前，而求母赦余。然终有所畏怯而未敢直陈，则奈何。思之重思之，余其先诉之余兄平？兄为敌体，且又爱余，余已自陈忏悔，兄或能存宽恕，不至峻责，令余难堪。如鲠在喉，不吐不快，余复何惮而嗫嚅不能出口耶？思既决，余乃秉余之诚，鼓余之勇，将半年情事，含悲带愤，倾筐倒箧而出之，而听余兄加以判断。

兄初闻余言而骇，既而曰："弟平日喜读《石头记》，反覆玩索，若有至味，形之吟咏，至再至三。吾固知弟已深中此书之毒，将来必为情误，今果然矣。"余曰："一时不慎，堕落情坑，今已自知悔悟，愿挥慧剑，斩断情丝。从前种种，均可作为死去，还我自由之身，忏我一生之孽，未知兄能宥弟前失而许弟以自新否？"兄目余而笑曰："谈何容易！吾见有蹈情网而死者矣，未见有人而能出者也。弟少小多情，宜有此等奇遇，惟用情贵得其当，于不可用之地而强用之，是为至愚。弟今已迷失本性，陷入痴情，即欲力求摆脱，必亦恐难自主。盖男女苟以真情相交际，不合则已，如其合也，则如磁引针，如珀拾芥，又谁得而分离之？有时自觉，知恋爱之无益，托忏悔以自解。然而一转念间，又复缠绵固结，如阴霾时节，偶放阳光，不久即复其故态。弟言将谁欺耶？"余曰："兄言然，余固终不能忘梨影也。惟余今欲求此心之安适，不得不强忍出此。明知陷溺已深，此心正复难恃，亦决持余毅力，以良心天理，与情魔决一死战。最后之胜负，未可知也。"兄闻言，若误解余意者，卒然问曰："弟与彼姝，果相爱以纯洁之情乎？抑参以他种之欲乎？弟其明告我无讳。"。余曰："兄以弟蹈相如之故辙耶？彼姝质同兰蕙，意冷冰霜。岂可干以非礼者？即弟虽不肖，亦知自爱，常持圭璧之躬，不作萍逢之想。两情之交际，不过翰墨姻缘、泪花生活而已，他何有焉？"兄曰："吾亦知弟或不至此。虽然两人酬答之作，能容阿兄一寓目乎？"余慨然曰："何不可者。半年中之成绩，尽在余书箧中。兄自取阅之可也。"

余言竟，授兄以钥，启箧出所藏，锦笺叠叠，厚逾数寸，一束断肠书，首尾俱备，酬答之诗词，亦杂诸其中，一时苦不能竟。余兄略阅数页，叹曰："如此清才，何减淑真、清照，无怪弟惘惘至是。阿兄已为受戒之僧，阅此而一片心旌，亦不觉微微飑动矣。"既又言曰："奇哉此女！缠绵如彼，贞洁又如此，情网陷人，一何可畏。勒马悬崖之上，挽舟恶浪之中，无定力者殆矣。"既而阅至梨影病后之书，拍案而起曰："此计抑何巧妙！若人不仅多情，亦且多智，于无可奈何之中，出万死一生之计，既以自全，又以全人。一转移间，而恨事化为好事，殆炼石补天手也。"复顾语余曰："彼笃倩者，弟曾识其人乎？其才其貌，果能如彼书中所称道乎？"余曰："识之，固绝好一朵自由花，书语非虚也。"兄曰："然则此事信为弟无上之幸福，弟意又如何者？"余嗫嚅而答曰："彼病后以此书相示，有挟而求，在势余必得允。然兹事滋巨，一人胡敢擅专？当禀诸堂上，然后取决。彼亦谓然，故今尚搁起也。"兄曰："此无虑，老母之前，一掉舌之劳耳。弟不忆前日之一席话耶？母于弟之姻事，念念在兹，且许弟以自由。有此良好姻缘，知之无不允者。弟如羞于启齿，余当为弟玉成之。"余急止之曰："否。此固非弟愿也。"兄不悦曰："弟言债矣，不愿将奚为？岂真欲作鳏鱼以终老耶？不孝有三，无后为大。殉无谓之痴情，蔑人伦之大义，此至愚者不为，而谓弟为之乎？然弟径情孤往，不计其他，一身之事，或非弟所恤，独不为若人计乎？彼系一十分清净之人，以弟故而陷于忧辱愁恼之境，古井波澜，于焉复起。弟之误彼已多，今彼已藉此自脱，弟犹苦苦相缠，不肯知难而退，则弟之爱彼，究属何心，良不可解。以余思之，彼所以为弟者至矣，兹事在义，弟不能不允。"余曰："弟初亦欲勉允之以了此局，顾我心匪石，终无术以自转，即强为撮合，而担个虚名，爱情不属，则人亦何乐？我亦徒滋身心之累。自维此生，不祥实甚，已误一人矣，何为再误一人以重余孽？此所以踌躇而不敢承也。"兄曰："此又误矣。弟与若人之交际，不过梦幻之空花，究何尝有一丝系属，弟顾自比曾经沧海之身，遽作除却巫山之想，宁不可笑？微论因情绝伦，不得谓之合义。世之多情人，以不娶终其身者，大抵有夫妻之关系。故剑情深，遂甘独宿，断无有恋必不可得之情，而置人生大事于不问者。如其有之，其人之行为，背谬已极，不啻自绝于人类，犹得靦然自号多情耶？余为弟计，若人用情甚挚，而见理至明。弟既眷眷于彼，必不忍彼之终为弟累。精神上之爱恋，既相喻于无言，名分上之要求，复何悭于一诺！事成之后，弟纵不能尽移其情，使之别向，亦当强自遏抑，而尽人生之所当尽。异日闺房好合，敬爱有加，亦不可使汝妻因缺爱而生怨望。如此则对人对己，两两无亏，方可为善补过之君子。非然者，一意狂痴，流荡忘返，公私两负，情义皆乖，生固无自适之时，死亦留无穷之恨。人格已失，罪恶丛身，以言爱情，爱情安在？弟乎！其毋执迷不悟，而堕落至于无底也。"

余兄侃侃而言，警余至深。此事余已允梨影，惟全由强致，心实未甘。今闻兄言，乃知余之存心，一无是处。余可自绝于人，讵能自绝于家？并何能自绝于梨影？一念之转移，判善恶于霄壤，余今决如兄言，忏悟已往之愆尤，副彼未来之期望，洗清心地，不着妄想矣。乃答兄曰："弟今悟矣，愿从兄命与崔氏缔姻。惟老母之前，将如何关白，兄其善为我辞。"语未已，忽闻履声细碎，达于户外。余等立止其谈锋。移时推扉而入者，则为余母。

余母既入，颐余等而言曰："顷吾于户外，闻汝等谈兴甚浓，胡吾至遂无声？所谈何事，能语老身耶？"余兄笑而不言。母复颐余曰："儿病今愈矣，吾意尚宜再服药数剂，以为病后之弥补。"余曰："毋须，儿已无病，精神亦健旺如常矣。"母复曰："儿体素羸，又不善营卫，病魔遂乘虚而入。此后饮食卧病，宜留意自摄，勿时时致疾，重贻若母忧也。"余未及答，余兄挽言曰："霞弟之病儿知之，乃心病非身病也。母欲绝彼病根者，可毋使之再赴蓉湖，不出户庭，可占毋咎也。"余闻言惊甚，急目止之。余兄置不顾。母不解所谓，瞠目致诘，更见余慌急之状，怀疑滋甚。余兄视余而笑，既而曰："此事胡能欺母！弟其自陈，毋事觍觍。弟诚有过，可速忏悔于慈母之前。弟今已知悔，想母当仁慈而恕弟也。"余仍俯首无词，念欺母良不当，但似此何能出口，蹰躇久之，心窃怨余兄之见窘。有顷兄复曰："弟既不言，兄当代白矣。"余母躁急曰："趣言之，趣言之，何事作尔许态耶？"于是余兄遂以个中情事，宛转达于母听。而不待聆竟，勃然变乎色，指余而詈曰："汝做得好事，乃欺老母。祖若父一生积德，为汝轻薄尽矣！吾诚不料汝有此卑劣之行为，为何氏门楣辱也！"余泣诉曰："儿罪滋大，知难求母恕，惟尚有所禀白于母前者。此事发端，不过为'怜才'两字所误。圭璧之躬，固未敢丧其所守。回头虽晚，失足未曾。天日在上，此心可凭。母信儿者，或能恕儿也。"母怒叱曰："汝犹以未及于乱自诩有守耶？亦知人之善恶，原不必问其行为，当先问其心地。故《大学》必先诚意，《春秋》重在诛心，苟心地不良，即行为能自强制，而其人负慝之深，已终身不能澌涤。男女之间，礼防所在，稍涉暧昧，即于罪戾。况为孀妇，则嫌忌尤多。汝乃挑之以情词，要之以盟誓，使彼黄花晚节，几误平生。即云止乎礼义，而此心实已不可问，岂必待月

西厢，闻琴邸舍，始得谓之文人无行哉！汝平时渎圣贤书，所学何事，今
甫与社会交接，即首犯此淫字，且犯此极恶之意淫，一生事业，尽隳于
此，此后尚复奚望？吾不知汝何以见死父于九原也！"言已，愤然遽出。
余知母怒剧，不敢多言，惟默自引咎，悔恨几无所容。余兄起谓余曰：
"弟勿谓余多事，须知此难终秘。母至爱弟，怒尚可回。余当为弟善言劝
解。俟慈颜稍霁，即以姻事语之，十八九可望成就。弟毋焦急，坐待好音
可耳。"余曰："任兄为弟处置，弟甚感兄，成败均无所怨也。"余兄颔首，
即亦别余而出。

　余兄去后，余徬徨斗室，意至不宁，恐母患难回，兄言无效，余将终
身见弃于家庭，名教中无复有余立足地。以是心中惴惴，震荡靡定，如罪
囚待死刑之宣告。危坐良久，忽闻一片足音，自远而近，杂以余姊笑语之
声。余知此事姊已尽悉底蕴，此来又将肆其谑浪，令余难堪，殊无术以藏
此羞颜。驰思间，余姊已翩然竟入。余兄从诸后，姊且笑且前曰："弟毋
闷闷不乐，余特来报喜。崔家姻事，阿母已承诺矣。"余不语，转目余兄，
以觇其信否，兄颔首示意，知姊所言者确也，于是心为稍宽，而默感余兄
不置。旋姊又语余曰："弟今将娶美妇，能容我先认彼之嫂氏乎？玉照安
在，可将出以饱余眼？"余答以"无"。姊微愠曰："弟毋诳我，剑弟顷语
余，若人有小影赠弟，画里真真，已不知唤过几十万遍。剑弟已见之，独
靳我何也？"余亦笑答曰："是诚有之，惟所有权属诸我，不示姊将奈何？
姊窘我者屡矣，此所以报复也。且此物，独不可为姊见，姊见之又将添得
许多嘲讽之资料矣。"姊前握余手，复以一手理余之发，状至亲爱。婉语
曰："吾之爱弟，请汝恕我，而示我以玉人之影，吾此后不再窘汝如何？"
余兄亦笑言曰："今日之事，微阿姊之力不及此，试思老母盛怒之馀，言
岂易入？若无姊从旁加以赞助，则慈颜如铁，决非阿兄三寸不烂舌所能奏
效。在理弟当有以报姊，区区一影，复何靳于相示耶？"余闻言，回握姊
手，恳切言曰："姊乃助我，然则敬谢姊。"即检箧取影片授之。姊受而凝
视，久久无语，状似神越。既而泪眦莹然，盈盈欲涕。余睹状诧曰："姊
素抱乐观主义，平时笑口常开，若不知人世有戚境，今胡对此而无端垂泪
耶？"余姊叹曰："哀乐相感，人有同情，吾岂独异？所不可解者，彼苍者
天，胡于吾辈女子，待遇每较常人为酷。以若人风貌之美，才思之多，宜
其含笑春风，永享闺阃之福，而乃命薄于花，愁多若絮。红颜未老，倩影

已孤，俯仰情天，殊不由人不生其悲慨。"言次，以巾自拭其泪，若为梨影抱无涯之戚者。余闻而愀然，念人世间伤心女子，闻之者殆无不动其怜惜，固不仅余一人独抱痴情也。余兄亦黯然无语。木坐有顷，余姊忽转其笑靥，谓余曰："弟与若人，奇缘巧遇，虽礼防难越，倾吐未遑，而情款深深，已至极处。得一知己，可以无恨，何戚戚为？且若人虽佳，徐娘丰韵，已到中年，小姑妙龄，当复不恶。召和而缓至，得失足以相偿，明年此日，行见鸳鸯作对，比翼双栖，不复念沉寥天际，有悲吟之寡鹄矣。非然者，一箭双雕，亦何不可！文君无恙，只须一曲凤求凰，便可勾却相思之债，又谁谓古今人不相及哉！"余趋掩其口曰："姊真无赖，才替人悲，又说出几多风话，不怕口头造孽耶！"姊莞尔曰："弟何猴急乃尔！吾与弟戏耳。实则若二人之情愫，良不得为正当。弟诚多情，何处无用情之地，奈何独眷眷一可怜之孀妇？兹者奇兵独出，足以战胜情场。旧梦如烟，复何足恋！弟为一身计，为大局计，总以抛弃此情为得。"余应之曰："然。弟顷受老母一番训责，方寸灵台，已复其清明之本体，从此豁开情障，别就良姻，讵敢重寻故辙，陷此身于不义乎？"姊曰："吾弟明达，宜有此转圜之语。若人耿耿之怀，谅亦深冀弟之能若是也。"

夜灯初上，家人传呼晚餐。余以餐时必复见母，心趑趄然，趑趄入室。家人已毕集，余亦就座，偷眼视母，乃不复以怒颜向余，言笑洋洋如平时，且勉余加餐焉，乃知慈母爱子之心，初不以一时之喜怒为增减，偶然忤之，如疾风骤雨，其去至迅，刹那顷已云开见日，依然蔼蔼之容。舐犊之爱，人同此心。而为人子者，受此天高地厚之恩，不思珍重此身，为显扬图报之地，而惟挠情丧志，恣意妄为，重陷亲心于烦恼之境，自顾实无以为人。思至此则复内讼无已，且食且想，不觉箸为之堕。余兄睨余微笑。余姊余嫂则默侍于旁，不发一语，含笑相向，各为得意之容。推其心，殆皆以日间老母一诺，阴为余贺，故不期而面呈愉色。余此时已不知为羞，亦不识为喜，只觉家人一片倾向于我之诚，入于余心，使余胸头忽发奇暖，如坐春风，如醉醇醪，栩栩焉，醺醺焉，心身俱化，而不知其所以。有顷餐毕，余母复讯余数语，大致关于姻事者。既又以日间未尽之言，加余以警饬。余俯首受教，更鱼再跃，乃告辞归寝。

是日以后，余心渐臻平适，恍释重负，清净安闲，度此如年之长日，顾诸念既息，而胸际伏处之情魔，复乘隙跃跃欲动。半年来经过之情事，乃于独坐无聊之际，时时触拨。心头眼底，憧憧往来者，胥为梨影之小影。余初亦欲力抑之勿思，顾愈抑而思乃愈乱，则自怨艾，胡吾心与彼，结合力乃若是其强且厚，至于念念不能或释！才作悔悟之语，而心与口终不能相符？一刹那间即又应念而至，不获已手书一卷，而贯注其全神之阅之，冀自摄此心，不涉遐想，而乃目光到处，倏忽生花，视书上之文，若满纸尽化为"梨影"二字，疑其疑幻，惘然不能自决，则复废书而叹："异哉此心！今不复为余所有，余复何术足以自脱？则亦惟有听之而已。"然当此情怀撩乱之时，忽忆及余母训诫之语，兄姊劝勉之词，则又未尝不猛然一惊，汗为之溢。复悬想：夫姻事既成之后，为状又将奚若？更觉后顾茫茫，绝无佳境。此身结果，大有难言。人生至此，真此抵羊触藩，进退都无所可。他事勿论，即欲使此心暂入于宁静之境而亦不可得。只此一端，已足坑陷余之一生而有馀矣！

独居深念者数日，梧阶叶落，夏序告终，荷花生日之期已过，鹏郎临行之约，势不克践。凉风天末，盼望之切，自无待言。余其有以慰之矣，乃以别后情事，成诗八律，投诸邮筒。

无端相望忽天涯，别后心期各自知。南国只生红豆子，西方空寄美人思。梦为蝴蝶身何在，魂傍鸳鸯死也痴。横榻窗前真寂寞，绿阴清昼闭门时。

天妒奇缘计不成，依依谁慰此深情。今番离别成真个，若问团圆是再生。五夜有魂离病榻，一生无计出愁城。飘零便是难寻觅，肯负初心悔旧盟。

半卷疏帘拂卧床，黄蜂已静蜜脾香。吟怀早向春风减，别恨潜随夏日长。满室药烟馀火热，谁家竹院午阴凉。阶前拾得梧桐叶，恨少新词咏凤凰。

海山云气阻昆仑，因果茫茫更莫论。桃叶成阴先结子，杨花逐浪不生根。烟霞吴岭催归思，风月梁豀恋病魂。最是相思不相见，何时重访武陵源。

一年春事太荒唐，晴日帘栊燕语长。青鸟今无书一字，蓝衫旧有泪千行。鱼缘贪饵投情网，蝶更留人入梦乡。欲识相思无尽处，碧山红树满斜阳。

碧海青天唤奈何，樽前试听懊侬歌。病馀司马雄心死，才尽江郎

别恨多。白日联吟三四月，黑风吹浪万重波。情场艳福修非易，销尽
吟魂不尽魔。

夜雨秋灯问后期，近来瘦骨更支离。忙中得句闲方续，梦里呼名
醒不知。好事已成千古恨，深愁多在五更时。春风见面浑如昨，怕检
青箱旧寄词。

小斋灯火断肠诗，春到将残惜恐迟。一别竟教魂梦杳，重逢先怯
泪痕知。无穷芳草天涯恨，已负荷花生日期。莫讶文园成病懒，玉人
不见更无诗。

缄既付邮，忽忆第二首颈联，语殊不祥，似非忆别之词，直类悼死之
作，欲反之加以窜易，则已无及。不知梨影阅之，其感伤又当何若？若不
幸此诗竟成凶谶，亦未可知，于是心为怅然。是日之晚，忽得梨影书，并
制履一双相遗。殆因余爽约，遽兴问罪之师耶？乃开缄诵之曰：

青帆开去，荏苒弥月。怀想之私，与日俱永。念君归后，天伦乐
叙。风尘困悴，争看季子之颜；色笑亲承，先慰高堂之梦。半载离
衷，于焉罄尽；一室团聚，其乐融怡。而妾茕茕空闺依旧，自君去
后，意弥索然。屏躯衰柳，家事乱丝，耳目之所接触，手足之所经
营，焦劳筹恼，无一不足损人。环顾家庭，老人少谈侣，亦岑寂其无
聊。稚子失良师，复顽嬉而如故。盖君去而一家之人，胥皇皇焉有不
安之象。固不仅妾之抑抑已也。比来酷暑烧心，小年延景，侍翁课子
之馀，惟与筠妹情话，偶展眉颦，此外都为憔悴思君之晷刻。晨兴却
镜，午倦抛书，听蕉雨而碎愁心，对莲花而思人面，深情自喻，幽恨
谁知？不待西风，妾肠断尽矣！乃者金钱卜罢，有约不来；秋水枯
时，无言可慰。或者善病文园，梦还化蝶，岂有多情崔护，信失来
鸿。将信将疑，无情无绪，君心或变，妾意终痴。未知慈闱定省之
馀，夜灯笑语之际，曾否以意外姻缘，白诸堂上。从违消息，又复何
如。望达短章，慰我长想。锦履一双，是妾手制以遗君者。随函飞
去，略同渡海之凫；结伴行时，可代游山之屐。纳而试之何如？六月
二十八日梨影裣衽

荷花生日之约，余不过姑妄言之。明知言归以后，非届秋期，不能离
家庭而他适，加以病魔为祟，直到如今。梨影亦已悬揣及之。余知彼意，
初不以失约为余咎，不过悬悬于筠情之姻事，欲得余确实之报告耳。更视

双履，细针密缕，煞费工夫，想见昼长人倦，停针不语时，正不知含有几多情绪。前诗意殊未尽，续赋四绝，寄以慰之。

线头犹带口脂香，锦履双双远寄将。道是阿娇亲手制，教人一步一思量。

万种痴情忏落花，判年春梦恨终赊。等闲莫讶心肠变，犹是当初旧梦霞。

殷勤撮合意重申，曾向高堂宛曲陈。莫道郎痴今已悟，不将深恨绝人伦。

缘在非无再见期，不须多事费猜疑。待听鬼唱荒坟日，便是人来旧馆时。

第八章　七　月

　　余行时曾与梨影约，彼此别后通函，必如何可免为家人窥破。后知崔翁老迈不治事，米盐琐屑，从不过问。如有外来函牍，由梨影代阅。需复者，则请命于翁而已。所以一缄诗讯，不妨直达香闺，无虑旁落他人手中也。若彼欲通函于余，则万难直遂，须用他种秘密传递之法。继乃思得一人，即汪子静庵。静庵为余至友，情逾手足，其家仅一弱妹，馀无他人，嘱渠转达，可无失事之虞。故前日之双履一笺，即由静庵处转递而至。静庵为他人作寄书邮，初未知寄者为谁，而此葛履五两，乃制自掺掺之手，而为美人之贻也。至余之为此，亦非愿以秘事告人，盖以静庵交好，殊非外人，无事不可与言，且渠亦失意情场者，若知之必将动其惺惺相惜之情，而为余陪掬伤心之泪也。

　　今日午后，余独坐书室，颇涉遐想。忽有不速之客，至则静庵也。静庵此来，意颇不善。彼盖亦以前次邮递之品，突如其来，苟无别因，何必多此一转，以是怀疑滋甚，欲就余得其实。读见余神惘之状，十分中已参透其六七，含笑诘余。余语之曰："良友，此事余殊无意秘君。但此间非可语之地，奈何？"静庵曰："久不与子偕饮，今晚同往对山楼觅一醉何如？"余曰："可哉。"即匆匆易衣，与之俱出。

　　既登酒楼，呼杯共酌。静庵复申前请。余即悉倾胸中之隐，且饮且谈，声泪俱下，不觉瓶已罄而余言尚滔滔也。静庵怃然有间，拊案言曰："有是哉，情之误人也！以子之才，当求世用，文章华国，怀抱伤时，勉我青年，救兹黄种，急起直追，此其时矣。奈何惹此闲情，灰其壮志。君不自惜，我窃为天下苍生，致怨于斯人之憔悴情场也。"余曰："子责我固当，然人孰无情，何以处此？子今日与余侃侃而谈，深恐余之不悟。犹忆三年前与蓉娘喁喁泣别时，我亦劝子不得耶？"盖静庵曩眷一妓，妓名秋蓉，慧而能诗，与静庵有啮臂盟，唱酬之作殊夥。风波历尽，娶有日矣，为强有力者夺去。佳人已属沙吒利，义士今无古押衙。静庵引为终身之恨，至今犹鲽也。当时静庵闻余言，夷然曰："蓉娘耶？彼一妓耳，乌可以例子今兹之所遇！"余曰："否。人虽殊而情则一。子与蓉娘情愫，固自不薄。我今重提君之旧事，不过借以证明人生到此关头，当局者胥不能打破。子历劫之馀，情灰寸死，一闻人之身陷情关，知将蹈已覆辙，宜有此警告之语。然子当日与蓉娘之缠绵，余固目击之。即两人酬和之作，余亦耳熟能详。犹忆得有一夕子醉后伤情，伏枕大恸，倾泪如潮。蓉娘闻之，亲临抚慰，止君之哭，待君入睡始去。子次日赋四律纪其事。余一字未忘也。"因吟曰：

> 一度持觞一断肠，醉时恸哭醒时忘。牵衣哽咽悲难语。拂袖菲微近觉香。叠就锦衾还昵枕，付将银钥教开箱。双生红豆春风误，枉费残宵梦几场。

> 枕函低唤伴无聊，多谢云英念寂寥。哭挽裙裾探凤屧，惊回灯影见鸾翘。洗空心地欢难着，蹴损情天恨怎消。离别太多欢会少。倍添今夕泪如潮。

> 剩有痴心一点存，悲欢离合更休论。繁花雨后怜卿病，乱絮风前托我魂。难制恶魔挠险计，剩抛血泪报深恩。青衫检聪明朝看，无数啼痕透酒痕。

> 意中人许暗中怜，不断情丝一线牵。西鸟有生同聚散，春蚕到死总缠绵。多愁紫玉空埋恨，谁觅黄金与驻年。安得扫除烦恼剑，一身飞出奈何天。

吟毕，静庵笑曰："于记忆力佳战！"余曰："君诗我记得者甚多，不仅此也，还忆有一次子与蓉娘，因谗伤和，后经剖明心迹，言归于好，子亦赋四律纪之。其诗哀艳刻深，直入次回之室，余最爱诵。"因复吟曰：

> 时刻风波起爱河，谗唇妒眼似张罗。相思无力吟怀减，孤愤难平死趣多。悄入丁年偏作恶，梦回子夜怕闻歌。欢愁滋味都尝遍，心铁难教一寸磨。

酒醒衾单了不温，囚鸾谁与致存存。魂牵重幕轻难系，影失孤灯暗愈昏。蛱蝶狂挤花下死，嫦娥险向月中奔。情深缘浅痴何益，毕竟三生少旧根。

偶戏何须太认真，心期一载百年身。玉台有恨堆香屑，银烛无言照泪人。忍死心情挤痛惜，含羞意绪试娇嗔。反因青鸟传讹信，又得身前一度亲。

隔绝欢踪梦化灰，断云一片锁阳台。微词着处偏生恼，怨脸回时得暂偎。红豆悔教前世种，翠蛾终肯为郎开。可怜泪似黄梅雨，一阵方过一阵来。

吟未竟，静庵止余曰："可矣。此种诗当时自谓甚佳，及今思之，真不值一笑。余已删弃，子乃抬而志之于心，又奚为者？"余视静庵，言虽出口而泪已承睫，则他顾而笑曰："时非黄梅，何阵雨之多也？"既复谢曰："我戏君，无故拨君旧恨，良不当。顾君亦无事强作态，实则君之情固痴于我者，则亦不必以五十步笑百步矣。"静庵急曰："我何尝痴？当时逢场作戏，未免有情，事后即如过眼浮云，了无罣碍。子仅记此数诗，亦知我尚有忏情十律之作乎？"余曰："子之忏情诗，吾亦见之。虽不能尽忆，而沉痛之句，今亦犹能背诵。如曰：'百喙难辞吾薄幸，三年终感汝多情。'又曰：'事从过后方知悔，痴到来生或有缘。'子诗中不尝有是语耶？今生不了，痴到来生，其痴至矣。而今顾自谓不痴，谓非欺人之语而何？"静庵哑然曰："我欲自解而反授子以柄，我亦不辩，兹且谈君事。夫我痴矣！人之所以偿我痴者亦见矣。苦海沉沦，有何佳境？子固不痴者，殷鉴不远，何为步我后尘，亦陷此沉沉之魔窟？我恨回头之难，而子抑何失足之易也？"余曰："此则我不自知。我本一落寞寡情之人，何以一着情缘，便尔不能自脱？大约上帝不仁，惯以此情之一字，颠倒众生之心理，特构此离奇苦恼之境以待。余之自陷，莫之为而为，莫之致而致。即君与蓉娘之情事，当日亦岂能自主者？明月梨魂，秋江蓉艳，都是断肠种子。而我与君乃不幸而先后与此断肠种子为缘，一担闲愁，行与君分任之。渺矣前途，又曷从得透卸之地耶？"静庵曰："然则君今痴矣，痴且甚于余矣。裙钗祸水，良非虚语。古今来不乏英雄豪杰，到此误平生者，则亦何责于尔我。然如余者，无才厌世，生终无补于时，即挠情丧志，郁郁以终，亦何足恤！如君则胡可与我比？英才硕学，气盖人群，异日者得时则驾，投笔而兴，为苍生造福，为祖国争光，匪异人任也。兹当鹏程发轫之始，便以儿女情怀，颓落其横厉无前之壮气，情场多一恨人，即国家少一志士。今我所望于君者无他，君固富于情者，可将此情扩而大之，以爱他人者爱其身，以爱一人者爱万人，前程无量，何遽灰颓！君今所遇，可谓之魔。脚跟立定，则魔障自除。盖喁喁儿女之情，善用之亦足为磨砺英雄之具。惟贵乎彻悟之早耳。"余曰："如君所言，我不敢当。然君固爱我，且为过来人，故言之警切若此。顾我今亦悟矣，兹事不久当有结果。虽痴无已时，而情有归宿，则亦足以自慰而慰人。且明告君，若人于余固亦深惜余之因情自误，屡以男儿报国为言，向余东指，劝驾情殷，又知余贫，或无力出此，并愿拔簪珥以供余薪水，慧眼柔肠，婆心侠骨，巾帼中所无也。愧我驽骀，望尘莫及。频年抑塞，壮志全消。加以遇合离奇，情缘颠倒，伤春惜别，歌哭无端，悲已悯人，精神易损。白太傅赠诗浔妓，固老大之堪悲；韩熙载乞食歌姬，亦伤心之表露。俯仰天地，感慨平生，直觉得一身如赘，万念都灰，更何心此支离破碎之河山耶？"

静庵离案而起曰："吾乃未知，若人固红拂之流，能于风尘中识佳士者也。果尔则君沦落半生，获斯知遇，尚复何求？而赠珠有意，投杼无心，花落水流，春光已去，痴恋复奚为者？从此尽铲有情之根，自图不世之业。凌烟阁上，得识姓名，离恨天中，别开生面，岂惟好男儿所为，抑亦所以慰知己之道也。君倘有意平？"余闻言，惟含泪连点其首，竟不能答一语。静庵又曰："察君之意，类有所踌躇而未决。君顷言此事将有结果，所谓结果者，又何说乎？"余爽然曰："我忘未语君，君亦不必虑我。我为若人所感，誓不为并命鸳鸯，行且作换巢鸾凤矣。"因以筠倩姻事语之。静庵聆言，抚掌曰："妙哉此计！女陈平良不愧也。既报君痴，复偿君恨。转移之顷，而缺陷之事，已美满无伦。若人为君，洵可谓情至义尽。君于若人，万不可负彼苦心，而虚彼期望。"且言且拍余肩曰："因腻友丽得娇妻，书生艳福，信不浅哉！我当为君浮一大白。"言次，举杯引满而立釂之。余见静庵作此态，乃回忆余兄初闻是事时，亦同此狂喜之神情，同此赞成之表示。夫瓦全不如玉碎，庸福不抵深愁。此种委屈求全、别枝飞上之行为，良非深情人所宜出此。即强勉而行，亦属终身抱憾。而旁观者闻之，每以为可贺，亦不可解者也。乃止静庵曰："君醉耶？风狂乃如许，我以君为良友，故示君以实。君亦潦倒情场者，个中甘苦，宁不共尝，胡不为同病之怜，而亦作随声之和？君尚如此，举世滔滔，抱此不白之怀，又复谁可告语？我欲效古灵均，拚汨罗之一掷矣。"静庵掷杯叹曰："子以我为不谅耶？情之所钟，正在我辈，我岂不识君心所在？然情为恨介，恨比情多，自古钟情人，都无良结果，况君之所遇，尤属例外。大局如斯，君即欲不趋于此途而不得。春蚕心死，劈开同茧之丝；雏凤声清，别谱求凤之调。是何不谦，有甚为难！盖以情言，以义言，此事胥不能免。若人已思之烂熟，此真多情而能善用其情者也。且情也者，无形中结合之物，本不以尘世土木形骸之离合而为增减。君既心乎其人，则此心不死即此情不死。其馀未净之尘缘，即为人生应尽之责，无可逃避。一家虽微，犹有国在。时局艰难，人才寥落，梁父吟成江山相待久矣。彼苍与人以顶天立地之身，岂专为末路才人，作殉情之用者？君何所见之不广也！"静庵言时，颇极慨慷激昂之状。余微颔而笑曰："最诚然矣。然我闻当局者迷，旁观者清。我固见小而失大，君亦未免此明而彼暗。春归一梦，鳏以三年，隔江桃叶，已无再见之期。小圃梅花，直有终焉之概，是又何说以自处耶？"静庵扑嗤一笑曰："诺。吾将娶矣。"因相与极欢而散。

余与静庵一席话，不可作寻常朋友谑浪之调。盖静庵为人，我所深佩，平日披肝沥胆，无不可以相示，其所言爱我至切，纯为肺腑深谈，不类皮肤慰藉。我顽不如石，岂竟有头终不点耶？惟我所不解者，世之多情人，无一不聪明绝世，而一惹情丝，则聪明立变为懵懂，往往劝人易而自劝则难。彼静庵者，非多情种子耶？当彼与蓉娘生死诀别之际，十分眷恋，一味悲哀。我亦尝以忠告之言进，而彼顾处之漠然，曾不能动其毫末。今我堕情网，彼即以昔之劝彼者转而劝我。我虽感其诚，而心乃愈苦，觉其言爱我滋甚，而逆我心坎也亦滋甚。设身处地，大略相同。信乎难乎其为当局矣。今而知情之一字，实为鉴人灵根之利器，不中其毒则已，一中其毒，即终身不能自救，至于聪明销尽而不觉，事业摧残而不惜。即或惕于大义，不敢为过激之举，受家庭之责备，为亲友所周旋，勉抑私情，曲全大局，有形之躯体，不过如傀儡之随人布置。而此心之随情而冥然一往者，固已万劫不复。质言之，凡伤心人之怀抱，决无可以解劝之馀地也。然亦幸有此人伦之大义，障此泛滥之情流，俾溺于情者，知人生各有当负之责，佛门不容不孝之人，不能不于死心塌地之馀，为蒙首欺人之举。非然者，一经挫折，便弃身家，孽海茫茫，不知归路。芸芸情界众主，宁尚有完全之人格耶？

岁序如流，不为愁人少驻，越两日而河鼓天孙欢会之期已届。天上有团圞之喜，人间无晤聚之缘。对此佳节，弥增怊怛，思而不见，我劳如何，此真所谓人似隔天河也。遥想梨影此夕，画屏无睡，卧看双星，更生其若何之感想？其亦与小姑稚子，陈瓜果，供蛛盒，仿唐宫乞巧故事，以遣此良宵乎？其亦忆李三郎、杨玉环长生一誓，成就了夫夫妇妇，世世生生。怀人天末，情动于中，不觉怅望银河而亦有所默祝乎？余念及此，又忆起余之儿时情事矣。余方髫龄，曾与学友数人，共赋七夕。诸友皆作缠绵绮丽之词，余窃非之，成诗云："乌鹊填河事有无，双星未必恋欢娱。怪他宵旰唐天子，不看屏风耕织图。"诸友见之。笑曰："牛女渡河，不必有是事，不可无是说。诗人即景成吟，聊以寄兴，更何容辨其有无。而子乃作此呕人之腐语，煞风景，煞风景！"后诸诗上之余父。余父独取余所作者为冠，并奖励之，谓："诗以言志，髫龄思想若此，将来必非脂香粉泽恨绮绸罗中人物也。"噫！今则何如，一样七夕，而前后之观感大异。昔之怪三郎者，今且与三郎互表同情矣。余父之言，卒乃不验。甚矣人之一身！己亦不能自主，思想恒随境遇为转移，而情感之生，每出于不知不觉之中，殊无术足以自闲。人生斯世，而为灵物，岂得谓之福战？然三郎痴情，双星感之，余之痴情，双星亦得而感之欤？是未可知。他生未卜此生休。诵唐人马嵬坡诗，能不对此沉沉之遥夜，天高地回，结想茫茫，数尽更筹，下无边之涕泪耶？

一年之中，惟初秋气候最适人意。于时炎威尽退，清光大来，心头眼底，正不知有多少尘氛为之荡涤。然而人事颠倒，哀感之贮于心者，已凝结成团，推之不去。即值此凉秋亢爽，亦无殊盛夏蕴隆，到眼秋光，都化作愁云一片。宵来望月，凉蟾拨水，照彻诗心。游神清虚，一空尘障，若绝无粘滞于胸中者。既而徘徊就枕，冷簟如冰，夜籁骚然，静中入耳。寒螀咽露，发感时之哀音；病叶惊风，作辞枝之怨语。刹那之顷，而魆魆愁魔，又为唤起。辗转终宵，恨秋曙之迟矣。不幸而雨雨风风，叫嚣竟夜，则一枕凄凉，更觉万愁如海，震荡靡定。枕边泪共阶前雨，隔个窗儿滴到明。个中情味，堪乎不堪？相具有伤秋怀抱者，靡不同余之凄悒无欢也。而当此秋愁无赖、万难排遣之时，天际鸿音，忽焉双至，盖一则个侬诗讯，一则开学报告也。拆函阅之，其第一笺为补送别四首。句云：

积雨连朝溪水生，吴门归棹镜中行。扁舟一叶人无几，满载离愁也不轻。

别梦依依废晓妆，一心祝汝早还乡。出门不见帆开处，归去空房独自伤。

忆罢来时忆去时，来来去去总相思。扬帆孤客无吟伴，只有潇湘枕上诗。

锦笺叠叠贮瑶囊，鸿去痕留迹尚香。读罢留行诗六首，酬君清泪两三行。

再阅第二笺，为《暑后怀人》八绝，盖得余病讯后之作也。

忽得痴郎字数行，为侬憔悴病支床。含情欲寄相思曲，只恐郎闻更断肠。

了尽尘心忏尽痴，小窗独坐自追思。金钗折断浑闲事，翻累他人怅后时。

信誓情深我实悲，刺心刻骨恨无涯。不须更说他生活，便到他生未可知。

终日颦眉只自知，想思最苦月明时。阑干独立应难说，此景人生几度支。

能结同心不合时，池塘夜夜闷娇姿。从今不更留荷种，免对鸳鸯有所思。

怅望银河别有天，凉风阵阵到窗前。今宵看月情难遣，却笑姮娥也独眠。

一番好梦五更天，若有诗魂绕枕边。愧我情痴神竟合，如胶如漆伴君眠。

当初弄笔偶相怜，别后离怀各一天。闻病顿添愁百结，祝郎风貌总如前。

情词顽艳，意绪缠绵。七字吟成，芳心尽碎。一番病耗，又惊我玉人不少矣。更阅校中来函，知开学之期，为七月二十日。计时余尚未能成行，不如先以书复梨影，免得渠望穿秋水也。书词如下：

兰缄遥赍，喜鹊先知。剖而读之，深感爱意。又复浣诵佳篇，只有深愁一味，离恨千丝，字里行间，呼之欲出。一领旧青衫，又把新痕湿透矣。呜呼！情痴哉两人也，情苦哉两人也。方两人之初遇也，偶然笔健，不类琴挑。两首吟兰之草，许结同心；一枝及第之花，不堪回首。斯时也，两人之情，尚在若离若合之间。继而一语倾心，双方刺骨。我有孤栖之誓，卿有始终之言。从此帘外衣香，花间吟韵。春光别去，我不无写恨之诗；燕子飞来，卿亦有传情之作。斯时也，两人之情，正在难解难分之际，无如破镜难圆，断钗莫合。秋娘老矣，杜牧狂哉。名士沉沦太早，如许伤心；美人迟暮偏逢，空悲薄福。于是泪雨不晴，疑云渐起。情关一入，永无出梦之期；苦海同沉，不作回头之想。猝集恶魔，难免一误再误；痛挥冤泪，不知千行万行。斯时也，两人之情，虽在多误多疑之时，已入极至极深之境。无何榴火齐明，萍踪难驻。昔作他乡游子，今为客路骚人。一声珍重，万语叮咛。此后卿住空闺，我归故里。南浦魂销，只馀草色；西楼梦断，不见玉容。伴此药炉茶灶，病忽淹缠；传来锦字瑶笺，情尤宛转。六月之约已虚，一面之缘莫卜。醉花楼中，临风洒泪；梦霜阁里，对月怆怀。痴莫痴于此矣！苦莫苦于此矣！溯自春后相逢，旋于夏初赋别，才觉风清荷沼，忽悲月冷豆棚。为日无多，伤心已极。即令崔护重来，人面尚依然于此日；只恐刘郎再到，风情已大减于曩时。伤哉伤哉！燕子楼中，孤影照来秋月；桃花源里，落英误尽春风。文君未必无心，司马何曾有福。罗敷有夫，莫恋花残月缺；中郎有女，不妨李代桃僵。强解同心之结，别裁如意之花，无可奈何，殊非得已矣。嗟嗟！子绿阴浓，今世之情缘已错；天荒地老，来生之会合何时？溪水不平，吴山蹙恨。梦霞心死，梨影神伤。卿意云何？我辰安在哉？归后早将私意，上诉高堂。白头解事，诺已重乎千金；红叶多情，功不亏于一篑。只此佳耗，可慰远怀。乃者凉风几阵，报道新秋；长笛一声，催人离思。不用三年之艾，病榻已离；再迟十日之期，吟鞭便起。人原前度，缘又今番。视我容颜，为谁憔悴？埋香冢在，泪迹可寻。素心人来，诗盟再续。为时非远，稍待何妨？绝句四章，聊以奉答。惓惓之意，笔岂能宣。

为怜薄命惜残春，我岂情场得意人。回首几多烦恼事，一生惆怅悔风尘。

倾心一语抵知音，愁病奄奄直到今。几幅新诗两行泪，灯前如见美人心。

黄叶声中夜雨时，锦笺写不尽相思。可怜梦断魂飞处，枕泪如潮
卿未知。

情缘误尽复何求，壮志全消也莫酬。只有空门还可入，芒鞋破钵
任云游。

七月中元，俗亦呼为鬼时节，各地多有赛会建醮放焰口之举。人为鬼
忙，滋可笑怪。而值此时节，往往天气酿阴，阳乌匿而不出，凄风恻恻，
零雨濛濛，以点缀此沉沉之鬼世界。盖入秋以来第一种伤心时候也。在此
天愁日惨之中，余之家庭幸福，亦于以告终。余兄得闽中故友函招，定于
二十一日赴沪，乘海轮入闽，匆匆整理行装，安排车马，家中骤现不靖之
象。而余于别人之先，先为送别之人矣。

湘中多志士，余兄频年浪游，足迹不离彼土，得与诸贤豪交接，尽知
世界大势，痛祖国之沉沦，民生之涂炭，非改革不足以为功，慨然有澄清
天下之志。今已名列同盟，共图大举。此次入闽，盖应某军署中某友所
招。友亦湘中同志，占某署中重要位置，招余兄往，盖有所企图也。余兄
在外所为，于家中未尝宣布。临行之际，余独送兄至舟中，乃密为余道
之，且慷慨言曰："时局至此，凡在青年，皆当自励。以吾弟才华气概，
自是此中健者。阿兄早深属望。今春书劝吾弟辞家出游，本欲藉此以磨炼
弟之筋骨，增进弟之阅历，于拓弟之胸襟，为将来奋发有为之地。不意此
次归来，知弟一出家庭，便投情网，英姿未改，壮志全非，反不如在家养
晦。不见可欲，即无所增长。而少年固有之精神，或不至消磨至此。阿兄
实深惜之，惟以兹事重大，恐惊老母，故迟迟不为弟言。今将行，乃不能
复忍。弟须知人生在世，当图三不朽之业。而立功一项，尤须得有时机，
不可妄冀。今时机已相逼而来，正志士立功之会。天下兴亡，匹夫有责。
匈奴未灭，何以家为？盖以身与家较，则家重而身轻；以家与国较，则国
重而家轻。男儿以报国为职志，家且不足恋，何有于区区儿女之情而不能
自克？吾弟勉矣，从此排除杂念，收拾放心，爱惜此身，以待世用。一席
青毡，本非骥足发展之地。今年已耳，明春如有机缘，当令吾弟至海外一
游，一面灌输学识，一面与会中同志接近，为立足进身之基。改革之事，
此时尚在经营期内，时机未熟，万难妄动，最速亦当俟至一二年之后。在
此期内，正正为吾弟前途进取之预备。姻事一层，老母已允，便为无上幸
福，亦属应尽义务。此外情田葛藤，都宜一力斩尽，莫留残株馀蒂于心

胸。盖男儿生当为国，次亦为家，下而至仅为一身，固已末矣。矧复为情网牵缠，不能自脱，至欲并此一身而弃之，则天地何必生此才，父母何必有此子，即己亦何必有此想。想吾弟或愚不至此也。言尽于此，行矣再见。"余闻此发聋振聩之词，不啻棒喝当头，心乃大动。时余兄已送余至船头，临风小立，俯视江流，慨然有感，即指而誓之曰："弟独非男儿哉，自兹以往，所不苦心忍性，发扬振厉，如阿兄今日之言者，有如此水！"言已，即萧然登岸。余兄亦拨棹逝矣。

踽踽归家，回思余兄赠别之言，乃与日前静庵醉后之语，同一用意。此种思想，本亦为余脑筋中所有，男儿抱七尺躯，有四方志，为国为家，均分内事。奄奄忽忽，与草木同腐者，可耻也。惟是人之志气，每随境遇为消长。余自有生以来，常回旋于此恶劣境遇之中，致少年锐进之气，常如锥处囊中，闷不得出。今且摧折殆尽，厌世之念渐深，而伤心之事末已。自问此生，会当于穷愁潦倒中了之矣。曩者梨影不尝以东渡之言劝我乎？彼之劝我，亦正与余兄、静庵之意相同。余不自惜，而人均为余惜之。余实自弃，于人可尤！天降大任，行拂乱其所为，古来英杰，恒从困苦中磨炼而出。余今兹所遭拂逆，安知非天之有意玉成？胡为自弃若此？前尘已杳，来者可追。且责我者都为爱我之人，而梨影亦其中之一。余于梨影，自问实无以偿其爱。只此一端，或即所以偿之之道乎？生平运命，百不如人，惟此一点勇往之血气，则固有诸己者。一旦奋发，或尚不至如驽骀之不能加以鞭策，而终必有以偿余之愿望。今姑少安，事至山穷水尽，无能自全，则志决身歼，孤注一掷，终当于枪烟弹雨中，寻余身结果之所在，不较胜为困死情场者之庸庸尤价值乎？余志之，余志之矣。

余兄行后，余母未免减欢，诸人亦各惘惘若有所失。余于是不得不少留数日，藉慰家人。至二十八日，始宣告成行。盖此时距开校日已一星期，势不能再延矣。旬日之间，两番离别，方余兄弟归来之时，固已预料其有此。在他人犹能自遣，余母老境颓唐，曾不能久享家人团聚之乐，一月之光阴甚迅，而膝下双雏又次第分飞，不见踪影，忽悲忽喜，何以为怀。父母在，不远游。思之思之，吾辈良有愧于此言也。而此次老母临行之嘱，尤谆诫至再，刺刺不可骤止。盖以洞瞩余之隐衷，此行益不能不多所顾虑。一念及余客中之苦，一念又及余意外之缘，势既不能止余勿行，心又不忍舍余竟去，则惟有将此尽情诰诫之言，为深忧挚爱之表示。余既不能祛己之忧，更何能祛母之忧？亦惟有将此口头慰藉之词，为无可奈何之答复。去后思量，此行之较温太真之绝裾，尤为忍心害理之甚者也。

新秋天气，晴雨无常。余舟解维后，从容指南而行。约两时许，行经一湖。时未及午，忽遇打头风，舟不能进。俄而万里长天，黯然无色，阴云四合，急雨骤来。平湖十里，水声汹汹，乃有排山倒海之势。舟子两人，各披簑戴笠，一持柁，一拨橹，冒风雨猛进，而速度已大减，且行且语曰："老天作恶，遇此逆风横雨，今日恐不及至螺村矣。"余危坐舱中，万感攒集，念我命穷，所如辄阻。旅行亦常事耳。而不情风雨，偏与我为缘，岂非不幸之人，在在招天之妒？即此区区百十里之旅程，亦不许其平安直抵，而作态以相揶揄。前途运命，正堪比例。天已弃余，余其可以休矣！又忆及今春与子春同舟赴校之时，虽意绪无聊，而中流容与，一路笑言，正不知减杀多少离愁别绪。今则少此知心合意之伙伴，多此风片雨丝之点缀，而余心头更添得许多伤离忆远之思情、春老花残之悲痛。水程无恙，一叶扁舟亦无恙。而今昔之感，大有难言。时风雨益狂，挟舟上下，颠簸不定。而余思潮之起落，乃若与之相应。既而成诗四绝，吟曰：

> 药缘不断苦愁中，偃蹇居然老境同。只为相思几行字，又挤病骨斗西风。

> 翩然一棹又秋波，流水浮云意若何。两面船窗开不得，乱愁攒似乱山多。

> 烟水苍茫去路赊，秋槎独泛客星孤。人生离别真无限，风雨飘摇过太湖。

> 急雨飞来乱打篷，舵师失色浪花中。不须更祝江神助，舟载离人例逆风。

舟行至晚，始出湖达小港。风雨已止，天忽开朗。推篷出望，遥山黛色，雨后若沐。夕阳一角，映带其间。晴景若画。心神为之一爽。既而暝色渐呈，山容亦死，云际倦鸟，结伴哑哑，归其故巢。舟子推挽终日，已饥疲思食宿，橹声亦稀。计程仅达半，今夜将宿于江干，备明晨早发矣。俄经一石桥，舟子曰："可以止矣。"因即泊于桥阴之下。时渡口人家已灯火齐明矣。问此是何处。舟子曰："此名太平桥，无上之佳谶也。比来萑苻不靖，夜航每有戒心，泊舟必择善地。前进又将入大河，绝少村落，急切不能觅佳处矣。"余笑颔之，念此桥名良佳，惜与余不合。余一生机阱，何太平之有？今夕宿于此，幸负此桥多矣。

舟泊既定，舟子淅米作炊，舱中亦燃火。俄而炊香阵阵，吹送船头，余之饥肠亦为催起，盖余于晨餐后登舟，其后并未进食，终日昏昏，亦不觉枵，兹获暂息，乃复思饭，则进舱而就餐。虽食无兼味，而粒粒香粳，入口乃甘美无比。物品之贵贱，亦随人之遭遇而定。不经患难，则珍品亦贱。淮阴之于漂母，光武之于滹沱，皆此类也。此一饭也，亦幸于荒村野艇中得之耳，若在寻常，则食且梗咽。物犹如此，而人之随境遇之通塞，因以上下其价格者，更无论矣。于是叹世人皇皇求名利，幸而得之，则群焉慕之；不幸而失之，则群焉轻之，究之，名也利也。非役于人，乃役人者也；非真能福人，乃借虚无梦幻之说以陷惑人者也。人为此虚无幻梦所蒙，乃不惜疲毕生之精力以为之役，其得者安富尊荣，亦不过造成天地间之一浊物。且时运之移转无常，终亦不能久享，而不得者至于食不甘味，寝不安席，牛衣对泣，一生潦倒，而无可申诉。噫！可怜虫何苦来哉！其何如捐除万有，了悟一空，弃朝市，返江湖，扁舟逐水，泛宅浮家，一蓑一笠之附身，一馕一粥之适口，与人无争，与世无求之为自由，为无上之清福乎？余思至此，心腑荡然，空无所有，直欲与此艇以终身，不复再履尘世。而转念之顷，乃复嗒然若丧，盖似此生涯，人人能办到，却人人不能想到；人人能想到，却又人人不能办到。尘缘扰扰，欲海沉沉，一入其中，不可复出，则诚无如何耳。

晚餐既罢，舟子为余铺设衾枕，嘱余早睡，既而自去，不脱簑衣，甜然入梦。余复出舱，立船头远眺。时则清风徐来，水波不兴，一弯凉月，徐渡桥栏。桥影弓弓，倒映波心，清可见底。睡鱼惊跃，微闻唼喋之声；萤火两三，飘舞于岸旁。积草之上，若青磷之出没。俄而月上树梢，巢中老鸦，见而突起，绕枝飞鸣，良久始已。远望长天一色，明净无尘，惟有树影成团，东西不一，作墨光点点，以助成此一幅天然图画。似此清景，人生能有几度？而忍以一枕黄粱辜负之乎？两岸人家，阒焉不声。回瞩两舟子，月明中抱头酣眠，鼾声乃大作。苍茫独立，同余之慨者何人？若辈舵工水师，生长江乡，此种风景，固习见之。习见则不以为奇，且亦不能识其趣。吾辈能识其趣者，又不能常见。此无边之风月，真实之山水，所以终古少知音也。苏子瞻《石钟山记》固亦尝致慨于此矣。玩赏久之，又不期对月而思及老母。今晨余别母出门之际，天犹晴朗，乃不意而中途猝遇此无情之风雨。余固饱尝颠顿之苦，余母悬念行人，应亦心魂为碎。此时月到中天，人遥两地，当必有摩挲老眼，对此清光，耿耿不能成寐者。嗟乎余母！亦知儿亦在此山桥野店之间，望月而思母耶？思至此，不觉清泪浪浪，与宵露俱下，泼面如冰。夜深寒重，不能复禁，则长叹归舱，出怀中日记簿，就灯下记此一日中变幻之风波、复杂之情绪。此日记簿余挟之以行，意将俟达彼都后，再志鸿泥，不图先在此夜半孤舟中，走此闲笔。书成，更附一诗于后，以写今夕之状况。时篷背露华，正盈盈如泻珠也。

日暮扁舟何处依，云山回首已全非。流萤粘草秋先到，宿鸟惊人夜尚飞。寒觉露垂篷背重，静看月上树梢微。茫茫前路真如梦，万里沧波愿尽违。

第九章　八　月

　　次日十一时许，舟抵螺村，泊于崔氏庄门之外。携装入室，风景不殊。崔翁闻余至，支筇来视，言笑极欢。俄呼家人具餐，相与进膳。嘉宾贤主，重与留连，顾独不见鹏郎，并秋儿亦杳然，怪而问之。翁曰："昨日阿鹏偕母，为秦家邀往观灯，秋儿亦随去，大约今晚当归耳。"问："何灯？"曰："此乡人循例之举也。每岁秋初，乡之人必醵钱敬神，以祈丰稔，悬灯设乐，以五日为限。此五日中金吾不禁，仿佛元宵。一村尽是闲人，满望皆成丽景。今已为最后之一日，吾侄此来甚巧，犹得一与斯盛。惜老夫年迈，游兴已衰，未能追陪作长夜游耳。"余笑曰："此亦眼福，今夕当往一观，以识此间之人情风俗。"坐谈良久，崔翁意颇倦，即辞入内。余就室中，略事修整，即出门赴校。

　　时校中放灯节假已数日矣。见杞生，寒暄矣，鹿苹亦至，絮絮问别后事，竟至殷勤。盖鹿苹爱余甚深，见余容悴，不觉问讯之殷也。杞生有言，鲜与余合，旋自引去。盘桓至晚，鹿苹命校役设饮，具酒杯重把，谈兴转浓，既而薄醉，闻市声一片，震耳如雷。鹿苹曰："六街灯上矣，曷往观乎？"余曰："诺。请与子偕。"于是舍酒而饭。既醉且饱，携手同行，鼓腹而游于灯市。

　　所谓灯市者，范围甚狭，一览易尽，且灯式古陋，亦无足观。而游人来往，蚁附蜂狂，咸煦煦有春意。在穷乡得之，已为极繁华之景象矣。余所以来此者，意不在于灯，盖闻崔翁言，梨影已偕鹏郎赴秦氏之招，再见之缘，或在今夕，乃鼓馀兴，踯躅街头，冀于万灯光下，一睹仙姿耳。无何，行经秦氏之居，临街有楼，楼头笑语，如群莺乱啭，声声入耳。余遥立而望之，凭槛以观者，都为秦氏之宅眷。而珠围翠绕之中，有一女郎，缟衣如雪，脂粉不施，如一枝寒艳，亭亭独立于千红万紫中者，则梨影也。余见梨影前后不过数次，此次藉灯光之力，逼视益真。然而玉容憔悴，意兴阑珊，一缕愁痕，紧蹙眉际，此惟余知之，及梨影自知之，他人固莫能察。虽随人语笑，对景留连，而芳心寸寸早化寒灰，正未必与人一样有欢肠也。再视其旁，则鹏郎亦在，指点喧哗，不改痴憨故态。余偷觑良久，梨影若有所觉，剪水秋瞳，不期而加余以盼睐，四目互射，久久不离，若有万语千言，藉此目光线以为传递之具者。既而梨影回身就鹏郎作耳语。鹏郎突起，下视行人，作寻觅状。余急隐身人丛中避之。移时再视，则人影已渺，余亦尽兴，乃与鹿莘分道自归。

余归时才交二鼓，鹏郎已候于门次，知梨影既见余，挈鹏郎先归矣。余入门，鹏郎牵衣从诸后，且行且问曰："先生迟至今日始来，乃累人盼欲死。顷阿母谓见先生于灯市，胡我乃遍觅不得也？"余漫应之。既入室，室中布置已楚楚，则秋儿奉命而为此也。鹏郎见余，状殊欢跃，喃喃问余在家何病，病几时，曾服何药，今愈复几时，逐层追诘，乃不觉其言之烦。余一一告之。鹏郎曰："今年吾家荷花甚盛，且有并蒂莲一枝，阿母以为佳兆，殆应在筠姑。惜遭暴雨，才开即折。先生前约荷花生日来吾家，后闻因病阻行，乃令我扫兴。今惟留得碎盖几张，残茎数本耳。"余曰："枯荷自佳，昔人诗曰：'留得枯荷听雨声。'盖亦添愁之资料也。"鹏郎曰："先生欲听此雨声乎？明日可移缸置之于庭。"余曰："否。我惟厌听此碎苦之雨声，故前语汝嘱汝母将芭蕉剪去，忍听彼猛雨残荷，一声声打入心坎耶。"鹏郎曰："阿母亦以先生之言为然。后院之芭蕉，早付并州一剪矣。"继复与余琐琐谈家事，语至无伦。余不耐听，乃促之曰："夜漏已深，汝宜归寝，我倦亦欲眠矣。"随书六绝付之。

寻乐追欢我未曾，强抚残病且携朋。愁心受尽煎熬苦，何忍今宵再看灯。

繁华过眼早相忘，今日偏来热闹场。不为意中人怅望，客窗我惯耐凄凉。

万灯顷刻放光明，逐队行人喜气迎。满耳笙歌听不尽，一时都作断肠声。

　　叮咛千万早登程，犹记当时别尔行。盼到相逢难一语，最无聊是此时情。

　　依依泣别我归吴，两处怀人泪尽无。莫怪重逢如隔世，可怜四目已全枯。

　　相如一病竟沉沉，闻说卿将买棹寻（亦鹏郎语余者）。感煞深情真似海，此恩何止值千金。

灯节已逝，校中续假一日，以资休息。书斋无事，为鹏郎温理旧课，较前大进，知得自母教者深也。晚得梨影和来《观灯》六绝。

　　病容瘦损愈何曾，客里扶持少旧朋。迟起早眠须自爱，夜寒莫再伴风灯。

　　一从久别两难忘，此夕无端聚一场。心自分明身自远，空教痴望各凄凉。

　　灯光人面映分明，暗里情丝一线迎。听到笙歌心更怯，几疑又作别离声。

　　游人如蚁满前程，有客低头独缓行。一样良宵来趁节，如何哀乐不同情。

　　蝶枕蘧蘧梦入吴，人间此境有还无。芳心争不成灰死，视此池荷蕊早枯。

　　凉风飒飒月沉沉，此后诗盟好再寻。心血呕完情草在，宝君一字抵千金。

余此次成行之际，未及与静庵握别，今日得其来书，殷殷垂讯，累三四纸，盖犹是前日苦劝之意，恐余为再来之人，不能自持，仍蹈覆辙而为是警告也。牍尾附诗二律。题曰《所闻》，录之日记，永志良友之多情尔。

　　落拓江湖鬓欲丝，寻春更比古人迟。虚怜蕊意教莺递，敢恨冰心抵玉持。明月每来残梦里，好花偏误已开时。绣襦同抱还珠怨，碧海青天未有期。

　　空台何处着行云，木笔花前酒强醺。香草多情怜楚客，金徽无力怨文君。芙蓉自绾同心佩，兰苣天教竟体芬。他日画眉明镜底，暗中惆怅为谁分。

《石头记》为言情极作，余幼时即喜诵之，其后渐解吟咏，戏将书中各人事迹，系以小诗，积久遂成卷帙，题曰《红楼影事诗》，即梨影携去者也。

余识梨影，实间接以此书为介绍，盖无此书则余无此诗，无此诗则决不有
此意外之情感。故后梨影借阅此书，余口占赠之，有"今朝付与闺中看，
误尽才人是此书"之句，盖纪实之言也。今梨影之阅此书者，已数月矣。
余已为此书所误，彼乃尤而效之，亦有《红楼杂咏》之著，先以十二律示
余。余诗分咏各事，彼诗则专咏个人，体制不同，词华并妙，若能积成百
首，蔚为大观，则二难已并，大足为此书生色。恨曹雪芹不见我两人也。

不荒唐处却荒唐，假语真情两渺茫。皓月虚呈池里影，名花浪说
镜中妆。荣华过眼皆何在，恋爱痴心为底狂。便使卷中人果有，也教
何处觅馀香。

怜香惜玉枉劳神，漫说风流自有真。槛外一朝成大觉，园中万卉
为谁春。当前缺尽人伦事，身后空谈夙世因。犹幸回头彼岸早，秋闱
以后不沾尘。

杜鹃无语月三更，寂寂潇湘泪暗倾。眉黛颦来谁识恨，病魔添去
总因情。题巾剪穗痴何似，绝粒焚诗空不平。莫怪红颜多薄命，误侬
毕竟是聪明。

性情厚重不矜文，姊妹行中独此君。涵养何妨凭戏谑，姻缘还在
意殷勤。可怜金玉方谐约，其奈巫山已误云。孤负良宵应自悔，礼成
草草更羞云。

愁云镇日护难宽，只为情痴鼻暗酸。恼意暂因撕扇解，病衾犹耐
补裘寒。貌空花月生前语，谋得芙蓉身后欢。一缕幽魂何处去，长天
迥迥夜漫漫。

柔情百转意千回，一旦相离自可哀。虽未小星明定位，要须全节
答涓涘。桃花流水香分去，破蒂堆床梦幻来。求死笑伊无个所，遥遥
千载总疑猜。

西窗灯火冷清清，生死难明去就轻。小草有情怜独活，子规无血
咽三声。独来花冢闻长叹，合向蒲团了此生。只有撼风千个竹，替人
似作不平鸣。

香焚宝鼎俗尘空，美煞孤高概罕同。弃盖人前知意洁，赠梅槛内
暗心融。邪魔竟致侵方外，素抱堪怜堕个中。莫笑如来无法力，蒲团
原不锁花骢。

一生气爽若哀梨，莫爱姣娃恰及笄。秉节何妨将发截，报恩宁自

不眉齐、须知幻境随人设，纵在侯门未性迷。行酒催花才独捷，香心尤羡等灵犀。

情缘牵处易生痴，况是生成绝代姿。叹绝莲还随手折，忍援金作殉身资。小星咏后恩何在，大限来时悔已迟。一蹈危机成大觉，柳是空袅恼人丝。

莫将颜色判妍媸，激烈风高已独贤。表洁不难拼一死，真情何意枉频年。恼郎谑语休生怪，完我芳名也值缘。无限荣华终有尽，岂如鹤驭早神仙。

本性雄豪可奈何，名场利薮擅权多。猜嫌切处人忘妒，机变灵时水欲波。弱息枉留花若锦，老奴休怪口悬河。自从月夜幽魂感，不少荣华一瞬过。

余体本尫弱，往往一岁而病得数焉，兹复心为情役，而精神血气于不知不觉中渐次消磨，病魔之窃伺余旁者日益亟，而余遂不能脱床第之危。春夏两病，苦余者至焉，幸而获愈，病根实未除也。夫以余之心与境衡之，固乌得而不病？病又乌得而能愈？即愈而病根自在。终有再发之时。余之病即余之心，不病固不足以为余也。投馆仅五日，而旧病复作。所谓旧疾者，疟也。今夏患之，服药而止，今复作，殆由前夜舟中露坐感寒之所致。疟虽微疾，而虐人殊甚。间日一来，若有成约，由轻而重，由再而三，如是不已，而余体遂惫。然校课难荒，不能不扶病强支，以尽厥职。故虽头重目昏。筋疲骨懒，而朝夕奔走，口讲指画如故也。余病如是，而人事之苦余者复如是。猢狲王青毡诚无味哉！幸罢课归来，安眠无扰。黄昏人静，鹏郎亦不来读，盖梨影怜余神瘁，因自课其儿，俾余得休养地。然余心则又为之不安，既不能自怯其病，又何能止人勿忧？生命岌岌，尚未卜若何，余实未遑多顾。释氏"随缘"两字，将奉以为吾生自处之方针矣。梨影历来待余种种，余固无在而不呼负负。课读一端，未能尽力，犹其小焉者也。且余即强求自效，病拥皋比，灯下三馀，不改寻常旧例。梨影之心，实非所愿，既伤吾身，复伤彼心。孰如任之，则彼心且适，而吾身亦可以少休也。然而病在吾身，痛在彼心，余病不愈，疲心终无安适之时，余固知之，而无赖疾魔躯之不去，则余亦无奈。盖因此一病，而两情更深入一层，苦到十分矣。口占四绝，自知文以情生，渠试一吟，当必泪随声下也。

用情深处尺难量，病中新秋瘦沈郎。悔把当时肠尽断，而今欲断更无肠。

带病登坛漫讨论，胸前还渍泪双痕。人生此苦谁禁得，口欲言时眼又昏。

鳏鱼照影梦难成，莫恨吟虫诉不清。便使虫声都寂寂，何曾合眼到天明。

病骨朝来渐不支，为伊憔悴至于斯。西风落叶萧萧夜，恐是羁魂欲化时。

初疟之作也以日晡，继而至晚，渐移至夜，往往额汗如蒸，昏迷达旦。比醒而热退，则复强起治事。梨影以为忧，谓若是则以生命作教育之牺牲矣，必不可。余从之，乃不复赴校，日惟僵卧如死人。盖至此，而余身已尽失其知觉，所未死者，胸头一点情热耳。一灯一榻，相依为命，是人是鬼，所去几何？昨夜病作时，势乃大剧，郁火内攻，喉干唇燥，茶不能解，头痛如裂，心痛如割，气咻咻作牛喘。既而力尽，若不能续。自疑命在须臾矣，因强镇全神，历思往事，成绝命诗四律。正转辗间，而晨鸡一声，余已豁然如梦醒。披衣起视，朝暾上窗，满室生耀，固依然为吾寄居之旧馆，而非黑暗之冥途也。则又不觉哑然自笑，余犹未死，绝命诗可废矣。然余固求死者也，人事既不容我死，天公亦不放我死，一死之难，又有若是。然余虽苟活，终有死时，此已成之绝命诗，何妨先为录出，以待将来。且以告人之读余诗者，知余非幸生，乃求死而不得者也。而今而后，竟将余作已死之人观也亦可也。

滴残铜漏夜三更，鬼气阴阴凄复清。血泪已干双袖冷，誓心犹在一灯明。寒风入户人无影，残月满天雁有声。此夜游魂向何处，黄沙万里断人行。

残躯终要委风尘，今日方知我是真。死后难抛应有梦，病中最苦是无亲。长将黄土埋吾恨，谁为苍生惜此人。花落江南春去也，浮萍流水悟前身。

炉灰已冷再难温，四顾无人灯半昏。一刻忽分生死路，廿年长负父师恩。黄粱客梦将辞枕，白发亲心尚倚门。剩有天涯朋旧在，登高应为我招魂。

气急喉干力更微，眼前恐已绝生机。雁行分散身常隔，鹃血啼枯梦不归。缘待来生终信有，情痴到死未知非。孤坟愿傍鸿山筑，今古冤魂化蝶飞。

此诗余亦录示梨影，梨影阅之，乃大不堪，血泪盖盈笺也。彼以余诗中有"病中最苦是无亲"之句，遂劝余暂归，谓："客中遇病，本为人生最苦之事。此间医药一切，虽无可缺，而调护不周，扶持谁任，一室沉寥，无可告语。病且日见其增，而不见其减，不如归去，就家人之扶慰，庶几心胸稍舒，药石亦可收效，何必恋恋此举目无亲之地。只有愁烦，绝无语笑，而日游魂于墟墓间也。"梨影此言，余未能允，盖余病在此，虽历万苦，而伊人匪远，芳讯时通，尚有一种苦中之乐。一归而相思之路亦断，能不于病中加病而愁上添愁耶？且余尤不欲惊老母。夏间一病，已大伤慈心，今复颓然而归，焦扰当复奚似？余不敢以病讯示母，更何忍以病颜见母，而使头白高堂，为不孝之身，多担惊恐也。余以此意告梨影。梨影无如何，则亦听余，而废寝忘餐，榜徨无计，芳魂一缕，时旋绕于余药炉绳榻之间。继乃密嘱鹏郎传话，欲亲临视余，以觇真状，约期在次夕月明人静时。明日何日？则百年难遇之中秋也。

嗟乎！梨影诚爱余哉，竟甘以金玉之身，为薄福书生，贸然作自由之举动耶？以余相思之苦，一旦得与素心人携手灯前，喁喁款语，则一宵情话，即为治相思之药饵，余病庶几其已。然事实有不可行者，渠是遗嫠，我非荡子，纵心怀坦白，迹不类乎桑中。而人约黄昏，嫌已多于李下，既知相见之时，亦至于清谈而止。悠悠良夜，空台不着行云，彼此无心，则亦何必自处于嫌疑之地位，因作书力却之。而一夕因缘，遂成虚话矣。虽然，余非不愿见梨影也，余欲见梨影，初恐梨影不我许，今彼自为此言，是彼眷余之情，已臻极处。兹虽事未实行，而余之所以感之者，乃较彼实行此事，尤为沦浃难名也。夫刻骨相思，自有至味。必求觌面，则与横陈嚼蜡亦何以异？留此希望，以待后缘，为计至得。梨影深情人，此旨谅能共喻也。

余因病不出者已数日，久卧思起，人有同情。得梨影一言，余病又去其泰半，虽疟势未已，而精神已较振于前。中秋之日，午后强起，思作野游，以舒积闷。时一院沉沉，待久亦无人至。余乃加披外衣，反扃室门，悄然由后户出。一路寒风剪剪，败叶萧萧，云气沉阴，秋阳失曜。牧童樵子，亦复无踪。只有草根鸣蜇，唧唧互答，似慰余之孤寂。所谓"三日不来秋满地，虫声如雨落空山”，不啻为我咏也。延伫久之，亦不思返。忽闻后有呼者，回视则秋儿坌息至，牵余衣而言曰：“先生乃在此耶？野外风多。病体颓唐，何以当此。速归息，毋令夫人抱不安也。”余不获已，乃随之而返。时红雨廉纤，沾衣欲湿，天光已垂垂就暝。今夕月色，殆无望矣。无聊思饮，命秋儿呼红友来。秋儿始应之，继而踌躇曰：“此当问夫人，许先生饮否？婢子无胆，不敢导先生入醉乡也。”且言且笑而去。有顷，捧一壶至，侑以小碟数品，谓余曰：“夫人言，必欲饮者，可尽此壶，欲请益不能也。”余举壶估其重量，殆可三杯，则笑曰：“梨影乃败吾兴，然病躯不胜酒，略进少许，即醺然如已足。”倾壶既尽，起视天际，云垂垂以不明，雨潇潇而未已，狡哉嫦娥，呼之不出。百年几度是今宵，殊令人意为之索。篝灯枯坐，睡魔不来，成六绝以寄梨影。诗成，复以馀墨填小词两阕。

憔悴容颜镜亦嫌，穷愁万种一人兼。桂香时节懵腾过，再到秋深病要添。

隔着蓬山路总遥，佳期长负恨难消。今生无复团圞望，何必相逢在此宵。

素娥敛彩望徒赊，恨杀浮云故故遮。惟有羁人偏称意，转因无月免思家。

细雨无声湿豆篱，金风骤起动疏枝。萧斋不耐秋寥寂，来听孤坟鬼唱诗。

满盘菱藕及时尝，此夕孤飞灯下觞。忽忆故乡好风味，桂花深处栗房香。

支床听雨独徘徊，醉看灯花含笑开。鸿岭西村一壶酒，明年何处复持杯。

七娘子

今晚偶至后场，独行踽踽。回忆花底勾留，墙阴小立时，依稀如昨。曾几何时，而风林坠叶，露草鸣虫，又换一番景象。旧日香踪，杳难寻觅。欲求一见玉人之面，而萧郎已如作路人矣。抚今追昔，良用惆怅。

西风又见萧萧起。忆春时、落红庭户今重倚。瘦柳欹桥，寒蓉依水，十分秋色斜阳里。晚来无限潇湘意。叹天涯咫尺人千里。旧约鸥知，新词雁寄，飘零未分今如此。

钗头凤

村沽无美酒，乡僻无好花。浊醪半壶，清愁一味，不知负却秋光几许也。

秋磴早，离魂杳，琵琶一曲青衫老。闲吟久，诗初就，无花有酒，黯然相对。醉。醉。醉。情方好，魔来搅，而今相见时尤少。鸿来后，愁时候，西风一夕，沈腰非旧。瘦。瘦。瘦。

余始扶病上课，困顿不可言状。继纳梨影之劝，乃止。日来校课，又由杞生庖代矣。此君与余意见凿枘，平日各事其事，几不闻问。此次代余负责，余意彼且有怨言，孰知不然，彼知余病，乃转来亲余。近日余病室中，陈鹿苹时来省视外，乃复有此君之踪迹。晚来课罢，造庐问讯，状至殷勤，往往盘桓至晚餐时始去。余亦未知其意之为良为恶，但彼既以其道来，余亦不能不感之。然因是而余心遂不安，深望病躯速健，仍得供职如常。否则余之辞职书，且将发表，不欲时累他人，为余仆仆也。

今日薄暮，又作野外之游。秋气渐深，草木俱露寒缩态。野风过处，呼呼有声。病骨支离，知不敌也，惘然而返，又成两词：

解连环

秋光惊眼，将前尘后事，思量都遍。极目处、一片苦痕，记手折梨花，那时曾见。病叶西风，这次第、光阴轻变。算相思只有，三寸瑶笺，与人方便。

蓬莱水清且浅，只魂飞梦渡，来去无间。最难是、立尽黄昏，知对月长吁，一般难免。薄命牵连，真怜惜、空深依恋。还只恐、未偿宿债，今生又欠。

送入我门来

旧恨犹长，新愁相接，眉头心上频攒。独客空斋，孤枕伴清寒。醉时解下青衫看，数点泪，曾无一处干。道飘零非计，秋风菰米，强劝加餐。

老去秋娘还在，总是一般沦落，薄命同看。怜我怜卿，相见太无端。痴情此日浑难忓，恐一枕梨云梦易残。算眼前无恙，夕阳楼阁，明月阑干。

余疟渐止，惟病久力弱，不耐久坐，对镜窥容，已枯瘦不成人状。计余因病旷课，又两星期矣。此两星期之光阴，半从病里消磨，半向吟边落拓。药炉诗卷，是我生涯。盖吟愈苦而心愈伤，心愈伤而病愈深。两鬓萧萧，不胜蒲柳之惧矣。而彼梨影，秋帏孤冷，一样无聊。比闻西风帘卷，亦已瘦到黄花。透骨清愁，销残眉黛。入秋小极，减尽腰围。此固意中事，所奇者，彼病而余必先病，病各有因，时无可爽。一若病魔有约，同时分占两人膏肓上下者，岂不如是不足以称同病耶？

闻梨影之病，感冒而已，幸不大剧，其恐余知而心碎，而自讳以安余耶，是未可知。然余病已渐苏，彼病亦当早起矣。赋四律探之。

数行情草抵千金，憔悴潘郎懒废吟。劫后莺花如梦转，愁中天地忽秋深。寒蛩泣露留残泪，病蝶迎风抱死心。如汝宵来应减睡，月轮孤照合难衾。

独卧空斋困莫胜，生涯近日冷于冰。忽闻病体轻如许，更令愁肠结百层。凉幕新寒侵晓簟，暗窗零雨入秋灯。万千情爱皆虚语，只有残宵梦可凭。

几时相忆不相闻，零落霞光照绮芬。银汉筑墙高几丈，金钗划字透三分。独寻旧径多秋草，莫上层楼极暮云。容易西风吹别泪，捣衣时节怕思君。

败蝉嘶断夕阳天，去燕来鸿望隔年。只觉余怀终渺渺，却劳卿意尚绵绵。树犹如此经秋瘦，月自无心对客圆。更到重阳风雨恶，病怀早起菊花前。

梨影诗云："宝君一字值千金。"噫！梨影乃宝余之诗若是之甚耶！虽然梨影余之知己也，梨影不宝余诗，世岂复有宝余诗者？以是梨影之诗，余亦宝之，宝且甚于生命，遑云"一字千金"哉！叠叠香笺，余悉盛之以紫萝囊，藏诸胸际，永护深情。自谓殆较胜于碧纱笼也。惟近来雨雨风风，诗讯殊少，戛玉清词，乃久不琅琅而出余齿缝间矣。今晨一片云蓝，忽又被晓风吹至，带将残梦，起诵新诗，知我玉人已离病枕，为之喜而不寐。馀疾霍然，其效力乃不减杜老之子章髑髅也。亟录其诗如下：

临风忍再赋秋词，况此蟾钩二八时。明镜有人同下泪，巧蛛无网独含丝。抛来红豆箱曾记，瘦尽春山黛不知。遮莫夕阳庭院静，一杯偏自酹将难。

丁东檐铎乱更更，斗转墙阴露点生。银烛摇光欺独影，玉钗敲句怕双声。花能作伴愁难说，梦最无缘漏易惊。憎煞夜光悬帐底，照人耿耿卧愁城。

病中检点暗中伤，读遍新诗怨更长。锦字满机难到匹，露花经雨末成霜。欢残梦兆鞋双拆，病起腰围带漫量。最是摘莲悭见藕，被池闲煞绣鸳鸯。

卐字栏杆丁字帘，一天愁思触眉尖。碧留舞袖经年唾，红透题笺小印钤。已分落花心力尽，输他归燕絮泥霑。香柑一瓣无端嗅，乱剪秋光入镜奁。

第十章 九 月

　　翻阅秋来日记，都半是伤心之句。是非日记，直诗册耳。然此番因果，本于诗里证之，诗可纪事，此外正不必多着闲墨矣。夫诗人多穷，秋怀最苦，独对西风，狂搔短发。世无有既称诗人而少伤秋怀抱者，以余耽此，宁能强悲为欢？然而红叶新词，黄花瘦句，乃得于夜凉如水之时，与素心人两地推敲，秋心互诉，如此吟情，亦不寂寞，盖已属诗人例外之殊遇，尚何所不足于中耶？今晨又得梨影递来四绝，乃读余诗而作者。句曰：

　　　　一枕西风客梦孤，招魂欲赋更踟蹰。多应乞得鲛人泪，一字分明一颗珠。

　　　　文字无灵空不平，直从忧患写馀生。唐衢血泪文通恨，并作西风变徵声。

　　　　风雨萧萧感不休，新诗一一茧丝抽。君心莫是寒蛩化，絮尽秋来万种愁。

　　　　锦字吟残眼倍青，天涯同是感飘零。阿侬最怕伤心句，诗到如君不忍听。

　　诗外更有一简，乃恐余为长吉之续，以辍吟劝余也。其文曰：

　　幅幅新词，联翩飞至。愁中展诵，摧我肺肝。岂君之心血，必为我呕完而后已，而我之眼泪，亦必以为君所流尽而后快耶！秋深矣，愁病之躯，亦宜自爱。若吟伤心，奈何啾啾不辍，以自囚而自贼耶？我惜君之才，怜君之遇，又有此无聊之劝，君从我言，其从此戒诗，是亦养生之一法。留些心力，眷念苍生，莫仅为一个薄命红颜，尽情抛却也。日来风雨满城，又近题糕令节，君亦有刘郎之胆乎？东篱晚节，不着闲愁，窃恐黄花不要君诗也。我非情寡，空教掩卷怀人；君自才多，莫笑催租败兴。

三闾被放，泽畔行吟，一卷《离骚》，千古伤心之祖。古之人忧时不遇，孤愤难鸣，往往恣情痛哭，放志诗歌，藉彼香草美人，为身世无聊之寄。此身在世，百不能遂，只此一笔一墨，尚足听余驱遣，自诉不平。若并此而禁之，则满腹牢愁，更何从得发泄之地？又况秋馆空空，一个凄凉之我，舍此长吟短吟，有何他种生涯可资排遣？非人磨墨墨磨人，实亦非墨能磨人，有令人不得不就磨于墨者在也。余性耽吟，自是天生愁种，哀思不断，墨痕遂多。若要弃捐，除非死后。一灯一篑，行将终其身于忧愁困苦中。曩已为梨影道之，而今为是言，洵彼所谓无聊之劝已。风雨黄昏，穷愁乱撼，慨怀身世，余泪潸潸。因更赋短歌数章以示之。

秋高风力劲，瑟瑟鸣林柯。萧晨感病躯，到眼皆愁魔。忆我成童时，朋从时见过。坐间各言志，促膝无相诃。或言佩金印，立功在山河。或言趋承明，簪笔听鸣珂。或言襄阳贾，被服绮与罗。名缰及利锁，百口无一讹。贱子独无有，欲言涕滂沱。登天苦翩倦，著书患愁多。聊复叙畴曩，为君涤烦苛。相怜莫相劝，听我毕此歌。

往岁先君子，作文如画竹。毫端挟神思，风雨时满幅。儿时常在傍，绕案惯匍匐。爱我真明珠，顽劣少鞭扑。父执二三辈，谈笑共信宿。顾我辄相告，初生健黄犊。他日毛羽丰，万里定驰逐。其时五六龄，历历在心目。俯仰愧相期，霜风体生粟。

垂髫就父读，始受四子书。琅琅金石声，风雨出蓬庐。有时逃塾归，高堂尚倚闾。顾我颜色嗔，不敢牵衣裾。空房暗霜冷，刀尺声徐徐。一灯课深夜，咿唔读三馀。更阑不成寐，欲言又踟蹰。饲我出佳果，课我勤经畬。儿今渐长大，儿莫负居诸。此言犹在耳，此时非当初。高堂今白发，游子将何如？

十二爱诗歌，动辄薄笺帖。三唐及汉魏，往往喜涉猎。渎之既烂熟，肌髓亦沦浃。无事每相仿，吟成等奏捷。高歌风雨夜，听者愁欲绝。譬彼贫家女，珠翠少装帖。亦如秋宵蛩，作声必凄切。旁人苦劝我，韵语贵宏阔。莫学穷孟郊，清愁瘦销骨。我闻窃自思，口诺意不悭。心膏常自煎，牙慧偏羞拾。自古称诗人，多穷而少达。

我非汉马卿，一生亦善病。病中觅排遣，书卷佐清兴。年来瘦如鹤，腰腹苦不称。饭颗嘲谪仙，清羸等家令。每当风雨夕，拥被辄高咏。秋暮检诗歌，强半病中定。多感知音人，劝我厉诗禁。肝肾恣雕镌，亦足伐情性。不知作者痴，哀极泪乃迸。愁坑深掩埋，心田自蹂躏。内忧苟不生，新声复谁竞。因病转吟诗，瘦直我性命。

我今作此歌，歌与知音听。知音休笑我，长叹负平生。诗境若时序，当秋无阳春。求名既莫遂，好事又无成。冉冉岁月徂，涕泪徒纵横。今夕复何夕，悲歌对短檠。不惜歌声苦，欲舒歌者情。我歌有时已，我恨无时平。君看白杨树，风雨长凄清。

螯肥菊瘦，已到重阳。客里无花，倍增惆怅。闻梨影爱花，后院中亦艺菊数十本，紫艳黄英，此时开遍也未。寂寞秋容，乃教人想煞也。前呈小词，有"无花有酒"之句。梨影已知余有欲炙之意，特分几本，来伴萧斋，并附以咏菊二律。噫！梨影禁余作诗，而己亦不能自禁，出尔反尔，言之哑然。是可知积习难蠲，而深愁待泄，蜀山鹃叫，巫峡猿啼，不至血尽枯，肠尽断，终不肯收此残声，效彼反舌也。录其诗曰：

连宵风雨恼愁心，晓起疏篱满地金。顾影影怜秋里瘦，多情情觉淡中深。且持杯酒为花寿，自捧冰壶到圃寻。未受阳和恩一点，不梳不洗谢尘侵。

草劲林凋霜乱飞，小园如斗菊成围。人从劫后方知梦，花到秋深不耐肥。合伴骚人吟瘦句，更添冷月写清辉。兴浓君亦如陶令，篱外今朝有白衣。

梨影赠余之菊，栽以瓦盆，花多佳种，为梨影所手植者。春兰秋菊，已三次拜隆情矣。"不是花中偏爱菊，此花开后更无花。"诵元微之诗，为之感慨无已。晚芳虽好，可怜秋日无多；傲骨空存，毕竟知音渐少。此日重阳，偏逢客里，既分屈子之餐，复领易安之韵，何可无酒？何可无诗？晚来一醉，狂奴故态，不禁复作。纵黄花不要余诗，余诗殊不能自己也。

一番好梦又南柯，萧瑟西风唤奈何。襟角空沾司马泪，笔锋权作鲁阳戈。身如病叶惊秋早，诗似残棋剩劫多。今日对花挤一醉，瓦盆泥首漫高歌。

又到重阳客兴赊，梁谿烟月渺无涯。江潮有泪酬知己，风雨无情负菊花。病到他乡诗是业，愁生遥夜梦为家。题糕胆比刘郎大，寂寞空斋手乱叉。

劳人无暖席，情海有惊湍。白云苍狗，世事何常。匣剑帏灯，人心太险。忆数日前，余与梨影诗讯互通，为乐正复无极。今则一片诗情，又被横风吹断。余复就灯下续此日记，而停笔四顾，黄芦之帘、蛎壳之窗、乌皮之几、瘿木之床，乃尽为余家故物，非复崔氏寄庐矣。才离病榻，忽作归人。事之变幻，孰有过是？而既归之后，复处于阿葫芦中，不知余归之所自，徒陷彼可怜人于万倍苦恼之境，盖至此而余之行动，亦不能自主。魔鬼之来，复有何力加以禁制？彻底追思，惟有尽情一哭耳。嗟夫！余与梨影一段深情，今生明知绝望，只留此无多墨泪之缘，为深怜痛爱之表示。乃彼苍者天，并不欲其于苦吟愁病之中，稳送无聊岁月，而复酿此意外之变故，以间隔之，俾之杌捏不宁，受尽精神痛苦。言念及斯，觉余胸头仅剩之一丝微热，亦就冰冷，所谓心尽气绝者，此其时矣！怨天耶？尤人耶？余复谁怨而谁尤耶？

余续此日记，盖在归后之三日。此三日中，余心常悬悬如钟锤，自昼至夜，摇摆不停，兹犹是也。记前三日之晨，余犹蒙被未起，突有一人入余室，近榻前呼余。余视之，则为余家所常雇之舟子阿顺。余两次赴校，所乘者皆阿顺舟也。惊问何来。阿顺曰："老夫人命余拨棹来载公子归去，谓家有要事，需公子速归，不可稽迟贻误。"问何事，则阿顺亦不知。余殊茫茫，而一时间之思潮起落，交杂惊疑。意家中或有他变，而阿顺不肯言耳。急披衣起，草草收拾，随阿顺登舟，扬帆遂行。行时甚早，崔氏家人，强半未起，故余亦未留一言，以别梨影。彼知余忽遽成行。必有一番惊测，或更涉他疑，又将添多少无名之痛苦。顾余此时念家急，亦不遑顾及矣。幸中途无阻，傍晚即抵家门。登堂见母，言笑如常，家人亦平安无恙。余心始慰，而益莫明所以催归之由。既而老母出一纸示余曰："此汝同事友李君来书，谓汝讳疾不肯归，彼代为函报家中，嘱即棹舟来迎，以资休养。汝果病乎？何无一言示余也？"余接纸视之，果为杞生笔迹。再渎书语，良如老母所云，诧极无语。母复苦诘不已，乃答曰："儿病诚有之，乃前月事，所以不告者，以病非甚重。言之徒乱母意。今愈已久，上课亦如常。不知彼李君何为而出此？"母沉思有顷，曰："李君殆一热诚君子，必怜汝体惫，未能任重，故不告汝而为此书，俾汝得归就调养，而已则为汝任课。汝何善病乃尔，不第令家人悬心，且令为友者亦为汝而担虑。今既归来，自宜静心调摄，俾精神有回复之机。脱身果不健者，一席青毡，弃之亦未为不得。"余闻母言，唯唯而已。

杞生之为此书，良不可解。余乃默测其用意之为良为恶，既而觉其必非良意，盖彼意若果如吾母云云者，则可不于余病时为之？今余已大愈，供职亦半月，乃秘不余知，出此意外之举，事诚可疑。且证以彼平昔之居心，亦复不类。彼之言行，为余所鄙。彼且阴为余敌，安肯以朋友间难得之情谊加诸异己者之身？然则必为恶意矣。而所谓恶者，其用意又何在？大凡小人有侮人之心者，必先有利己之心。彼为此狡狯，果欲逞志于余耶？则此固未足以窘余。余归而教席又虚，彼且为余仆仆终日，不遑宁处，于彼亦未尝有利也。余之揣测如是，而在彼必有一定之目的在，则可断言。思之重思之，而余乃憬然悟，而余乃栗然惧。

忆余病时，杞生每晚辄来视余。余以其来意甚殷，故亦未尝偶拒，然亦窃讶其何以能化顽为驯，乃恋恋有故人情也。记有一次，彼方在余室闲谈，鹏郎卒然至，出梨影诗函授余，回头见李，颇露仓皇之色。余亦惊甚，则急镇其容，接函略视，即纳诸怀，笑曰："此余家报，殆适才邮至者耶？"鹏郎曰："然。"言次，色亦解。余乃以鹏郎介绍于杞生，命之称先生焉。杞生旋亦欢然与鹏郎相戏谑，既而别去。当时事出仓卒，彼此各无预备，虽以一言饰去，而自形迹观之，不无可疑之点。今知彼殆即于此时生心，有意侦余之隐，而余固未察也。盖彼嗣后每至必寻鹏郎，鹏郎亦乐与彼戏。或同游归来，鹏郎辄笑掬果饵以示余曰："此李先生市以饷我者也。"余绝不介意，及今思之，彼之用心，诚不可测。彼殆利用鹏郎，以探个中消息耶？鹏郎虽慧，而幼稚时代，烂漫天真，夫安知世间有奸诈欺人之事！彼乃以佳果饵之，以甘言诱之，无有不入其彀中者，或者口没遮栏，和盘托出，是未可知。盖在鹏郎视李，已为亲爱之人，不复顾忌。彼复用种种手段，加以挑逗，其尽情泄尽也，固为理想中所应有之事。果尔则此中秘密，已尽为奸人侦悉。此次以一书赚余归。欲谋不利于余也固也。顾细审恐更不仅此，彼赚余归，于余无损，彼殆欲乘余不在，再设计以赚彼可怜之梨影也。盖彼既知此事，必图倾陷，由余以及梨影，亦为事所必至。以彼狡恶之心肠，又何施而不可哉！

嗟乎梨影！余苦汝者至矣。忍使汝再因余而为奸人所蹂躏耶？余深悔临行之际，未有一言告汝，而堕汝于五里雾中。然余尔时方寸已乱，且未知彼突如其来之舟子，皇皇乃何事。今兹事发生之由，余已悬揣而得之，而汝犹茫然未觉也。余归已三日于兹，彼奸人在此三日中，处心积虑，欲得汝而甘心，又不知将演出若何恶剧！汝既未知其由，又乌得而不为所窘？今余身在家中，心实未有一刻离于汝侧。寒灯摇影，幻象万千，恍见汝宛转呼号之状。汝为无主孤花，余自渭能任保护之责，一旦抛汝至此，使汝惝恍迷离，复陷此沉沉之黑狱，余之罪宁可逭哉！嗟乎杞生！余因何仇于汝，而弄此狡狯伎俩！余终亦未知汝之目的究何在？仅及余一身者则亦已耳，使敢伤及余心爱者之毫末者，余即以生命与汝相搏，决不汝恕也！余书至此，愤火中烧，急泪疾泻，恨不即时执彼凶顽而叩其究竟，又恨不即时往觅梨影，觇其为状奚若，而身无双翼，不能奋飞，则仍空唤奈何而已。

今日为余归后之第四日。静庵于午前来访余。余之归也，人无知者，静庵又何所闻而来？余知有异。静庵见余果在，意颇欣然，笑曰："君于何日归，我乃未知。汝意中人有书至，系加紧邮件，不知内容若何可愕，而君犹晏然若无事耶？"言次，出函授余。余不遑他语，急接视之。缄角有"立盼驾临"四字，已知消息必恶，拆视则满纸泪痕，与墨俱化，字迹模糊，几不可辨，良久，缀得其句曰：

君此行殊出意外，临行并无一言相示，虽有慈命，何其速也？君非神龙，而行踪之飘忽，至于如此，岂恐妾将为臧仓之沮耶？顾去则去耳，吾家君非从此绝迹者，暂时归去，不久即当复来，何必以一纸空言，多作无聊之尉藉？抑君即欲通函，何不径交妾手，而倩李某作寄书邮？此何事而可假手于他人耶？君若此，直不啻以秘密宣示于人。彼李某为何人？君果信其必不窃窥君书之内容耶？妾实不解君命意所在。君纵不为己之名誉计，独不为妾之名节计乎？妾素谂君才大心细，事必出以慎重，今竟轻率荒谬若此，岂骤患神经病耶？漆室遗嫠，心如古井，与君为文字之交，并无丝毫涉于非分。君亦束身自好，此心可质神明。然纵不自愧，其如悠悠之口何？今君不惜以密札授人，人即以密札要我，一生名节，为君一封书扫地尽矣。不知君将何以处妾？且何以自处也？事已决裂，妾何能再觍颜人世！然窃有所疑者，以此书证之君平昔与妾之交际，如出两人，此中有无别情，或为邮差误投，或为奸人所弄，妾殊不能自决。今无他言，惟盼君速来，以证明此事，而后再及其他。方寸已乱，书不成文，谨忍死以待行旌。

余阅毕此书，痛愤交并，忽而扶膺长恸，忽而戟指怒骂，几忘却静庵在座。静庵骇曰："君痫发耶？胡作此态？"余昏愦中竟以函授静庵使阅。静庵阅之深不解，诘曰："君归究何事？且又何为以书交李某，生此变端，自寻苦恼？"余曰："余何尝有书！此必为李假托。余归盖亦为彼所赚耳。"因将前后事迹及余悬揣之意语静庵。静庵聆竟，频蹙良久，乃言曰："君未有书，则事诚大奇。汝两人时以文字相酬答，笔迹当能互认。李某纵能以假乱真，而在习见者视之，必能认出破绽，今竟懵然不察，何也？且余尚有所询于君，君假余家为通信之机关，曾得若人承认否？即承认矣，能信余否？余读彼此函中有假手他人秘密宣示之语，君之嘱余传书，盖亦假手他人以秘密宣示也。余心乃亦不能无惴惴。"余愠曰："余心急如焚，子乃以此无谓之闲言聒我。余固曾告彼，君为余挚友，彼亦知君为道义中人，必能为余守此秘密之德义也。兹且谈余事，余意中所悬揣者今验矣，则将奈何？"静庵曰："余前劝君速求解脱，盖深知情缘好处，魔劫随之。今果有此意外之变，吾言岂其妄哉？然事已至此，君亦乌能坐视，任彼恶人肆其荼毒？惟有急速一行，相机以图补救耳。"余曰："速行良是，老母不允，则又奈何？"静庵默思有间，抚掌曰："彼用一纸书，为调虎离山之计。君即可仿其法为金蝉脱壳之计，可伪为一校长来书，谓有省视学将至，必得力疾来校云云，则君可行矣。"余以事属欺母，初未敢承，顾舍此实无他法，则亦允之。静庵即别去。

是晚余用静庵计，母果见许，次晨即成行。一叶扁舟，又逐秋波而去。归既茫然，行又惘然，仓皇急遽，乃类出亡。心绪之懊恼，行踪之狼狈，盖至此而极矣。舟中成一律曰：

何事奔波不肯休，西风吹绽鹔霜裘。吴门乍返三秋棹，蓉水重开一叶舟。踪迹连番真孟浪，溪山此去许勾留。芦花如雪枫如火，空有诗囊压杖头。

江神解事，风助一帆，抵螺村时尚未晚，来来去去，计时未阅一周。脚跟无隙，青山笑人，此亦《石头记》中所谓"无事忙"也。既返馆，即呼鹏郎至前问之。鹏郎见余似惧，全失其活泼之态。余知余所测者确漏泄春光者，必此儿也。鹏郎曰："先生之去，余母不知何事。至第二日晚，李先生来余家，命余出见，以一纸授余曰：'此先生诗稿，嘱余转致若母者。汝可将去。'此外尚有一函，嘱余须面交若母。余并向索函。李不可，曰：'此函颇重要，必面交，不能由汝转达也。'余无奈，持纸入，如言述之母前。母阅纸毕，似怒且骇，既乃命余出，请李先生归，亦不向之索函。李乃逡巡去。"余厉色诘之曰："李先生安知余与若母有通函之事？此必汝所饶舌。其速言无隐。"鹏郎知不能讳，则亦流涕自承为李所诱，惟嘱勿告其母。余叹息曰："然则若母今作何状耶？"鹏郎曰："李去后，余母即晚作函达先生，嘱先生速来。今盖病矣。"言至此而秋儿呼鹏郎。鹏郎乃与秋儿匆匆去。

晚餐既罢，秋儿独来，问余曰："公子不别而归，乃累夫人急煞。去后果有函托李先生否？函中又为何语？夫人嘱婢子致问，立待公子答复也。"余乃告以速归之故，且言实无函交李，秋儿不信曰："李所交来一纸，夫人谓确系公子亲笔．辨认无讹，何得云无？"余闻言亦甚讶，辩诘久之，嘱秋儿将此纸出，待余自认。秋儿乃去，交二鼓始复来，悄悄语余曰："夫人嘱婢子导公子去，与公子面谈。其速行。"余逡巡久之，念此事负梨影滋甚，且疑窦不明，非明证不可。即涉嫌疑，亦所难避，乃坦然随秋儿行。回廊曲折，而达于梨影所居之醉花楼。

楼凡两楹，在内者为卧室，在外者为书室。余既登楼。秋儿嘱余于外室中小坐，捧茗献客，复回身揭帏入内。久之无声，余悄坐一隅，心如鹿撞。而十分惊惧之中，却带有几分快慰。念咫尺天涯，相思苦久，一室晤言，恐终无分，今乃以奸人播弄之故，居然身入广寒，许见嫦娥之面，此真为梦想不到之事。思至此则私心窃喜。而此时一阵兰麝之香，由帏罅徐徐透出，送入鼻观，尤令余心魂为醉，飘然若不自持。更游目室中，牙签玉轴，触目琳琅，翡几湘帘，位置闲雅，知必为梨影平日清吟之所，则又不禁窃叹其聪明绝世，风雅宜人。面现于余之眼前者，乃无一物不觉其可爱。正延伫间，帏风动处，梨影挟秋儿姗姗出矣。

梨影既出，余起立为礼。彼亦微微裣衽，旋示意秋儿，纳余坐，已亦就坐，低鬟不作一语。余窃窥其容，较之前月楼头瞥见时，又不知清减几许。鬟钗不整，翠袖微偏，极憔悴可怜之致。惟楚楚丰姿，清妍如故，终不改倾城颜色耳。又回想其出时欲前不前之态，乃此时欲语不语之情，一半羞涩，一半冷淡，知今夕一会，事出无奈，初非为彼芳心所可。余亦因之自警，念此室中，良不应有余之足迹。而亭亭余前者，更为余所不应见之人。一刹那间，感愧交乘，不觉背如芒刺，欲坐难安，头似千钧，欲抬不起矣。既念余此来，原欲证明心迹，打破疑团，非寻常之密约幽期可比。梨影不语，余何可以无言？则嗫嚅请曰："顷由秋婢转言一切，当蒙夫人鉴谅，惟彼伧递来之纸，夫人认系鲽生亲笔，愿得一观，以别真伪。"梨影闻言，探怀出笺，交秋儿转授之余，仍俯首无语。余阅笺面发赪，笺上所有者为七律二首，题曰："今宵诗固余作。"字亦余书，惟久为字篓中物，奈何今忽发现于此间耶？余生平性喜涂抹，残笺碎纸，往往随手抛弃，略不为意，今竟以此酿祸，则此诗胡可不录之，以为余舞文弄墨之戒也。

> 也有今宵缺里圆，狂心一刻恣流连。灯前携手人如玉，被底偎香梦似烟。倦眼朦胧欢乍洽，柔腰转侧瘦堪怜。枕边一种销魂处，软语低嗔笑我颠。

> 月底西厢喜再逢，一声轻嗽画屏东。难将辛苦偿前日，同把丹诚达上穹。有限风光真草草，无凭云影太匆匆。醒来被角空擎住，还认双钩在掌中。

余阅此笺时，梨影忽转眸向余，似觇余之作何状。余阅毕笑曰："此乃余一日读《随园诗话》见袁香亭无题诗，戏仿其体为之。既而觉其太亵，有伤大雅，故仅成二律，即弃其稿。今且不复省忆，不知彼伧乃于何时拾得之，今以赚夫人也。夫人思之，此种淫亵之词，余固何敢妄渎。且无端呈此，又奚为者？此中情伪，不辨自明。夫人幸恕余也。"梨影聆竟，仍悄然无语，类有所思。既而发为一种娇弱之声，向余致诘。噫！此余第一次闻梨影香吐也。梨影曰："君言是矣。顾李某何知？姜实不解。君尚有以教姜乎？"余思鹏郎漏言一节，万不可为彼道，则隐去之，而隐去之，而仅以某日鹏郎传书，适与李值之事告。梨影复无语。有顷，荧荧出涕，举袖微拭之。余心痛之，而不能觅一语以相慰，则亦相与凄然，效楚囚焉。久之，梨影止泣言曰："姜以薄命女为未亡人，不持清节，复惹闲情。两字聪明，三生冤孽，是姜误君，非君负姜也。而今历尽风波，已省识爱河之滋味，实有苦而无甘。想君亦当从此心灰情死，入悟道之机矣。"余愀然答曰："闻夫人言，余心滋戚。余累夫人，乃以自累。大好姻缘，早成泡影，余岂不知！而抱此冤愤，天阍莫叩，地府不闻，醉里吟边，无能已已，寄诸吟咏，泄我悲哀，此实无聊可怜之想。若云心灰情死，则余固心已早灰，情亦早死，今生尚复奚望？今夫人既作此悟情之语，余亦胡敢弗承，行将披发人山，取一领袈裟，盖吾一身罪孽。宋人诗云：'平生几许伤心事，不向空门何处消。'良可为余咏也。"言已长叹，既索纸笔，含泪疾书四绝曰：

> 金钗折断两难全，到底天公不见怜。我更何心爱良夜，从今怕见月团圆。

> 烦恼重生总为情，何难一死报卿卿。只愁死尚衔孤愤，身死吾心终未明。

> 诗呈六十有馀篇，速付无情火里捐。遗迹今生收拾尽，不须更惹后人怜。

> 望卿珍重莫长嗟，来世姻缘定不差。死后冤魂双不得，冢前休种并头花。

书成，秋儿代取笺置梨影前。梨影阅之，至末绝，清泪如泉，不期而浪浪上纸。旋复掩而鸣泣，嘤嘤不已。余此时胸际若有万锥攒集，亦泫然不能自禁。秋儿被感，亦在旁陪泪，嗫不能声。室中景象，呈极端之哀惨，乃为余生平所未历也。既而梨影微微发一长叹，支案而起，咽声曰："夜漏已深，留此无益，君舟行颠顿竟日，宜早安息。妾亦病莫能支矣。"复顾秋儿曰："汝可送公子行也。"余乃掩泪起，并力为一言曰："幸夫人自爱，余行矣。"言已出室。秋儿提灯送余下楼，耳中犹隐隐闻梨影泣声也。

此会无端，魂销几许，为时固促，出话亦希，只博得情泪双行，一时迸泻，相看无话，痛甚椎心，此诚古人所谓"相见真如不见"也。余返室后，神犹惘惘，移时就枕，睡又不成，一念及杞生，为之怒不可遏，明日见之，又将若何对付，其必有以惩之矣。既念此殊非得计，犯而不校。贤者贵能责己，远之则怨。圣人尚费踌躇，良以处置小人，最难措手。结之以恩，犹或反噬；结之以怨，后患更何可胜言。杞生平日，本有嫉我之心，今彼自谓已得余之隙，余固问心无怍，不妨面加斥责。然彼受此责备，讵肯心甘，行见怨毒愈深，祸机愈亟，万一彼存心诽谤，任意播扬，肆其簧鼓，妄造黑白，又何所不至！余之名誉纵不惜，其如梨影何？不如置而不问，相处如常，示以大度，使之内疚于心。纵未能化彼凶顽，亦足以消融意见，盖使猜忌之心胥泯，则是非之口亦关矣。又念梨影此时，尚未知个中底蕴已尽为李悉，故惊痛之除，犹可稍慰。若知之者，懊恼当复奚似。且知泄其事者，为彼挚爱之儿，必又有一种难言之苦痛。鹏郎无知。几误大事。然亦李之险猾，有以诱之，实不足责。余辗转伏枕，终夜以思。思愈乱而神愈清，睡魔已望而却避。不知梨影别余后，为状又何如也？晨起又成四律，以写昨宵之馀痛。

> 秋风一棹独来迟，情既称奇祸更奇。五日离愁难笔诉，三更噩梦有灯知。新词轻铸九洲错，旧事旋翻一局棋。滚滚爱河浪波恶，可堪画饼不充饥。

> 一声哀雁入寥天，火冷香消夜似年。是我孤魂归枕畔，正卿双泪落灯前。云山渺渺书难到，风雨潇潇人不眠。知尔隔江频问讯，连朝数遍往来船。

> 卿是飘萍我断蓬，一般都是可怜虫。惊弓孤鸟魂难定，射影含沙计剧工。北雁无情羁尺素，东风有意虐残红。误他消息无穷恨，只悔归途去太匆。

> 风入深林无静柯，十分秋向恨中过。情场自古飘零易，人事于今变幻多。竟有浮云能蔽月，本无止水再生波。乾坤割臂盟终在，可许焚香忏尔魔。

今日到校见杞生，问余何时来，余答以昨日，此外不提一字，彼亦洋洋若无事，载笑载言，绝无惭色。斯真陈叔宝全无心肝者也！彼欲赚余，并赚梨影，卒之余为所赚，而梨影不为所赚，心劳日拙，亦何可笑。其结果乃不啻为余先容于梨影，以一面慰相思之苦。而余与梨影爱情上之信用，且因此而益固。夫梨影前月欲亲视余病，余尚却之，使无此意外事发生者，会晤之缘，诚不知在何日。然则彼之于余，不惟无过，抑且有功，一番播弄，祸人适以福人，是又彼之所不及知也。黄昏时得梨影书，并诗四绝。

> 匆匆小聚，未尽所怀。半载以还，积下相思几许。居恒怅怅，若有万语千言，待君诉说。到得临面，却又如鲠在喉，不能遽吐。楚囚相对，一哭无聊。所谓"为郎憔悴却羞郎"者，妾殆有类于是矣。昨君去后，欹枕无眠，将前尘后事，逐一细量。妾之误君实甚，即无祸变之来，此局亦何可久。自经此变，更觉相思寸寸，灰尽无馀。所未

死者，只有报君一念耳。从前之事，悔固莫追。补救之谋，今难再缓。筠姑姻事，已得太夫人金诺，便是如天之福。此事一日不就，即妾心一日不安。君速图之，俾妾得于未死之前，了兹心愿。即死作鬼魂，亦应减杀重泉之悲痛，冥冥中感君无既也。妾今在世，别无可恋，所未了者仅此事，及怀中一块肉耳。事成则鹏儿亦得所托，留此干净之躯，撒手归泉，或尚可告无罪于亡夫也。前闻秦氏家人言，石痴返国之期，当在岭梅开后。届时望君即以蹇修一职，托彼担承。镜台可下，安用金徽。今世有缘，无须来世。君之幸福全，而妾之魂梦亦适矣。附呈拙作数首，聊以奉酬。妾之笔迹，惟君得之。君其善藏，勿再令旁人拾之，居为奇货也。九月□日梨影叩上。

西风吹冷簟，团扇尚徘徊。寂寞黄花晚，秋深一蝶来。玉钩上新月，照见暗墙苔。为恐红花笑，相思寸寸灰。

意未尽，续成六绝：

明日黄花蝶可怜，西园梦冷雁来天。知伊尚为寻芳至，瘦怯秋风舞不前。

听琴有意已无缘，痴到来生事可圆。为祝天公休再妒，相逢须得及芳年。

愁是坚城恨是田，销愁埋恨孰相怜。泪珠只为君抛弃，却比珍珠更值钱。

终见葵心捧太阳，相思有债总须偿。近来怪底吟情苦，客鬓新沾九月霜。

入耳秋声不可闻，苍苔细雨织愁文。无端小病重阳后，辜负秋光到十分。

恶魔无事苦相缠，一点尘心我已捐。恨叶欢苗都斩尽，无边孽海涌红莲。

姻事姻事，此二字余实厌闻之，顾兹事终不能免，梨影必欲玉成，余自问此心，固万不能允，而欲安彼之心，又万不能不允。百转千回，寸心如割，已有五月中之一纸断肠书矣，兹者石痴返国，为时非遥，梨影又以前言要余，欲再延缓，势所不能。记取石痴归来之日，便是此事进行之日。此事进行之日，便是吾心重就脔割之时。此层苦痛，惟余独喻，彼梨影亦不能尽知也。草草作答，亦附以诗。

　　来书又以姻事为言，此事余已允汝，决不翻悔。盖余固深谅汝之苦心，其何敢虚汝之望也。惟难情一片，久化寒灰，事成之后，欲余负家庭应尽之责任及夫妇同居之义务，则余弗敢弗承。若欲于闺房静对相敬如宾之外，再求有以增进伉俪间之幸福，则恐非余力之所能及。虽然，果若此者，则余负他人矣。负他人即所以负汝，余固深知之。即此亦决非汝所乐闻，故余亦深望此心之终能自为转圜，如前言不能于闺房静对相敬如宾之外，再求有以增进伉俪间之幸福者，而竟能之，则他人之心，庶几可慰。慰他人即所以慰汝也。惟吾心怅怅，此时尚无把握。事到临头，当再痛加一番策励，使能如死灰再活，枯木重荣者，则诚大幸。否则结果不良，余更多增一重恶孽，将来赴上帝前对簿时，且将累汝。即汝亦当无怨。余诵汝书，一时感愤，又为此过激之言，重伤汝意，幸汝谅之。兹姑从汝言以进行，或终不负汝初心也。汝叠次寄余诗札，余皆纳诸囊中，悬之胸际，俾与吾心相伴，永永不离。词异题红，无虑沟中流出也。律诗二首，附呈敲正。临书泣下，不知所云。梦霞顿首。

　　秋娘瘦尽旧腰肢，恨满扬州杜牧之。不死更无愁尽日，独眠况是夜长时。霜欺篱菊犹馀艳，露冷江蘋有所思。黯淡生涯谁与共，一瓯苦茗一瓢诗。

　　爱到清才自不同，问渠何事入尘中。白杨暮雨悲秋旅，黄叶西风怨恼公。鸳梦分飞情自合，蛾眉瑶诼恨难穷。晚芳零落无人惜，欲叫天阍路不通。

夜眠尚稳，今晚得梨影和诗：

　　病骨姗姗腕不支，强将书尺答微之。魂飞弱水三千里，肠转回轮十二时。到此馀生真不惜，算来无味是相思。早知文字非祥物，为甚当初要解诗。

　　多愁多病两相同，一片诗魂堕个中。灵药何时分月姊，金钱欲卜问天公。情方深处魔偏至，心到悲时泪无穷。此夕应知眠不得，西风吹梦梦难通。

第十一章　十　月

　　剪开愁字，便是秋心，故愁每与秋为缘，秋至则愁集，此其中一种感应作用，有莫知其所以然者。然此尚仅为普通一般人言之。所谓愁者，不过对夫秋容之惨淡。秋气之肃杀，宇宙间之形形色色，无一不呈衰飒气象，不复足供赏心寓目之资，遂觉心情懒散，意兴萧条。由乐观而入悲观，其意若有所深恨夫秋者，此假愁非真愁也。此因秋而得之闲愁，非与秋俱至之深愁也。若夫失志英雄，伤心词客，茕茕思妇，草草劳人，一生与愁为缘，无时非愁，无日不愁，固不待秋至而始愁，不过感秋而益愁耳。盖以多愁种子，值此酿愁时候，正如积雪之上覆以浓霜，新愁与旧愁并，愁心与秋心合。以是言愁，乃是真愁，乃是深愁。然则非真秋能愁人也。世之言愁者，每若深恨失秋。不知愁之真而深者，且将深惜夫秋，如人之惜春然。秋何足惜而惜之，斯其愁有独至，而其人之一生，合将一"愁"字了之也。噫！余今又言愁矣，言愁更愁，实则余之愁固何尝可言，可言者又非愁也。虽然，恐尚有愁于我者在，余之言愁止于是，余之愁实不知何时止也。兹者一年好景，又届橙黄橘绿时矣。秋欲尽而愁不尽，秋渐深而愁亦深，余愁之进行，乃视秋序之进行为比例。秋去之时，正为余愁极之时，愁至于极，则转不怯秋而反喜愁。对此欲去之秋光，反若恋恋有惜别之意。盖余本愁人，阕残之身世，落寞之心情，乃与秋为最宜。而余一年中所为之诗，亦惟秋为最多。秋者，愁之绍介也，而诗者，又愁之成绩也。秋去而余愁失一良伴，余诗亦将因以减色。然则秋宁不可惜哉？于其去也，作惜秋诗以饯之。"惜秋"两字，昔人无题此者，余今题此，亦诗家创格也。

红树青山无限思，湖田雁趁稻粱时。飘萧两鬓今何似，不负秋光幸有诗。

鸿雁偏教南北飞，西首瘦蝶尚寻菲。只今剩有伤秋泪，依旧浪浪满客衣。

两三宿鹭点寒沙，秋老空江有落霞。开到并头真妒绝，芙蓉原是断肠花。

萧萧落叶掩重门，断送秋光暮气昏。芳草斜阳终古生，天涯犹有未销魂。

噫！余欲留秋而秋不可留，所留者，愁耳。心如桐树，从此益孤一段深愁。夜灯谁语，然伴余愁者，自有人在，正不患寄愁无处也。《惜秋》四绝，今日又得梨影之和音矣。

金铃老圃慰相思，又值秋容烂漫时。渐觉此心支不住，年来愧赋菊花诗。

秋燕离群不敢飞，飘零桃叶歇芳菲。最怜一手生花笔，血满香笺泪满衣。

漫道姻缘似散沙，终看山色属栖霞。并头休把芙蓉妒，只要勤培木笔花。

送愁落叶夜敲门，梦欲阑残思欲昏。听到五更风雨急，寒衾如铁葬诗魂。

秋云暮矣，踯躅空庭，见夫梨树全凋，辛夷亦死，荣枯一例，何爱何憎，悟彻始终，此情真无用处，而余于此乃又生别感矣。草木无情，有时飘零。人为动物，惟物之灵。此非欧阳子《秋声赋》中之言乎？夫无情之草木，尚不免于飘零，彼有情之人，又何怪其飘零之易也。穷愁无赖，百感怦怦，到得此的，真是心如槁木，与庭前之梨花、木笔，一例飘零净尽矣。噫！埋香冢下沉沉之花魂，将来终有醒时，而吾心之随花而俱埋者，为问何时能起一样飘零，人更不如草木，是不能不怪彼苍待遇人类之独酷矣。顾今者一线生机，忽于此心尽气绝之时，加余以无聊之挽救，一若枯木逢春，真有重荣之望昔，此果足以偿余飘零之恨乎？夫彼草木，历尽荣枯，终不改其故态，无情故耳。而人则何能此心一死，永永无回复之期？余诚不知如何而可自比于无情之草木也。

今晚又至后场，独立望远。山露瘦容，水含冻意。夕阳无色，零叶有声。深秋景象，益觉荒寒逼人。冷风拂拂，若有鬼魅回旋于余侧，以伴余之茕独。阴森之气，中人欲僵，余犹低徊不忍去。遥望醉花楼，于寒烟昏霭中，露其一角黑云垂垂，暝色且破窗而入，不知楼中人此时又作何状也。口占两绝句曰：

> 寒风瑟瑟动高楼，极目斜阳天正秋。独立独行人莫会，更从旧地得新愁。

> 镜里浮花梦里身，烟霞不似昔年春。锦城尽有闲花柳，从此风光属别人。

今日得石痴书，书由秦氏竹报中附来，到已三日，始入余目。书中有阴历十月，已届年假之期，考试事竣，便当负笈归来，一探绮窗消息。"开轩面场圃，把酒话桑麻。"屈指不逾旬日，先凭驿使，报告故人云云，知石痴归讯已确，故人久别，把袂有期，为之雀跃者再。而转念之顷，石痴归来，于余殊不利。姻缘大恶，将即以彼归期为大错铸成之期，西窗剪烛之时，或且因此减杀多少意兴。此一纸书，余直视等非常之警告，彼石痴又安知耶？

梨影又来四绝句，并索和章。原诗录下：

> 移花接木怎连枝，尽日攒眉不尽思。计到两全终自苦，此心怅怅竟无之。

> 不死此情那便休，满腔心事闷难筹。今生文字因缘误，我类诗逋愁更愁。

> 春花秋月两悠悠，转眼荣枯又一周。绮梦消残慵不起，朔风瑟瑟打帘钩。

> 滔滔虽为挽狂澜，我惜奇才济世难。薄命相冷寥落惯，坚持有泪各偷弹。

梨影此诗，半感姻事而作。末首似有惜余之意，盖犹是从前劝余之苦心也。夫以无才无命如余者，固复何难为，而劳梨影之谆谆不已耶？武原韵作答：

> 更无生意着枯枝，那有闲云出岫思。黑暗前途浑是梦，盲人瞎马欲何之。

> 徒呼负负且休休，辗转深情辛苦筹。寄语人间众儿女，生来莫要

解闲愁。

　　无凭身世任悠悠，苦海春秋历几周。魂梦十年空想象，棠梨花下月如钩。

　　穷秋相望各汍澜，欲遂心期今世难。觅得知音如此恨，匣琴无恙忍重弹。

虽然，梨影之惜余、爱余也，余既感之自应求所以副彼之望而后已，且余兄临别之言，犹在余耳。当时若何感奋，此日讵便忘怀。然而问天不语，文人有末路之嗟；投笔非时，英雄无用武之地。落落一身，滔滔斯世，恐终负一班爱我者之殷殷期望耳。既和梨影诗，复以馀意成四律。梨影阅之，得毋怪其厌世之念太深乎？呜呼！余岂得已哉！

　　匣底龙泉夜尚鸣，一襟豪气漫纵横。闲云自笑翻殊态，倦翮何堪事远征。霜压菊篱寒影重，烛摇蕉雨梦魂清。从军定少封侯骨，何不东皋负耒耕。

　　学书学剑两无成，伏枥空馀万里情。骏骨未逢燕国使，弓衣谁绣越王城。一灯催梦浑无影，残叶惊寒尚有声。几度自怜还自笑，药囊诗卷托吾生。

　　嘹呖征鸿唳晓风，客怀寥落付长空。徒闻恨海填精卫，岂有惊雷起蛰虫。晚节独怜霜后菊，知音空泣爨馀桐。买丝拟把平原绣，国士千秋恨未穷。

　　落寞生涯骯脏身，一灯疏雨倍相亲。六洲有铁终成错，尺水无波易困鳞。已觉酸咸羞故纸，肯将脂粉效东邻。青衫绿鬓同憔悴，不只江郎是恨人。

昨夜风狂似虎，新寒骤加，中庭月色，虽好谁看？残梦方觉，半衾已冷。凄凉之况，复何可言！于枕上两绝，晨起录出。想梨影此夜之泪，亦浸透玉钗背矣。

　　钟声寒向枕边闻，此夜清愁足十分。好梦五更留不得，晓风吹作半天云。

　　残月窥窗人影单，风高雁急夜漫漫。珠帘十二重重下，只隔相思不隔寒。

鹏郎晨至，余将稿付之。鹏郎亦于袖中出一纸，余视之，则梨影昨宵独坐叹月诗也。寒夜孤衾，凄凉一样。新诗吟出，都是愁痕。是可证两人之心同，亦可证两人之情苦矣。诗为古体，非梨影常作者，实为余所仅见，乃亟录之。

愁人见月陡觉喜，拂户钩帘小楼里。朔风飒飒入有声，直送清光到乌几。月本不解愁，无心上我楼。谁知楼中人，对之生烦忧。风姨妒我憎见月，炯炯一幻忽吹灭。玻璃作窗晶作梁，不许人间隐毫发。一楼浸水滴露寒，四壁洞澈光团团。回头顾影愁无端，腹中块垒堆几许。明月皎皎何由看，坐久无人语絮絮，月亦怜人下楼去。

今夕又得梨影和余原韵两绝，续录如下：

鹤唳多从月里闻，天教诗境得平分。此缘人世应难得，何必巫山问雨云。

遥夜应怜客枕单，故园梦里路漫漫。孤眠滋味都尝惯，隔一重衾各自寒。

余之日记，又十日未续矣。此次辍笔，盖自石痴归来之日始。石痴之归，勾留仅十日，十日后又将赴浙别有所事。而余之姻事，即在此十日中匆匆告成。连日心绪甚恶，又多烦扰，此即为余日记辍笔之由。今石痴已行，余心亦稍稍定，复偷得馀闲，补记此十日中之事。惟余所欲记者，质言之，实为余之订婚史。订婚之时期，为人一生幸福之开始。使在他人述之，必有一种旖旎风光，缠绵情致，运以得意之笔，缀成极艳之文，以自炫而炫人。而余之订婚，乃属例外，悲则有之，喜于何有？罪则有之，福于何有？余今述此，余心滋痛，故记宁从略，不欲多费此执笔时间重伤余心也。

石痴初归之日，梨影闻讯，即以书促余。然婚姻何事，而觍颜求人，事绝可羞。余初允梨影，盖未计及此，兹乃临事而惧，迟迟未能启齿。余与石痴以萍水结苔岑之好，以短聚倾久别之情，只此平原十日之期，宜如何放开怀抱，与石痴剪烛谈心，衔杯话旧，以浇离愫而罄渴衷，乃为此不如意事，横梗心胸，遂使相见时应有之欢情，若有所遏抑而不能畅适。以友谊言，余亦深负石痴，然石痴固已察及之。大凡人每中怀不乐，往往举止都乖，虽勉为欢笑，而惨戚之容色，萧索之神情，不期而自然表露于外，有不及自觉者。余固知无以掩石痴之目也。

石痴归三日，无日不与余见，或清言霏屑，都雄辩逞奇，顾余之兴殊减于彼。谈话之际，往往彼十而余一。有时欲乘机告以余之心事，张吻待发，旋复戛然遽止，如是者数矣。至第三日晚，石痴邀余至其家，密室中小饮。酒数巡，石痴停箸问曰："君知我今日邀君之意乎?"余曰："不知也。"石痴曰："我有疑问，将就君决之。校中耳目多，深谈乃未便，故邀君至此。君苟不外我者，其罄所有以告我。"余闻言愕然，以石痴此语殊奇突，岂与余事有关耶? 则答曰："君蓄疑乃何事，我苟知者，自当告君。"石痴视余微笑曰："事即属之君，君馆于余戚崔氏者几时矣?"余骤闻此语，心突一惊，知石痴必已有所闻，乃故设此问。既念石痴为人，非杞生可比，虽知亦当无害，且余欲浼以他事，若非明告以其实者，余言终无自而入，不且孤梨影之意耶? 思至此，心神已定，答曰："余自君东行后，未数日即应崔翁之情，延余课其孙。自后遂移蹠彼家，当时曾作函告君，君忘之乎?"石痴曰："然，我未忘也。然则君馆于崔家者，为时已九阅月矣，其亦有异遇乎?"余此时已决意语石痴以实，心亦无怯，顾闻此言而面微赧，未能遽答。石痴又曰："君勿疑我非探人阴私者，实为好奇之心所胜，故敢冒昧动问。君试语我，我或能有助于君。"石痴言时，意至诚款。余亦不欲复隐，略举前事以告。石痴喟曰："有是事耶? 我与君论交虽浅，相知已深，自四五月以来，君书渐疏，往往数上而始获一答。且书来又多作牢骚语，我固深疑之。盖白夫人清才早寡，我知之稔。君既馆于其家，为彼教其儿，闺中才妇，墙外书生，或于文字上生出一番美感，使君颠倒情怀，遂多抑郁。我在东时之推测如是，比归而杞生即告我以君有暧昧事，而连日窥君颜色，郁郁若有不豫，我益恍然。然素知白夫人才媲道韫，操异文君，君亦圭璧自持，必不蹈相如故辙。杞生之言，我固笑而不信也。"噫! 杞生已为余告密于石痴耶? 人心之险，一至于是。然彼不为余言，则石痴亦不设此问。石痴无此问，则余复何能自言? 彼存心祸余，乃处处助余。若知之者，应亦自笑其用心之左矣。乃答石痴曰："幸君知余，余固无不可告人之事，闲愁一惹，无计堪抛，未免有情，谁能遣此?"石痴叹曰："然则君自寻烦恼耳。明知其不可矣，又何必浪用此无谓之深情。今既牵连不解以至于此，相思一局，又将如何收拾耶?"余至此乃语以梨影之意，且曰："余为所逼，乃不能脱。君能为余作牵丝人乎?"石痴抚掌称善，曰："若此，则我何敢辞? 兹事何大类演剧，一刹那间而泣者以喜，洵奇情奇事也。以君之人品学问，畴不愿得之为婿。筠姑娘矫矫天人，才貌亦不弱于乃嫂，以之偶君，恰是一双两好。明日便当为君一见，以觇崔老之意趣，想十八九当首肯也。"是夕与石痴留连至更深始返。所言尚多，惟于余事无关，今亦不复记矣。

石痴既允余作伐，余心事已了，意此可以对梨影矣，惟此事余滋不愿，故又深望其不成。然崔翁平日颇重余，且又有梨影先入之言，言之必无异议，所不可知者，筠倩之意若何耳。果也，次日晌午，石痴以复命至，谓翁意甚嘉纳，惟以筠姑沾染新习，醉心自由，翁以仅此掌珠，不欲以己意强为作合，已嘱梨影专函探问，得有复音，即可成议。余闻此言，心窃为之一喜，盖知筠情既醉心自由，必不愿就此不自由之婚姻，彼如抗议，此局即可无形消灭，而梨影亦无能为力矣。傍晚返馆，得梨影书，彼盖恐余以翁意尚有踌躇，因而生疑，故又以言慰余。嗟乎梨影！汝用心若此，真令人感憾俱难也。

鹅湖一棹，筠倩于次晚归矣，不以书复，而以身归，其意若何，不言可喻。余已决此事之不成，故此宵魂梦实适。孰知明晨崔翁遣人速石痴至，忽笑逐颜开，谓已得筠倩同意，前言谨如尊命，此真为出余意料之外者，岂筠倩竟垂青及我，忽变其宗旨耶？抑梨影恐事决裂，从中加以斡旋耶？此不可思议之内幕，余又乌得而立揭之！石痴以此讯致余，其意若深为余贺。噫！孰知此即为余最后之五分钟耶？余此时神经麻木几不能语，顾此若惟可独喻，大功告成，更不能不加石痴以慰劳。然言出口而心弥伤，此时石痴若留意余画者，应见其色若死灰也。

婚约既定，介绍人例须有二，则倩鹿苹为之。梨影欲余即行文定之礼，余以客中草草，不能备礼，拟延至明春举行。梨影必不可。石痴亦以行期在即，不能久待，从而促余。余乃嘱彼代余料理，余则函告老母及剑青。碌碌两日，此事终了。而石痴浙行之期亦届，携手河梁，又是一天离绪。彼此次匆匆返国，曾不少留，一若专为余事而来者，计俟彼浙水遄归，当在余年假之后，而明春扶桑重渡，又当在余开学之前。过此以往，一面殊难。而余亦不复知此身之何若，茫茫前路，耿耿寸衷，盖尤较春初一别为难堪矣！

以上所述，即为余最伤心之订婚史。当时昏昏如梦，今兹记亦不能详。惟姻事既成之后，石痴未别之前，有一事不可不记，即为余与石痴之一番酬和也。余以《惜秋》四绝示石痴。石痴读而善之。是晚复在石痴家小饮。天阴寒重，雨雪交加。一醉之馀，狂兴飙发。石痴取笺纸，提笔和余四绝曰：

梦霞以《惜秋》四绝见示，风格清高，朗然可读。勉踵原韵以和之。时届小春，雨雪霏霏，方自东京归也。

一灯夜雨故园思，梅绽岭头酿雪时。羌笛忽随飞缟渺，寒窗独酌复吟诗。

冻烟如缕逐云飞，梅蕊凝寒欲吐菲。荒野无人山鬼泣，柳堤何日着青衣。

冻云四合笼飞沙，地老天荒断落霞。衰柳暮鸦催岁序，一天寒雨溅梅花。

客去谈空且闭门，新诗敲罢已黄昏。窗前雪影浮空动，一曲阳春欲断魂。

余复依原韵答之。惟第四首独缺，盖兴尽矣。

一樽相对慰离思，梅雪风流又及时。今日故人麟阁重，挑灯再赋送君诗。

无赖乡心日夜飞，绮窗曾否透芳菲。可怜今夜瑶阶雪，独照他乡游子衣。

功名事业等虫沙，沧沧天涯旧梦霞。三径就荒归未得，一团幽梦绕黄花。

吟成酒罢，余即别石痴，冒雪返馆。须臾石痴饬纪纲送一函至，盖又和余三绝也。风雪夜深，兴真不浅，余亦甘拜下风矣。

梦霞又成叠韵三章。余固拙于诗而好诗者，雏诵数四，兴从中来，用效狗尾续貂之意，再踵原韵成三绝，以尘大雅。知不免班门弄斧之诮矣。如蒙不弃，还乞哂政。

边朝风动汉宫思，砧落寒山近腊时。梅雪纷飞天地白，苍茫为赋冻云诗。

寒云深树暮鸦飞，雪着枯林暂绽菲。待到明朝开霁望，江山无处不缞衣。

月笼雪影雪笼沙，寒水光浮疑彩霞。十里荒郊惟一色，林深不辨是梅花。

酒醒天涯，石痴明日行矣。九洲大错，仓卒铸成一段诗情，从此收束。余旋函报静庵，并录寄秋日所为诗数篇及与石痴酬和之作。盖静庵为余姻事，时时在念。秋初握别，苦费叮咛。后此书来，又深嘱咐。良友情多，不可不有以告慰也。

十日以来，忽而议婚，忽而订婚，忽而瀛海客归，忽而鹅湖棹返。余客此间，常处冷清清地，人事之热闹，殆无有过于此时者。惟此种热闹之境，实为余所不喜，不如清静之中，有隽味可寻也。此议发生，余与梨影各皇皇不能决，因之诗讯遂绝。今事已大定，梨影之心早慰。余虽未慰，而凡可以慰梨影之心者，余皆愿为之，则余亦不啻已慰。后来之事，各有命存，余实不能自主，戚戚又复奚益？不幸而事成两负，余固负愆滋深，拚此一身，永为孽海沦冤之鬼。魂魄有知，犹不能不拜梨影之赐于无穷也。赋五律以见意。

相逢迟我十馀年，破镜无从得再圆。此事竟成千古恨，平生只受一人怜。将枯井水波难起，已死炉灰火尚燃。苦海无边求解脱，愈经颠簸愈缠绵。

说着多情心便酸，前生宿孽未曾完。我非老母真无恋，卿有孤儿尚可安。天意如何推岂得，人生到此死俱难。双栖要有双修福，枉把金徽着意弹。

好句飞来似碎琼，一吟一哭一伤情。何堪沦落偏逢我，到底聪明是误卿。流水空悲今日逝，夕阳犹得暂时明。才人走卒真堪叹，此恨千秋总未平。

难赎文姬返汉关，好花偏向别枝攀。醉翁意在醇醪处，少妇冤沉海石间。落魄半生销缘冀，伤心一例视红颜。孤灯独对何人见，纵不思量也泪潸。

为我怜卿心力穷，要将妙计补天公。换巢鸾凤情难换，同命鸳鸯梦不同。月老河心烦系赤，风姨无力起残红。悄缘似此真奇绝，欢喜偏生烦恼中。

梨影之和句不来，静庵之报书忽至。开缄色喜，如觌故人。而书意殷拳，精深几许。末亦附和诗四绝，并寻之于日记。

吴江枫冷，岭表梅开。秋去冬来，又换一番景象。而流光易迈，知已云遥。抚景怀人，能无怊怅？日前捧读惠书，感殷殷之拳注，切落落之心期，并谂茂陵秋雨，病体已苏，而楚国阳春，吟怀弥健，临风额手，快慰奚如！惟浣诵佳篇，觉忧从中来，溢于言表，直欲呕李贺之心，而武屈原之韵。苍深沉郁，感慨淋漓，令人一读三叹之不置。伏念足下境与心违，才为命妒，庚年未老，潘鬓已星。哭己哭人，两行血泪；耽诗耽酒，一副愁肠。无怪乎忧愁悠思，而有此逼近骚音之作。情之所钟，正在吾辈，仆岂敢谓君过哉？然而贾生流涕，空教越渫于精神；荀倩伤情，几见挽回失造化。事无可奈，花落水流；身岂自由，家贫亲老。人生到此，天道难论。能付达观。斯为善计。而况胡笳凄咽，宁非返汉之先声；赵璧完归，尤见赘齐之多智。将卜娇藏金屋，娲皇有再补之天；艳续玉台，明镜有长圆之月。此则仆敬为君贺，而不愿君直情孤往一成不变者也。更育君与秦君唱和之作，想见嘉宾贤主，晨夕流连，酬酢觥筹，平章风月。白雪不愁寡和，黄绢或且共赓。而仆于吟边醉里，惟一灯枯坐，顾影自怜。碌碌同人，不相闻问，则不免美极而妒。呜呼！水萍浪迹，香火前缘，此其间殆亦各有命存耶？媵呈步和四绝句，藉博一粲。庶不辜见示之悄，亦少助高吟之兴。十月日静庵顿首。

落月停云几度思，等闲负了菊花时。如何慰我怀人意，江上清风枕上诗。

风饕雨虐落英飞，老圃荒凉怅晚菲。日暮孤城秋信急，砧声处处捣寒衣。

天寒孤雁舞平沙，潮落空江有暮霞。十万金铃慵不系，朔风瑟瑟战芦花。

穷途谁识郑监门，潦倒天涯日易昏。长笛一声凉月白，吴宫花草美人魂。

第十二章 十一月

筠情之归，余固深疑之，盖事之允否，只须一言相示，何必皇皇作归计。其归也，余知其对于此事，必处反对地位，或梨影之函，逼之已甚，彼乃星夜驰归，以为抗阻之计耳。讵彼既归之后，只有赞成之表示，并无反对之行为，此中真相，无从推测。噫！孰知不可解之事，又有更甚于是者！倩筠之归，兹已两星期馀矣。假期已满，仍不回校，无事羁留，是又何故？余心滋疑，以问鹏郎。鹏郎曰："筠姑不欲再赴鹅湖，日前已有退学书上之校长。阿母劝之急，乃哭泣不食者数日矣。"余闻是言，怀疑益甚，意筠倩固青年有志之女子，何为中途辍学？又何为而哭泣不食？是彼心中必有不得已者在。所谓不得已者，必无他事，意者此意外飞来之一纸婚书，足以灰其求学之心，而动其终身之感耶？若然则彼又何为而见允？岂彼之见允，全由强致，绝无一毫自主之权耶？

夫崔翁固不尝言筠倩乃醉心自由者耶？醉心自由之人，必不愿勺未谋一面之人贸然订婚。其允也必受梨影之强迫无疑也。梨影逼之使允，彼虽不得不允，而心实相违。故事成之后，不禁慨念身世，百感茫茫，无复作进取之想。大凡青年女子，以自由为性命，一旦失却，未有不抱悲观者。是岂独筠倩为然？惟此事之主动，责任全属梨影，彼固无心，余岂有意，明知其为大错而铸之，是诚何苦。余勺彼实同为傀儡，而余更过之。梨影之意，彼莫能知。彼心或且怨余，而余又将谁怨耶？

余至此一块疑团，固已自为打破，为之怅惘而已。乃未几而倩筠之一腔心事，竟藉他种之传导力，和盘托出于余前矣。星期午后，独坐苦闷，将出后户，而散步于草场。行经后院之门，忽闻院中风琴之声，悠扬入耳。审之知声出东厢。此时院内寂无一人，因潜步至窗上听之。俄而歌声与琴声并作，泠泠入听。比歌歇而琴韵亦铿然止。余初不审内为何人，闻歌而后，余身乃大震，盖抚琴而歌者非他，筠倩也。其歌盖自伤身世，不意为余所闻，而彼之心事，乃于琴歌中曲曲传出，不啻向余面诉也。歌凡六章，当时揣得其字句，今追忆而录之。

阿侬生小不知愁，秋月春风等闲度。怕绣鸳鸯爱读书，看花时向花阴坐。呜呼一歌兮歌声和，自由之乐乐则那。

有父有父发皤皤，晨昏孰个劝加餐。容堂寂寂形影单，六十老翁独长叹。呜呼再歌兮歌难吐，话到白头泪如雨。

有母有母土一篑，母骨已寒儿心摧。悠悠死别七年才，魂魄何曾入梦来。呜呼三歌兮歌无序，风萧萧兮白杨语。

有兄有兄胡不俟，二十年华奄然死。我欲从之何处是，泉下不通青鸟使。呜呼四歌兮歌未残，中天孤雁声声寒。

有嫂有嫂春窈窕，嫁与东风离别早。鹦鹉凄凉说不了，明镜韬光心自皎。呜呼五歌兮歌思哀，棠梨花好为谁开。

侬欲怜人还自怜，为谁摆布入情天。好花怎肯媚人妍，明月何须对我圆。一身之事无主权，愿将幸福长弃捐。呜呼六歌兮歌当哭，天地无情日月恶。

余闻此歌，益恍然于筠倩所以退学之故。而此事之出于强致，益盱断言。惟事属于余，余岂能遽置不问？梨影强余，又复强彼，余心固不属之彼，彼心亦不属之余，以绝无爱情之人，而有夫妻关系，结果之恶，又何待言！然余初无误人之意，人为余主其事，而使余蒙其恶，余心何甘？且冥冥之中，又负一无辜之女子，人纵不怨余，余亦无以对人。矧怨情已露，将来余心或能自转，而彼意难回，终难得倡随之乐。即彼亦鉴于已成之局，匿怨为欢，不叹遇人不淑，彼能安命，亦徒增余心之隐痛。所谓幸福者，又复何在？梨影此举，诚所谓弄巧成拙，非徒无益而又害之者也。虽然余实不能无过，梨影苦苦逼余，余若坚持不允，不过伤彼一人之心；而余反可藉以割弃此无聊之情绪，事宁不佳，顾此情余终不能割弃，彼亦不望余能割弃。百转千回，成此一局，欲求全而不全者愈多。余知彼殆未知筠倩之心，苦知之者，当亦立罢此议。彼亦非存心陷人者，何为而若此？今事无可挽，而怨苦之音，已憾余之耳鼓。使梨影闻之，又当如何？余兹他无可怨，可怨者惟彼。彼实误人，又岂能免人之抱怨耶？

筠倩之心事，余于琴歌中得之。梨影与之朝夕相处，岂独一无所闻？彼不与余通讯者，又六七日。前呈五律，不得其和章，可想见其近日心情，且复大恶。余欲有以诉之，乃以恐伤彼心，不敢下笔，待至今日，而彼书来矣。

> 得君诗近一旬，未有只字复君，君或深滋疑怪。顾我意且欲与君从此辍笔，不复事此无聊之酬答，以收束此情，别开新局。嗟乎霞君！亦知我近日辘辘寸心，又陷入愁忧烦恼之中耶？我与君所图之事，当时固欲偿君幸福，且为筠姑得佳婿，今乃知其大谬。筠姑归来之日，对于此事，初不甚愿。我力以利害说之，彼始意转，固谓我志已遂，从此可以报君矣。乃事成之后，筠姑见余，倏变常态，至今未见其欢笑，且又无故退学，使垂成之业，隳于一旦。我又劝之，彼乃侃侃而言，谓求学为女子之天职，自由亦女子之生命。今自由已失，求学又复奚为？我闻此言，惊惧不能置答。夫我爱筠姑，此事实不仅为君计。以君之人品学问，固足以偶彼，而彼竟以失却自由，郁郁王于如此，则我诚误彼矣。今大错已成，无可挽救。善后之计，责任于君，我已无能为力。盖彼非有所不慊于君，不过以结合不出有情，异日恐无良果。君苟垂念及之，则彼心自慰，而我变可告无罪矣。我今愿将君历来倾注于我之爱情，完璧奉君，君为我偿之于筠姑，勿使彼含怨望而减少其一生之幸福。我所求于君者，鹏儿得君训迪，或非无望，此后尚望贤夫妇并垂青眼。至我之一身，不敢相累，虽示能即死以谢君，而其期正复不远，深望君勿再念我，能绝我者，我尤感君至于无既也。书不尽言，惟希谅察。梨影叩叩。

此一书也，若在平时得之，初无轻重，而在此时，则余实不能复耐。彼既误人，乃欲置身事外耶？余与筠情势无可合，与彼则势无可离。彼自误筠倩一生，乃欲余移情偿之，抑何不谅余心之甚！余情而果可移也，则彼亦何必为此求全之计。彼非不知而为是言，不过为筠倩一人之故，抑知此事非筠倩所愿，亦岂余所乐从？彼既于事前强余，复于事后要余，是彼之爱余，乃不如其爱筠倩也。余思至此，心为人愤，则不复顾虑，援笔作答书曰：

> 来书阅悉。筠倩之不满意于此事，余亦侦知之。人各有志，胡可相强？此事本由汝一人之主张，齐大非偶，余岂不知。而汝既欲之，则余复何辞？今汝虽已知其误，而悔已无及，又谁教汝为庸人之自扰者？嗟乎梨影！余实怨汝矣。筠倩汝所爱，汝奈何以彼属之无情之余。而使彼失其幸福。彼之幸福，由汝失之，自当由汝偿之，又奚求助于余者？汝书云云，岂欲脱自身之关系而陷二人于不堪之境耶？造意者汝也，非余也。一重罪案，汝一人酿成，余心匪石，又胡可转？如何挽救，汝自图之。余爱汝，决不任汝脱离，决不受汝愚弄。汝休矣，恋余耶？绝余耶？余均不问。欲出奈何天。除非身死日。汝其知之。梦霞手复。

书竟，更附二律于后：

> 此日先知我负心，为他人赋白头吟。非求赵氏连城璧，原为中郎焦尾琴。岂意聪明皆自误，早知烦恼不来寻。而今欲悔应嫌晚，何必频将谰语侵。

> 回头何不想从前，月老红丝本误牵。只恼春风太无信，可怜秋梦已如烟。卿多遗恨何多事，我少真情亦少缘。还望加餐知自爱，拨开情障见青天。

此书此诗，逞一时之忿，语语唐突，知必不堪入梨影之目。既发旋悔，三日不得消息。余心益榜徨无已。至第四日黄昏时，坐对一灯，正涉遐想，鹏郎猝至，以一帕裹物掷余案上，返身遽奔。余拾祝之，裹者系一旧帕，啼痕斑斑，满渍其上，知为梨影常时拭泪所用。不待展视内藏何物，已觉魂飞胆碎矣。启裹则有诗稿一册，青丝一握，泪笺一纸。诗稿即为余之《红楼影事诗》，此诗自梨影携去后，余从未取索，今忽见还，不知何故。而截发相遗，又属何意？仔细一思，已明厥旨。梨影殆欲绝余，此为最后之酬赠矣。则含泪取来笺阅之。

> 君多情人也。梨影饮君之情，愿为君死。而自顾此身，已为有主之花，难受东风抬举，无可奈何，出此下策，冀以了我之情，偿君之

恨。双方交益，计至得也。不料因此一念，更堕入万重暗雾中，昏黑迷离，大有帐怅何之之慨。所藉以自慰者，君固深知我心。我为君故，虽任劳任怨，亦所不辞也。今读君书，我竟不能自解。君言如此，是君直未知我心也，是君心直并未有我也，亦知我不为君，则罗敷自有夫，使君自有妇，何预我事，而为此移花接木之举耶？呜呼！君与我皆为情所误耳。君固未尝误我，我亦何尝误君哉？今君以我为误君，我复何言！我误君，我不敢再误君。君怨我，我即不敢怨君。半载相思，一场幻梦。嗟乎霞郎！从此绝矣。《红楼影事诗》一册，谨以奉还，断情根也。青丝一缕，赠君以留纪念。不能效陶母之留宾，亦不愿学杨妃之希宠，聊以斩我情丝，绝我痴念耳。我负人多矣，负生负死，负君负姑，负人已甚，自负亦深。而今而后，木鱼贝叶，好忏前情。人世悲欢，不愿复问。望君善自为谋，鹏儿亦不敢重以相累，人各有命，听之可也。本来是色即空，悟拈花之微旨，倘有馀情未了，愿结草于来生。

余读此书，乃深悔余之孟浪。余于梨影，向以含忍为主，不敢重言以伤彼心，何以此次一时愤激，不谅至此？亦知彼阅余书时，芳心若何其辗转？痛泪若何其纵横？余百不一顾，贸然下此无情之笔，又何怪彼还诗赠发，亦以无情之举报余也。且姻事虽由彼主动，然彼不为余，又何由发生此议？任劳任怨，良如彼书所云。余实误彼，乃复怨彼，使彼寸寸柔肠，一时断尽。余诚为情场中之忍人矣。顾此时彼已决绝，余复奈何？余书固不能无罪，然彼亦有误会之处，是乌可以不辩？思至此则伏案而哭，痛极几不可耐。良久掩面起，取一素笺，咬破指尖，蘸血作答。书曰：

呜呼！汝绝我耶！汝竟绝我耶！我复何言？然我又何可不言！我不言，则我之心终于不白，汝之愤亦终于不平。汝误会我意而欲与我绝，我安得不剖明我之心迹，然后再与汝绝？心迹既明，我知汝之终不忍绝我也。前书过激，我已知之。然我当时实骤感剧烈之激刺，一腔怨愤，合汝又谁可告诉者？不知汝固同受此激刺，而我书益以伤汝之心也。我过矣！我过矣！我先绝汝，又何怪汝之欲绝我？虽然，我固无情，我并无绝汝之心也。我非木石，岂不知汝为我已心力俱瘁耶？我感汝实达于极点，此外更无他人能夺我之爱情。汝固爱我怜我者也，汝不爱我，谁复爱我？汝不怜我，谁复怜我？汝欲绝我，是不啻死我也。汝竟欲死我耶？汝欲死我，我乌得而不死！然我愿殉汝而死，不愿绝汝而死。我虽死，终望汝之能怜我也。我言止此，我恨无穷。破指出血，痛书二纸付汝。将死哀鸣，惟祈鉴宥。己酉十一月十一日四鼓梦霞啮血书。

次日为星期，晨以书付鹏郎。余亦不复起，伏枕呜咽，昏昏如染沉疴，亦不审梨影阅此一纸血书，又将若何惊痛。大已过午，余倦欲入睡，忽有人步声近余榻前，张目视之，秋儿也，就余问曰："饭乎？"余曰："否。我食不下咽也。"秋儿复家探余之伤指，问曰："痛乎？"余曰："痛非余指，乃余心耳。"秋儿叹曰："公子心痛，恐夫人之心，痛且甚于公子也。"余急闷曰："夫人奈何？"秋儿曰："夫人与公子同病，亦不食不起矣。顷嘱吾来视，劝公子加餐。今若此，吾将何以复夫人？"余曰："吾实不欲食，夫人如问及，可诡言吾已进餐，毋以实告也。"秋儿含泪点首，匆匆收拾盘餐以去。

余于是知梨影初非真有绝余之心，故一纸血书，又令彼惊而成病。然则余此书又大误矣。两情至于如此，今生殆难决撒，何苦自启猜疑，徒增苦恼。此番龃龉，余罪实多。大以不如意之姻事，余尚能委屈从之，则其他何不可以容忍。且大错已成，即多所申诉，亦复何裨？人事万变，后来之究竟，此时亦岂能预料？不如暂置勿问，随缘听命之为愈也。梨影若能恕余者，余愿乞盟夫人城下，永为不侵不叛之臣，不敢再多言以自取戾矣。

是晚鹏郎辍读。十二时许，秋儿复悄然至，揭帐低语曰："公子尚能起乎？"余问："何为？"秋儿曰："夫人欲与公子一见。如能起者，可随吾行。"余曰："诺。"即振衣起，引镜自窥，泪痛犹晕余颊，命秋儿取热水，拭之使净，而双目浮肿，依然作桃子大也。秋儿促余行。余惘然从之。复登醉花之楼，遂与梨影为第二次之见面矣。

余既登楼，仍坐外室中。秋儿入报，旋出语余曰："夫人病不能起，请公子入内相见。"余此时心怦怦，进退不知所可，顾念梨影切，因亦不避嫌疑，随秋儿掀帏以入。时银钉隐隐，残焰犹明，鸳帐半钩，鸭炉未熄。鹏郎蒙首而睡，微闻鼾声。梨影则和衣卧衾中，支半身起，欹首于枕，鬓发蓬松，玉容狼藉，婀媚之态，倾绝一世。秋儿挽余坐近床次。梨影见余无言，惟以一双秋波，澄澄目余，不复如前之羞避。既而泪下如散珠，仍注视余而不释，终无一言。余此时亦觉一阵辛酸，直透鼻观，则与之俱泣。四目莹莹，互视良久。既而梨影向秋儿索纸笔，倚枕书两绝示余曰：

> 我今为尔再梳头，一半遗君一半留。情海惊涛飞十丈，如何不许着闲鸥。

> 血书常在我咽喉，半纸焚吞半纸留。一局全输休怅怅，此心到底总归刘。

余即依韵书其后曰：

> 千丝万缕挂心头，人不留情情自留。从此两情应更苦，伤心莫负旧盟鸥。

> 啮血成书气塞喉，一身已矣恨常留。今生犹有未完事，缓死须臾待报刘。

梨影阅余诗，微点其首，泪复续下，向余哽咽曰："行矣，君用心若此，我终有以报君也。"余起答曰："然则汝请安睡，余行矣。此后愿勿相猜，是即所以惠我也。"梨影复无语，转面向壁而哭。余不敢久留，黯然随秋儿下楼矣。

次日复上两诗于梨影。

> 春风识面到今朝，强半光阴病里消。一缕青丝拚永绝，两行红泪最无聊。银壶泪尽心同滴，玉枕梦残身欲飘。风雨层楼空怅望，银屏秋尽玉人遥。

> 时有风涛起爱河，迟迟好事鬼来磨。百年长恨悲无极，六尺遗孤累若何。艳福输人缘命薄，浮名误我患才多。萍根浪迹今休问，眼底残年疾电过。

梨影亦步韵答余曰：

> 书去书来暮复朝，有肠皆断泪难消。数行血字非无谓，一握愁丝不自聊。断梦依依随月落，吟魂渺渺逐风飘。残灯煮出孤眠味，翻觉蓬山未算遥。

> 长教怅望阻银河，合是顽痴受折磨。情债未偿先泪尽，人谋虽巧

奈天何。今生缘会曾无几，此后猜嫌莫漫多。到底踌躇惟一事，寸心片刻几经过。

笔端有舌，已成决绝之词；灯下无言，又下淋浪之泪。一番龃龉，不过更令双方添得几多悲痛而已。今日梨影来书，以死自誓，且谓生平酷慕西湖山水，此后得有馀闲，愿与君买棹作浙游，使六桥三竺间，得有吾两人之踪迹，死当无恨。至君之前途，我此后不愿复问，任君所之而已。噫！梨影欲以一死报余，余宁不能以一死报彼！此情不解，到头亦惟有一死。余意早决，复何靳焉？若夫山水清游，夫岂不愿？一舸鸱夷，追范大夫之遗迹，或即葬身其中，将澄湖一片，为吾两人之墓田，亦一幸事。但未卜今生尚有此机缘否也。赋四绝答之。

> 已甘寂寞万缘轻，犹有难抛生死情。此局全输空拍手，更无馀力赴功名。

> 誓须携手入黄泉，到死相从愿已坚。一样消磨愁病里，明知相聚不多年。

> 及时行乐即神仙，莽莽黄尘醉梦天。莫使生前有遗恨，西湖早泛六桥船。

> 春风旧恨满青陵，冤蝶千年梦未醒。蔓草埋香身殉日，好留佳话续韩凭。

寒夜孤灯，追思往时，耿耿不能成眠，枕上口占六律，次日录出呈梨影。

> 对镜终疑我未真，蹉跎客梦逐黄尘。江湖无赖二分月，环珮空留一刻春。恨满世间无剑侠，才倾海内枉词人。知音此后更寥落，何惜百年圭璧身。

> 飘摇客土足凄凉，更为情人几断肠。翠袖寒侵天欲暮，铜壶水冻夜初长。枕边双泪思亲苦，灯下三馀课子忙。无那更阑人不寐，雁声和月到虚廊。

> 沦落天涯一梦霞，伤心词客旧琵琶。前途莫问知无路，后顾殊多恨有家。愁入毫端还作草，泪侵灯晕不成花。闭门从此无须出，长谢春光万物华。

> 曾受蛾眉一笑恩，昔年豪气更无存。镜中人远天犹近，帘外寒多

日易昏。酒力销时霜压梦，笛声动处月惊魂。今宵情怨知多少，明日诗中要细论。

今古飘零一例看，人生何事有悲欢。自来艳福修非易，一入情关出总难。五夜杜鹃枝尽老，千年精卫海须干。愧无智慧除烦恼，闲诵南华悟达观。

死死生生亦太痴，人间天上永相期。眼前鸿雪缘堪证，梦里巫云迹可疑。已逝年华天不管，未来欢笑我何知。美人终古埋黄土，记取韩凭化蝶时。

第十三章 十二月

余以教授馀闲，设夜帐于崔氏，其家本偿余以极厚之修脯，贫为人师，余亦不辞。投馆以来，梨影爱怜备至，敬礼有加。盘中苜蓿，不奉先生。隔户闻声，时关痛痒。为师得此，可谓殊遇。愧无时雨春风之化，徒有素餐尸位之讥。今岁将就残，考视鹏郎学业，不无进益，私心窃慰，谓可不负贤主人殷殷相待之意也。乃梨影厚余，复于常例之外，私赠余以手制寒衣一袭，铜制烟袋一具，以答余训读之勤。余不能却，则亦觍然受之。而赋二律以谢焉。

> 年年压线太漂沦，旧泪青衫半化尘。夺锦才华穷早岁，赠绨情义到佳人。荒村雨雪苦寒月，独客关河瘦病身。狐貉自轻恩自重，一经着体暖如春。（寒衣）

> 敲火熏烟几度吞，多情伴我破黄昏。偶然吐气有新意，信否餐霞是宿根。冷暖也随浮世态，吹嘘合感美人恩。精铜百练才成就，但愿心坚似此存。（烟袋）

昨宵风雨甚厉，鹏郎课罢归寝。余独就灯下，阅《长生殿》传奇一卷，倦而就睡。而窗外风驰雨骤，声声到枕。辗转久之，睡魔不至。朦胧间闻乎声甚谂，揭帐视之，则一垂髫婢立余床前，含笑语余曰："君欲见意中人乎？盍从我去？"余应而起。婢导余自后户出。一片草场，已易为琼楼玉宇；瑶草琪花，非复人间所有。余不觉流连叹玩。既而回顾，则同来之垂髫婢已不见，忽见对面画楼中，一丽人掀帘露半面，见余笑招以手。余即循径登楼，楼中陈设甚丽，他无一人。丽人款接殊殷，谓余曰：

"君意中人尚未至，在此少待可也。"既而絮聒不休。心甚厌苦，乘间下楼遁。既出，境物已非，一望平原，荒旷无际，闻后有追逋声甚急，因尽力狂奔，而两足疲软，举一步如千钧，窘甚。忽遥望见数十武外有一独行之女郎，审其状似梨影，觉足力顿健，刹那顷已追及，视之果为梨影。问曰："君何为至此？"余具述所遭。梨影曰："吾亦从彼处来，今与君脱离虎口矣。"余视梨影，衣履不整，状甚狼狈。见旁有一石，甚洁白，大可容数人，因相与据之而憩。坐甫定，忽觉身摇摇若无所主，惊视则所坐者非石，乃在一叶舟中。四围大海茫茫，风浪大作，舟已将次就沉。梨影战栗无人色，余极口呼救，亦无应者。恍惚间觉有一篙在手，因立船头徐撑之，思得傍岸，一失足堕入海中。惊号而醒，汗透重衾。起视残灯，奄奄就灭。风雨敲窗，繁喧未彻。回思梦境，历历在目。此梦也，胡为乎来哉！大海同沉，夫岂佳朕？由是知两人之结局，盖有难言者。惊魂摇曳，不复能眠。晨起以梦中所历，录示梨影，并赋两绝记之。

> 分明噩梦是同沉，骇浪惊涛万丈深。竟不回头冤不醒，何年何地得相寻。

> 一念能坚事不难，情奢肯遣旧盟寒。可怜万劫茫茫里，沧海干时泪不干。

今夕得梨影和诗，并录之。

> 凄风苦雨夜沉沉，魂魄追随入海深。不料一沉人不醒，翻身还向梦中寻。

> 金石心坚会合难，残宵我累客生寒。重重魔障重重劫，泪到干时血不干。

即夕复成两绝，以呈梨影。叹情缘之变幻，证梦境之离奇。余心至此，真惊定而惧，惧极而绝矣。

> 痴人说梦梦无端，梦到痴时说亦难。我是痴人说痴梦，一篇写出当真看。

> 挑灯为和两诗来，累汝功神我不该。苦海同沉原是命，敢求残梦续阳台。

自经前日一番龃龉，两情愈陷入极苦极深之境。盖决绝既有所不能，而已成之事实，又复一误再误，欲悔无从。初时梨影尚有一线之生机，今则生机尽绝，所馀者，死趣而已。图报有心，回天无力。明知此事将来必演成极恶之果，即此愁病之光阴，诗歌之酬唱，亦正不可久恃。而一种深怜痛爱之私，乃在此死心塌地之时，益觉如醉如痴，不能自遣，到底终成绝望，则眼前同受之苦恼，使能有法以缩减之，斯为最幸。人祝长生，我求速死矣。断梦依依，犹怵心目。一回苦感，又成八绝。余之诗心未尽，即梨影之泪债未完，忍痛挥毫，无能已已。今世无聊，苦作耽吟之客；来生有幸，勿为识字之人。

泪枯我亦为卿忧，翁耄儿孤不自由。人世几多缺陷事，今生且把再生修。

青春易误志难酬，苦海何来般若舟。怨女呆儿痴不了，不知痴到几时休。

保此微躯尚为刘，我生不免泪长流。当初何不相逢早，一局残棋怎样收。

赏心乐事已难求，对泣徒然效楚囚。会少不如长死别，免教一别一添愁。

一番霾梦岂无因，两字怜才总误人。死报痴郎无悔意，伤心卿自玉为身。

薄命原知命不长，并头空自妒鸳鸯。最怜费尽心机巧，只博灯前哭几场。

谁识良姻是恶姻，好花肯放别枝春。薄情夫婿终相弃，不是梁鸿案下人。

愁城十丈出无门，郁郁难如金石存。终恨相思成画饼，此生无日报卿恩。

岁云暮矣，老母书来，催归甚急。余乃提前举行校中试验事，与梨影不通讯者又数日。至昨日事竣，明晨即拟成行。石痴游浙归来，盖在黄羊祀灶之后，余已不及待，则留函以代面别。明年之事，石痴未行时，已与余继续订定。此行亦不过月馀短别耳。梨影知余将归，亦不留余，惟嘱即夕一面，以抒别悃。余亦允之。夜阑人静，复由秋儿导往。余至此已三上妆楼矣。前两次为诉冤，此一次为话别，都是相看有泪，惨不成欢。余仍赋诗数章以留纪念。梨影则别绪萦怀，无心作答矣。

拈毫日日费吟神，苦说灯前一段因。后会不知何处是，卿须怜取眼前人。

情爱偏从恨里真，生生世世愿相亲。桃源好把春光闭，莫遣飞花出旧津。

一回相见一悲酸，苦语听来切肺肝。牵袂无忘今夕会，萧萧暮雨一灯寒。

怜怜惜惜算知音，尘海茫茫难再寻。愿与西山老松柏，相期共保岁寒心。

吟笺酬答锦千行，诗债还同情债偿。泪点墨痕乱收拾，一齐都检入行箱。

朔风吹泪雪中天，鸿爪犹留未尽缘。不为倚门慈念切，古皇山畔过残年。

刻骨相思信不虚，殷勤别后盼双鱼。同心字样防人觉，要把鸳鸯颠倒书。

鸡声初唱仆夫催，此去郎须几日来。吸待明年元夜后，瑶窗对坐赏残梅。

晨钟动罢，余即登舟，双橹悠扬，容与乎中流者竟日，而余已抵家矣。匆匆卸装，书四绝付舟子携回呈梨影。

参差碧浪放帆迟，江上伊谁唱柳枝。行过桥西人不见，船头犹自立多时。

半篙烟水挽愁行，南国归桡促晓程。我欲西湖寻范蠡，他年一舸寄馀生。

迎船孤搭出烟岚，歌啸中流落日酣。蓦地乡音喧耳畔，遥知灯火近城南。

客里欲归归未得，乡心日共雁南飞。归来却更相思苦，悔不还迟几日归。

腊鼓声声，愁催永夜。葭灰寸寸，景逼残冬。斯时余姊亦归去，家个惟母嫂二人，相与栗碌摒挡，为度此残年之计。行踪甫定，琐事频陈，余至此亦不得不收拾书囊，屏除笔砚，与家人分头料理。而余之日记，遂无可记之事矣。至今日得梨影诗札，情意殷渥，不可不答。勉踵原韵以寄之。诗不能佳，姑录之以志深爱云尔。

原　作

　　故园应有未开梅，心共年残归思催。人事终难弥缺望，天公何苦妒奇才。愁中岁月浑如梦，劫后情怀尽化灰。春意渐回人意冷，眉心一寸锁难开。

　　碧云天际渺归舟，此后新诗孰与酬。心事茫茫成泡影，泪波汩汩抵江流。更无馀笔翻棋局，剩有相思诉笔头。腊鼓声中愁绪乱，迢迢书寄旧盟鸥。

和　作

　　一枝寄到陇头梅，暮景匆匆鼓早催。泪到尽时犹有泪，才经恨后更无才。一身渺渺肩还重，万事悠悠心渐灰。忆自归来常闭户，至今未放笑颜开。

　　天寒江上送离舟，要待明年再唱酬。每为怀人愁月落，忍将恨事说风流。感卿有志为红玉，恐我无缘到白头。莫忘西湖好烟水，早来荡桨伴闲鸥。

　　余之归也，为十二月十三日。前夕曾与梨影话别，虽相对无欢，固来见其有病态。其后于十七日得彼诗札，亦未言有病，今则残年将尽，正是家家祀灶之时，而梨影一纸告病之函，忽焉递到，又令余一片惊魂，摇摇无主矣。

录其书曰：

　　梨影病矣。病数日矣。此病亦无大苦，不过一时感冒耳。君闻此信，为梨影怜则可，为梨影愁则不可也。但孱躯弱质，已受磨于情魔，怎禁再受磨于病魔！偶撄微疾，便自疑惧不死不休，即死奚惜！缠缚于情网而不知脱，沉没于爱河而不知拔，是无异行于死柩之中而求生也。以梨影平日之心情，固早知其必死。一病之馀，便觉泉台非远，深恐旦暮间，溘朝露，离尘海，我馀未尽之情，君抱无涯之戚，况梨影生纵无所恋，死尚有难安。七旬衰老，六尺遗孤，扶持而爱护之，舍知己又将奚托？此梨影今生未了之事。梨影若死，君其为我了之。然梨影固犹冀须臾缓死，不愿即以此累君，但未卜天心何若耳。瞑眩之中，不忘深爱。伏枕草草，泪与墨并。霞郎霞郎，恐将与君长别矣。我归天上，君驻人间。一枝木笔，销恨足矣，又何惜梨花竟死。尊缘有尽，艳福无穷。伏维自爱。己酉十二月十九日白梨影伏枕书上霞君文几。

嗟乎梨影！病何其骤！又何其危笃至斯耶！余兹身在家中，又何从飞入妆楼，一觇真状？惟有默祝苍天，留彼馀生，慰余痴望而已。乃书二律，寄以慰之。

　　苦到心头只自知，病来莫误是相思。抛残血泪难成梦，呕尽心肝尚爱诗。锦瑟年华悲暗换，米盐琐屑那支持。知卿玉骨才盈把，犹自灯前起课儿。

　　江湖我亦鬓将丝，种种伤心强自支。应是情多难恨少，不妨神合是形离。琵琶亭下帆归远，燕子楼中月落迟。一样窗纱人暗泣，此生同少展眉时。

梨影之病，未卜若何。眼底残年，垂垂欲尽。彼病即能速愈，而二诗和到，计时当在明年。余与彼一年来酬和之作，即将以此诗作归结。情缘误尽，此生何慕百年；心血呕完，成绩仅留一卷。翻阅数过，不胜自惜，爰仿浪仙故事，滴泪和酒，呼我诗魂而祭之。而此一册无聊日记，亦随此残年而告终矣。

第十四章 庚戌正月至六月

　　余今年未作日记，仅留得诗稿若干。兹时已七月，秋风无恙，又到人间，而一双短命之花，已先秋而零落。回首蓉湖作客，花冢埋愁，偶惹闲情，遂沦苦劫。梦花幻影，墨泪奇缘，为时只一年有半耳。而此半年中所经过之事实，犹如风卷残云，顷刻都尽。爱我者已玉殒香消，不爱我者亦复兰摧蕙折。一重恶果，生死未明；两个玉人，后先就殒。迄今只剩余无才薄命不祥之身，犹复靦颜人世，哭望天涯，拼把青衫一殉，其如白发难抛，独对西风，浪浪雪涕，不堪回首，怎忍偷生。盖余虽不即死，而去死之期，固已匪远。泉台有伴，尘世凄凉，余今复在此前年日记之后，补记此一段痛史。时时搁笔，节节思量，而余寸断之柔肠，不啻复出而重就脔割，其苦有匪可言喻者。自今以往，余残生一日存者，亦当尽焚笔砚，永别书城，心血已完，无可再呕矣。

　　梨影之殁，为庚戌四月二十五日，筠倩之殁，为六月十七日，相距无两月也。而今玉骨深深，已双瘞鸿山之麓。白杨几树，萧萧作人语矣。两人之殁，余皆不在，殓不凭棺，窆不临穴，只各留得一纸绝命遗书，次第入于余目，至今日犹为余补记中第一种断肠资料也，岂不痛哉！

　　余忍痛作此补记，而一片伤心，又复从何说起！此半年中之事迹，亦极变幻复杂，强半模糊。幸有诗稿在，个中情事，犹可推寻得之。惟痛定思痛，其痛愈深。未下笔时，肠先断尽，岂复能惨淡经营，作详细之记载？不过略述大概，以存深恨而已。

　　余补记之落墨，盖自赴校之日始。梨影病入新春，旋占勿药。余得书颇慰，至正月十八日，即辞家赴校。至则石痴已先两日行矣。是日舟中遇雪，客情甚惨，口占两绝句曰：

> 长空一片白茫茫，不辨天光与水光。如此江山如此景，扁舟可惜是离乡。

> 头白梢公守断桅，满江风雪抱船来。笠欹缕湿孤帆重，双橹波心拨不开。

抵螺村后，余仍卸装于崔氏寓庐。次日即行开校礼。同事杞生，已为石痴辞去，另聘一曹姓者承乏。鹏郎年渐长，日随余入校读，暮则挈之俱归，亦梨影之意也。如是者越一旬，无事可记。至二月之初，而两人之龃龉又生，盖仍为筠倩之事。余兹不愿重提，惟当时梨影曾啮血成诗四绝赠余，今此笺犹在，一色殷红，余已不忍重睹。余与梨影今年酬和之作，乃以此诗为开始。余固知其非佳兆矣。诗录于下：

> 留春有计总无成，坚守同盟不了情。错弄机心成画虎，误君自愤复何生。

> 苍苔白石寄人间，到底此缘剩几年。莺燕楼台春易尽，而今零落夕阳天。

> 且趁今朝赋血诗，断肠时刻我支持。云迷洞口花飞尽，作计寻春已过时。

> 命薄恐无欢笑分，情真翻误怨猜奇。天公若有相怜意，许伴江湖暗自知。

余得诗后曾依韵和之曰：

> 千兰百就事无成，生死难抛是此情。卿欲轻生我亦死，断无一死一偷生。

> 我本无心恋世间，此缘成就待何年。不如苦海回头早，携手同归离恨天。

> 缕心作字血成诗，无主芳魂孰护持。最是伤心刻骨处，青春同少再来时。

> 身入牢笼难解脱，情经阻隔更离奇。春风又到人间路，开尽梅花人未知。

嘻！"卿欲轻生我亦死，断无一死一偷生。"此非余诗中之语耶？今则死者且两人，而余之偷生仍如故，则信乎男儿多薄幸已！梨影得余诗后，复与余为第四次之见面。中道风波，屡经反复。情长恨长，恩深怨深。此次青禽又传讹信，深宵对泣，费尽温存熨贴之词。梨影即夕成五绝曰：

寄书几度误青鸾，因爱成猜解决难。见面又多难诉处，了无数语到更兰。

情丝抽尽苦缠绵，此后悲欢事在天。只是病躯秋叶似，如何支得二三年。

满纸淋漓血未融，感君常置在怀中。此情此字难磨灭，伴尔丹心一点红。

深院钩帘坐小窗，无言暗泣对残红。飞蛾莫扑钗头焰，留照情人泪两双。

万千辛苦恨难平，一死频拼死不成。如此风波如此险，可怜还为恋情生。

次日，余亦成二律呈梨影，以写前宵之苦况。

春鸿难认旧时泥，再入天台路已迷。心到苦时惟一哭，肠经断尽怕重题。合离情迹缘都阻，今古欢场事少齐。春到江南花似锦，黄莺未得好枝栖。

暖语排愁强自宽，暂亲言笑不成欢。谗唇鼓浪人心险，好梦成烟烛影残。天肯留人颜色在，卿须谅我死生难。血书一纸尽千叠，藏向怀中不忍看。

梨影亦步韵答余曰：

白驹寂寂隔云泥，路断仙溪蝶怕迷。辛苦总期拼一死，唱酬何必懒重题。当前张绪风情减，后日文君雪鬓齐。江北归来梁上燕，衔泥且向旧巢栖。

前宵梦里带围宽，羞向深林报合欢。一语盟心山比重，千回望影月将残。缘悭空说回天易，命蹇知君阅世难。尺素未开先落泪，叠来锦字怕重看。

余读此诗，知梨影之心，犹未尽慰，因再武原韵以解之。

梁巢旧燕再寻泥，只怕高楼咫尺迷。辛苦天教留一死，唱酬我亦愿重题。老梅飘雪无人赏，稚柳偷风放叶齐。一度韶华消不尽，琼枝终许凤鸾栖。

知尔腰围日渐宽，玉钗敲断卜同欢。囊中血字红犹湿，剪后香丝绿半残。欢计每愁此意少，私书欲作避人难。形疏意密由来说，病里容颜梦里看。

姻事之成错误，梨影已知之。知彼意不尾余，余情亦不属彼也。而余所踌躇者，更有一端。以余寒素家风，清贫自守，待相如献赋得官，今生恐无此际遇。得婿如余，实无所取。此后余即能勉移旧爱，以慰新人，而筠倩生长绮罗丛里，未必能餍糟糠。果尔则误彼终身，益复无底。余以此意示梨影，梨影怫然，谓筠倩决不为买臣之妇，责余太以浊物视人。一言孟浪，又几起风波于平地，急自认过，呈六绝曰：

> 落梅风急子规啼，草长平芜绿渐齐。二月春寒能酿病，那禁心绪复凄迷。

> 同有丹诚如皎日，不妨披膈各陈词。两番血迹重为证，置袖应无漫灭时。

> 相如自恨累清贫，哽咽无端道苦辛。偏是情真疑忌起，一心人似负心人。

> 泱旬长遣十函诗，寄托愁魂笔一枝。莫恨蓬山万重隔，眼前有路只无期。

> 徘徊无计遣心情，一曲风琴谱乍成。指上调从心上转，断云零雨不成声。

> 一寸心期十丈愁，泪珠如线梦如钩。销魂翻恨销难尽，每到斜阳一倚楼。

梨影依韵和余曰：

> 殷勤解得耳边啼，又听新莺恰恰齐。尽日东风吹思乱，一春情绪被春迷。

> 碧窗记得曾携手，春鸟回来重寄词。雁夜莺春愁一样，楚魂湘血怨同时。

> 唱酬我自患才贫，但是钟情合苦辛。誓死料伊非薄幸，诗人多半属情人。

> 莫咏樊川惆怅诗，落花底事怨空枝。韩凭死遂双栖愿，碧落黄泉会有期。

> 灯昏被冷若为情，借梦追欢梦乍成。恨煞茅檐终夜雨，梦中时度打窗声。

楼上无愁亦有愁，香风拂拂动银钩。望中柳色无穷处，连日春阴不上楼。

鹏郎折兰，为余插之瓶中。此兰也，即去年相思之起点，招恨之媒介也。人世悲欢，至无凭准；断肠消息，何可复问？而空谷幽芳，已两度春风矣。今日重见此花，能无今昔之感！吾恐再历几时，死生离别，更不知何若。而此花则长养春风，旧苗再登，馨香永久。虽经衰败而常保孤根，毕竟人命不如花命也。重赋两绝示梨影。

曾惜馨香赋小诗，去年寒食惹相思。悲欢离合翻云雨，尔尚浓芬似旧时。

天生静质为骚人，只觉幽情对我真。啼眼羞眉终敛怨，怜渠长似未逢春。

今年梨影与余，诗函往返而外，恒欲面诉相思之苦。余初颇疑之，今乃知彼用心至深，盖彼固早决一死，不久即将永诀，故欲于未死之前，多见数面，以了情痴耳。犹记二月之终，彼屡约余相晤，有四律寄余曰：

愁吟容易鬓成丝，况复寻春又及时。小院未忘前度约，佩囊空积百篇诗。夜寒度梦俨堪吒，零雨敲窗我莫知。日夕透尝孤寂味，无端风雨坏幽期。

相如何必患清贫，一舸鸱夷好问津。花外东风真是梦，灯前寒雨苦相亲。颜无喜色休看镜，泪少于时数易巾。深巷携篮频唤卖，杏园落尽有馀银。

频添缄札达情深，冷隔欢踪直到今。怨句不辞千遍诵，浊醪谁劝满杯斟。青衫又湿伤春泪，碧海常悬捧日心。不道相思滋味苦，愁人只向个中寻。

咫尺蓬山有万重，丹青写尽病君容。琴心属意何曾乱，鹊语难凭不可从。杨柳愁中深浅色，梨花梦里去来踪。冲烟犯月能相过，秉烛花前一笑逢。

余亦有和韵四律曰：

离肠辗转搅千丝，单枕空床耐几时。一种薄寒成薄病，半窗残雨读残诗。爱怜声影教人瘦，并叠心情付尔知。若许刘郎重问讯，碧桃花发是佳期。

花前沽酒岂辞贫，还问东风旧日津。几世几生修得到，一肌一发未曾亲。追思空剩千行锦，零泪难消半幅巾。直是将年来度日，如何能待夔成银。

积得相思几寸深，风风雨雨到而今。诗惟写怨应同瘦，酒为排愁只独斟。五夜梦留珊枕恨，一生身作锦鞋心。情场不信多奇验，便到黄泉也愿寻。

书来一纸意千重，多恐春来减玉容。心上如何抛得下，眼前只是会无从。艰难苦海翻新浪，曲折回廊记旧踪。情怨深时期面诉，禁烟时节好相逢。

往岁清明，余于客里过之。今春未行之前，老母预嘱余归，以值彼家家上冢之时。阿兄远出，死父坟头之一盂麦饭，几陌纸钱，非余及时遄返，更无人为之浇奠也。寒食之夕，践梨影之约，赴醉花楼夜话，赋二绝以志别。曰：

几时消渴隔愁乡，一盏琼浆今未尝。要识誓言生死守，阿侬金石做心肠。

东风趁棹暂回乡，此后堪凭只寸肠。才得相逢便言别，自惭真近薄情郎。

余初意于清明日遄归扫墓，以慰母望，既见梨影之后，归心乃为之遏阻，迁延不决。瞬届重三，既负老母，复忘死父，余诚不自知其何心。迄今思之，更复大悔。盖后日梨影之杀，亦未始非余欲归未归之一念有以误之也。当时有《自嘲》二绝曰：

空卜归期未是期，此心不定似围棋。无由觅得分身术，只恐思归复懊离。

清明异地踏山春，又近江滨祓禊辰。枉被子规苦相劝，不妨长作未归人。

余未成行，梨影忽有归宁扫墓之说。余知梨影幼丧父母，仅存一叔父及两弱弟。其家距螺村七八十里，水程遥隔，往返殊艰，已十载未归宁矣，今胡急作归计？彼盖自知过此以往，将永无回家祭扫之期，未死以前，此意固无人觉察也。临行时和余《自嘲》两绝曰：

骨肉无多会少期，清贫苦守半残棋。漫言两弟难相识，叔父慈颜十载离。

聊因祭扫趁江春，麦饭浇时已过辰。又卜归帆心却苦，迎门都是别家人。

梨影此行，挈鹏郎俱去，往返期以三日，恐余寂寞，未行之前夕，更多嘱咐之词。余复呈两绝曰：

> 临歧还寄两篇诗，为念痴人费梦思。我未成归汝却去，算来总有一番离。

> 拨棹春江江水香，此行无复可商量。明知三日期非远，别泪还抛一两行。

次晨梨影偕鹏郎登舟。余更遣秋儿遥投四绝赠别。

> 戏言情净愿归空，争得萧郎路欲穷。特地临行重寄语，近来此念付东风。

> 卫娘书格谢娘词，冰雪心肝兰蕙思。一路春风江上景，烟波此去好寻诗。

> 十年亲谊隔云泥，祭扫归来认旧闺。料得到门愁喜并，一番欢笑一番啼。

> 独泛春波一叶舟，莺花虽好莫淹留。思卿一日三秋似，三日分明是九秋。

至三日后，梨影果如而归期，和余赠别诗曰：

> 我处荣枯百虑空，浮生自悟泪难穷。凭情割片心肝去，泣尽虚窗一夜风。

> 珍重临行赠别词，烟波渺渺载离思。桃花溪水分明处，争奈愁多懒捉诗。

> 多情燕子恋残泥，重启东风旧日闺。更忆新离悲久别，雨重愁并一重啼。

> 无数青山送去舟，夕阳流水影空留。垂杨三月愁丝乱，何必伤心待暮秋。

庭前木笔，又开第一花矣。忆去年曾赋小诗，有"题红不解"之句，只道书生无福，谁知月老有心，辗转深情，演成幻剧。今日花尚依然，而览物之情，则大异矣。再赋二律呈梨影。

> 可惜东风得意花，一枝移种到贫家。有情彩笔偏名木，无主春光误照霞。只恐锦窠云易散，最怜深院月先斜。平泉何待成追忆，早向残枝生怨嗟。

红纱映日逞狂姿，正是梨花泪尽时。杜牧伤春愁对酒，江淹分梦强题诗。更无当意花经眼，欲写同心字赠谁。种玉前生偏种恨，试看啼血满千枝。

此诗去后，越二日得梨影和作，香笺半湿，都是泪痕。其句曰：

杜牧真无当意花，春风次第到邻家。葵花抱恨终倾日，栀子同心别赠霞。锦字织成千古怨，绿纱分逗一枝斜。僵桃代李原多事，后果前因空自嗟。

怜香欲断乞埋恣，薄命累君伤落时。旧泪不消都化血，新愁无奈少吟诗。

第二首仅和二联，下注云："和至此更读原诗，喉哽眼花，墨干泪尽，下句不能再和矣。"噫！余之诗梨影不能和之，梨影之诗，余又岂能读之哉！因感其意，即用第二首上二联原韵成两绝，以存深恨。

门掩梨花葬玉姿，开时不见见残时。天昏地黑人痴望，肠断萧娘半首诗。

百草千花弄甚姿，终无缺月再圆时。呕完心血流完泪，从此逢人不说诗。

噫！此诗余特自鸣其恨，孰知即以此大伤梨影之心而促其速死耶？自此次酬答之后，梨影诗讯渐绝，不十日而咯红旧症，又复大发，从此竟不复起。药店龙飞，香桃骨损，曾日月之几何，而人亡花落，往事如烟，一冢梨云，魂归离恨，不堪重问醉花楼矣。

彼初病时，余曾赋《问病》一律曰：

心如梅子溅奇酸，愁似抽丝有万端。苦我此怀难自解，闻卿多病又何安。情根谁教生前种，痴恨无从死后宽。但是同心合同命，枕衾莫更问温寒。

梨影得诗后，答余一律。此诗为彼最后酬余之作，自后更无只字相遗矣。至今录之，犹觉心酸欲绝也。

苦吟一字一心酸，误却毫端误万端。月魄不圆人尚望，雨声欲碎梦难安。恩深真觉江河浅，情窄那知宇宙宽。侬更近来成懒病，和郎诗句怕凝寒。

余读此诗，知梨影之病实为余之木笔诗及续赋两绝所感而成。文字之毒，一至于此。则更武原韵以慰之。

传闻病耗更心酸，怨句分明造病端。两处情怀同自苦，几番魂梦未曾安。如侬直觉生无趣，望汝还将死放宽。日对顽童宵对影，泪波洗面不知寒。

余之婚事，本定于今年七月，循梨影之意，亦乘石痴暑期归国之便也。屈指计之，为时匪远。事属违心，居恒自怯。而梨影一病，又沉沉有不起之象，则余更何心及此，赋四律以见意。

生死牵连不肯休，到头结局料无收。乱生心病诗难药，强制情魔梦有钩。半世情神消恨血，一窗风雨撼穷愁。花前一醉还能否，寂寂空床拥散裘。

愁恨光阴一载过，欲抛终恋奈痴何。情灰已冷心犹暖，病眼全枯泪转多。白骨生涯人自累，红笺残字血难磨。卷葹不死生尤苦，谁剔明灯救火蛾。

再为知音拂镜鸾，隔墙春色甚相干。情惟入骨猜嫌易，事本违天左右难。白首他年为世笑，丹心今日呕卿看。旧欢零落新欢误，月正圆时梦早残。

茫茫后果与前因，撩乱心情假是真。木笔开时空见日，梨花落后更无春。谁教枉却巫山梦，我算经过沧海身。憔悴馀生终不惜，岂宜再作画眉人。

此诗余曾录示静庵，静庵戏步后二首原韵，为余预赋催妆二律，徒费笔墨，后竟绝无用处。然良友惠余，诗不可不录也。

黄绢词成拥凤鸾，娇嗔低诉倚阑干。赘齐岂为髡多智，入蜀方知道不难。意外奇缘惟独喻，个中心事早同看。郎才女貌欢何似，珍重良宵莫放残。

不是今缘是夙因，真真假假假还真。梨云着意犹含雨，木笔强开占早春。河鼓沉沉催永夜，月轮朗朗悟前身。遥知红烛双辉里，别有含情一美人。

余读静庵诗，心有所感，复成二律。此诗为余末次呈梨影者，梨影不复酬余，余亦从此辍吟矣。

玉台休怅信音稀，莫道人情朝暮非。无意相逢原宿孽，此身不死定长依。尚看残字鹃鹃血，终感馀芬恋蝶衣。有限光阴愁病里，纵难同穴愿同归。

漫劳旧雨赋催妆，读遍新声暗自伤。天意偏教圆缺月，侬心不偶似桃榔。镜台空见新人笑，衫袖犹旧留日香。福薄苦无欢笑分，忍看珊枕绣鸳鸯。

梨影病已兼旬，绝无起色。余心之焦急，盖可想见。至四月八日之夕，彼忽复命秋儿导余往视，玉容萎捐，尚能强起与余坐谈，谓余曰："君清明未归，恐劳母望。今宜暂返，以理家事。妾已为君雇一村艑，明晨即可启行。妾病无妨，不烦挂虑也。"余唯唯。既而又谓余曰："《石头记》全书，妾已阅毕。此书暂不还君，妾视书中尚有一段阙文，以宝玉对之芙蓉女儿，尚作哀诔，胡独于心爱之潇湘妃子而无之？多情如君，盍为拟作一篇以补其阙？"余又唯唯。事后思于梨影之为此言，固有深意，而惘惘至今，卒无一字慰泉壤。悼亡异感，也教荀倩神伤；诔死无文，莫讳江郎才尽。魂魄有知，重泉饮恨深矣。

次晨余遂行。此行也，余谓出自梨影之意，欲余暂归慰母，孰知彼固受人之挟迫而为此。昨夕一晤，即为今生诀别之期耶！盖老母以余归期屡误，望眼欲穿，知余久溺痴情，遂忘正事，乃函达梨影，嘱彼转劝余归。梨影诺之，乃从而促余遄返也。归后老母为余言，余始恍然如梦觉，则急索母原书底稿及梨影答书阅之。母致梨影书曰：

崔夫人慧鉴：余今冒昧上书，夫人骤阅之必骇，然阅至终篇，知夫人必能相谅，且必能允余所求。不肖儿梦霞往岁客夫人家，以浪荡馀生，得裙钗知己，三生有幸。文字交深，客里扶持，深蒙照拂。以夫人金玉为质，松柏为心，只结翰墨姻缘，不愿牺牲名节，余固无虑其有他。所恨者，吾儿早年丧父，庭训久疏，品性不纯，风情独厚，年馀潦倒，心志全非。老身钟爱此儿，殊不愿其终为情误。即夫人节苦心坚，责艰任重，亦岂宜不断痴情，致伤贤德。既蒙不弃寒微，许结姻好，情无不了，事亦至佳。而吾儿一味狂痴，心犹未足。新欢虽好，旧爱难忘，藕断丝连，迨不可解。此皆吾儿之误夫人，非夫人之误吾儿也，夫人其毋怿。老身深恨吾儿，实深怜夫人，故望夫人力排愁障，身出情关，自为解脱，兼惠吾儿，岂惟吾儿终身感德，即老身亦受赐良多矣。兹者春暮迟归，听子规而不动。父骨已朽，遂虚祭扫之仪；母眼将穿，空切门闾之望。陷惑之情，至斯已极。以家人之哓哓，知已不足以悟彼不肖之心而反之于正，所恃者，夫人耳。夫人而黠余言也，其劝之速归。彼爱夫人，言当立允。既归之后，即当禁其复出，校中一席，余已觅得一相当之人，永为庖代，为吾儿收放心，亦为夫人绝情魔也。昧死上言，惟夫人图之。归高阳滕氏裣衽。

梨影答母书曰：

何太夫人尊鉴：残春方尽，一病恹恹。瞑眩之中，忽奉慈谕。开缄展诵，愧极汗淋，如曹瞒之读陈檄，头风不药而愈矣。妾以遗孽不能自闲，致陷公子于情网之中，总由笔误，亦有前因，不比琴挑，各无堕行。悔固难追，事何可久。是不仅夫人抱深忧，即妾为公子事亦已百转千回，肝肠寸断矣。顾知公子念妾挚，恐妾即能绝公子，公子未必遂能绝妾，则妾亦无能为力。然妾今已思得一万全之法，以报公子，可使公子绝妾，决不敢以薄命之身梗公子之前途，而久贻夫人忧也。姻事早承金诺，鹊桥渡后，便是佳期。筠姑贤孝性成，德才并茂，此后公子伉俪之间，定卜十分美满。且亦为堂北老人，增其福祉。此固妾敬蓺一瓣心香，日夕禳祀以求之者也。至薄命孱躯，在世之日已短，事到回头，只馀罪孽。来书曲加矜谅，不事求全。行间字里，蔼乎如见其容。妾以丛愁积垢之身，于未死之前，得闻慈爱老人之怜恤语，身非犬马，宁不涕零！盖得夫人一言赦妾，异日负罪入泉，积孽或当为之轻减，白骨亦沾馀泽矣。公子归省愆期，殆因妾病所致，以妾故几使公子忘家，妾罪复何可逭。兹即敬如来命，力劝公子言旋，以慰家人久盼。夫人幸少安，三日后当见钟爱之佳儿无恙归来也。扶病作答，潦草不恭，无任惶恐屏营之至。未亡人崔白梨影谨上。

余读毕此书，瞿然而惊，哇然而哭曰："母杀梨影矣。"余母问故。余曰："梨影书中，谓有法以使余绝彼者，盖欲以一死报余也。彼疾方亟，母复以一书逼之，其死必矣。"母厉声曰："若是则仍汝杀彼耳，与我何与者？汝迷恋痴情，流荡忘返，致弃家庭而不顾，汝自思汝之所为，尚有一毫似人否？乃犹以汝母此书为不当耶？"余受责唯唯，念余诚不祥之人，人之为余所误者，乃不一而足。顾余初无误人之意，胡以人事之逼余者，欲不误人而不得？思至此，则呼天而泣。

余既归家，不得不顺从母意，日坐愁城，静待梨影死耗。至四月二十七日，而一片噩音，果应余念而至。惟余已决其必死，故闻耗而后，虽悲极而神不少乱。请于余母，欲以亲谊往吊。余母此时亦痛挥老泪，颔首无言。惟于临行时，嘱余事毕速归而已。一棹绿波，重来崔护，只见灵床灯黯，蕙帐风凄，去玉化之期，已三日馀矣。焚香展拜，咽泪不声。更视彼老翁颓败之容，稚子悲啼之状，尤觉心如锥刺，惨痛难言。欲出一语相慰，而无可措辞。余至此盖不能不自恨己之误人甚也。

余此次初拟即归，崔翁以丧事丛脞，嘱余襄理，余不能辞，则为忍痛勉留。复居旧馆，境地犹昔，人物已非，余独何心，其不能以一朝居矣。一夕黄昏，月明如昼。踯躅庭阶，百端俱集。凭吊埋香遗迹，抔土犹存；追思哭冢深情，伊人已杳。魂兮归来，或应依此。触景悲来，不觉抚坟恸哭。正号咷间，秋儿倏至，问："公子何事伤心，乃不畏夜寒入骨耶？"余时四顾无人，乃止泪而询秋儿以梨影临终之状况。秋儿冷然曰："公子乃犹未忘夫人耶？夫人之死，公子自知之，何问婢子为？且人已亡矣，哭之奚益？"余泣曰："汝勿尔，夫人之死，实余误之，顾岂真余愿？今余问汝亦无多言，只欲汝答余夫人弥留之际，曾有何物遗余者？"秋儿曰："遗物耶？闻有一纸绝命书，为筠姑娘所得。"余哀之曰："汝肯为余向筠姑乞得是书乎？"秋儿摇首曰："此难允公子。筠姑自夫人死后，怨公子甚。婢子乌敢为公子作说客耶？"言已，拂袖径行。余挽裾从之。转盼已杳，则返而复哭。噫！秋儿怒余，亦出至情。余今兹宜为人弃矣。

次晨余尚未起，秋儿推门入，出一函掷余枕畔，返身遂奔。余拾而视之，书为筠倩所遗，中附梨影遗书数纸，知秋儿昨宵虽却余求，仍为余言于筠倩，得是书以遗余也。先读筠倩书曰：

何梦霞君鉴此：妾与君无一面之缘，有百年之约，片言未接，寸简先通，具有苦衷，殊非得已。前日梨嫂死后，得读其绝命遗书，知君与梨嫂，中有一段因果。妾处其间，懵无闻觉，致坐视梨嫂之死，而无从旋救。梨嫂之死，一半为君，一半为妾。妾深痛之，君亦当深痛之。顾妾所不解于君者，妾与君无系属，君何为允梨嫂？以姻事允之以慰其心，犹可说也，既允之后，又何为不能承顺，意见纷歧，而陷梨嫂于不堪之境？岂君之存心必欲置之死地而后快耶？妾今所言，非敢怨君，实深痛梨嫂之死，遂不觉多所冒渎。多情如君，回首前尘，当亦甘受妾责而无怨。今梨嫂死矣，妾家零落之况，君亦知之。此后穷老孤儿，将何所托？且梨嫂遗书中，所望君于死后者又何在？

想君为志士，亦为端人，终必有以自处而处人矣。至妾身已为傀儡，妾心亦等死灰，与君名义虽在，缘会终虚，恐不久亦且从梨嫂子地下。君其行矣，不劳置念也。梨嫂绝命书二纸，一以遗君，一以遗妾，兹并附呈祈察。崔氏筠倩上言。

梨影遗余书曰：

嗟乎霞君！妾今别矣。濒死之际，未能忘君，挣一丝馀气，留数语以遗君。方妾力疾下笔时，想君犹含情忆远，痴望天涯，而祝意中人之平安无恙也。妾在世之日，百无可乐，蓄死志也已久，今更不能少待。嗟乎霞君！妾死乐也，君宜勿为妾悲。以君平日遇妾之厚，骤闻妾死，必痛不欲生。所望君事过之后，即便忘怀，而尽君所应为之事，是即所以慰妾。至于过情之恸，或至伤身，一念之痴，相从地下，置人生大事于不顾；果若是者，则君且误妾于死后，而妾之死亦为徒死。此则妾在九泉之下，一灵不昧，终望君能自悔悟，不至轻出乎此也。筠姑才德，胜妾十倍，将来君家庭幸福，何可限量。兰闺静好之馀，不忘媒妁，以心香一瓣，泪酒半盂，遥酹妾于花飞春尽之天。魂兮有知，定当追逐东风，来格来飨。然妾所望于君者，更有一事。君怀才未遇，值此时艰，正宜出为世用。曩昔以此劝君，君不为动。今妾死而情丝已断，自当努力进行，以图不朽之业。若仅奄奄忽忽，享庸福以终，则妾之阴魂，虽慰而犹未尽慰也。人之将死，其言也善。惟君鉴之。四月二十四日梨影绝笔。

梨影遗筠倩书曰：

余有隐事，不能为妹言。但此事于妹终身颇有关系，不为妹言，则负妹滋甚，而余罪将不可逭。今余将死，不能不将余心窝中蓄久未泄之事，为妹倾筐倒箧而出之，以赎余生前之愆。而事太秒琐，碍难出口，欲言而喋者屡矣。余病已深，自知去死非远，而此事终不能秘妹，不能与妹明言，当与妹作笔谈。今余握管书此，即为余今生拈弄笔墨之末次。余至今日，甚悔自幼识得几个字也。仅草数行，余手已僵，余眼已花，余头涔涔，而余心且作惊鱼之跳，余泪且作连珠之溅矣。天乎！

余于未言之先，欲有求于妹者一事，盖余之言不能入妹之耳，妹将阅之而色变眦裂，尽泯其爱我怜我之心，而鄙我恨我，曰："若是死已晚矣。余不能禁妹之不恨我，妹果恨我，余且乐甚，盖恨我愈甚，即爱我益深。余无状，不能永得妹之爱，亦不敢再冀妹之爱。余死后之罪孽，或转因妹之恨我，冥冥中为之消减。故余深望妹之能恨我也。

此事为余一生之误点，实亦前世之孽根。余虽至死，并无悔心。不过以事涉于妹，以余一人之私意，夺妹之自由，强妹以所难，此实为余之负妹处。至今思之，犹不胜懊恼也。然余当初亦为爱妹起见，而竟以爱妹者负妹，此余始料所不及也。余今以一死报妹，赎余之罪，余死而妹之幸福，得以保全矣。妹乎！此一点良心，或终能见谅于妹乎？

余书至此，余心大痛，不能成字，掷笔而伏枕者良久，乃复续书。余死殆在旦暮间矣，不于此时将余之心事撇以示妹，后将无及，故力疾书此。妹阅之，当知余之苦也。余自求死，本非病也，而家人必欲以药苦我，若以余所受之苦为未足者，余不能言，而余心乃益苦。妹以余病，爱护倍至，日夜不肯离。余深感妹，而愧无福以消受妹之深情，欲与妹言，而未能遽言，余心之苦，乃臻至极点。余因欲报妹，而反以累妹，余之罪且将因之而增加。眼前若是其扰扰，余死愈一日不可缓，而此书乃愈不能不于未死之前，忍痛疾书，然后瞑以待死。

余年花信，即丧所天。寂处孤帏，一空尘障。缕缕情丝，已随风寸断。薄命红颜，例受摧折。余亦无所怨也。孰知彼苍者天，其所以折磨我者，犹不止此，复从他方面施以种种播弄，步步逼迫，必欲置之死地而后已。余情如已死之灰，而彼竭力为之挑拨，使得复燃；余心如已枯之井，而彼竭力为之鼓荡，使得再波。所以如此者，殆使余生作孀雌，尤欲余为冤鬼，不如是不足以死余也。自计一生，此百结千层至厚极密之情网，出而复入者再。前之出为幸出，后之入乃为深入。既入之后，渐缚渐紧，永又解脱之希望，至此余身已不能自主，一任情魔颠倒而已。余之自误耶？人之误余耶？余亦茫然。然无论自误被误，同一误耳，同一促余之命耳。今已有生无几，去死匪遥，彼至忍之天公与万恶之情魔，目的已达，可以拍掌相贺。然余也前生何孽？今世何愆？而冥冥中之所以处余者，乃若是其惨酷也！

此事首尾情节，颇极变幻，此时余亦不遑细述，妹后询梦霞，可得其详。今欲为妹言者，余一片苦心，固未尝有负于妹耳。妹之姻事，余所以必欲玉成之者，余盖自求解脱，而实亦为妹安排也。事成之后，妹以失却自由，郁郁不乐，余心为之一惧。而彼梦霞，复抵死相缠，终不肯移情别注，余心更为之大惧。盖余已自误，万不可使妹亦因余而失其幸福。而欲保全妹之幸福，必先绝梦霞恋余之心。于是余之死志决矣。移花接木，计若两得，今乃知用心之左也。

上所言者，即余致死之由。然余幸无不可告妹之事，偶惹痴情，遽罹惨劫。此一死非殉情，聊以报妹，且以谢死者耳。余求死者非一日矣，而今乃得如愿。余死而余之宿孽可以清偿，余之馀情可以抛弃。以余之遭遇，真可为普天下古今第一个薄命红颜之标本，复何所恋而宝贵其生命哉？妹阅此，当知余之所以死，莫以余为惨死之人，而以余为乐死之人，则不当痛余之死，惜余之死，且应以余得及早脱离苦海而为余贺也。余固爱妹者，妹亦爱余，姑嫂之情，热于姊妹。十年来，耳鬓厮磨，兰闺长伴。妹无母，余无夫，一样可怜虫，几为同命鸟。妹固不忍离余而去，余亦何忍弃妹而逝哉？然而筵席无不散之时，楸枰无不了之局，余已作失群之孤雁，妹方为出谷之雏莺。青兰秋菊，早晚不同；老干新枝，荣枯互异。余之乐境已逐华年而永逝；妹之乐境方随福命以俱长。则余与妹之不能久相与处者，命也，亦势也。然余初谓与妹不能长聚，而孰知与妹竟不能两全也。今与妹长别矣，与使余忍耻偷生，而使妹之幸福因以减缺，则余虽生何乐？且恐其苦有更甚于死者。盖此时妹之幸福之完全与不完全，实以余之生死为断。余生而妹苦，余亦并无乐趣，无宁余死而妹安，余亦可了情痴也。余言至此毕矣，尚有一语相要。余不幸为命所磨，为情所误，心虽糊涂，身犹干净。今以一死保全妹一生之幸福，妹能谅余苦心，幸为余保全死后之名誉也。至家庭间未了之事，情关骨肉，妹自能为余了之，毋烦余之喋喋矣。

嗟乎梨影！汝竟为余而死耶！余诚误汝，又安惜此苦吟憔悴之身而不为汝殉耶！顾殉非汝愿，则余又何敢不留此馀生，以慰汝重泉之望。然读筠倩之书，因汝死而悲观之念愈深，恐余即欲勉为其难，而人终不余谅也，则余复何以慰汝？筠倩之书，余欲答之而无从下笔。淹留数日，余兄剑青自闽归吴，奉母命来迓余矣。余亦以伤心境地，不愿复留，遂与兄俱返。去时筠倩固犹无恙也。

梨影之死，余家人亦皆闻而痛之，而叹悯之馀，转生欢慰，以吉期在即，皇皇焉为余措备一切。时或以不入耳之言，来相劝勉。余亦任之。此一时之心情，真有所谓求生不能求死不得者矣。乃至六月十八日，而筠倩之噩耗又至。

梨影之死，尚在余意中。筠倩之死，实出余意外。忆彼前遗余书中，有从梨嫂于地下之语，余以为一时愤激之词，不料其今果实践。恶耗重来，余宁无痛！顾悲极而转为彼庆，庆彼乃得先余与梨影携手泉下，而女儿家清净之身，终未为龌龊男子所污也。惟家人惊闻此耗，顿使一片欢情化为冰雪。余欲复往吊，母不能阻，则嘱余兄伴余往。至则知筠倩自余行后，旋病失血，于十七日殁。因酷热不能久待，即日成殓矣。嗟嗟！桃夭未赋，昙花遽伤。嫁衣改作殓装，新郎翻为吊客。生时未接一言，死后亦悭一面。天下奇痛之事，宁于过于是者！然不幸如余，何尝此报。彼崔氏之人何辜，因余而丧乱叠遭，历家破人亡之惨。崔翁哭妇之馀，复哭爱女；鹏郎失母之后，更失贤姑。此后扶持爱护，又恃何人？孤苦伶仃，益难设想。余至此尤不能不自恨己之误人甚也。

筠倩葬事既竟，余即惘惘随阿兄俱归。忆当时秋儿曾以筠倩临终时留下之日记数页遗余，昏迷之际，未遑竟阅。归后乃更出而阅之，忍痛记其文曰：

六月初五日。自梨影死后，余即忽忽若有所失。余痛梨嫂，余痛梨嫂之为余而死。余非一死，无以谢梨嫂。今果病矣。此病即余亦不自知其由。然人鲜有不病而死者。余既求死，乌得不病？余既病，则去死不远矣。然余死后，人或不知余之所以死，而疑及其他，则余不能不先有以自明也。自今以往，苟生一日，可以扶枕握管者，当作一日之日记。春蚕到死丝方尽，蜡炬成灰泪始干。此方方之砚，尖尖之笔，殆终成为余之附骨疽矣。

初六日。自由自由，余所崇拜之自由，西人恒言：不自由，毋宁死。余即此言之实行家也。忆余去年此日，方为鹅湖女校之学生，与同学诸姊妹，课馀无事，联袂入操场，作种种新游戏，心旷神怡，活泼泼地，是何等快乐！有时促膝话心，慨家庭之专制，愤社会之不良，侈谈以提倡自己为己任，是又何等希望！乃曾几何时，而人世间极不自由之事，竟于余身亲历之。好好一朵自由花，遽堕飞絮轻尘之劫，强被东风羁管，快乐安在？希望安在？从此余身已为傀儡，余心已等死灰。鹅湖校中，遂绝余踪迹矣。迨今思之，脱姻事而不成者，余此时已毕所业，或留学他邦，或掌教异地，天空海阔，何处不足以任余翱翔？余亦何至抑郁以死？抑又思之，脱余前此而不出求学者，则余终处于黑暗之中，不知自由为何物，横逆之来，或转安之若素，余又何至抑郁以死？而今已矣，大错铸成，素心莫慰。哀哀身世，寂寂年华。一心愿谢夫世缘，孤处早沦于鬼趣。最可痛者，误余而制余者，则出于余所爱之梨嫂，而嫂之所以出此者，偏又有许多离奇因果，委屈心情，卒之为余而伤其生，此更为余所不及知而不忍爱者。天乎，天乎！嫂之死也至惨，余敢怨之哉？余非惟不敢怨嫂，且亦不敢怨梦霞也。彼梦霞者，亦不过为情颠倒而不能自主耳。梨嫂死，彼不知悲痛至于胡地矣！烦恼不寻人，人自寻烦恼矣。可怜虫，可怜虫！何苦！何苦！

初七日。余病五日矣。余何病？病无名，而瘦骨棱棱，状如枯鬼。久病之人，转无此状。余自知已无生理矣。今晨强起临窗，吸受些儿新空气，胸膈间稍觉舒畅，而病躯不耐久立，摇摇欲坠，如临风之柳，久乃不支，复就枕焉。举目四瞩，镜台之上，积尘盈寸，盖余未病之前，已久不对镜理妆矣，此日容颜，更不知若何憔悴！恐不能与帘外黄花商量肥瘦矣。美人爱镜，爱其影也。余非美人，且已为垂死之人，此镜乃不复为余所爱。余亦不欲再自见其影，转动余自怜之念，而益增余心之痛也。

初八日。昨夜又受微寒，病进步益速。寒热大作，昏不知人。向晚热势稍杀，人始清醒。老父以医来，留一方，家人市药煎以进，余乘间倾之，未之饮也。夜安睡，尚无苦。

初九日。晨寒热复作，头涔涔然，额汗出如瀋。余甚思梨嫂也。梨嫂善病，固深领略此中况味者，卒乃脱离病域，一瞑不视。余欲就死，不能不先历病中之苦，一死乃亦有必经之阶梯耶？死非余所惧，而此病中之痛苦，日甚一日，余实无能力可以承受也。嫂乎！阴灵不远，其鉴余心，其助余之灵魂与躯壳战。

初十日。伤哉，无母之孤儿也！人谁无父母？父母谁不爱其儿女？而母之爱其所生之儿往往甚于其父。余也不幸，爱我之母，撇余已七年矣，茕茕孤影，与兄嫂相依，乃天祸吾宗。阿兄复中道天折，夫兄之爱余，无异于母也。母死而爱余者，有父、有兄、有嫂，兄死而爱余者，益寥寥无几矣。岂料天心刻酷，必欲尽夺余之所爱者，使余于人世间无复生趣而后已。未几，而数年来相处如姊妹之爱嫂，又从母兄于地下叙天伦之乐矣。今日余病处一室，眼前乃无慰余者。此幽邃之曲房，几至终日无人过问。脱母与兄嫂三人中有一人在者，必不至冷漠若此也。余处此万不能堪之境，欲不死殆不可得。然余因思余之死母，复思余之生父。父老矣，十年以来，死亡相继，门户凋零，老怀可云至恶。设余又死者，则欢承色笑，更有何人？风烛残年，其何能保？余念及斯，余乃复希望余病之不至于死，得终事余之老父，而病躯萎损，朝不及夕，此愿殆不能遂。伤哉余父！垂老又抱失珠之痛，其恕儿之无力与命争也。

十一日。医复来，余感老父意，乃稍饮药，然卒无效。老父知余病亟，频入视余，时以手按余之额，觇冷热之度，状至忧急。余将死，复见余亲爱之父，余心滋痛矣。

十二日。今日乃不能强起，昏闷中合眼即见余嫂，岂忆念所致？抑精诚所结耶？泉路冥冥，知嫂待余久矣，余之归期，当已不远。余甚盼梦霞来，以余之衷曲示之，而后目可瞑也。余与彼虽非精神上之夫妻，已为名义上之夫妻。余不情，不能爱彼，即彼亦未必能爱余。然余知彼之心，未尝不怜之、惜之也。余今望彼来，彼固未知余病，更乌能来？即知余病，亦将漠然置之，又乌能来？余不久死，死后彼将生若何之感情，余已不及问。以余料之，彼殆无馀泪哭其未婚之妻矣。余不得已，竟长弃彼而逝，彼知之，彼当谅余，谅余之为嫂而死也。

十三日。余病卧大暑中，乃不觉气候之炎蒸。余素畏热，今则厚拥重衾，犹嫌其冷。手抚胸头，仅有一丝微热，已成伏茧之僵蚕矣。医复来，诊视毕，面有难色，踌躇良久，始成一方，窃嘱婢媪，不知作何语，然可决其非吉利语也。是日老父乃守余不去，含泪谓余曰："儿失形矣，何病至是？"余无语，余泪自枕畔曲曲流出，湿老父之衣襟。痛哉！余心实不能掬以示父也。

十四日。余病甚，滴水不能入口，手足麻木，渐失知觉。喉头干燥，不能作声。痰涌气塞，作吴牛之喘，若有人扼余吭者，其苦乃无其伦。老父已为余致书梦霞，余深盼梦霞来，而梦霞迟迟不来。余今不及待矣。余至死乃不能见余夫一面，余死何能瞑目！余死之后，余夫必来，余之日记，必能入余夫之目，幸自珍重，勿痛余也。余书至此，已不能成字，此后将永无握管之期。

梨影之死，余不遽殉者，以有筠倩在也。今筠倩复殉梨影而死，则余更多一可殉之人。梨影之死余致之，筠倩之死亦余致之。余不殉梨影，亦当殉筠倩，以一身而殉两人，此死宁复不值？余意已决，则援笔书筠倩日记之后曰：

此余妻之病中日记也。余妻年十八，殁于庚戌年之六月十七日。此日记绝笔于十四，盖其后三日，正病剧之时，不复能作书也。余闻病耗稍迟，比至，已不及与余妻为最后之诀别。闻余妻病中，日望余至，死时尚呼余名，此日记则留以贻余者。余负余妻，余妻乃能曲谅余心，至死不作怨语。余生无以对之，死亦何以慰之耶？无才薄命不祥身，直遣凶灾到玉人。一之为甚，其可再乎？余妻之死，余死之也。生前担个虚名，死后沦为孤鬼。一场惨剧，遽尔告终。余不能即死以谢余妻，余又安能不死以谢余妻？行矣，行矣！会有此日，死而有知。离恨天中，为余虚一席可也。

余归后如醉如痴，不言不笑。余母见状，深滋危惧，则禁余出门。而余之迷惘乃愈甚。余兄知余意所在，从而劝余曰："弟欲觅死，何虑无就死之地？时局如此，正志士以身报国之秋，死一也，殉情而死，与殉国而死，轻重之相去，何可以道里计。且梨影遗书，不愿弟享庸福，筠倩亦以自处勖弟。弟今轻于一殉，实非死者之志。吾为弟计，弟其东乎？"余闻言顿悟，则亦允之。静庵时来视余，亦赞成是议，与余兄为余筹措东游之费。适石痴返国，悯余所遭，遗书相慰。余即与之相约同行。今距行期只二日矣，忽效乘风宗悫，空为万里之游，不作矢死乔生，觅到九泉之下。挟余长恨，飞渡扶桑，此后寸心，更难自信。梨影耶！筠倩耶！魂兮有知，应化作旋风，随余所适，而视负心人之终归何所也。